Auteur inconnu

Annales de l'Académie d'archéologie de Belgique

Tome 17

Anatiposi

Auteur inconnu

Annales de l'Académie d'archéologie de Belgique

Tome 17

Réimpression inchangée de l'édition originale de 1860.

1ère édition 2023 | ISBN: 978-3-38270-027-0

Anatiposi Verlag est une marque de Outlook Verlagsgesellschaft mbH.

Verlag (Éditeur): Outlook Verlag GmbH, Zeilweg 44, 60439 Frankfurt, Deutschland
Vertretungsberechtigt (Représentant autorisé): E. Roepke, Zeilweg 44, 60439 Frankfurt, Deutschland
Druck (Imprimerie): Books on Demand GmbH, In de Tarpen 42, 22848 Norderstedt, Deutschland

ANNALES

DE

L'ACADÉMIE D'ARCHÉOLOGIE

DE

BELGIQUE.

TOME DIX-SEPTIÈME.

ANVERS,

IMPRIMERIE J.-E. BUSCHMANN, RUE DES ISRAÉLITES,

(Imprimeur de l'Académie d'Archéologie de Belgique).

1860.

RÈGLEMENT

DE

L'ACADÉMIE D'ARCHÉOLOGIE

DE BELGIQUE,

FONDÉE LE 4 OCTOBRE 1842.[1]

But de l'Académie.

ART. 1er. — L'Académie est consacrée à l'archéologie, à la numismatique et à l'art héraldique. Elle s'occupe de propager les connaissances qui se rapportent à ces trois branches scientifiques ; de rechercher tous les monuments de la Belgique, et de créer une bibliothèque, un salon d'antiquités, armures, médailles, manuscrits, archives, copies de monuments, ouvrages héraldiques, documents authentiques à l'usage des familles, etc. Elle s'engage à fournir des renseignements et à donner des avis sur tout ce qui concerne le but de ses travaux. — Son siége est présentement établi à Anvers.

Composition.

ART. 2. — L'Académie se compose d'un nombre illimité de membres effectifs, de membres correspondants et de membres honoraires.

[1] L'Académie a décidé d'insérer dans ses Annales son Règlement, dont l'édition, publiée en 1843, est épuisée.

Nouvelles et Variétés.

— L'Académie royale et nationale d'Archéologie d'Espagne vient d'admettre au
de ses membres correspondants nos deux honorables collègues MM. Lansens et
Grand de Reulandt.

— L'Académie laisse à chacun de ses membres la responsabilité de la forme
appréciations émises dans les articles dont il est auteur.

— Par décret rendu en date du 8 février 1860, il a été décidé que la chaire d'*arcl*
du collége impérial de France prendrait le titre de chaire de philologie et arch
égyptienne.

— On écrit de Toulon : En creusant les premières fondations de notre nouveau
sur l'emplacement qu'occupaient notre ancien hospice civil et les vieux remparts d'H
et de Louis XIV, que l'on vient d'abattre, on a découvert plusieurs tombeaux remo
l'époque gallo-romaine, à ce que l'on dit et une grande mosaïque; la partie la plus i
sante parce qu'elle contenait le dessin, a été détruite précédemment par le creu
d'un tombeau que l'on a mis à jour. Il renfermait un squelette de femme, à ce q
suppose d'après sa dimension, et deux petites urnes. La continuation des travaux a
sans doute de nouvelles découvertes. Il est à désirer que notre municipalité prenn
les mesures nécessaires pour que ces fouilles aient tout le résultat possible.

— On écrit de Rome au *Morning-Post* :

« Afin de venir en aide aux classes pauvres, actuellement sans occupation à Ror
ordres ont été donnés pour la reprise des fouilles de la via Latina, qui, il y a de
sous l'habile direction de M. Fortunati, ont produit de si intéressants résultats. U
nombreux d'ouvriers travaille en ce moment sur ce point à rendre à la lumière
profondément enfoui de l'ancienne voie romaine, qui se compose de blocs mas
basalte, portant la trace parfaitement accusée des roues des chars.

» On pratique aussi des excavations dans le Forum, dans le but de compléter
mation de la basilica Julia. De vieilles granges qui existaient sur cet emplacement
jetées bas; et comme le sol, en cet endroit, est fouillé actuellement pour la p
fois depuis des centaines d'années, on espère faire de précieuses découvertes. Le
de Caracalla et ceux de Titus vont être aussi fouillés, et comme il est rare qu'
partie de l'ancien sol de Rome soit remuée sans que la pelle des travailleurs n'am
jour quelque objet d'art mutilé, on peut raisonnablement espérer obtenir de n
richesse pour les musées déjà si riches du Vatican et du Capitole. »

— *Le pays basque.* — Ce mouvement enthousiaste qui, au cri de *Guerre au Maure !*
dans le pays basque espagnol des volontaires et des millions, semble une occasion
à la hâte deux curieuses particularités de ces provinces sœurs qui conservent, à de
de la France, la plupart de leurs vieilles coutumes et de leurs curieuses traditions. L
puzcoa a donné à l'Espagne ses plus intrépides navigateurs, l'Alava ses agriculte
plus expérimentés; les Biscayens, agriculteurs et navigateurs, furent les premiers ha
de cette Gasconie célèbre, dont les soldats, au dire de Valère Maxime, étaient l
belliqueux, les plus impétueux dans l'attaque et les plus terribles dans la mêlée de
soldats de son temps. On voit que l'Espagne a quelque raison d'appeler zouaves basq
volontaires des trois provinces.

La Biscaye est la terre noble et libre par excellence, et c'est sur son territoire
réunissaient, à certaines époques, les *infanzones* (*parentes majores*) ou députés ap
délibérer sur les intérêts des terres vascongades.

Les assemblées se tenaient — elles s'y tiennent encore — sous un chêne qui s'élè
de la petite ville de Gurnica, à 28 kilomètres à l'est de Bilbao. C'est le plus véné

Art. 3. — Les membres effectifs doivent être domiciliés en Belgique. C'est parmi eux seuls que l'on peut choisir les officiers et les fonctionnaires de l'Académie.

Art. 4. — Tout membre qui cesse d'habiter la Belgique est inscrit au nombre des membres correspondants; mais s'il reprend son domicile en Belgique, il redevient membre effectif, à moins qu'il n'ait été nommé membre honoraire.

Art. 5. — Les membres correspondants sont choisis parmi les savants qui possèdent des connaissances spéciales dans l'archéologie, dans la numismatique ou dans l'art héraldique, et dont le concours peut être utile à l'Académie.

Art. 6. — Les membres honoraires sont choisis parmi les personnes les plus élevées en rang, et qui, par leur haute position sociale, peuvent rendre des services à l'Académie; parmi celles qui ont acquis, par leur mérite, de nombreux titres à la considération publique; parmi celles dont le nom rappelle de beaux souvenirs et honore le pays; parmi celles enfin auxquelles l'Académie veut donner une marque de sa haute estime. Elle peut, dans des cas extraordinaires, conférer même, comme un hommage particulier, le titre de *président d'honneur*.

Art. 7. — Le président d'honneur, quoiqu'il fasse partie des membres honoraires, jouit non-seulement des mêmes droits que les membres effectifs, mais il a la préséance sur tous les membres, et est appelé à présider les séances auxquelles il se présente.

Art. 8. — Les membres correspondants et honoraires sont exempts de toute cotisation; ils peuvent assister à toutes les séances, mais n'ont que voix consultative.

Art. 9. — Tout membre effectif, correspondant ou honoraire, qui publie un écrit quelconque, est tenu d'en déposer un exemplaire à la bibliothèque de l'Académie.

Art. 10. — Tous les membres indistinctement qui appartiennent à la noblesse, sont priés de faire parvenir au secrétariat une copie coloriée sur parchemin de leurs armoiries respectives et des notices généalogiques sur leurs familles, pour être conservées dans le archives de l'Académie, afin de pouvoir former un dépôt héraldique, destiné à la conservation des titres de famille. Dans le même but, elle invite toutes les personnes nobles du royaume à lui transmettre les documents généalogiques qui les concernent.

Art. 11. — Tous les dons faits à l'Académie par ses membres, ainsi que par d'autres personnes, seront inscrits et honorablement mentionnés dans des registres spécialement destinés à cet effet. Le nom du donateur sera cité, s'il n'exprime pas le désir de garder l'anonyme.

Art. 12. — Chaque membre effectif, admis après la fondation de l'Académie, verse entre les mains du trésorier une somme de vingt francs pour frais de réception et de diplôme, et une cotisation annuelle de la même somme, payable par semestre.

Art. 13. — Le membre effectif, désigné dans l'article précédent, est considéré comme démissionnaire s'il se refuse à payer sa rétribution.

Art. 14. — Le membre qui cesse de faire partie de l'Académie perd tous les droits que son titre d'Académicien lui confère.

Art. 15. — Tous les membres effectifs, correspondants et honoraires sont invités à faire à l'Académie les propositions ou les communications qui leur paraîtraient intéresser celle-ci. Ces propositions ou ces communications sont soumises au Conseil d'administration, chargé de les examiner et d'en donner son avis à l'assemblée générale.

Art. 16. — Tous les membres ont indistinctement le droit de consulter l'Académie sur ce qui concerne l'objet de ses travaux et de ses recherches, et de lui demander tous les renseignements qu'elle est à même de donner. Ces renseignements sont fournis gratuitement, sauf le remboursement des frais qu'elle aurait à faire pour copies d'actes, de manuscrits, d'armoiries ou autrement.

Art. 17. — Toute personne qui a contribué à enrichir la bibliothèque ou le salon de l'Académie, acquiert, quoiqu'elle soit étrangère à celle-ci, le droit spécifié à l'article précédent.

Art. 18. — Toute personne qui désire être admise à l'Académie doit se faire présenter par un membre, ou bien s'adresser par lettre au Conseil d'administration, en appuyant son désir de ses titres à l'admission. Le Conseil, chargé en premier lieu de l'examen des demandes d'admission, les soumettra à l'assemblée générale.

L'assemblée générale, après avoir entendu le rapport et l'avis du Conseil d'administration sur la présentation du candidat, décide au scrutin secret si celui-ci est admis. L'admission a lieu à la majorité absolue des voix. Le candidat auquel le ballotage n'a pas été favorable, ne peut être de nouveau présenté qu'au bout de trois ans.

Art. 19. — Chaque membre nouvellement admis reçoit son diplôme et un exemplaire du règlement.

Art. 20. — Tout membre qui s'est chargé de faire un rapport, doit le présenter dans la séance fixée à cet effet, sinon il encourt une amende de trois francs. S'il présente des excuses, elles sont jugées par le Conseil d'administration; qu'elles soient admises ou non, le rapport doit être fait, à moins d'empêchement légitime, dans la séance suivante, sous peine de la même amende.

S'il a été arrêté que le rapport doit être fait par écrit, il sera signé par chaque commissaire-rapporteur, et adressé au Conseil d'administration.

ART. 21. — L'exclusion a lieu pour toute action contraire à l'honneur; mais elle ne pourra être prononcée avant que le membre dont on propose le renvoi, ait été interpellé par le Conseil d'administration : s'il présente des moyens de défense, il en est donné lecture en assemblée générale, et le président nomme une commission pour les examiner. Ce n'est qu'après avoir entendu le rapport de cette commission, qu'on peut passer au scrutin dans une assemblée générale suivante, spécialement convoquée *ad hoc;* et pour que l'exclusion puisse avoir lieu, il faut une majorité des deux tiers des votes.

Des officiers et de leurs fonctions.

ART. 22. — L'Académie est administrée par un Conseil de dix-sept membres, appelé *Conseil d'administration*, et composé d'un président, d'un vice-président, d'un secrétaire-perpétuel, d'un trésorier, d'un bibliothécaire-archiviste, et de douze conseillers; ces derniers sont exempts de toute cotisation. Celui des conseillers qui donne sa démission ou celui qui ne peut plus prendre une part active aux travaux de l'Académie, est remplacé et il prend la qualité de membre honoraire.

ART. 23. — Les membres du Conseil d'administration, le

dresse deux tableaux des membres effectifs, correspondants et honoraires ; l'un par ordre alphabétique et l'autre selon l'ordre de leur réception. Il enregistre tous les dons qui sont faits à l'Académie.

Il soumet à celle-ci dans sa dernière assemblée générale de l'année, le tableau de tous les membres effectifs, correspondants et honoraires, à l'effet de pouvoir l'arrêter et publier.

Il est chargé de surveiller l'acquisition des livres ou autres objets; mais il ne peut à cet égard rien dépenser sans y être autorisé.

Le procès-verbal de chaque séance est dressé par le secrétaire, il est daté et doit faire mention des membres présents, de l'objet de la réunion, des délibérations prises, des communications écrites ou verbales, de la correspondance en général, des présentations de candidats, des rapports, etc. Après avoir été adopté dans la séance suivante, le procès-verbal est transcrit dans le registre et signé par le président.

Art. 30. — A l'ouverture de la séance, le secrétaire donne lecture du procès-verbal de la séance précédente, et des dispositions réglementaires relatives à l'objet de la réunion.

Art. 31. — L'Académie peut nommer un secrétaire-adjoint, appelé à aider le secrétaire-perpétuel dans toutes ses fonctions et à le remplacer pendant son absence. L'élection du secrétaire-adjoint se fait comme celle des autres membres du Conseil d'administration, et la durée de ses fonctions est de six ans. Il est rééligible.

Art. 32. — Lorsque le secrétaire ne se trouve pas à la séance, il est remplacé, pendant cette séance, à défaut d'un secrétaire-adjoint, par le plus jeune des conseillers présents.

Du Trésorier.

Art. 33. — Le trésorier est chargé des recettes et des dépenses : il doit prendre toutes les mesures propres à assurer les droits financiers de l'Académie. Il fait entrer, pendant le premier trimestre, la cotisation de chaque membre effectif, dont le secrétaire est tenu de lui donner la note. Il reçoit également du secrétaire les diplômes des membres effectifs nouvellement admis. Ces diplômes ne sont expédiés ou remis que contre la somme de vingt francs.

Il doit inscrire toutes les recettes et toutes les dépenses par ordre de date, dans un registre coté et paraphé par le président. Il remet au secrétaire les sommes qu'exigent les dépenses ordinaires, qui sont les frais du bureau et ceux qui sont autorisés par l'assemblée générale.

Il effectue le payement sur ordonnance du Conseil d'administration, signé par le président et le secrétaire.

Il fait connaître au Conseil, à la fin de l'année, les noms des membres effectifs qui n'auraient pas acquitté leur cotisation.

Il est tenu de produire les pièces justificatives pour toutes les dépenses.

Il fait connaître l'état de la caisse chaque fois que le Conseil le demande.

Il rend les comptes à la fin de l'année. Sa comptabilité est vérifiée par le Conseil, qui la soumet à l'examen de l'assemblée générale.

Du Bibliothécaire-archiviste.

ART. 34. — Le Bibliothécaire-archiviste est chargé du dépôt des livres, des manuscrits, des médailles, des armures et de tout ce qui appartient à l'Académie. Il en est responsable, il en tient un catalogue, veille à leur conservation et en présente un état de situation à la dernière assemblée générale de l'année.

Art. 35. — Il ne peut faire aucune dépense sans y être autorisé par l'Académie.

Art. 36. — Aucun objet faisant partie de la bibliothèque, du musée ou des archives ne peut être prêté qu'après six mois de dépôt et pour plus de quinze jours, ni à d'autres personnes qu'aux membres qui habitent le lieu ou siége de l'Académie.

Art. 37. — Si l'emprunteur a détérioré ou perdu quelque objet, le bibliothécaire-archiviste en fait part au Conseil. L'emprunteur en est responsable.

Dispositions diverses.

Art. 38. — Les séances du Conseil d'administration ont lieu tous les mois. Tous les membres effectifs, correspondants et honoraires ont le droit d'assister à ces séances; cependant les membres seuls du Conseil y sont convoqués.

Art. 39. — L'Académie tient tous les six mois une assemblée générale, à laquelle sont convoqués indistinctement tous les membres qui habitent la Belgique. Une assemblée solennelle et publique aura lieu, tous les trois ans, le jour de la fondation de l'Académie.

Art. 40. — Tous les ans l'Académie publie un résumé de ses travaux et la liste de ses membres. Un exemplaire de cette publication est envoyé à chaque membre.

Art. 41. — Tous les trois ans, ou plus tôt, si l'Académie l'arrête, elle publie un volume d'actes et de mémoires, dont chaque membre effectif reçoit un exemplaire gratuitement.

Art. 42. — Les diplômes de l'Académie sont signés par le président, le trésorier et le secrétaire-perpétuel, et portent le sceau de l'Académie.

Art. 43. — Le président a seul le droit d'admettre aux séances générales les étrangers qui en feraient la demande ou qui seraient présentés par des membres.

Art. 44. — Dans toutes les séances, et quels que soient le mode et l'objet du vote, à l'exception du scrutin secret pour les admissions et des autorisations pour les dépenses extraordinaires, qui exigent une majorité des deux tiers des suffrages, les décisions sont prises à la majorité absolue des voix.

Art. 45. — Il suffit dans une délibération quelconque que le scrutin soit demandé par un seul membre, pour que le président fasse voter suivant ce mode.

Art. 46. — Tous les envois de lettres, de livres ou d'autres objets doivent parvenir *franco*.

Art. 47. — Le présent règlement ne peut être changé ni modifié qu'avec l'assentiment des deux tiers des membres effectifs sur la proposition du Conseil d'administration ou d'un tiers des membres, qu'après avoir été adopté et suivi pendant un an, et que lorsque la nécessité de quelque changement sera prouvée.

Art. 48. — Lorsqu'il s'agira d'apporter au règlement des changements ou modifications, ils devront être présentés en assemblée générale, et ne pourront être arrêtés définitivement que dans l'assemblée générale suivante, à laquelle tous les membres effectifs auront été convoqués trois mois d'avance.

Délibéré et adopté par l'Académie dans sa séance du 10 Janvier 1843, sous l'approbation de MM. :

Le Vice-Président,
Du Mont.

Le Président,
Vicomte de Kerckhove
dit van der Varent.

Le Trésorier,
André Van Hasselt.

Le Secrétaire-Perpétuel,
Félix Bogaerts.

Le Bibliothécaire-Archiviste,
Henri Mertens.

Les Conseillers :

Baron Jules de Saint-Genois,
Conservateur des Archives de la Flandre-Occidentale.

De Ram,
Recteur de l'Université catholique.

Ernest Buschmann,
Professeur d'Histoire à l'Académie des Beaux-Arts.

N. De Keyser,
Peintre d'Histoire.

Comte de Kerckhove d'Exaerde,
Ancien Membre de l'Ordre équestre de la Flandre-Orientale.

A. G. B. Schayes,
attaché aux Archives du Royaume.

L. Polain,
Conservateur des Archives de la province de Liége.

Oct. Delepierre,
Conservateur des Archives de la Flandre-Occidentale.

LES TAPISSERIES

DE L'ANCIEN HOTEL D'ESCORNAIX,

A AUDENARDE,

PAR

M. Ed. VAN DER STRAETEN,
Membre correspondant de l'Académie, etc., etc.

Une description de l'ancien hôtel d'Escornaix, tel qu'il se voit aujourd'hui, en style de Louis XV, serait, à coup sûr, inopportune ici [1]. Mais un coup-d'œil sur les tapisseries de haute lisse qui décorent le principal salon de cette belle habitation, peut avoir quelque intérêt dans une revue spécialement consacrée à l'archéologie. Ces tentures forment, du reste, un des plus précieux spécimens que l'on connaisse des célèbres manufactures d'Audenarde, et elles ont échappé aux investigations minutieuses de M. Van Cauwenberghe, qui a publié, dans cette revue même, un travail fort curieux sur les anciennes fabriques de tapisseries de sa ville natale.

Bien qu'en apparence plus anciennes que les murs auxquelles elles servent d'ornement, les tentures, dont il est question ici,

[1] Cet hôtel forme actuellement une des plus vastes et des plus splendides habitations de la ville. Il porta jadis diverses dénominations éphémères, provenant du séjour momentané qu'y firent plusieurs membres des familles alliées de Luxembourg, d'Egmont et de Berlaimont. L'appellation d'Hôtel d'Escornaix prévalut, à cause de la résidence prolongée qu'y tinrent les comtes de Lalaing, seigneurs d'Escornaix. Cet hôtel appartient aujourd'hui à M. Vanderstraeten-Versmessen.

appartiennent, selon nous, à la première moitié du XVIIIe siècle. Elles ne peuvent pas être antérieures au règne de Louis XV, vu que les ornementations architecturales et les costumes qui y figurent, sont absolument contemporains de ce monarque. L'un ou l'autre dignitaire établi dans l'hôtel d'Escornaix, après la prise d'Audenarde en 1745, les aura reçues du magistrat, à son entrée en fonctions, car en mainte circonstance semblable, de magnifiques présents de ce genre, s'élevant parfois à plus de deux mille livres parisis, ont été donnés par l'autorité communale.

C'est ce qui explique leur supériorité sur les tentures qui ont été faites pour de simples particuliers, sur celles, par exemple, que l'on conserve chez M. le notaire Liefmans, ou chez la veuve De Vos, rue d'Eyne. Ces deux tentures, y comprises celles qui ornent un des salons de l'hôpital Notre-Dame [1], à Audenarde, sont peu faites pour justifier la haute renommée dont cet art a joui, et jouit encore, auprès les principales nations de l'Europe. Impossible de rien voir de plus terne comme coloris, de plus incorrect comme dessin, et de plus insignifiant comme sujet. Les tentures de l'ancien hôtel d'Escornaix, au contraire, sont remarquablement belles sous ces trois rapports.

Elles forment quatre pièces, d'une dimension différente, représentant des groupes d'hommes et de femmes de la haute société, s'ébattant au milieu de jardins d'agrément, où apparaissent au loin des châteaux ornés de parterres riants et de jets d'eau perdus dans des fonds blancs ou des perspectives azurées. Ici, on cueille des raisins, des fleurs; là, on pince de la guitare, on chante;

[1] Les comptes de l'hôpital Notre-Dame ne nous fournissent aucun renseignement sur l'acquisition de ces tapisseries. Elles proviennent apparemment de l'une ou l'autre récipiendaire de la communauté religieuse qui desservait l'établissement.

ailleurs, on vide gaîment la bouteille vermeille. Bref, voilà quatre tableaux que ne désavoueraient point Thompson et St.-Lambert, ces peintres de la nature embellie, qui ont imité ce qu'Ovide a fait dans sa description de la vallée de Tempé; Homère dans les jardins d'Alcinoüs; l'Arioste dans l'île d'Alcine; le Tasse dans l'île d'Armide; Milton, mieux qu'eux tous, dans la description du jardin d'Éden.

Leur hauteur commune est de 2,80m; leur largeur est : pour la première, 5,10m; pour la deuxième, 3,40m; pour la troisième et la quatrième, 2,55m chaque. Reste une petite pièce fort étroite qui garnit l'intervalle ou trumeau entre la cheminée et la porte d'entrée. Leur bordure est des plus élégantes et des plus gracieuses.

L'ensemble de ces quatre tableaux de laine et de soie, pourrait s'appeler : *Délices de la vie champêtre.* Il faut beaucoup de bonne volonté pour y reconnaître une image des quatre saisons, comme le veut la tradition. Il est vrai que les anciens tapissiers, ou plutôt leurs dessinateurs, faisaient souvent contraster les sujets les moins susceptibles d'opposition. Parfois, en été, vous vous trouvez au milieu des neiges; en hiver, au milieu de la verdure, des fleurs. Nous en avons une preuve au sujet de la troisième pièce en question, laquelle est censée figurer l'hiver; mais quel hiver! Un vieillard est assis, en plein air, auprès d'un calorifère à trépied, non loin d'une table... Au fond, l'œil se porte sur des jets d'eau en plein mouvement et de la verdure plus fraîche que jamais. Il fallait, malgré ces licences, peu poétiques du reste, infiniment de goût et de talent pour ne pas aboutir à l'absurde, car, il y a en toutes choses une logique impitoyable qu'on ne saurait enfreindre impunément. A cette époque, il était impossible d'obtenir l'harmonie convenable des couleurs, et l'art du tapissier se bornait à l'emploi d'un petit nombre de couleurs franches. — De là, d'autres écarts.

Le dessinateur ne se faisait aucun scrupule de mélanger les costumes, en dépit des époques. Un anachronisme ne lui coûtait rien. Dans la première pièce de tapisserie, un ancien romain coudoie une dame élégante du XVIIIe siècle. Dans la deuxième, une de ces dames pince d'une espèce de guitare allemande, ou sistre *(chitarra tedesca)*, à trois cordes. Or, ce modèle ne fut jamais adopté parmi nous, et la guitare française, sorte de sistre allemand perfectionné se rapprochant de la guitare espagnole, était montée de six cordes. Il fallait frapper le regard, éveiller l'attention. Sous ce rapport, le tout est si bien entendu, soit fleurs, soit arbres, soit costumes, que l'on pardonne volontiers ces quelques disparates et inexactitudes, non moins que les peccadilles de perspective et de dessin que l'œil du puriste y découvre. Nous dirions volontiers de ces magnifiques tentures, ce que M. Barbier de Montault dit des anciennes tapisseries du Vatican, dont plus d'une pièce, peut-être, porte les caractères des célèbres fabriques d'Audenarde : « Instructives pour l'iconographie, elles ne le sont pas moins pour les costumes de l'époque qu'elles reproduisent fidèlement, avec toute leur richesse et leur élégance. Le dessin est correct, les attitudes sont simples et sans prétention. On s'arrête volontiers à les regarder, tant elles ont de charme [1]. »

D'après M. Ach. Jubinal, les tentures du moyen-âge se fabriquaient par fragments que l'on rapprochait ensuite en les recousant, tandis que les tentures modernes s'exécutent, dit-il, d'une seule pièce [2]. Il ne faut pas remonter au moyen-âge pour ren-

[1] *Rome chrétienne (Tapisseries)*, dans les *Annales Archéologiques* de DIDRON, Paris, 1855, T. XV, p. 234.

[2] *Recherches sur l'usage et l'origine des tapisseries historiées*, p. 90.

contrer des tapisseries formées de pièces rapportées : celles qui nous occupent ont été confectionnées en partie d'après ce système.

Aucune de ces pièces n'est endommagée. Des dévastations furent pourtant commises dans d'autres salons de l'hôtel, en 1795, comme l'atteste un procès-verbal du temps. On y voit que deux tentures en toile peinte, dont la valeur est généralement appréciée aujourd'hui, ont été percées impitoyablement en différents endroits. Les tapisseries seules ont été respectées.

Tous les dictionnaires géographiques, tous les indicateurs et guides, toutes les histoires particulières et générales du pays, assignent une renommée exceptionnelle aux anciennes fabriques de tapisseries d'Audenarde. Le croirait-on cependant? Dans le cabinet des antiquités de cette ville, on conserve quelques modèles et outils de tapissiers, mais on n'y voit pas un centimètre de ces tissus dont des milliers de pièces ont été fabriqués, pendant quatre siècles. Il y a deux ans à peine, la ville eut l'occasion d'acheter une magnifique *chambre* historiée. Un étranger, parisien, dit-on, s'en est emparé depuis. C'est de cette tenture qu'il est parlé dans l'*Histoire de Léopold,* on sait à quel propos : « A Audenarde, y est-il dit, la salle de l'hôtel-de-ville, où le roi et la reine dînèrent, fut tapissée en tapis fabriqués à Audenarde même, et qui rappellent le haut degré de prospérité où cette industrie était alors portée [1]. » C'était un double souvenir. L'occasion était belle : elle ne se renouvellera plus. Quand les visiteurs du cabinet d'antiquités, qui, depuis l'établissement d'une voie ferrée, deviennent de plus en plus nombreux, demanderont quelque jour un échantillon des

[1] *Histoire de Léopold premier, roi des Belges*, Bruxelles, 1835, pp. 278 et 279.

célèbres fabriques de tapisseries d'Audenarde, il faudra forcément les envoyer au Louvre ou au Vatican.

Quant aux modèles, il serait vivement à souhaiter que ceux qui s'occupent de recherches sur les tapisseries anciennes, s'attachassent à étendre leurs investigations aux patrons et aux artistes qui les exécutaient. Non seulement ces renseignements seraient précieux pour l'histoire de l'art, mais ils nous permettraient d'évaluer imaginairement, les nombreuses tapisseries perdues, et d'assigner une date approximative à celles qui nous ont été conservées. Parfois même elles aideraient à constater leur lieu de fabrication.

M. Lacordaire, dans la troisième édition de sa notice intéressante sur les tapisseries des Gobelins, publie un superbe dessin de la tapisserie de *l'institution du Saint-Sacrement* « pièce donnée, dit-il, en 1586, à l'église de Saint-Médéric, par maître Pierre Guiche, l'un des curés de cette paroisse, qui y est représenté. » Or, dans le registre d'une des anciennes corporations d'Audenarde, que nous avons décrit en détail [1], figure une aquarelle à peu près semblable, datant de 1579. Il est certain que les aquarelles qui décorent ce registre, ne sont qu'une réduction d'anciens patrons, faite, au prix de quelques sous, par un peintre attaché aux manufactures d'Audenarde, à une époque calamiteuse qui força les tapissiers à fermer leurs ateliers. Ces contrastes heurtés, l'emploi exclusif des couleurs franches, la sobriété calculée des nuances intermédiaires, ne laissent aucun doute à cet égard. Voilà donc les manufactures d'Audenarde se trouvant reproduire, presqu'à la même date, un sujet identique, pour les détails et l'ordonnance, à celui que fournit une fabrique de France, supposé que la tenture

[1] *Messager des Sciences historiques*, année 1854, p. 446.

décrite par M. Lacordaire provienne de ce pays. Les réflexions se présentent en foule. Nous n'en ferons qu'une seule, en terminant : c'est que les manufactures d'Audenarde rivalisèrent longtemps, si elles ne les surpassèrent pas, avec les plus célèbres ateliers de la France, non-seulement pour la perfection matérielle de leurs produits, mais pour l'importance et la beauté des sujets qu'elles représentaient sur la laine et la soie.

RECHERCHES

SUR

LES RÉJOUISSANCES

AUXQUELLES LA RENTRÉE DES RÉCOLTES DONNAIT LIEU DANS LES ILES BRITANNIQUES;

PAR

M. Émilien DE WAEL,

Membre correspondant de l'Académie d'Archéologie de Belgique, de la Société d'Horticulture de Mussachusetts, de l'Iustitut d'Essex, Conservateur de la Société Paléontologique de Belgique.

« In harvest time, harvest folke, servants and all,
» Should make, altogether, good cheere in the hall,
» And fill out the black bol of bleith to their song,
» Ant let them be merie al harvest time long.
» Once ended thy Harvest, let none be begilde,
» Please such as did please thee, man, woman and child.
» Thus doing, with alway suche helps as they can,
» Thou winnest the praise of the labouring man. »

TUSSER, *Five poynts of Husbandrie, August.*

Que des réjouissances à l'époque de la moisson, sont d'une coutume fort ancienne, il n'y a aucun doute, et remonter à leur origine première est impossible, puisqu'elles se perdent dans le vague du temps.

Macrobe [1] nous dit que chez les païens, les chefs de famille avaient l'habitude de fêter la rentrée de la moisson en commun avec ceux qui y avaient mis la main; mais Bourne [2] croit que cette coutume nous vient des Juifs et cite pour autorité Hospinian [3],

[1] MACROBIUS, *Saturnal die prim.*, cap. 10.

[2] BOURNE, *Antiq. vulg.*, chap. XXXI.

[3] HOSPINIAN, *de orig. fest. jud. stukius ant. convic.*, p. 63.

qui prétend que c'est d'eux que les payens la prirent, offrant à leur exemple les premiers fruits aux dieux, à la fin de la moisson.

Fixer l'époque de l'introduction de cette coutume en Angleterre, n'est pas moins difficile. Moresin [1] nous dit que les papistes avaient l'habitude de rapporter chez eux à la fin de la moisson des chapelets de blé, qu'ils suspendaient à des potaux, que l'on offrait alors un sacrifice sur l'autel, en signe de remercîment pour la récolte et que l'on adressait à Dieu des prières pour demander du repos, de l'aisance; mais *Vacina* ou *Vacuna* (dérivant probablement de *Vacando* pour désigner le repos et l'aisance) était chez les anciens le nom de la divinité à laquelle les laboureurs offraient leurs ovations à la fin de la moisson [2], il me paraît avec lui qu'il y a un fond d'idolâtrie.

Eugène Aram [3] pense que cette habitude date du temps du paganisme, ou tout au moins est une cérémonie judaïque, et est par conséquent beaucoup plus ancienne qu'on ne le suppose généralement; cette coutume se serait conservée pendant des siècles, « Comme une juste expression de la gratitude humaine pour la munificence divine » (tel est le sens des paroles de cet homme extraordinaire qui a si malheureusement fini). Comme appui à son idée que ce serait au moins un rite judaïque, il cite Leviticus [4], et il referre à l'hymne à Apollon par Callimachus, pour preuve à l'autre hypothèse; observant que les païens commettaient à l'occasion de cette fête une méprise assez grande, en ce qu'ils la

[1] Moresin, *Papatus*, p. 173 in v. (Vacina).

[2] Moresin, *Papatus*, p. 173 in v. (Vacina).

[3] *Life of Eugene Aram*, 2e édition, p. 71; *Essay on mell supper and shouting the churn*.

[4] Leviticus, XXIII, 39.

consacraient à Apollon ou au soleil, seconde et non pas première cause, puis il ajoute que du pain et des gâteaux (cakes), faisaient partie des offrandes hébraïques [1] et qu'un gâteau (cake) mis sur la tête de la victime, complétait les offrandes grecques à Apollon [2].

Mais Apollon, continue Aram, perdant sa divinité avec les progrès du christianisme, les moissonneurs ont jugé à propos de manger entre eux ce qui primitivement était offert au dieu [3]. D'abord le pain et les gâteaux étaient faits de nouvelle farine, mais peu à peu, ceci fut moins observé et on fit à la fin indifféremment usage de vieille ou de nouvelle farine.

A quelle époque cette coutume s'est répandue en Angleterre, je n'oserais le fixer; cependant tout porte à croire, qu'elle y fut introduite par les Romains. En plusieurs endroits une fête à l'occasion de la moisson a encore lieu, mais presque partout elle a existé, ici c'était sous le nom de *Harvest-Home,* là *Mell supper,* en d'autres *Harvest supper*, *Feast of ingathering* etc. [4].

[1] LEVITICUS, XXIII, 13.

[2] HOMÈRE, *Iliade*, L. I.

[3] Dans l'île de Sky il est peu d'endroits où l'on ne trouve quelque pierre (rude stone), consacrée à Gruagach ou Apollon. (*Gentleman*, *Magazine*, *feb. 1795*, p. 124, *from some reflexions by the Rev. Donald m' queen of kilmir in the isle of Sky.*)

[4] L'étymologie de quelques-unes de ces expressions est fort vague et par conséquent plus d'une a été donnée; Eugène Aram dit que *mell* pourrait dériver de *meal* (farine), mais aussi de l'instrument nommé *mell*, que l'on employait anciennement pour réduire le blé en farine dans un mortier. — Dr JAMIESON, *Etymological Dictionary of Scottish language*. v. *(mell)*, donne au mot *mell*, celui de *company* pour synonyme. — Dr ELLIS, *Observations on popular antiqueties by John Brand*, *arranged & revised with addition by Henri Ellis*, London 1813, 2 v., p. 446, pense que *mell* peut provenir du français *mesler*, maître et valet mangeant ensemble; d'autres le font dériver du mot teutonique *mehl* (farine) L'expression de *mell-supper* pourrait encore provenir de *med-syp. (the reward supper)*. ELLIS, *Observ. on popul. antiq.*

Il y avait des endroits où l'on ne tenait pas seulement un *mell-supper*, mais aussi un *kurn-supper*, ou *kern-supper*, comme on le prononce dans le Northumberland [1] et entièrement différent l'un de l'autre dans leur cause. Le *kurn-supper* ayant lieu quand tout était fauché [2] et le *mell-supper* lorsque tout était rentré. D'après Eugène Aram, *kern-supper* ne pourrait être qu'improprement confondu avec *corn-supper*, attendu que la première expression provient de *churn-supper*, ou pour être plus explicite, de ce que de temps immémorial il était d'usage dans quelques contrées de mettre une grande quantité de lait *(cream,)* dans une baratte *(churn,)* que l'on faisait circuler à la ronde dans des coupes. Cette coutume existait encore à l'époque de la mort d'Eugène Aram (août 1759) aux environs de Whitby et de Scarborough, dans la partie orientale du Yorkshire et aux environs de Gisburne dans la partie occidentale du même comté; ailleurs le lait a été remplacé par de *l'ale* et le *churn* par *tankard* (pot à couvercle) [3].

Avant que je détaille quelques-unes des pratiques qui se tenaient à l'occasion de la moisson, je ferai observer que ce n'était pas à la rentrée des céréales qu'elles se bornaient, mais qu'encore la rentrée du foin, se terminait par des réjouissances, si bien décrites dans les *Hesperides* dont je citerai quelques vers pour montrer combien par le fond elles ressemblaient à ce que je décrirai ci-après :

» Come with the springtime forth fair maid and be
» This year again the *Meadow's Deity*
» Yet ere ye enter, give us leave to set
» Upon your head this flowry coronet;

[1] *Observations on pop. antiquites*, vol. II, p. 449.
[2] Eugène Aram, *Essay on mell supper and shouting the churn.*
[3] *Observations on pop. antiq.*, vol. II, p. 449.

» To make this neat distinction from the rest,
» You are the Prime and the Princesse of the Feast :
» To which, with silver feet lead you the way
» While sweet breath nimphs attend on you this day
» This es your houre; and best you may command,
» Since you are Lady of the Fairie land.
» Full mirth wait on you, and such mirth as shall
» Cherrish the cheek but make none blush at all [1]

Dans les comté de Kent on avait des réjouissances à peu près semblables à la rentrée du houblon. [2] Hutchinson, [3] nous certifie que dans le Durham, la coutume dont il s'agit existait; il l'y croit évidemment introduite par les Romains : on y faisait dans le temps de la moisson une figure de Cérès, que l'on plaçait dans le champ, pendant qu'on y travaillait, pour la rapporter à la maison, quand tout l'ouvrage était terminé, et cela avec de la musique et de grandes acclamations, après quoi on tenait une fête nommée *mell-supper,* à l'instar de l'ancien sacrifice où l'on mêlait la nouvelle farine.

Paul Hentzner [4] dit avoir vu la dernière charette de blé couverte de fleurs, autour de laquelle on promenait une figure richement habillée, qu'il crût devoir représenter Cérès, hommes et femmes assis tant bien que mal sur la charette ne cessaient de chanter qu'au moment de l'arrivée à la grange. Dans le Hertfordshire des *hockney cakes* étaient distribuées aux ouvriers. Le

[1] HERRICKS, *Hesperides*, p. 161. *The meadow verse, or aniversary to mistress Bridget Lowman.*

[2] SWARTS, *Hop garden*, b. 11, l. 177, 4°, Lond. 1752. *Competion among the hop-pickers.*

[3] HUTCHINSON'S *Durham*, v. XI, p. 583, *Parish of Easington.*

[4] PAUL HENTZNER, *a Journay into England in the year 1598*, 8°. *Strarob. hill*, 1757, p. 79.

hockney cart était celle qui emportait la dernière charge et les ouvriers courraient autour avec des rameaux à la main et les chevaux étaient parés de même [1]. Dans d'autres parties du Hertfortshire ainsi que dans le Shropshire on a à l'occasion de la moisson ce que l'on y nomme *Crying the mare,* la dernière gerbe que les moissonneurs lient est appelée *mare*, on la place à quelque distance, pour jeter après avec les faucilles, celui qui coupe le lien obtient le prix, aux grandes acclamations de ses compagnons ; à Hetchin, dans le même comté, chaque fermier rentre la dernière charge, au plus grand trot de ses bêtes. Ses ouvriers le poursuivent avec des jarres d'eau pour lui jeter et tout ceci avec grand bruit [2]. Dans le Bedfordshire en pareille saison on a *a Jack and a Gill* [3].

Dans quelques parties du Yorkshire on a une *Harvest Dame* [4]. Tandis que dans d'autres on a comme ci-dessus une gerbe proposée pour prix, c'est à qui l'emportera ; puis quand tout est rentré on a un festin qu'on nomme *The inning goose* [5].

Dans le comté de Kent on a une *Ivy girl;* c'est une figure faite du meilleur blé dans le champ et tournée aussi bien que possible dans une figure humaine, que les femmes attifent de garnitures de papier, coupé en bonnet, mouchoir, manchettes, *(on the finnest lace),* et laquelle rapportée à la ferme avec la dernière charge en titre, les garçons fermiers à souper aux dépens de celui qui les a employés [6]. Cette coutume existe presque encore partout sous cette

[1] SALMON'S *Surrey Hertfordshire*, v. II, p. 415.
[2] *Observ. on pop. antiq.*, v. II, p. 443.
[3] Id., v. II, p. 444.
[4] Id., v. II, p. 444.
[5] Id., v. II, p. 444.
[6] Id., v. II, p. 442.

forme en Écosse, mais la figure appelée *Corn Lady* ou *Corn Maiden* n'est qu'une petite paquette de blé liée ensemble et qu'on suspend dans la ferme [1].

Dans quelques parties du Northumberland c'était une figure bizarrement ornée, couronnée de fleurs, une gerbe de blé sous le bras et une faucille à la main, que les moissonneurs portaient le matin du jour où ils comptaient mettre la dernière main à la moisson et cela avec musique et grand bruit du village au champ, où on la fixait avec un bâton pour l'y laisser tout le jour; l'ouvrage terminé ils la rapportaient comme elle était venue, on la nommait *Harvest Queen,* et semblait devoir représenter Cérès [2]. Ceci existait encore il y a un demi siècle, mais sous la dénomination de *Harvest Doll* ou *Kern Baby,* ce qui paraîtrait devoir signifier *Cern, Corn* et *Baby,* (image) [3].

Dans quelques endroits du Devonshire, à Werington par exemple, les moissonneurs lient les derniers épis ramassés dans une forme bizarre, que l'on rapporte à la ferme pour la suspendre au-dessus de la table et l'y laisser jusqu'à l'année suivante. Le propriétaire tiendrait pour un grand malheur de l'en voir disparaître et pour aucun prix ne voudrait s'en désaisir. Cette figure s'y nomme *Knack* et lorsqu'elle est entièrement faite, une personne se place au milieu du groupe, la tenant en l'air et criant trois fois ce mot pour qu'un chacun le répète, puis il ajoute :

Well cut ! well bound
Well schocked ! well saved from the ground [4]

[1] *Observ. on pop. antiq.*, vol. II, p. 443.
[2] HUTCHINSON, *History of Northumberland,* v. II, et finem, p. 17.
[3] *Observations on pop. antiq.*, vol. II, p. 443.
[4] Dans quelques endroits on dit par moquerie : *well scattered to the ground.*

puis elle crie *whoop*, ce que tous répètent de toute la force de leurs poumons [1].

Les paysans du Warwickshire, ont un jeu à l'occasion de la rentrée de la moisson, un individu est choisi pour juger tous les forfaits commis pendant cette saison. Celui trouvé coupable est couché sur un banc, et on lui donne des coups de souliers. C'est ce qu'ils nommaient : *giving them the boots* [2].

En Écosse on a presque partout des réjouissances de ce genre, mais la coutume la plus générale, il y a cinquante ans, était de donner ce qu'on appelait : *a maiden feast* à la fin de la moisson, il s'en suivait que la dernière poignée de blé ramassée, se nommait : *the maiden*, et elle était destinée à la plus jolie fille du champ ; entourée de rubans, celle qui était choisie, l'emportait au son du violon et des cornemuses, un grand dîner était donné à toute la bande et la soirée se passait en joyeusetés et danses. Celle à qui on avait remis *the maiden*, était la reine de la fête [3].

Cette poignée de blé était généralement liée en forme de croix, on la suspendait dans l'emplacement le plus visible de la ferme avec l'inscription de l'année. J'ai vu plusieurs ferme en 1835 où il y avait encore de ces croix de conservées, mais aucun propriétaire n'eut voulu se désaisir de ces reliques de famille.

Quoi qu'il y ait encore aujourd'hui des endroits où cette coutume existe, elle tomba presque entièrement en 1797 ; la coutume prévalut alors de donner une pièce de 6 pence et un pain à chaque moissonneur [4] il y avait cependant encore, comme il en est

[1] *Observ. on pop. antiq.*, vol. II., p. 442.

[2] STEEVENS, *last edition of Shakespeare*, vol. III, p. 171.

[3] *Statistical account of Scotland*, vol. XIX, p. 550, 8°. Edimb. 1797, *Parish of Longlorgan in the County of Perth*.

[4] Id.,

encore aujourd'hui, des fermiers qui donnaient un repas à tous leurs ouvriers et qui leurs permettaient de s'amuser toute la soirée à leur façon.

Il existait en 1797 une famile depuis environ un siècle dans le *Cupar grange estate,* dont le fermier tenait un joueur d'instrument *(a piper)* tout le temps de la moisson, lequel se mettait à souffler aux oreilles de l'ouvrier traînard [1]. On m'a assuré que dans quelques endroits on fait encore aujourd'hui corner par des enfans derrière les ouvriers paresseux.

Dans l'île de Sky le premier qui avait terminé sa moisson (en 1795) envoyait une poignée de blé à son voisin, lequel aussitôt qu'il avait fini l'envoyait à un autre qui n'était pas aussi avancé et ainsi de suite jusqu'à ce que tout le blé était coupé. On appelait cette petite gerbe, *the Cripple goat* et aussi *Gaobbir Bhacagh,* elle restait au fermier le plus en retard comme un reproche à sa paresse, ce qui l'obligeait de rentrer chez lui, aussitôt qu'il pouvait, pour échapper aux huées. [2]

Dr Johnson [3] parle d'une moisson qu'il avait vu dans les Hébrides, les coups de faucille resonnaient en cadence sur un *harert-song* que tous les moisonneurs chantaient à la fois [4].

[1] *Statistical account of Scotland*, vol. XIX, p. 348, 8o. Edimb. 1797, *Parish of Bandothy, County of Perth.*

[2] *Gentleman Magazine*, feb. 1795, p. 124. *From some reflexions by the rev. Donald. M. Queen of Kilmir in the Isle of Sky.*

[3] Dr JOHNSON, *Four of the Hebrides.*

[4] Que des *Harvast songs* existaient anciennement il n'y a aucun doute. BISHOP KENNETT en parle dans le *Glossary* de ses *Parochial antiquities* au mot *dytenum. Hemines de Hedyngton ad curiam Domini singulis annis inter festis S. Michalis et festum S. Martini, venient cum toto et pleno Dyteno, sicut hactenus consueverunt.* Dans les *Old ballads historical et narrative collected by* THOMAS EVANS in-4o vol. 1784, London, on en trouve quelques-uns.

Il est à remarquer que les Highlanders d'Écosse ont encore l'habitude de faire tous les ouvrages où plusieurs prennent part et qui demandent quelque régularité, au son de quelque chant qui souvent n'a aucune idée et marque seulement la mesure. L'ancien chant procéleusmatique qui animait les rameurs des galères pourrait bien avoir été du même genre. Le Hébridiens au temps du Dr Johnson, avaient l'habitude de chanter en ramant.

Dans quelques-unes des Hébrides et dans les îles Orkneys il existait, et je ne m'étonnerais pas si cela existait encore, une singulière superstition : il était un jour où les manants s'abstenaient de travailler au champ, à l'époque de la moisson, parce qu'une ancienne tradition leur disait que s'ils s'avisaient de travailler le sang jaillirait des sillons [1].

Il y aurait moyen de continuer les citations à l'infini, je crois avoir démontré suffisamment l'antiquité de l'usage.

[1] BRAND. *Description of the orkney Irland*, in-4°. Edimb. 1805. — MARTIN. *Description of the matern Irland of Scotland*, p. 368.

CURIOSITÉS GÉNÉALOGIQUES

PAR

F.-V. GOETHALS,

Conseiller de l'Académie.

II.

DE VOS.

I. Robert DE Vos, échevin du village de Nederheembeek, mort le 9 janvier 1627, épousa Élisabeth *van Wassenhoven.* Il gisent à Nederheembeek. Leur pierre tumulaire portait l'inscription suivante :

Hier legt begraven Robreght DE Vos, schepenen van Heembeek, die sterft den 9 january anno 1627, ende Elisabeth *van Wassenhoven*, syne huysvrouwe, sterft.......... hebben t' saemen gehuwd geweest 54 jaeren. Bidt voor de zielen.

De ce mariage naquit un fils, savoir :

II. Jean DE Vos épousa Marie *van Ophem*, décédée le 4 juin 1664, fille de Henri *van Ophem* et d'Anne *Lemmens.* Jouissant d'une belle fortune, il forma le projet de la mettre à profit, en donnant une brasserie à chacun de ses garçons, capables d'en faire l'exploitation. L'idée d'accaparer successivement le commerce de la bière était un projet collossal dont l'exécution ne fut pas au-delà de leurs moyens.

Jean DE Vos et Marie *van Ophem* ont laissé huit enfants, savoir :

1° Anne DE Vos, née à Nederheembeek le 10 octobre 1614, se maria, le 12 mai 1637, à l'église de ce village, avec Martin *Draelant;*

2° Jean, qui suit :

3° Lambert DE Vos, né le 24 octobre 1618, s'est établi à Lembeek ;

4° Gilles DE VOS, né à Nederheembeek le 5 octobre 1620, épousa Anne *de Troen*. Il vint s'établir en qualité de brasseur à Bruxelles, rue de l'Évêque. De ce mariage naquit une fille, savoir :

Marie DE VOS, née le 12 juillet 1651.

5° Josse DE VOS, marchand de vins à la maison de Blé à Bruxelles, né à Nederheembeek le 19 septembre 1622, épousa, en 1648, Madelaine *Rombauts*, née le 10 mai 1629, décédée à Bruxelles et inhumée aux Récollets, fille de Henri *Rombauts* et d'Élisabeth *van der Elst*. De ce mariage naquirent quatorze enfants, savoir :

A. Jean, mort en bas-âge ;
B. Jacqueline DE VOS, née le 24 septembre 1650, décédée le 11 avril 1737, à l'âge de 87 ans, se maria, en 1669, avec François *van Cutsem*, brasseur, mort à Bruxelles le 10 février 1711, fils de Henri *van Cutsem* et de Catherine *van Lelieboom ;*
C. Jean DE VOS, récollet sous le nom de *Bernard*, né le 23 juillet 1652, mort en 1727 et enterré à Bootendael;
D. Madelaine DE VOS, née le 21 mars 1654, décédée le 3 octobre 1736, à l'âge de 83 ans, et inhumée aux Grands-Carmes à Bruxelles, se maria en premières noces en 1675, avec André *Ydens*, fils de Jean-Baptiste *Ydens* et de Catherine *de Backer ;* et en secondes noces avec André *Aertsens*, mort le 28 janvier 1725 et enterré aux Récollets à Bruxelles ;
E. Anne DE VOS, religieuse à Cortenberg, née le 23 mars 1656, jubilarisée le 11 septembre 1725 ;
F. André DE VOS, né le 15 février 1658 ;
G. Marie DE VOS, née le 23 mai 1660, décédée en bas-âge ;
H. Henri DE VOS, né le 2 juin 1662, mort jeune ;
I. Josse DE VOS, né le 7 septembre 1664, mort jeune ;
J. Elisabeth DE VOS, née le 25 décembre 1665, décédée en bas-âge ;
K. Josse DE VOS, moine à l'abbaye de Grimbergen, né le 7 septembre 1667, mort le 3 janvier 1691, âgé seulement de 23 ans ;
L. Catherine DE VOS, née le 6 juin 1669, décédée le 14 juin 1753, à l'âge de 84 ans, se maria en premières noces le 5 octobre 1686, avec Jean-Baptiste *vander Straeten*, mort le 14 février 1690 ; et en secondes noces, le 8 août 1690, avec François *Stevens*, mort le 21 février 1746, fils de Jean *Stevens*, receveur de la venerie royale aux Pays-Bas, et de Jacqueline *Ydens ;*
M. Elisabeth DE VOS, née le 25 mars 1672, décédée en bas âge.
N. François DE VOS, né le 8 juillet 1674, mort en 1697.

5. André DE VOS, né le 14 août 1624, mort à Bruxelles le 15 juillet 1678, épousa Élisabeth *Sammels*. Nous donnons leur descendante, ci-après ;

6. Henri DE VOS, chapelain de la collégiale de Sainte-Gudule à Bruxelles, né le 18 avril 1628, mort le 5 janvier 1684, âgé de 66 ans, et enterré à Sainte-Gudule ;
7. George DE VOS, né le 5 février 1630, mort en célibat et enterré à Nederheembeek ;
8. Pierre DE VOS, né le 3 novembre 1632, mort le 3 juin 1671, âgé seulement de 39 ans; et enterré à Nederheembeek, épousa, en 1662, Elisabeth *van der Veken,* qui convola avec Philippe *Van den Houten.*

Pierre DE VOS laissa quatre enfants tous nés et baptisés à Nederheembeek, savoir :

A. Arnoud DE VOS, né le 25 novembre 1665; mort le 19 juin 1691;
B. Anne DE VOS, née le 3 mars 1667;
C. Barbe DE VOS, née le 12 février 1671, se maria avec Pierre *Bruylants*;
D. Madelaine DE VOS, née le 7 octobre 1669, mariée : 1° à Philippe *Jacobs;* et 2° le 29 janvier 1696, à Luc *Straetmans.*

III. Jean DE VOS, brasseur, rue de Flandre à Bruxelles, né à Nederheembeek, le 10 juillet 1616, épousa Anne *van Steensel*, fille de Jacques *van Steensel* et d'Anne *Mertens*, dont :

1. Josse qui suit :
2. Jeanne DE VOS, née à Bruxelles le 23 décembre 1664 et baptisée à Sainte-Catherine, décédée le 6 avril 1731, se maria avec Charles *Wouwermans,* mort le 6 février 1734, à 68 ans, fils de Henri *Wouwermans* et d'Anne-Marie *van Meldert.* Ils ont été inhumés à l'église de Finis-Terræ, à Bruxelles.
3. Marie DE VOS, née à Bruxelles en 1662, et baptisée à Sainte-Catherine, décédée à Bruxelles le 21 avril 1706, âgée de 44 ans, et inhumée à Sainte-Catherine, se maria : 1° avec Barthélemi *Meulepas*, mort le 28 mars 1700 et enterré à l'église de Sainte-Catherine susdite et 2° le 1 octobre 1701, avec Josse *d'Hamere*, apothicaire à Bruxelles, né à Gand le 6 juin 1674, mort le 1 décembre 1754, âgé de 80 ans, et enterré à Sainte-Catherine. Il convola avec Elisabeth *Wafelaers.*

IV. Josse DE VOS, premier official des états de Brabant au bureau du receveur Van Velden, né à Bruxelles au mois de décembre 1665 et baptisé à Sainte-Catherine, mort le 25 novembre 1713 et enterré à l'église Sainte-Catherine à Bruxelles, épousa, en janvier 1704, Anne-Claire *Denys*, née en 1688, décédée le 28 juin 1741, âgée de 53 ans, et inhumée à

Luxembourg, fille de Jacques *Denys* et d'Anne *Loyaerts*. Elle convola avec Pierre-Charles, baron *de Winterfeldt*. Josse DE Vos a laissé :

1° Anne-Marie-Caroline DE Vos, née à Bruxelles le 21 décembre 1704, se maria, le 4 juin 1734, avec Henri *t'Kint*, épicier, veuf de Marie *Rigeleer* et de Marie *Van Laethem*, mort le 5 avril 1744, à l'âge de 72 ans, et enterré à Sainte-Catherine à Bruxelles, fils de Pierre *t'Kint* et de Jeanne *Crockaert*, sa première femme.

Les enfants d'Anne-Marie-Caroline DE Vos furent les héritiers légitimes de leur oncle le baron DE Vos, savoir Louis et Catherine *t'Kint* et Élisabeth Christine *de Winterfeldt*. Ceci est prouvé par l'acte dont voici un extrait : Alzoo sieur Ludovicus ende jouffrouwe Catharina *t'Kint*, broeder ende suster, kinderen van jouffrouwe Anna-Maria-Carolina DE Vos, halve suster van vrouwe Elisabeth-Christina *de Winterfeldt*, in houwelyk gehad hebbende den heere baron Petrus-Carolus *de Winterfeldt*, van intentie waren, van bloedswegen, naerhede by te leggen over seker stuk lands..... verkogt door vrouwe Carolina *de Winterfeldt*, eenige dochter van den voorseyden heere baron Petrus-Carolus, baron *van Winterfeldt*, ter assistentie ende autorisatie van haren man den heere Hyacinthus-Franciscus-Josephus *de Fourmestraulx*, heere van Gussignies, aen jouffrouwe Catharina-Isabella-Josepha *Houseaux*, weduwe wylen d'heer Joannes-Franciscus *Riga*, ende om te voorkomen alle onnoodige onkosten die daer over zouden kunnen gereysen, zoo ist dat op heden is gecompareert de voorseyde jouffrouwe Catharina-Isabella-Josepha *Houseaux*, weduwe d'heer *Riga*, ter eenre; ende de voorseyde sieur Ludovicus ende juffrouve Catharina *t'Kint*, ter tweedere andere zyde ; welke eerste comparante verklaert by dezen te retrocederen ende afstand te doen aen de tweede comparanten, ontfangende hetzelven zoo voor hun als voor hunne mede bloedverwanten ende erfgenamen fideicommissaire van wylen den heere Joannes-Baptista-Franciscus, baron DE Vos, in zyn leven chevalier van het krygs-order van Maria-Theresia, van hoogloffelyke gedagtenisse, lieutenant-generael ende bevelhebber van het corps de genie, binnen deze Nederlanden ende raed van finantien van zyne voorseyde majesteyt, om deel te maken van het fideicommis geordonneert by zyn eygenhandig geschreven testament, gedagteekend 13 april 1772, gesloten 12 february 1779 ende geopend 5 september 1783, door my ondergeschreven notaris ende getuygen ter zaeke, etc.

2° Jeanne-Thérèse DE Vos, née le 10 septembre 1706 ;

3° Jean-Baptiste-François, baron DE Vos par lettres-patentes du 5 décembre 1772 et serment fait le 23 juin 1773 ès mains du duc de Lorraine, gouverneur et capitaine-général des Pays-Bas, une des notabilités militaires du dernier siècle, né à Bruxelles le 21 septembre 1711, mort dans la même ville le 4 septembre 1783 et enterré aux Pauvres Claires, épousa, par contrat passé à Weineren, le 7 avril 1763, Marie-Charlotte, comtesse *de Hohen-Embs*.

Je possède l'acte suivant :

« La soussignée en conséquence d'un commun accord avec le conjointement soussigné son époux, sont convenus, de gré à gré, que, vu les raisons et circonstances qui mettent obstacle à pouvoir habiter ou vivre ensemble, ladite épouse soussignée a consenti, comme elle atteste de consentir par cette irrévolablement, de vivre toujours séparément de son époux, s'engageant expressément qu'elle ne fera jamais aucune démarche ou représentation au contraire, que du consentement et volonté de son époux, etc. Fait à Luxembourg le 10 mai 1764. »

Marie-Charlotte, comtesse *de Hohen-Embs*, testa le 26 décembre 1766 pardevant le notaire *Brosius*, à Luxembourg; elle est décédée peu de temps après.

Voici les lettres patentes susdites :

« Marie-Thérèse, etc. salut! De la part de notre cher et féal Jean-Baptiste-François DE Vos, chevalier de notre ordre militaire, colonel et directeur des fortifications en nos provinces Belgiques, conseiller en notre conseil des domaines et finances et commandant le corps du génie dans lesdites provinces, nous a été très-humblement représenté qu'il serait issu d'une famille fort ancienne et, du côté maternel, d'une des patriciennes de notre ville de Bruxelles; qu'il aurait commencé à servir dès sa jeunesse dans le régiment d'infanterie d'Hartopp qui est aujourd'hui celui de Deynze, d'où il serait passé ensuite au corps du génie dans lequel on l'aurait d'abord employé aux nouvelles fortifications de Luxembourg; qu'il aurait fait trois campagnes en Hongrie, où il se serait trouvé aux batailles à Kronska et de Panhova, et en 1739 à la défense de Belgrade; que de là il aurait été employé à différentes places et commissions dans nos Pays-Bas; qu'ensuite il aurait servi dans la première guerre contre le roi de Prusse où il aurait fait cinq campagnes, pendant lesquelles il aurait dirigé le siège de Sonnenstein en 1758; et l'une des attaques de la ville de Dresde en 1759 dont il aurait également dirigé les ouvrages comme chef ingénieur en 1760; et qu'en la même qualité il aurait servi aussi à l'attaque et bombardement de cette place; qu'il se serait de même trouvé à la prise et bataille de Torgau, dirigé en chef le siège de Wittemberg; et qu'enfin, en considération de ses services, il a été honoré de la croix de notre ordre militaire; et comme par l'article 37 des statuts du même ordre, nous promettons d'accorder le titre de baron à ceux d'entre les chevaliers qui le demanderont et de leur en faire dépécher les lettres-patentes exemptes de tous droits royaux, il nous supplie très-humblement de daigner de le lui conférer sous son nom de Vos au port des anciennes armoiries de sa famille qui sont un écu d'azur à la terrasse de sinople au renard courant et contourné d'or, surmonté d'un heaume au naturel, ayant pour cimier un renard naissant, pareil a celui de l'écu, et de lui permettre, pour plus ample grâce, de les décorer de deux lions d'or, armés et lampassés de gueules pour supports, et de prendre pour devise *Fortitudini;* Nous etc. et voulant le faire jouir pleinement de toutes les faveurs et privilèges qu'il nous a plu d'attacher à la qualité de chevalier de notre ordre militaire, nous déchargeons et exemptons le même Jean-Baptiste-François DE Vos du payement des droits royaux qui seraient à payer à notre caisse à l'occasion de nos présentes lettres-patentes etc., Vienne 4 décembre 1772.

III. André DE Vos, né à Nederhumbeek le 14 août 1624, mort à Bruxelles le 15 juillet 1678 et enterré aux Augustins, était fils puîné de Jean DE Vos et de Marie *Van Ophem*. Il épousa Élisabeth *Sammels*, décédée à Bruxelles le 20 août 1662 et inhumée à l'église de Sainte-Catherine, fille de Guillaume *Sammels* et d'Élisabeth *van Cutsem*. Il s'était établi comme brasseur aux environs du grand Béguinage. De ce mariage sont nés cinq enfants, savoir :

1° Guillaume qui suit :
2° Élisabeth DE Vos, décédé le 21 novembre 1737, à l'âge de 84 ans, et inhumée auprès de son père aux Augustins ;
3° Catherine DE Vos, décédée au mois d'avril 1735, se maria, le 18 juin 1679, avec Paul *van Cutsem*, mort le 9 août 1722, fils de Henri *van Cutsem* et de Catherine *Lelieboom*. Ils gisent à Notre-Dame de la Chapelle à Bruxelles ;
4° Barbe DE Vos, décédée le 2 avril 1734, se maria à Jacques-Joseph *Symons*, avocat au conseil souverain de Brabant, mort le 10 septembre 1706. Ils gisent aux Récollets à Bruxelles ;
5° Jean DE Vos, mort le 20 juin, 1743, épousa Marie-Anne *Janssens*, née le 23 octobre 1674, décédée le 19 février 1729. Nous donnons leur posterité ci-après.

IV. Guillaume DE Vos, mort à Bruxelles le 13 août 1695, d'un coup de feu, la veille du bombardement, et enterré aux Récollets, épousa le 23 mai 1679, Catherine *de Kerpen*, décédée le 18 mai 1718. Il s'était établi comme brasseur au Caveau. Sa veuve convola avec Josse *van Assche*, brasseur au Lion couronné près des Grands-Carmes. De ce mariage sont nés six enfants, savoir :

1. Jean-François DE VOS, mort le 12 novembre 1720 et enterré aux Récollets;
2. Catherine DE VOS, décédée le 7 septembre 1755 et inhumée aux Augustins à Bruxelles, se maria : 1° avec Jean *t' Sas*, brasseur au Faucon et puis aux Armes d'Angleterre, veuf d'Elisabeth *van der Schueren*, mort le 10 avril 1715 et enterré dans l'église Saint-Nicolas à Bruxelles; 2° le 10 août 1715, avec François-Joseph *de Burbure*, anobli en 1722, seigneur de Wesembeek, veuf, avec un enfant, de Cécile *de Sailly*, fils de François *de Burbure* et de Catherine *Kerremans*, sa première femme; et en troisièmes noces le 17 août 1740, avec Richard-Guillaume *le Comte*, seigneur d'Orville, mort le 6 mars 1754, à 70 ans, et enterré à Notre-Dame de la Chapelle à Bruxelles;

3° Marie DE VOS, décédée le 28 septembre 1732 et inhumée aux Récollets auprès de son premier époux, se maria : 1° avec Arnoud *van der Schueren*, brasseur au Moulin à Vent, mort le 14 décembre 1724 et enterré aux Récollets à Bruxelles; et 2° au mois d'avril 1725 avec Jean-Baptiste *Pauwels*, mort le 13 février 1768 et enterré à Sainte-Catherine;

4° Guillaume, qui suit :

5° Jacques DE VOS, mort le 13 décembre 1726, à 31 ans, épousa Anne-Catherine *van Merstraeten*, décédée le 23 octobre 1755, à 58 ans. Il s'était établi comme brasseur au Cornet. Sa veuve convola, le 10 avril 1730, avec Pierre *Kockaert* qui avait été marié avec Marie-Anne *t'Serstevens*.

Jacques DE VOS laissa deux filles, savoir :

A. Pétronille DE VOS, née à Bruxelles le 17 septembre 1724 et baptisée à Sainte-Catherine, décédée le 18 janvier 1768 et inhumée à Saint-Géry de Bruxelles, se maria, le 29 juin 1754, avec Henri-Joseph *Kockaert*, ex-brasseur au Lion d'or, né à Bruxelles et baptisé à Saint-Géry le 29 juin 1720, fils de Pierre *Kockaert* et de Marie-Anne *t'Serstevens;*

B. Anne DE VOS, née à Bruxelles le 15 juin 1726 et baptisée à Sainte-Catherine.

6° Barbe DE VOS, décédée le 14 novembre 1757 et inhumée à Saint-Nicolas de Bruxelles dans le caveau de Jacques *Wouters*, se maria avec Jean-Baptiste *Beydaels*, marguiller de l'église susdite, marchand de draps, rue de la Colline, à Bruxelles, mort le 24 octobre 1761.

V. Guillaume DE Vos, né le 10 février 1691 mort le 11 février 1751, épousa, 1° le 18 juin 1715, Anne-Thérèse *van der Straeten*, née à Bruxelles le 27 décembre 1689 et baptisé à Saint-Géry, décédée le 19 juillet 1732, à 46 ans, et inhumée aux Récollets à Bruxelles, fille de Jean-Baptiste *van der Straeten* et de Catherine DE Vos; et 2° le 13 mars 1741, Ida *de Cafmeyer*, décédée le 22 février 1750 et inhumée aux Augustins à Bruxelles. Du premier mariage sont nés à Bruxelles dix enfants, savoir :

1° Catherine-Thérèse DE Vos, née le 6 avril 1716, décédée en janvier 1768 et inhumée à Saint-Jacques sur Caudenberg, se maria avec Jacques *Waernots*, agent du conseil privé;
2° Anne-Thérèse DE Vos, née le 6 août 1717, décédée le 12 mars 1718;
3° Marie DE Vos, née le 16 septembre 1718, décédée le lendemain ;
4° Jean-Baptiste DE Vos, né le 15 décembre 1719, mort le 27 du même mois ;
5° Barbe DE Vos, née le 15 janvier 1721, se maria, le 9 février 1741, avec Herman-Joseph *Fonson*, médecin, demeurant au Sablon à Bruxelles ;
6° Madelaine DE Vos, née le 5 octobre 1722;
7° Guillaume DE Vos, né le 29 octobre 1723, mort le 10 décembre suivant ;
8° Pierre DE Vos, né le 26 février 1725;
9° Guillaume DE Vos, né le 26 mai 1726, mort le 5 mai 1729;
10° François DE Vos, né le 5 mars 1729, mort le 5 mai suivant.

IV. Jean DE Vos, mort le 20 juin 1743, à l'âge de 76 ans, et enterré aux Augustins à Bruxelles, était fils cadet d'André *de Vos* et d'Élisabeth *Sammels*. Il épousa Marie-Anne *Janssens*, née à Bruxelles et baptisée à Notre-Dame de la Chapelle le 23 octobre 1674, décédée le 19 février 1729 et inhumée aux Récollets à Bruxelles, fille de Michel *Janssens* et d'Élisabeth *Schotte*. Il s'était établi comme brasseur à l'Éléphant. Leur testament conjonctif a été passé par-devant le notaire *van der Borght*, le 30 mai 1722; et leur succession a été partagée par-devant le notaire *J.-B. Jacobs*, le 17 mars 1744.

De ce mariage sont nés à Bruxelles et baptisés à Saint-Géry, huit enfants, savoir :

1° Élisabeth DE Vos, née le 12 décembre 1698, décédée en bas âge;

2° Barbe-Joseph DE Vos, née le 21 février 1701, décédé le 14 novembre 1767;
3° Michel, qui suit :
4° Isabelle DE Vos, née le 19 juin 1705, décédée le 16 avril 1745;
5° Marie-Anne DE Vos, née le 25 octobre 1707;
6° Catherine-Josèphe DE Vos, née le 5 mai 1710, décédée le 10 août 1756;
7° Jeanne-Josèphe DE Vos, née le 3 septembre 1713;
8° Jeanne-Marie DE Vos, née le 11 février 1716, décédée le 24 mars 1755 et inhumée à Sainte-Gudule de Bruxelles, se maria, le 8 octobre 1737, avec Louis *Sagermans*, né le 3 juillet 1713, mort le 8 juin 1766 et enterré à Finis-Terræ, fils de Pierre-Martin *Sagermans* et d'Anne-Philippine *Abeets*. Il convola, le 10 novembre 1765, avec Catherine *Moris*, veuve de Jacques *Platteborse*.

V. Michel DE Vos, né à Bruxelles et baptisé à Saint-Géry le 24 mars 1703, mort le 1 avril 1775, épousa, le 9 février 1727, à l'église de Saint-Géry susdite, Marie *Louts*, décédée le 13 juillet 1778, fille d'Adrien. Il s'était établi comme brasseur à l'Éléphant près du poids de la ville. Ils gisent à Saint-Géry. De ce mariage sont nés trois enfants, savoir :

1° Pétronille-Jeanne DE Vos, née le 15 mars 1733, décédée le 5 février 1738;
2° Barbe-Josephe DE Vos, née le 23 octobre 1739, décédée en couches de son sixième enfant, le 28 février 1766, se maria, le 22 décembre 1756, à Saint-Géry avec Josse-Laurent *'t Kint*, né le 16 novembre 1722, mort le 11 août 1781. (Voyez *Miroir*, t. I. p. 259);
3° Isabelle-Josèphe DE Vos, née le 17 décembre 1742, décédée le 17 mars 1775, se maria, le 15 avril 1765, à Saint-Géry, avec Louis-Joseph *Robyns*, avocat au conseil de Brabant, né à Assche le 8 novembre 1740, fils de Pierre *Robyns* et d'Anne-Marie *de Heeze*.

III.

VAN CUTSEM.

1. Henri VAN CUTSEM, fils de François van Cutsem, épousa Elisabeth *van Zeele;* elle était veuve le 8 juin 1585.

Par acte passé par-devant les échevins de Bruxelles le 16 mai 1572 Henri VAN CUTSEM, fils de François, et Elisabeth *van Zeele*, sa femme, achetèrent une brasserie portant pour enseigne le *Soleil* et sise à Bruxelles rue des Teinturiers : Tot behoeff Henrix VAN CUTSEM, brouwere, zone wylen Vranx VAN CUTSEM, ontfaende tot behoef van hem selven ende van Lysbette *van Zeele*, zynder huysvrouwe, een hofsstadt metten huysen ende comme daer op staende, met alle de commegerechte daertoe dienende gelegen binnen de voorseyde stadt van Bruysele in de Verwer-Straete, geheeten de Zonne, tusschen de goeden des heeren Franchois *van Dorne*, priesters t' Sinte Guercix Weert, in d'een zyde.

Ils étaient décédés en 1585 laissant plusieurs enfants, ce qui résulte de la pièce suivante :

Condt zy allen dat Pieter '*T Serstevens* in den naeme van Cathelyne *Paridaens*, dochter wylen Jans *Paridaens* ende weduwe wylen Jans *de Bruyne*, opgedragen in de handen Jans *van Cattenbrouck*, secretaris der stad Bruyssele, van wegen de erfgenaemen wylen Jacops *Houwaert* : van wegen der erfgenaemen wylen Margriete *van der Noose*, weduwe wylen Aerts *de Bruyne*, tot behoeff Jacques *Houtmans*, ontfaende in den naeme ende tot behoeff van Henrik, Andries, Pieteren Cathelynen ende Anne *van Cutsem*, kinderen wylen Henricx *van Cutsem*, die hy hadde van wylen Elisabeth *van Zeele*, zyne huysvrouwe was, alle 't recht, actrepaert ende deel der voorseyden Cathelyne *Paridaens* competerende. Te Brussel 18 january 1585.

1° Henri, qui suit :
2° André VAN CUTSSEM.

Condt zy allen dat Hermes *Neyt*, in den naem van Andreas VAN CUTSSEM, sone wylen Henricx VAN CUTSSEM, dien hy hadde van wylen Elisabeth *van Zeele*, synen huysvrouwe was, heeft overgegen tot behoeff van Henrick en

VAN CUTSSEM, broeder is voorseyde Andries, ende van Anna *Moriaens*, zynen huysvrouwe. Brussele 1592, 23 décember.

3° Pierre VAN CUTSSEM épousa Jeanne *de Becker*, veuve d'Engelbert *van Ophem*, fille de Jean *de Becker* et de Gertrude *van der Meeren*.

De ce mariage naquit une fille, savoir :

Jeanne VAN CUTSEM, mariée à Adrien *van Merstraeten*.

4° Catherine VAN CUTSSEM ;
5° Anne VAN CUTSSEM.

II. Henri VAN CUTSHEM épousa Anne *Moriaens*, décédée à Bruxelles le 29 septembre 1617 et inhumée à St-Géry sous une pierre ornée de leurs écussons, fille de Henri *Moriaens*.

Voici deux fragments de deux actes passés par-devant les échevins de Bruxelles, à l'appui de cette génération ;

Condt zy allen dat Karel *vander Borcht*, zone wylen Henricx *vander Borcht*, dien hy hadde van wylen Goedele *Was*, synder huysvrouwe was, heeft opgedragen tot behoeff Henricx VAN CUTSHEM, son wylen Henricx VAN CUTSHEM, ontfaende in den naem ende tot behoeff van hem zelven ende van Andriesen, Pieteren, Kathalyne ende Anna VAN CUTSHEM zyne broeders ende susters. Te Brussel lesten april 1585.

Condt zy allen dat Cristiaen *de Visch*, coopman van Tappisseryen, binnen dese stadt van Bruessele, sone wylen Pieter *de Visch*, heeft opgedraegen, tot behoeff Henrix VAN CUTSSEM, brouwere, sone wylen Henricx VAN CUTSSEM, onfaende in den naeme ende tot behoeff van hem zelven ende van Anna *Moriaens*, zynder huysvrouwe. Te Bruessele 1596, 18 november.

La succession délaissée par Henri VAN CUTSHEM et Anne *Moriaens* fut partagée par-devant les échevins de Bruxelles le 10 janvier 1622 :

Allen condt Paul *Baert*, licenciaet in de rechten, heere van Berentrode, ende Jan *van Gindertaelen*, schepenen te Bruessele, saluyt ! Condt... gecompareert zyn Henrik VAM CUTSEM, soene wylen Henricx VAN CUTSSEM, die hy hadde van wylen jouffrouwe Anne *Moriaens*, zyne huysvrouwe was, ter eenre; item Jan VAN CUTSSEM, broeder van vader ende moedere des voorseyde Henricx VAN CUTSSEM, ter tweeder; item Picter VAN CUTSSEM, oock broeder van vader ende moeder der voorschevene Henricx ende Jan VAN CUTSSEM, ter derden; item heer ende meester Augustyn VAN CUTSSEM, licenciaet in de rechten ende advocaet in den raede van Brabant, oock broeder van vader ende moeder des voorschrevenen Henricx, Jan ende Pieter VAN CUTSSEM, ter vierder; item juffrouwe Johanna VAN CUTSSEM, suster van vader ende moeder, der voors. Henricx, Jans, Pieter ende heer ende meester Augustyns VAN CUTSSEM, ende Pieter *Gheerems* haeren man ende momboir, ter vyfster; item jouffrouwe Petronelle VAN CUTSSEM, jonghe dochter, oock suster van vader ende moeder des voornoemde Henricx, Jan, Pieter en heer ende meester Augustyns, ende jouffrouwe Johanna VAN CUTSSEM, ter sester; item Joos *Cuyermans*, als particulier momboir van Pauwel *Sophie*, minderjarige zone wylen Pauwels *Sophie*, daer moeder aff was jouffrouwe Anna VAN CUTSSEM, insgelycx suster, als sy leefde, van vaderende moeder der voorschreven Henricx, Jan, Pieter, heer ende meester Agustyn, jouffrouwe Johanna ende Petronella VAN CUTSSEM, ende na vermogen vanconsente ende authorisatie hem by myneheeren overmomboiren van de weesen der voorseyde stadt. Te Bruessele 1622, 10 january.

1o Henri, qui suit :

2o Jean VAN CUTSEM, né en 1587, mort sans hoirs,. le 14 août 1637; sa succession a été partagée le 10 mai 1641 :

Allen enz., Willem *van Blitterswyck* ende Nicolaus *Hartius*, beyde licenciaeten in de rechten, schepenen te Brussele, saluyt! t'gecompareert sieur Pieter VAN CUTSEM, rentmeester deser stadt Brussele, sone wylen Hendricx VAN CUTSEM, ter eenre; item, heer ende meester Augustyn VAN CUTSEM, licenciaet in de rechten ende advocaet in den raede van Brabant, broeder der voorseyde Pieter VAN CUTSEM, ter tweeder; item Jouffrouwe Joanna VAN CUTSEM, suster der voorseyde sieur Pieters ende heer ende meester Augustyn VAN CUTSEM, met sieur Pieter *Geerems*, insgelyks rentmeester der voorseyde stadt Brussele, der voorseyde Jouffrouwe Joannna VAN CUTSEM man ende momboir, het derden; item Joncker Jan *Elshout*, raedt ende rentmeester generael van zyne coninclycke majesteyts domeynen van Zeelandt, bewester schelt, in den naem van jouffrouwe Petronella VAN CUTSEM, insgelyckx suster des voorseyde sieur Pieters, heer ende meester Augustyn ende Jouffrouwe Joanna VAN CUTSEM, ende uyt crachte der speciale procuratie hem by deselve Jouffrouwe Petronella VAN CUTSEM hier toe sonderlinge gegeven ende verleent 11 january lestleden, ter vierder; item ende den voorseyde joncker Jan *Elshout*, in den naem ende als procuratie hebbende van jouffrouwe Maria *Peetervloets*, weduwe wylen sieur Hendrik VAN CUTSEM, als moeder ende nomboiresse van Jenneken ende Maria VAN CUTSEM, haere kinderen, by huer behouden van den voorseyde wylen sieur Henrick VAN CUTSEM, haeren manne, die oock broeder was, als hy leefde, des voorseyde Peeter, heer ende meester Augustyn, Jouffrouwe Johanna ende Petronella VAN CUTSEM, ende uyt crachte van procuratie etc. hebben gedeylt alsulcke goederen op hun verstorven door de doot ende aflyvicheyt van wylen Jan VAN CUTSEM, hunnen broeder ende oom etc. Brussele 1641, 10 meye.

3° Pierre VAN CUTSHEM, né le 28 avril 1589, mort le 13 décembre 1655, épousa Cécile *van Merstraten*, décidée le 21 juillet 1642. Nous donnons leur postérité ci-après ;

4° Augustin VAN CUTSHEM, avocat au conseil souverain de Brabant, né en 1591, mort à Bruxelles le 14 novembre 1676 et enterré à Saint-Géry, épousa Sabine *Snavels*.

Il résulte d'un acte passé par devant deux chanoines du chapitre d'Anderlecht que maitre Augustin VAN CUTSEM était veuf en 1654 : Gecompareert is en hunne persoone Geeraert *de Clerq*, soo in den naem ende van wegen heer ende meester Augustyn VAN CUTSEM, licenciaet in de rechten ende advocaet van raede van Brabant ; als oock in den naem ende van weghen Pieter, Maria ende Clara VAN CUTSEM, syne kinderen, by hem behouden van wylen jouffrouwe Sabina *Snavels*, syne huysvrouwe, 14 february 1654.

6° Jeanne VAN CUTSEM, décédée à Bruxelles, en 1626, et inhumée à Saint-Géry, mariée à Pierre *Geerems*, receveur de la ville de Bruxelles;

7° Pétronnelle VAN CUTSSEM, sans alliance;

8° Anne VAN CUTSSEM, née le 1 mai 1582, se maria avec Paul *Sophie* ;

9° Corneille VAN CUTSEM, né à Bruxelles et baptisé à Saint-Géry le 6 août 1596, étant tenu sur les fonts par Henri *Jacobs* et Catherine VAN CUTSEM.

III. Henri VAN CUTSSEM, né en 1584, mort le 29 octobre 1639, épousa Marie *Peetervloets*.

Leur succession fut partagée par acte du 10 mai 1640, entre leurs deux enfants, que voici :

1° Jeanne VAN CUTSSEM ;

2° Marie VAN CUTSSEM, mariée à Luc. *van der Haeren*.

III. Pierre VAN CUTSHEM, né le 28 avril 1589, mort le 13 décembre 1655, était fils de Henri VAN CUTSSEM et d'Anne *Moriaens*. Il épousa, le 26 janvier 1619, à l'église de Saint-Géry à Bruxelles, Cécile *van Merstraten*, décédée le 21 juillet 1642, fille de Jean *van Merstraten* et de Cécile *van den Zype*. Ils gisent à Saint-Géry dans le caveau de la famille van Cutshem.

De ce mariage sont nés trois enfants, savoir :

1° Pierre, qui suit :
2° Marie VAN CUTSEM ;
3° Claire VAN CUTSEM.

IV. Pierre VAN CUTSHEM, licencié en droits à l'université de Louvain le 11 mars 1644, puis avocat au conseil souverain de Brabant, né à Bruxelles et baptisé à St-Géry le lendemain, étant tenu sur les fonts par Pierre *Geerems* et Cécile *van der Zypen*, le 16 octobre 1619, mort le 23 novembre 1673, épousa, par contrat passé à Bruxelles par-devant le notaire van Nuvele, le 4 février 1649, et à l'église le 7 mars 1649, Marguerite *Verheylewegen*, décédée le 9 mai 1685. En vertu d'un octroi du 31 août 1672, ils testèrent conjointement le 30 mai 1673.

Voici un extrait de leur contrat de mariage :

Op heden 4 february 1649, comparerende voor my Petro *van Nuvele*, openbaer notaris enz., heer ende meester Pieter VAN CUTSHEM, licenciaet in de rechten ende advocaet in den raede van Brabant, jonghman, toecommende bruydegom, geassisteert van sieur Pieter VAN CUTSHEM, synen vader, oud rentmeester ende tegenwoordige borghemeester uytter natien deser voorseyde stad Brussele, ter eenre; item jouffrouw Margriete *Verheylewegen* jonghe dochtere, toecommende bruydt, geassisteerd met jouffrouwe Elisabeth *d'Harbe*, haere moeder, weduwe wylen Hendrich *Verheylewegen*, ter andre, enz.

La succession de Marguerite *Verheylewegen* fut partagée, par acte. du 7 septembre 1685, par devant le notaire Antoine *Lemmens* :

Compareert syn heer ende meester Petrus VAN CUTSHEM, avocaet van den voorseyde raede, ter eenre; item Joannes-Baptiste VAN CUTSHEM, broeder, van vader ende moeder, der voorseyde heere advocaet VAN CUTSHEM, ter tweeder; item Henricus VAN CUTSHEM, broeder, van vader ende moeder, des voorseyde heer ende meester Petrus ende Joannes-Baptista VAN CUTSHEM, ter derder; ende jouffrouwe Gertrudis-Elisabetha VAN CUTHSEM, ingelyckx suster des voorseyde advocaet VAN CUTSHEM, Joannes-Baptista ende sieur Henricus VAN CUTSHEM, geassisteert met sieur Franciscus *Bassery*, desselver man ende momboir, alhier mede comparerende, ende zyne huysvrouwe, om t'gene naerbeschreven te doen authoriserende mits desen, ter vierder syde, alle kinderen wylen heer en meester Petrus VAN

CUTSHEM, in synen levene advocaet enz., ende jouffrouwe Margareta *Verheylewegen*, gehuysschen, doen sy leefden, hunne ouders, enz.

1° Pierre VAN CUTSHEM, né le 25 décembre 1649, mort le 27 avril 1707. Sa succession a été partagée le 25 avril 1709 :

Compareert, etc., jouffvrouwe Maria-Anna *t' Went*, weduwe wylen sieur Jan-Baptista VAN CUTSEM, als moeder ende momboiresse van Petrus VAN CUTSEM, Isabella VAN CUTSEM, huysvrouwe van d'heer Joseph *Bellot*, Jean-Baptiste VAN CUTSEM, Maria-Anna VAN CUTSEM ende van Guillelmus VAN CUTSEM, haere kinderen, gestelt by testament van wylen heer ende meester Petrus VAN CUTSEM, in syn leven licenciaet in byde de rechten ende advocaet van den souvereynen raede van Brabant, volgens den testament gepasseert voor my notaris ende getuygen den 3 january 1707, ter eenre; ende jouffrouwe Geertruyde-Elisabeth VAN CUTSEM, weduwe van wylen sieur Frans *Bassery*, in synen levene outborghmeester uytter natien deser stadt, oock als moeder ende momboiresse by den voorseyden testamente gestelt over jouffrouwen Margarita, Magdalena-Theresia, Anna-Francoise ende Maria-Anna *Bassery*, haere kinderen, ter andere zyde; welcke voorschrevene comparanten, met overstaenen de bywesen van heer Andreas *Verheylewegen*, priester, sieur Jacobus *van Assche* wegens die eerste comparanten; ende van sieur Francois *van den Dycke* ende sieur Michiel *van den Dycke*, synen sone, wegens de tweede comparanten, hunnen respectieve naeste vrienden, op den voet ende in conformiteyt van den voorseyde, testamente, verclaeren met onderlinge consente te hebben gedeylt, etc.

2° Élisabeth-Cécile VAN CUTSHEM, née le 28 juillet 1651, décédée le 13 décembre 1652;

3° Jean-Baptiste, qui suit :

4° Henri VAN CUTSHEM, greffier des chef-tuteurs de la ville de Bruxelles, né à Bruxelles et baptisé à Saint-Géry le 15 février 1658, mort en célibat le 5 juin 1689 et enterré dans le caveau de la famille dans cette église;

5° Gertrude-Élisabeth VAN CUTSHEM, née à Bruxelles le 2 décembre 1660 et baptisée à Saint-Géry, décédée le 5 juin 1737, se maria, le 19 février 1678, à l'église de Notre-Dame de la Chapelle, avec François *Bassery*, né le 23 septembre 1649, mort le 28 mai 1694, fils de Josse *Bassery* et de Madelaine *Donderwolck*.

V. Jean-Baptiste VAN CUTSHEM, né le 9 avril 1656, mort le 5 janvier 1703, épousa, le 26 août 1679, Maria-Anne *t' Kint*, née le 1r septembre

1660, décédée le 14 février 1718, fille d'Étienne *t' Kint*, et de Marie *van Bossuyt*. Ils testèrent le 19 février 1718. Leur succession fut partagée le 8 mars 1718 par-devant le notaire P. Lion, à Bruxelles. De ce mariage sont nés sept enfants, savoir :

1° Étienne né le 28 août 1680, et baptisé le 30, mort le 22 octobre 1693;

2° Marie-Catherine, née le 8 septembre 1683, décédée le 1r juillet 1698 ;

3° Jean-Baptiste VAN CUTSHEM, prêtre, né le 9 septembre 1691, mort le 14 septembre 1738 ;

4° Marie-Anne VAN CUTSHEM, née à Bruxelles et baptisée à St-Géry le 11 mai 1694, décédée le 19 avril 1728, se maria, le 22 décembre 1719, à Notre-Dame de la Chapelle à Bruxelles, avec François *Lanne*, mayeur de Forêt, né en 1682, mort le 2 octobre 1765, fils de Jérôme *Lanne* et de Jeanne-Marie *Leermans*. Il convola avec Anne-Catherine *van de Cruys ;*

5° Pierre, qui suit :

6° Isabelle VAN CUTSHEM, née à Bruxelles et baptisée à St-Géry le 17 septembre 1685, se maria en premières noces le 25 mars 1704 avec Joseph *Bellot ;* et en secondes avec Balthazar *Bellot ;*

7° Guillaume VAN CUTSHEM, curé de Forêt lez-Bruxelles, né le 28 août 1696, mort le 18 février 1733.

VI. Pierre VAN CUTSHEM, secrétaire ordinaire du conseil souverain de Brabant par lettres patentes du 18 avril 1725, greffier du même conseil par lettres patentes du 16 octobre 1741, né à Bruxelles le 19 avril 1682 et baptisé à Saint-Géry, étant tenu sur les fonts par Pierre VAN CUTSHEM et Barbe *Vaes*, mort le 1er septembre 1777, épousa en premières noces le 25 avril 1705, Marie-Thérèse *Was*, décédée le 1er octobre 1711 et inhumée à Saint-Géry; et en secondes noces par contrat du 8 avril 1730, et à l'église de Sainte-Gudule à Bruxelles le 19 du même mois, Thérèse Françoise-Pétronille *de Cort*, décédée le 28 juillet 1735, fille de Jean Hyacinthe François *de Cort*, seigneur d'Hilvazenbeek, et de Catherine-Livine *Loyens*. Elle fut inhumée le 29 juillet 1735 dans le caveau de la famille Loyens à Sainte Gudule.

Voici un extrait de ce second contrat de mariage :

Op heden 8 april 1730, compareerde voor my etc., den heer Petrus VAN CUTSHEM, secretaris van syne kyserlycke ende catholique majesteyt en synen souvereynen raede van Brabant, weduwenaer wylen Maria-Theresia *Was*, toecommenden bruydegom, ter eenre; ende jouffrouwe Theresia

Françoise-Petronille *de Cort*, wettige dochter van den heere Joannes Hyacinthus-Franciscus *de Cort*, heere van Hilvazenbeeck, advocaet van den voorzyde raede, ende van vrouwe Catharina-Livina *Loyens*, toecommende bruyt, geassisteerd metten selven haeren vader ende moeder ter andere syden, welke comparanten hebbende geconcipieert aen te gaen hunnen aenstaenden huwelycke.

Il eut du premier mariage :

1° Corneille VAN CUTSHEM, né à Bruxelles et baptisé à Saint Géry, le 25 juin 1706, mort le 13 septembre de la même année.

2° Catherine VAN CUTSEM, née le 13 avril 1707, décédée le 21 septembre de la même année.

3° Pierre VAN CUTSEM, né le 5 juillet 1708, mort le 23 juin 1720.

Il eut du second lit :

4° Anne-Françoise VAN CUTSHEM, née à Bruxelles et baptisée à Sainte-Gudule le 17 décembre 1732, décédée le 13 septembre 1819, se maria, par contrat du 10 décembre 1755, et le lendemain à Sainte-Gudule, avec Egide-Paul *van den Cruyce*, conseiller au conseil souverain de Brabant, né le 4 janvier 1725, mort à Bruxelles le 19 juillet 1808, fils de Paschier-Jean-Augustin *van den Cruyce*, seigneur d'Aertselaer, de Cleydael et de Stoovers, bourgmestre d'Anvers, et de Marie-Mathilde *de Coninck;*

5° Marie-Catherine-Madelaine VAN CUTSHEM, née à Bruxelles et baptisée à Sainte-Gudule le 23 juillet 1735, décédée le 29 avril 1794, se maria, par contrat du 29 décembre 1767, avec Michel-Florent-Léonard *Baelmans*, seigneur de Bosières, natif de Louvain, mort le 27 février 1780, sans hoirs, fils de Pierre-Léonard *Baelmans*, premier bourgmestre de Louvain, et d'Hélène-Claire *van der Noot*.

SÉANCE GÉNÉRALE DU 20 MARS 1860.

Président : M. le Comte de KERCKHOVE-VARENT.
Secrétaire-perpétuel : M. VAN DER HEYDEN.

EXTRAIT DE LA SÉANCE.

M. LE PRÉSIDENT OUVRE LA SÉANCE PAR LE DISCOURS SUIVANT :

« *Messieurs*,

Un souvenir de mon voyage en Espagne m'a inspiré, ces jours derniers, quelques réflexions sur l'état de l'enseignement historique et archéologique dans notre pays. Je vous demande la permission de vous les soumettre.

Ces réflexions, j'en ai bien peur, vous paraîtront peut-être sortir parfois du cercle rigoureux de vos études et s'être imprégnées un peu trop de l'influence des événements au milieu desquels nous vivons. Messieurs, un célèbre philosophe écrivait à un de ses amis : « Je n'ai pas le temps d'être moins long. « Je me permettrai de vous dire à mon tour : « pardonnez-moi ; je n'ai pas eu le temps d'être moins politique. »

C'est qu'en effet, Messieurs, il est bien difficile aujourd'hui, pour ne pas dire impossible, de s'abstraire complètement du mouvement général qui nous entraîne et dont l'activité pénètre jusqu'aux sphères les plus paisibles de la pensée et du cœur. On a beau faire et beau dire, il faut bien accepter les faits tels qu'ils se présentent, lors même que, dans sa conscience, on éprouve le besoin de protester contre ce droit nouvellement inventé des *faits accomplis*. Ce qui se discute, chaque jour, autour et au milieu de nous, depuis la tribune jusqu'au foyer domestique, depuis les palais des rois jusqu'au pied des autels, ce sont sous des aspects divers et sous des questions, en apparence, de pur détail, les conditions même de la vie des sociétés. Aussi tous les esprits sont émus, toutes les passions s'agitent, et, bon gré mal gré, il nous faut respirer cet air saturé de politique qui nous enveloppe de toutes parts.

Il y a eu une époque, Messieurs, déjà bien loin de nous, où tout devenait question théologique, où la théologie pénétrait partout, absorbait toute l'activité du monde savant, où elle était le grand aimant des intelligences, ou plutôt, comme l'a dit M. Guizot, le sang qui coulait dans les veines de la société européenne. Aujourd'hui que nous sommes, dit-on, devenus plus positifs, la politique fait ce que faisait alors la théologie et elle exerce la même absorption. A quoi bon s'en étonner ou s'en plaindre? Il vaut mieux en prendre son parti, et, puisque dans la société comme dans l'individu, *le physique agit sur le moral,* faisons en sorte, chacun dans la limite de nos moyens, que le moral puisse réagir convenablement sur le physique. En d'autres termes, mettons tout ce que nous avons de bons sentiments, de bonnes pensées, de principes et d'énergie au service des forces morales dans leur lutte contre le despotisme matérialiste des faits. Aujourd'hui plus que jamais, tout se tient dans l'humanité, tout s'enchaîne; aujourd'hui plus que jamais, on peut dire qu'il n'y a pas de rouage inutile, si petit qu'il soit, dans la grande machine du monde civilisé; aujourd'hui plus que jamais, la moindre étincelle de la pensée se répand au loin, et, grâce aux fils conducteurs suspendus de toute part, l'étincelle est devenue une puissance en se répétant dans tous les coins de la terre. Ainsi il est naturel, inévitable, que les préoccupations politiques atteignent jusqu'aux situations les plus écartées du mouvement et du bruit, que les problèmes sociaux pénètrent jusque dans les sciences mêmes qui leur semblent étrangères; et c'est aussi un devoir pour toutes les branches de l'activité humaine de ne plus s'isoler, d'accepter chacune sa tâche dans le travail commun de la grande famille, d'apporter sa part d'efforts dans l'œuvre si pénible de la constitution générale. Chaque science peut et doit redire, de nos jours, le mot célèbre de Térence « *homo sum et nihil humani a me alienum puto.* »

Parmi elles, à coup sûr, l'histoire a bien le droit de se présenter en première ligne; car l'histoire a une grande mission, une mission profondément sociale : elle raconte ce qu'ont fait les hommes du passé, non pas pour charmer une frivole curiosité, avide de spectacles ou de scandales, (cela est bon pour les *mémoires*, cette lecture si à la mode aujourd'hui;) non pas pour fournir à notre vanité le plaisir des citations et des comparaisons, mais pour former, par de sérieuses leçons, les hommes du présent et de l'avenir. La mission de l'histoire étant admise, il faut bien reconnaître le concours de ses auxiliaires naturels et ordinaires : ceux-ci ont aussi le droit de réclamer une place; ils ont aussi leur part d'influence à exercer, et par conséquent leur travail doit être réglé de manière à rendre cette influence la plus salutaire possible. Mais comment agira l'histoire pour s'acquitter de sa mission? Quel sera le caractère de son enseignement? La réponse, Messieurs, est dans la situation même du monde moderne.

Notre époque, on ne peut le nier, n'est pas une époque de principes. La société dans laquelle nous vivons a été trop travaillée par les révolutions et les changements de toute espèce pour qu'elle puisse de sitôt reprendre son assiette et se reposer à l'ombre d'un ordre de choses un peu définitif. Nous avons tous, plus ou moins, en nous le sentiment du provisoire, et le présent ne nous inspire pas une foi bien robuste. Aussi chacun s'empresse de profiter de ce qu'il a sous la main, et comme, d'une part, les intérêts matériels ont pris un immense développement, grâce à l'impulsion puissante des grandes découvertes du siècle, et que, de l'autre, les principes se sont singulièrement émoussés, tout devient de plus en plus, dans ce monde si mobile, une question de succès personnel, un appel incessant à la spéculation, à la chance, au gain. Cette tendance n'est certainement pas faite pour raffermir la conscience de l'homme; car la conscience est comme le cerveau que des ébranlements trop répétés finissent par fêler et engourdir. Cette tendance établit un niveau fatal sous lequel s'efface l'originalité des nations et des individus, et produit surtout cet abaissement des caractères dont on se plaint tant de nos jours. Par là même, elle exerce une déplorable influence dans le domaine de la littérature et de l'art, en substituant le *culte du succès* à celui du vrai et du beau.

Il est tout naturel, Messieurs, qu'au milieu de pareilles préoccupations, le passé ait perdu beaucoup de son intérêt pour la génération présente. Il ne faut donc pas s'étonner que les études classiques, les langues mortes, comme on est convenu de les appeler, soient si souvent battues en brèche, si l'on voit des hommes d'esprit et de goût traiter avec dédain et même ridiculiser les travaux laborieux et patients de ceux qui passent leur vie à éplucher des chroniques ou à élucider des légendes de saints. Mais aussi, des vies de saints, de l'hagiographie, au dix-neuvième siècle ! quelle audace ! quel contre-sens ! A la bonne heure, l'histoire des grands révolutionnaires, des girondins ou des montagnards : voilà de la vie, du mouvement, du drame ! Mais de l'hagiographie, cela ne vaut pas plus aujourd'hui que la généalogie et l'héraldique. Voilà, Messieurs, ce qui se dit autour de nous, et il faut l'avouer, c'est fort logique : l'esprit moderne est fait ainsi ; il n'aime pas l'autorité ; tout ce qui la rappelle, tout ce qui est ou paraît supériorité l'inquiète et l'irrite : il ne veut pas plus d'aristocratie dans le passé que dans le présent, et, à ses yeux, l'histoire des saints est une œuvre toute aussi aristocratique que celle des barons de la féodalité. Certes quand on a proclamé un principe, il est fort juste qu'on en déduise les conséquences. Malheureusement, dans la génération successive des conséquences d'un principe, on est souvent entraîné beaucoup plus loin qu'on ne le voudrait, et quand on veut s'arrêter, les hommes ou les faits répondent : « *il est trop tard.* » C'est là l'histoire du monde et même celle des familles : que de fois n'entendons-nous pas dire que l'autorité du chef de la famille est ébranlée, que le respect filial se perd, que la femme veut s'émanciper? et là dessus on discute et on se lamente. Mais, Messieurs, ceci encore est un résultat logique et naturel. En effet, interrogeons l'histoire ; voici ce que nous y trouvons :

Au seizième siècle, un grand mouvement se fait en Europe :

on se soulève contre le principe d'autorité ; mais, cette fois, il ne s'agit encore que de l'autorité de Dieu ; c'est elle qu'on attaque, c'est elle qu'on limite, c'est contre elle qu'on fait la première constitution. L'homme dit à Dieu : « Faisons les parts ; voilà ce » que nous te laissons ; à telles et telles conditions nous conti- » nuerons à te respecter et à nous appeler chrétiens. » Les débats furent longs et orageux, mais la constitution passa et tout le monde se déclara satisfait ou fit semblant de l'être. Après Dieu, ce fut le tour des rois : ils résistèrent de leur mieux et firent tous leurs efforts pour retenir ce pauvre principe d'autorité qui s'en allait ; mais la première digue avait été brisée et le torrent était devenu irrésistible : il fallut céder ou mourir. Après les rois, vint le tour des grands de toute espèce. Aujourd'hui le courant achève de balayer les quelques débris d'autorité qui surnagent encore par ci par là. C'est le tour des chefs de famille, des pères et des époux. Quoi de plus logique? il n'y a vraiment pas là de quoi tant se récrier. On parle souvent des contradictions de l'esprit humain : sans doute, il y a des contradictions dans les détails, dans les individus, mais non dans l'ensemble, dans le mouvement général. Quand on y regarde d'un peu près, on y constate une parfaite régularité, un développement non-seulement logique mais fatal de toutes les conséquences d'un principe jusqu'à la dernière. Nous en avons des exemples remarquables dans l'histoire contemporaine. Permettez-moi de vous en citer un qui est bien près de nous. Il n'y a pas longtemps que nous avons vu présenter fort sérieusement des plans de réforme sociale qui ont fait frémir tous ceux qui possédaient quelque chose. Des hommes fort avancés dans les idées de progrès s'en sont indignés presque autant que les *rétrogrades* et ont jeté l'anathème sur ces plans et sur leurs auteurs. Et cependant ces théories si effrayantes n'étaient, après tout, qu'une déduction naturelle, inévitable de précédents posés et admis, sinon par tout le monde, au moins par une majorité fort considérable. En effet, qu'était-il arrivé? On avait, par amour pour le progrès, pris les biens de l'église, au nom du droit de l'état; on les avait déclarés de bonne prise, en annulant sans aucun scrupule et les fondations pieuses, et les legs, et les testaments et les donations d'autres temps. L'état avait dit, parodiant le fameux mot de Louis XIV : « *La propriété c'est moi.* » Comme il ne s'agissait alors que de l'église, la noblesse et la bourgeoisie avaient répondu « c'est fort juste, il n'y a rien à objecter. » Un peu plus tard, lorsque la noblesse se fut brouillée avec la liberté au point de devoir abandonner ses biens pour sauver sa vie, l'état reprit la parole et proclama les biens des émigrés propriété de la nation. Cette fois encore, la bourgeoisie applaudit de tout cœur, et elle se montra si convaincue du droit de l'état que, lorsque la restauration voulut, quelques années après, indemniser les dépouillés, le *milliard des émigrés* devint une des grandes armes de l'opposition bourgeoise contre le gouvernement. Bientôt cette opposition devint gouvernement à son tour, et alors, à l'instar du roi Clovis et beaucoup d'autres, elle se mit bravement à adorer ce qu'elle avait brûlé, à brûler ce qu'elle avait adoré. Elle se flattait d'avoir fondé son pouvoir sur des bases indestructibles, parce que ce pouvoir était nouveau; elle se crut assez forte pour arrêter le principe révolutionnaire et ses conséquences, pour leur dire, comme Dieu aux vagues de la mer : « Vous n'irez pas plus loin. » Vous savez, Messieurs, combien peu le désillusionnement se fit attendre. Ce n'est pas tout : quelques années après, un terrible logicien sorti du sein du peuple, des rangs de ceux qui n'ont rien, qui n'avaient pas eu leur lot dans les partages antérieurs, vint étaler audacieusement, devant le monde consterné, ses plans de réforme sociale, avec cette épigraphe menaçante : *la propriété c'est le vol.* Le logicien a été condamné, ses partisans ont été hués, maudits, mitraillés, déportés; mais, hélas! les idées sont restées dans l'air; peu à peu elles pénètrent les masses, portées par l'ignorance, l'envie, la misère et ce désir de jouissances si général aujourd'hui. Elles ont même monté plus haut, elles ont affecté plus ou moins les meilleurs esprits, et aujourd'hui elles sont en train d'envahir jusqu'au droit international : la justice est devenue une pure question de force; malheur à qui n'est pas assez puissant pour défendre son bien!

Voilà, Messieurs, l'inexorable loi qui préside au développement des événements. Il y a quelquefois des temps d'arrêt qui trompent le monde : on croit le germe mort et l'on se rassure; mais il n'est que caché et, tôt ou tard, on le voit reparaître avec une force nouvelle, et la dernière conséquence achève de sortir du premier principe.

Pourquoi le croyons-nous? D'où nous vient cette foi? Elle sort naturellement, Messieurs, des enseignements de l'histoire, de l'observation du passé, de l'expérience des siècles. Assurément personne n'oserait nier l'immense utilité de l'expérience et de l'observation, qui lui sert de base et d'instrument. C'est là, en effet, le plus grand élément de toute connaissance, de tout savoir humain. Personne non plus, par conséquent, ne peut douter de l'utilité de l'histoire, de la nécessité de profiter de l'expérience des siècles. « Mais, dira-t-on, personne n'en doute. » Je le veux bien, personne n'en doute; tout le monde y a même une très-grande foi.

Seulement il en est de cette foi comme de beaucoup d'autres : on croit, on l'affirme bien haut, mais on agit absolument comme si l'on ne croyait pas.

Tout le monde fait plus ou moins son cours d'histoire, comme on apprend son catéchisme, à un certain âge, ou comme on apprend à danser, parce que cela est convenu, que c'est l'usage; mais, pour le plus grand nombre, cette étude n'est qu'une question de vanité ou de curiosité, rien de plus, rien de moins. Or, pour que l'histoire pût réellement et sérieusement contribuer à l'éducation, il faudrait bien se pénétrer d'une chose dans l'enseignement, c'est qu'elle doit être, avant tout, l'étude de l'homme dans le passé, le grand moyen de mûrir l'esprit en donnant de l'expérience, non pas cette expérience qu'on n'acquiert qu'à ses dépens, mais bien une expérience acquise aux dépens de nos devanciers. Je crois, Messieurs, qu'on ne peut mieux comparer l'influence d'une étude bien faite de l'histoire qu'à celle qu'exercent sur nous les voyages. Nous avons tous remarqué que l'homme qui a beaucoup voyagé à moins de préjugés, de parti-pris, moins d'illusions et de crédulité, plus de calme, de bienveillance, d'impartialité dans ses appréciations : en un mot, son esprit est plus mûr. Pourquoi? parce que, à force de voir des peuples et des institutions diverses, on finit par se dire qu'il y a partout du bon et du mauvais, on finit par retrouver partout, au fond des situations en apparence les plus opposées, les mêmes passions, les mêmes lois générales de notre nature, enfin le même pauvre cœur humain, avec ses infirmités et ses grandeurs, mais dilaté ou comprimé, selon les différences de lois, de croyances et même de climat. Les voyages hâtent donc l'acquit de l'expérience, de cette qualité tellement précieuse aux yeux de tout le monde que l'on croit faire un grand éloge d'un individu quand on dit : « c'est un homme d'expérience. » Eh bien! étudier l'histoire ce n'est, au fond, que voyager dans le passé.

Cependant voyons-nous que les jeunes gens qui ont occupé plusieurs années à cette étude aient beaucoup mûri leur jugement? Non sans doute, mais à quoi cela tient-il? On leur a fait remuer beaucoup de faits et de noms propres, discuter des événements, apprendre des dates, mais tout cela sans entrer dans la vie du passé, sans chercher l'homme sous ces hommes, sous ces acteurs qui ont défilé successivement sur la scène du monde. On les a fait voyager à travers le passé, à peu près comme voyagent la plupart des anglais à travers le continent, c'est-à-dire, un guide de voyageur à la main, dans lequel se trouvent marqués plus ou moins exactement les villes, leur population, leurs monuments, leurs hôtels, les prix des voitures, des spectacles, etc. Avec cela, on entre dans un pays, on le parcourt d'un bout à l'autre, on voit tout, excepté la vie du peuple, son cœur, sa pensée, ce qui fait son originalité, ce qui le constitue bien plus profondément que ses théâtres, ses costumes ou ses divertissements publics. On voyage ainsi pendant vingt ans, sans avoir, au fond, rien appris, et l'on rentre chez soi aussi jeune, aussi novice, aussi inexpérimenté que l'on en est sorti. Eh bien! c'est exactement là ce qui arrive à la plupart de ceux qui ont fait plusieurs années de cours d'histoire : ils ont beaucoup vu et le plus souvent ils n'ont *rien appris,* mais *beaucoup oublié.* Pour ma part, je suis persuadé qu'il en sera de même tant qu'on ne s'attachera pas, dans l'enseignement, à faire de l'histoire ce qu'elle doit être, la grande science de l'expérience humaine.

Mais, Messieurs, l'histoire étant comprise ainsi, il est évident qu'il faudra pénétrer plus avant qu'on ne le fait généralement dans la vie des peuples, mieux connaître leurs mœurs, leurs travaux, leur esprit, toute leur manière d'être; c'est à dire, qu'il faudra faire entrer beaucoup plus d'archéologie dans l'enseignement de l'histoire. Aujourd'hui, l'archéologie est l'occupation de quelques individus, une science d'amateurs, tandis qu'elle devrait être l'occupation de tous ceux qui enseignent ou apprennent l'histoire. Combien de gens y a-t-il, je vous le demande, qui sachent reconnaître une médaille, déchiffrer une charte, constater l'âge et le caractère exact d'un vieux monument? Certes leur nombre n'est pas bien grand. Cependant nous entendons dire tous les jours que, pour étudier l'histoire, il faut remonter aux *sources*. C'est fort bien; mais, pour cela, il faut pouvoir comprendre les sources. Sinon, il faut croire sur parole les quelques maîtres qui les interprètent; or ceci est peu conforme à notre esprit moderne de *libre-examen*, qui veut que chacun juge tout par soi-même.

En Belgique, Messieurs, il y a, je crois, sous ce rapport une lacune à combler. Avec un peu de bonne volonté, et grâce aux ressources du pays, à l'esprit de progrès dont il est animé, il ne serait pas bien difficile de compléter l'enseignement de l'histoire dans le sens que je viens d'indiquer. Dans un autre pays que généralement, en Europe, on croit très-arriéré, mais que l'on juge fort mal, en Espagne, on a fait pour les études historiques une chose extrêmement utile et que nous devrions imiter chez nous. On a créé à Madrid, à l'instar de l'école des chartes de France, un enseignement spécial pour l'archéologie. Cet établissement, à part tous les autres avantages, offre celui de former des sujets capables de remplir les fonctions de bibliothécaires, conservateurs, archivistes, etc. Les jeunes gens y sont admis à l'âge de dix-huit ans, après avoir subi l'examen de bachelier-es-lettres. Le cours de l'école est de trois ans. Je n'ai pas besoin de vous dire qu'on y enseigne la diplomatique, les antiquités du moyen-âge, le latin dans ses transformations successives jusqu'à son absorption dans le Roman, etc.

Pourquoi, Messieurs, n'établirait-on pas la même chose en Belgique? On se plaint assez souvent, et avec raison peut-être, de l'abandon de tel ou tel monument, de la mauvaise restauration de tel autre, et l'on réclame à grands cris l'intervention du gouvernement ou de ses commissions. Si cependant les études dont je viens de parler étaient plus répandues, si surtout elles étaient encouragées, en plaçant au bout, comme en Espagne, l'espoir sérieux d'une carrière pour ceux qui s'y livrent, de pareilles plaintes deviendraient sans doute, chaque jour, plus rares, et tout le monde y gagnerait, les hommes et les monuments. Il serait d'ailleurs facile de rendre la mesure plus féconde, en faisant voyager, pendant quelque temps, au moyen d'une bourse, les meilleurs sujets sortis de l'école. Ces jeunes archéologues établiraient ainsi avec l'étranger des relations utiles pour la science, et rapporteraient dans le pays des travaux dont tous profiteraient, historiens, littérateurs et artistes.

Pour résumer, Messieurs, ce que je viens d'avoir l'honneur de vous dire, je rappellerai que l'archéologie est l'auxiliaire le plus utile de l'histoire bien entendue et même son auxiliaire indispensable. Chaque jour, elle vient jeter quelque nouvelle lumière sur les mystères du passé. Quels services, par exemple, n'ont pas rendus à l'histoire les travaux de l'expédition française en Egypte, et plus récemment, les savantes recherches de MM. Layard,

Botta, Rawlinson et tant d'autres? L'archéologie est à l'histoire ce que la paléontologie est aux sciences naturelles : elle est même plus, car elle seule peut donner la vie et la couleur aux récits historiques, en nous initiant aux monuments, aux mœurs, à la langue, aux costumes même du passé. Une pareille science ne saurait être laissée plus longtemps hors de l'ensignement dans un pays comme le nôtre, aussi avancé sous tous les rapports, aussi plein des plus riches souvenirs. Elle a droit à toutes les sympathies de la nation et du gouvernement.

Messieurs, je n'ai pas la prétention, veuillez le croire, d'avoir apporté devant vous quelque idée nouvelle, je n'ai fait que rappeler; mais vous le savez, les vérités utiles ne sauraient être trop répétées, pour arriver enfin à une réalisation.

La vérité est comme la goutte d'eau qui finit par percer la pierre sur laquelle elle tombe; mais hélas! c'est à la condition d'y retomber sans cesse et pendant bien longtemps.

Puissiez-vous, Messieurs, accueillir avec bienveillance la goutte d'eau que je suis venu vous présenter! »

— L'assemblée arrête par acclamation et à l'unanimité que le discours de M. le président sera imprimé dans les Annales de l'Académie.

— Le procès-verbal de la dernière séance générale est lu et adopté.

— M. le secrétaire fait le rapport suivant sur les travaux de l'Académie depuis sa dernière séance générale :

« *Messieurs,*

Avant de vous entretenir du rapport que m'imposent les fonctions de secrétaire perpétuel auxquelles vous avez daigné m'appeler, permettez-moi de vous dire combien je suis touché de la bienveillance que vous avez montrée à mon égard; et pour l'honneur que vous m'avez fait de jeter les yeux sur celui de vos membres le moins digne, sans doute, de remplir cet important emploi, souffrez que je consacre ces premières paroles à la plus vive et la plus durable reconnaissance.

Certes, je ne devais pas m'attendre à cette marque de confiance; et je ne vous dissimule point que cette tâche sera fort lourde pour moi, pour ne pas dire qu'elle sera de beaucoup au-dessus de mes faibles moyens; mais plus votre indulgence est grande envers moi et me paraît peu méritée; plus le sentiment que vous avez fait naître dans mon cœur m'était inattendu, me flatte et m'est devenu précieux, plus je suis sensible au témoignage d'estime que vous me donnez, et plus je croirai de mon devoir de justifier votre choix par mes efforts et mon zèle, qui doivent suppléer à l'impuissance de mes dispositions. Aussi comptez-y, Messieurs, ma bonne volonté et mon dévouement ne feront jamais défaut.

Nous devons aux hommes actifs qui n'ont cessé, depuis la fondation de cette association, de se rendre utiles et de se distinguer dans le monde savant, que notre Académie aura dans peu dix-huit années d'existence. Pendant cette longue période, la compagnie, se plaisant à fouiller dans les débris des générations qui nous ont précédés, a toujours travaillé avec ardeur pour atteindre le noble but de sa création; elle a continué, avec les faibles ressources dont elle dispose, à produire des travaux accueillis avec beaucoup de faveur par le public. Nos publications sont répandues chez toutes les nations du monde civilisé et partout elles sont honorablement conservées. De toute part nous arrivent des marques de sympathie et de haute approbation de savants illustres, les souverains les plus éclairés daignent agréer avec bienveillance l'hommage de nos travaux et nous accordent leurs augustes suffrages, en un mot tous les gens de bien capables de nous juger applaudissent à nos efforts. Sera-t-il nécessaire de vous rappeler que notre Académie possède aussi l'avantage d'avoir donné lieu à la fondation de tant d'autres sociétés archéologiques, dont l'utilité est reconnue incontestable? Mais hâtons-nous de le dire à son honneur, avant d'arriver à cette extension de célébrité, elle a partagé le sort réservé à presque toutes les institutions établies sur le désir de contribuer au bien du genre humain. Elle a dès sa naissance rencontré des adversaires poussés par la passion ignoble de l'envie. Ils ont dirigé contre nous les armes de la calomnie, le plus avilissant des vices; et du fond de leur obscurité ils se sont servis de moyens indignes de l'homme d'honneur pour nuire aux personnes dont les éminentes qualités les blessaient; mais leurs dégradants efforts n'ont pas pu un instant nous décourager, et jamais ils n'ont même attiré sérieusement notre attention : nous leur avons opposé notre dédain et le résultat de nos travaux, et, aujourd'hui que nos publications parlent si hautement en notre faveur, ils sont vaincus et réduits au silence.

Notre Académie est entrée dans une excellente direction; son nom est prononcé avec respect chez tous les peuples où les lettres sont cultivées.

J'éprouve une véritable satisfaction à rapporter ici un fait, qui, appuyant ce que nous venons de dire à la gloire de notre Académie, est une nouvelle preuve de son bon renom : c'est ce que nous a appris notre Président M. le comte de Kerckhove; lors de son récent voyage en France et en Espagne, pays où il a visité les principales notabilités scientifiques et littéraires, et où — pour le dire en passant — connu par ses ouvrages et précédé de sa réputation, il a été accueilli partout avec une grande distinction, dans ces pays, dis-je, il a vu nos travaux avantageusement appréciés, l'affiliation à notre Académie estimée et ambitionnée, et remarqué que beaucoup de nos membres y sont renommés par leurs œuvres et leurs talents. C'est en visitant les nombreuses Académies dont M. de Kerckhove fait partie, en visitant les bibliothèques publiques et les musées, qu'il a entendu dans tous ces lieux faire l'éloge de notre Académie et de plusieurs de nos collègues, parmi lesquels MM. de Gerlache, Schayes, de Witte, Gachard, Broeckx, de Keyser, etc. Et pourquoi, Messieurs, ne vous ferai-je pas part du juste éloge que M. de Kerckhove, dans une de ses excursions au riche et incomparable Musée royal de peinture de Madrid, a ouï faire par son célèbre directeur général M. de Madrazo, de notre Vice-Président, M. de Keyser? Pourquoi, dis-je, n'aimerions-nous pas à reproduire cet éloge avec d'autant plus d'empressement qu'on est quelquefois injuste en Belgique envers M. de Keyser, ce que confirme la vérité du proverbe : « nul n'est prophète dans son propre pays. » J'ai vu des tableaux de M. de Keyser, disait « M. le commandeur de Madrazo à M. de Kerckhove, et je le con- » sidère comme un des plus habiles peintres d'histoire du siècle. La » patrie de Rubens et de Van Dyck peut s'enorgueillir d'un beau » talent pareil. » Voilà de quelle manière M. de Keyser est jugé à l'étranger par un des peintres les plus savants et l'un des meilleurs coloristes de l'Europe, par le chef des Académies de peinture en Espagne, homme franc et loyal, inaccessible aux petites passions qui déshonorent les Beaux-Arts. Je ne puis m'empêcher de signaler un tel suffrage si flatteur pour notre collègue M. de Keyser et pour la Belgique qu'il honore.

Ceci nous démontre que nos collègues sont partout honorablement appréciés et que notre compagnie mérite d'occuper l'attention publique. Notre Académie, en effet, est aujourd'hui en relation avec presque toutes les sociétés savantes qui existent dans les deux hémisphères, et les échanges que nous faisons avec elles de nos publications, enrichissent notre bibliothèque et nous font acquérir la connaissance des découvertes des traces du passé, et celle des investigations archéologiques qui ont lieu dans le monde.

L'Académie compte parmi ses membres la majeure partie des célébrités archéologiques de l'époque; et le désir exprimé par les personnes les plus versées dans l'histoire et la science archéologique d'être associées à ses travaux est encore une preuve irrécusable de la haute estime dont elle jouit.

Je sais, MM., que j'aurais pu me dispenser de tous ces préliminaires d'éloges, —bons pour des sociétés naissantes dont l'utilité n'est pas généralement reconnue—et que j'aurais pu omettre quelques détails particuliers; je me plais cependant à m'arrêter sur ces considérations, parce qu'elles montrent avec certitude l'accomplissement du premier et du plus ardent de nos désirs, celui d'être utiles, et c'est là la plus douce récompense que nous puissions ambitionner.

Je passe aux travaux que, depuis la dernière séance générale, l'Académie a publiés. Ils sont dûs aux membres dont les noms suivent: MM. Broeckx, Osw. vanden Berghe, Arnaud Schaepkens, Schayes, l'abbé Stroobant, Ed. le Grand de Reulandt, l'abbé vanden Nest, Augustin Grootjans Hulpiau, le major de Marteau, Théophile le Jeune, Hagemans, Léopold de Villers, vander Heyden, Lansens, le comte de Kerckhove-Varent, Edmond vander Straeten, Galesloot, le docteur Vallez, Jules Huyttens, Alexandre Schaepkens, le professeur Diegerick, le professeur Maertens, le baron de Fierlant, de Glatigni, l'architecte de Proost et le professeur Namur. Je les cite dans l'ordre de l'impression de leurs œuvres, dont je n'entreprendrai pas, MM., de vous faire un exposé analytique, parce que leur publicité dans nos Annales les fait mieux apprécier qu'un simple résumé toujours pâle et incomplet, qui ne saurait qu'en affaiblir l'importance et le mérite.

Leur nombre aurait été plus considérable, si notre Académie, forcée de se renfermer dans les limites de ses ressources, avait pu pourvoir aux dépenses de l'impression. L'ancien Ministre de l'Intérieur, M. de Decker, lui donnait un subside destiné à couvrir les frais de ses publications; mais cet encouragement ne nous a pas été accordé par son successeur le ministre actuel. Cependant la continuation de cette faveur lui permettrait de multiplier ses travaux, de donner une plus grande extension à ses études et d'illustrer ses œuvres de gravures, où l'école belge serait dignement représentée, et de contribuer ainsi à étendre la gloire de nos savants et la réputation de nos artistes. Plusieurs de nos membres effectifs, n'écoutant que leur zèle, se sont empressés d'aider l'Académie pour la soutenir dans la position où elle est entrée. En les remerciant ici publiquement, je puis les assurer de la reconnaissance de leurs collègues. La compagnie a été surtout pénétrée de la conduite généreuse de l'un de ses membres effectifs, qui lui a fait don d'une somme assez forte. Aussi l'Académie voulant lui donner une marque de sa gratitude et de son estime lui a conféré le titre de membre honoraire. Ces traits de dévouement honorent à la fois les personnes et l'institution. Ils servent en outre à montrer que l'égoïsme ne trouve point d'accès dans leurs cœurs.

Je fais avec bonheur la remarque que jamais, depuis la fondation de l'Académie, les luttes déplorables de l'amour-propre ne sont venues troubler parmi nous l'union et la concorde, choses indispensables à l'accomplissement de la tâche que nous nous sommes imposée, et sans lesquelles une compagnie savante, quelque bien organisée et quelque richement dotée qu'elle soit, ne peut rien faire de bon, ne peut être utile. Espérons que ces deux qualités ne s'éloigneront point de nous. C'est le plus ardent de mes vœux. Le souvenir du passé ne permet pas d'élever des doutes sur l'avenir.

C'est avec un cœur pénétré d'un sentiment douloureux que vous partagerez sans doute, MM., que j'ai à mentionner que nous avons éprouvé des pertes sensibles depuis la dernière séance générale, la mort a largement moissonné dans les rangs de nos membres. Nous avons rendu dans nos Annales un tribut mérité à leur mémoire et exposé les titres qu'ils ont à l'estime et aux regrets publics. Je n'ai par conséquent pas à y revenir pour faire hommage à leurs mânes.

Le sentiment pénible que nous éprouvons devant ces pertes, trouve, si je puis le dire, un adoucissement dans l'admission de nouveaux membres, connus par leur mérite supérieur et qui nous assurent une brillante coopération.

Comme les distinctions accordées à nos collègues rejaillissent sur l'Académie et tendent à stimuler le zèle et à redoubler, au besoin, d'activité pour avancer de plus en plus dans la voie du bien public, je crois devoir faire mention des distinctions qui, depuis la séance générale de 1857, ont été décernées à quelques-uns de nos membres en récompense de leurs talents et de leurs services rendus.

Notre honorable président M. de Kerckhove a été nommé, par le roi de Grèce, commandeur de l'ordre royal du Sauveur, sur la proposition de l'illustre M. Rangabé, ministre de la maison royale et des affaires étrangères de Grèce, ancien professeur de l'université d'Athènes, membre de l'institut de France et des principales Académies, qui, par ses remarquables ouvrages, s'est créé un rang si élevé dans le monde savant.

La lettre qu'un écrivain aussi célèbre que M. Rangabé adressait à notre président, à l'occasion de cette brillante promotion, est trop honorable pour ne pas la reproduire : elle offre une nouvelle preuve que M. de Kerckhove n'a pas ramassé ses nombreuses décorations dans les antichambres. J'ai sous les yeux cette lettre, et en voici la copie exacte :

» Athènes, le 14/26 juin 1857.

« Ministère de la
» Maison du Roi et
» des relations ex-
» térieures.

» Monsieur le vicomte,

» Il m'est agréable d'avoir à vous annoncer que Sa Majesté le
» Roi, mon auguste souverain, s'est plu à vous élever, par ordon-
» nance, en date du 10/22 courant, rendue sur ma proposition,
» au grade de commandeur de son ordre royal du Sauveur.

» Sa Majesté, en vous accordant ce nouvel et bien flatteur témoi-
» gnage de sa haute bienveillance, a voulu reconnaître, d'une manière
» éclatante, le mérite qui distingue vos œuvres scientifiques. J'ai
» d'autant plus d'empressement à vous en faire, Monsieur le vicomte,
» mes félicitations les plus sincères que j'ai pris avec beaucoup de
» plaisir l'initiative d'une distinction aussi bien méritée.

» En vous faisant parvenir ci-joint le brevet royal de votre
» nomination et les insignes qui vous ont été conférés, je vous

» prie, Monsieur le vicomte, d'agréer les assurances de ma con-
» sidération la plus distinguée.

(Signé) A. R. RANGABÉ. »

» A Monsieur le vicomte de Kerckhove,
» président de l'Académie d'Archéo-
» logie de Belgique, à Anvers. »

Notre président M. de Kerckhove a été l'objet d'une autre distinction des plus flatteuses, — comme auteur de plusieurs ouvrages et comme membre de l'Institut royal des sciences naturelles des Deux-Siciles, de l'Académie royale des sciences *(Société royale Bourbonnienne)*, de l'Académie royale pontaniane et de l'Académie royale de médecine de Naples, de l'Académie royale de médecine de Palerme et de l'Académie royale des sciences de Messine — il a été élevé, le 27 mars 1858, à la dignité de comte, transmissible à ses descendants, par le roi des Deux-Siciles Ferdinand II, protecteur actif des sciences, qui déjà auparavant avait nommé M. de Kerckhove commandeur de l'ordre royal de François I et lui avait fait cadeau de son portrait représenté sur une magnifique médaille en or, grand module, portant sur le revers : *A l'auteur de l'Histoire médicale des campagnes de Russie et d'Allemagne* [1].

M. de Kerckhove peut se glorifier avec d'autant plus de raison de cette concession du titre héréditaire de comte, — obtenue gratui-

[1] Cet ouvrage est traduit en Italien par le célèbre docteur FANTONETTI, secrétaire perpétuel de l'Institut impérial Lombardo-Vénitien des sciences, lettres et arts, professeur de Médecine à Milan, et en Hollandais par le non moins célèbre docteur VAN DEN BOSCH, de Rotterdam.

(Note du secrétaire perpétuel).

tement, — qu'elle émane d'un roi aristocratique d'un mérite éminent, regardé par tous les gens éclairés et bien pensants comme le modèle des souverains, comme le véritable représentant de la monarchie, et qui n'a conféré des titres nobiliaires que très-rarement et seulement dans des cas fort exceptionnels; roi auquel l'histoire impartiale consacrera une belle page dans ses fastes et inscrira son nom parmi les princes les plus méritants, les plus vertueux et les plus parfaits qui aient occupé des trônes. Oui! il est permis d'être fier d'avoir été distingué par un tel souverain, si digne de l'admiration et de la vive amitié du glorieux et si justement aimé chef de l'Église, notre saint père Pie IX. Les gages d'une si haute estime donnés par le roi Ferdinand II à M. de Kerckhove sont de bien beaux titres à la gloire de notre président, et rien ne pouvait couronner avec plus d'éclat sa longue et laborieuse carrière scientifique.

— J'ai vu les lettres-patentes de comte octroyées à M. de Kerckhove. Elles lui ont été expédiées de Naples sous la date du 20 décembre 1858, après avoir été dûment signées et enregistrées aux archives de la commission royale des titres de noblesse du royaume des Deux-Siciles, sous le numéro d'ordre de 1273, sans qu'il y ait eu des frais à acquitter. —

M. de Keyser, 1r vice-président de notre Académie, directeur de l'Académie royale des Beaux Arts d'Anvers, a été nommé, par le roi des Pays-Bas, commandeur de l'ordre royal et grand ducal de la couronne de chêne, pour les admirables tableaux que cet éminent artiste a produits et envoyés en Hollande.

M. le major de Marteau, membre effectif de l'Académie, a été nommé, par le roi des Belges, officier de l'ordre de Léopold, en récompense de la conduite si courageuse et sublime qu'il a tenue dans le sauvetage des personnes ensevelies sous les décombres de l'Entrepôt royal d'Anvers.

M. le chanoine de Ram, recteur magnifique de l'Université catholique de Louvain, conseiller de l'Académie, a été nommé, par le roi de Bavière, officier de l'ordre de St-Michel, pour les éminents services qu'il a rendus au haut enseignement pendant les vingt-cinq ans que l'Université catholique est placée sous sa savante direction.

M. le consul Florent Lysen, membre effectif de l'Académie, a reçu la croix de chevalier de l'ordre royal de Charles III, pour son ouvrage sur *l'économie politique.*

M. l'abbé van den Nest, conseiller de l'Académie, a obtenu la décoration de chevalier de l'ordre royal de François I, sur la recommandation de notre président M. de Kerckhove, qui avait envoyé au gouvernement Napolitain les ouvrages de M. l'abbé van den Nest.

Avant de terminer, MM., je vous dirai que la correspondance de l'Académie est toujours fort considérable. Il me serait impossible de vous donner connaissance des lettres que nous avons reçues. Le nombre en est trop grand, et c'est ce qui nous a forcé d'adopter la mesure de les lire au Conseil à mesure qu'elles nous arrivent et de mentionner dans nos Annales celles qui offrent de l'intérêt.

Quant à l'état des finances, l'Académie n'a aucune dette, toutes ses dépenses ont été régulièrement payées. D'après le Réglement, une commission doit être nommée pour vérifier les comptes du trésorier. Cette commission constatera la somme qui reste en caisse.

Tous les livres et envois que l'Académie a reçus, depuis la dernière séance générale, ont été annoncés dans nos Annales et envoyés à M. Broeckx, archiviste bibliothécaire, qui les a déposés dans la Bibliothèque de l'Académie. M. le professeur Maertens, nommé bibliothécaire adjoint, s'occupe activement de la rédaction du catalogue de tous les objets, médailles, statues, manuscrits et ouvrages quelconques appartenant à l'Académie, et après que ce zélé collègue aura terminé cette laborieuse tâche et que les finances de l'Académie le permettront, ce catalogue sera imprimé et adressé à tous les membres effectifs. »

— L'assemblée arrête par acclamation que le rapport de M. le Secrétaire perpétuel sera imprimé dans les Annales de l'Académie.

— Toutes les élections de membres et toutes les propositions faites par le Conseil d'administration sont sanctionnées par l'assemblée générale conformément au Règlement.

— Une commission chargée de vérifier les comptes et d'examiner l'état des finances de l'Académie est nommée. Elle se compose de MM. Broeckx, de Proost et vander Heyden.

EXTRAIT DES PROCÈS-VERBAUX

ET

DE LA CORRESPONDANCE DE L'ACADÉMIE.

— Sur la proposition de M. le comte de Kerckhove, président de l'Académie, elle délègue, par acclamation, M. d'Otreppe de Bouvette, président de l'Institut archéologique Liégeois, membre honoraire de notre Académie, comme son représentant au congrès scientifique de France qui s'ouvrira au mois d'avril prochain.

— Le congrès archéologique de France — qui sera ouvert à Dunkerque le 16 août 1860 — invite l'Académie à y assister.

— La Société impériale de géographie de Vienne demande à entrer en relation avec l'Académie. Adopté par acclamation.

— MM. Soucaille, secrétaire de la Société archéologique, scientifique et littéraire de Béziers, le chevalier Camille de Borman, membre de plusieurs compagnies savantes, Stanislas Bormans, secrétaire de l'institut archéologique de Liège, et Van de Wael, agent de la société générale à Bruges, adressent leurs remercîments à l'Académie pour les avoir admis au nombre des membres correspondants.

— L'Institut de France et plusieurs autres compagnies savantes remercient l'Académie de l'envoi de ses dernières publications.

— Sur la proposition de MM. le docteur Broeckx et le professeur Diegerick, l'Académie arrête que les membres correspondants, qui seront élus à l'avenir parmi les savants domiciliés en Belgique, doivent contracter l'obligation de s'abonner *aux Annales*.

— M. le comte de Kerckhove, président de l'Académie, annonce la mort de M. l'abbé Texier, membre correspondant de notre Académie, supérieur du séminaire du Dorat à Limoges, membre de la Société archéologique et historique du Limousin et de plusieurs autres compagnies savantes, correspondant du ministère de l'instruction publique de France. M. Texier était un excellent prêtre et un écrivain de beaucoup de mérite : il remplissait avec un grand dévouement ses devoirs chrétiens, ce qui le faisait généralement vénérer et surtout chérir du pauvre. Il a publié de savants écrits qui lui donnaient un rang distingué dans la république des lettres. Nous avons remarqué particulièrement dans les Mémoires de la société des antiquaires de Poitiers des travaux bien intéressants de M. Texier, savoir : son *Essai sur les argentiers et les émailleurs de Limoges;* son *Manuel d'épigraphie et son recueil d'inscriptions Limousines.*

— M. le président annonce également la mort du célèbre docteur Chrétien-Godefroid-Daniel Nees d'Esenbeck, membre honoraire de l'Académie depuis sa fondation, avec lequel M. de Kerckhove fut très-longtemps en relation.

M. Nees naquit le 14 février 1776, à Odenwalde près d'Erbach. Après avoir achevé ses études primaires au gymnase de Darmstadt, il se rendit à l'université d'Iéna, où il resta plusieurs années, pour y étudier la philosophie, les sciences naturelles et la médecine. C'est à Iéna qu'il fit la connaissance de l'immortel Göthe, qui le prit sous sa protection spéciale et lui accorda toute son amitié. En 1800, il fut promu au grade de docteur en médecine et se livra à la pratique médicale, mais son caractère pacifique et indépendant ne pouvait se plier aux exigences et aux nombreux désagréments attachés à cette carrière ingrate, qu'il abandonna, au bout de quelques années, pour se consacrer entièrement aux études des sciences naturelles. En 1816, il fut nommé professeur de Botanique à l'université d'Erlangen. En 1818, il fut appelé, en la même qualité, à l'université nouvellement établie à Bonn, où il fonda avec son frère Frédéric et l'habile jardinier Linning le riche et admirable jardin des plantes. En 1830, il fut nommé professeur de Botanique et directeur du jardin des plantes à Breslau, place plus avantageuse qu'il a occupé jusqu'en 1852.

M. Nees, surnommé le *Linnée d'Allemagne*, a publié plusieurs ouvrages qui l'ont fait admettre à presque toutes les Académies et sociétés des sciences. Son mérite éminent et ses travaux ne lui ont pas seulement valu des lettres de noblesse du Roi de Bavière et des décorations de Prusse, de Bade et de Saxe-Weimar, mais ils lui ont fait décerner, le 3 août 1818, le plus grand honneur que puisse désirer un savant, savoir la présidence de l'Académie impériale Léopoldino-Caroline des curieux de la nature d'Allemagne, fonctions qu'il n'a cessé de remplir, pendant quarante ans, avec un zèle et un dévouement au-dessus de tout éloge.

— Madame Fuss fait part de la mort de son mari M. Jean-Dominique Fuss, professeur émérite de l'université de Liége, membre correspondant de notre Académie, décédé le 30 janvier 1860, à l'âge de 79 ans.

Pour rappeler les titres qu'avait notre savant confrère à l'estime publique, nous ne pouvons mieux faire que de reproduire le brillant discours que notre honorable confrère M. Lacordaire, recteur de l'université de Liége, a prononcé, à la salle académique, au milieu de l'émotion d'un immense auditoire, avant de conduire la dépouille mortelle au champ de repos.

« Messieurs,

« De cette première génération de professeurs qui ont assisté à la création de l'Université, il y a quarante ans, un membre, presque le seul, nous restait encore hier. La mort, qui nous a appelés si souvent dans cette enceinte, où nous avons rendu les derniers honneurs à tant de nos collègues moissonnés dans la force de l'âge, avait respecté jusqu'ici ce vétéran de l'enseignement supérieur, et semblait devoir lui permettre d'ajouter encore de longs jours à sa vieillesse. Elle vient de tromper notre espoir, celui de sa famille et de ses amis, en le frappant, comme elle se plaît fréquemment à le faire, d'un coup rapide et inattendu. Mais M. Fuss n'était pas seulement le vénérable reste d'un ordre de choses qui, depuis longtemps, n'est plus; il a été aussi des nôtres; nous l'avons même vu un moment à notre tête, de sorte qu'il était, dans toute la force du terme, le trait d'union, si l'on peut s'exprimer ainsi, entre le passé et le présent universitaires.

» Sa vie, quoique prolongée au-delà des bornes ordinaires, se prête peu à un long récit. En dehors de l'enseignement, elle n'a été mêlée à aucun des événemens dont nous avons été témoins. L'étude, l'accomplissement du devoir et les affections de famille l'ont remplie tout entière; elle a été de celles qui s'écoulent près du foyer domestique sans attirer les regards du monde, mais qui, par cela même, sont salutaires à contempler, qu'on peut surtout citer en exemple à la jeunesse pour lui apprendre ce que valent le travail, la persévérance et l'esprit de conduite quand il s'agit de conquérir un rang honorable dans la société. Pour ceux-mêmes dont la carrière est faite et l'existence assise, une telle vie n'est pas sans d'utiles enseignements.

« Fuss (Jean-Dominique) avait vu le jour, le 2 janvier 1782, à Duren, près de Cologne. Je ne lui ferai pas l'injure de taire qu'il était né dans une de ces modestes conditions qui deviennent un titre d'honneur pour l'homme qui a su en sortir et qui lègue aux siens une position sociale bien supérieure à celle que lui-même avait reçue du sort. Une obscurité qui a résisté aux recherches que j'ai faites couvre les premières années de Fuss. Tout ce que j'en puis dire, c'est qu'il fit d'excellentes études chez les Pères Jésuites de Duren. Il était très-jeune encore lorsqu'il eut la bonne fortune de rendre quelques services littéraires à Mme de Staël, obligée de quitter la France et commençant ce voyage en Allemagne qui lui a inspiré l'un de ses meilleurs ouvrages. Lui-même a raconté quelquefois à des amis que ce fut cette femme célèbre qui l'engagea à se rendre à Paris, où sa protection l'accompagna. Grâce à ce patronage illustre, Fuss, à son arrivée dans cette capitale, entra en qualité de précepteur chez M. Odier, chef d'une riche maison de banque, qui lui confia l'éducation de ses enfans. Pendant de très-longues années, il a conservé avec cette famille des rapports qui n'ont csssé qu'à la suite des malheurs récents qui l'ont frappée, rapports qui attestent le zèle et le succès avec lesquels il avait rempli ses fonctions.

« Il existait alors à Paris, entre les mains du comte de Choiseul-Gouffier, un manuscrit grec du Xe siècle, reproduisant un important ouvrage sur les antiquités romaines de Lydus, historien du Bas-Empire, ouvrage que, pendant longtemps, on avait supposé perdu. Fuss, qui, dès cette époque, était lié avec le savant helléniste M. Hase, s'adjoignit à lui pour le publier. Il en fit une traduction latine qui parut en 1812, accompagnée du texte grec, revu et corrigé par M. Hase, qui y ajouta en même temps un commentaire sur la vie et les écrits de Lydus. Cette publication fonda la réputation de Fuss et lui valut, peu de temps après, d'être attaché à la Bibliothèque impériale de Paris, avec le titre de secrétaire du célèbre Millin, conservateur du cabinet des antiques et fondateur d'un ouvrage périodique encore très-estimé, le *Magasin encyclopédique*. En cette qualité, Fuss a publié dans ce recueil, de 1813 à 1815, un assez grand nombre d'articles littéraires, les uns anonymes, les autres qui portent son nom.

Dans les premiers mois de 1815, il quitta Paris, où il s'était marié, pour occuper au Gymnase royal de Cologne la chaire de langue latine. Son mérite devait recevoir bientôt une plus éclatante récompense. En 1817, lorsque fut créée l'Université de Liége, il y fut appelé des premiers par le gouvernement d'alors, qui le chargea du cours de ltttérature grecque et latine et de celui des antiquités romaines. Il remplissait ces fonctions lorsque la révolution de 1830 vint apporter dans l'instruction publique du pays un trouble qui s'est prolongé pendant plusieurs années; l'enseignement supérieur fut plus particulièrement atteint. Tous les professeurs d'origine hollandaise attachés à l'université de Liége, désormais étrangers à la Belgique, durent la quitter. Fuss lui-même, bien qu'appartenant à une tout autre nationalité, fut un moment compris dans cette mesure, et il n'échappa qu'en déployant une énergie à laquelle son calme habituel n'avait pas préparé ceux qui en furent témoins. A la même époque, le gouvernement provisoire supprima la Faculté de philosophie et des lettres à l'Université de Liége. Ce que cette suppression avait de grave pour les familles et pour l'Université elle-même, fut toutefois atténué par la création d'une Faculté libre qui fut autorisée à délivrer des diplômes, et dans laquelle Fuss trouva naturellement place. Elle a fonctionné jusqu'à la réorganisation de l'enseignement supérieur, en 1835. A cette époque, Fuss fut de nouveau nommé professeur à l'Université, mais ses anciennes attributions furent amoindries ; il ne conserva que le cours des antiquités romaines. Celui d'archéologie, dont il fut également chargé, n'a jamais été donné, faute d'élèves.

« C'est dans cette situation que les années, s'accumulant peu à peu sur la tête de notre collègue, lui firent enfin sentir le besoin du repos. En 1848, il demanda et obtint l'éméritat. L'année précédente, le gouvernement avait récompensé ses longs services en lui conférant l'Ordre de Léopold. Pour ne rien omettre, j'ajouterai qu'il a rempli les fonctions du rectorat pendant l'année académique 1844-1845.

« Telle a été, dans toute sa simplicité, cette vie d'homme de lettres que ni des velléités d'ambition, ni des travaux étrangers à la science, ni le désir de la richesse, ni la recherche du plaisir, n'ont jamais un seul instant fait dévier de son but, vie réellement professorale, et digne d'être présentée, à ce point de vue, comme modèle à tous ceux qui ont l'honneur d'instruire la jeunesse. Quant à ses écrits, Fuss se présente sous deux aspects : comme érudit et comme poëte. Ses travaux d'érudition sont les moins nombreux, et le plus important, après sa traduction de Lydus, dont j'ai déjà fait mention, est son *Manuel des Antiquités romaines,* qu'il a composé en latin, à l'usage des élèves qui assistaient à ses leçons. Cet ouvrage, qui a eu trois éditions, obtint à son apparition un tel succès qu'il fut adopté dans un grand nombre d'universités étrangères, et ne tarda pas à être traduit dans la plupart des langues de l'Europe. Comme poëte, Fuss est de la famille des Jean Second, des Heinsius, des Vanier, des Desbillons, c'est-à-dire de cette lignée toujours subsistante de savants hommes qui, dédaignant de s'adresser à la foule dans l'idiome qu'elle comprend, chantent pour leurs égaux dans la langue de Virgile et d'Horace. La popularité n'a rien à faire ici et Fuss n'y aspirait pas. Il lui suffisait d'obtenir les suffrages des juges compétents, et ils ne lui ont pas manqué. Le seul usage qu'il ait fait de sa langue maternelle a été de traduire en allemand quelques-unes de ses poésies latines. Ses écrits en français se réduisent à peu de chose ; les principaux ont pour objet de défendre la poésie latine moderne et de justifier l'usage de la même langue dans les leçons académiques. Cette question, qui présentait un intérêt réel à l'époque où il la traitait, n'en a plus aujourd'hui que tous les cours de l'Université se font en français. Ces quelques détails ne suffisent pas, messieurs, pour donner une idée complète des connaissances de notre savant collègue. Fuss n'était pas seulement un antiquaire de mérite, un philologue érudit, en fait de langues anciennes, un latiniste surtout de premier ordre ; il avait aussi étudié les langues modernes du midi de l'Europe, et l'hébreu lui-même ne lui était pas étranger. Dans ses dernières années, sa pensée s'était presque exclusivement portée sur ces redoutables problèmes qui maintenant n'ont plus de voiles pour lui, et il faisait sa lecture habituelle des Pères de l'Eglise.

« Nous allons, messieurs, le conduire à sa dernière demeure. Il y descendra accompagné du respect et de la sympathie que nous devons à notre doyen d'âge, et à une vie à laquelle aucune vertu privée ne fit défaut. »

Notre regrettable et si regretté confrère laisse un fils, substitut du procureur général à la cour d'appel de Liège, qui marche dignement sur les traces de l'auteur de ses jours.

L'Académie a reçu, depuis la publication de la dernière livraison de ses Annales, les envois suivants :

1. De l'Académie royale des Sciences, des Lettres et des Beaux-Arts de Belgique, les nos 11 et 12 du tome VIII, et les nos 1 et 2 du tome IX de son *Bulletin*.

2. De la même, son *Annuaire* de 1860.

3. De la Société de Médecine d'Anvers, les livraisons de décembre 1859 et de janvier, février et mars 1860.

4. De la Société libre d'Émulation de Liége, son catalogue.

5. De la Société des Sciences médicales et naturelles, les cahiers de janvier, février et mars 1860 de son *Journal*.

6. De la Société des antiquaires de l'Ouest, la livraison du 4e trimestre 1859 de ses *Bulletins*.

7. De la Société pour la recherche et la conservation des monuments historiques du Grand-Duché de Luxembourg, le tome XIV de 1859 de ses *Publications*.

8. De la Société Archéologique de Touraine, les livraisons du 1r, du 2e et 3e trimestre du tome X de ses *Mémoires de 1858*.

9. De la Société Archéologique de l'Orléanais, le no 34 de son *Bulletin* du 3e et du 4e trimestre 1859.

10. De l'Académie royale de Médecine de Belgique, les nos 2 et 3 du tome II, supplément de son *Bulletin*, et le no 1 du tome III.

11. De la Société Dunkerquoise pour l'encouragement des sciences, des lettres et des arts, le *Discours* de son président, M. Cousin, prononcé dans sa réunion du 13 janvier 1860.

12. De la Société scientifique et littéraire du Limbourg, la 2e livraison du tome IV de son *Bulletin*.

13. De la Société Archéologique de Namur, le rapport sur sa *Situation* pendant l'année 1859.

14. De la Société des antiquaires de Picardie, le nº 4 de son *Bulletin* de l'année 1859.

15. De la Société d'émulation de Cambrai, ses *Mémoires* des années 1830-31, 34-35, 36-37, 38-39 (1re et 2me parties), 40-41, 42-43 (1re et 2me parties), 44-45, 46-47, 48-49, 50-51 (2me partie), 52-53, 54 à 56 (1re et 2me parties), 57-58 (1re et 2me parties), ainsi que quelques programmes des questions que la société a mises au concours.

16. De l'Académie des arts et sciences de Boston, le 3e et le 4e volume de ses *Actes* 1857-1858.

17. De l'institution Smithsoniane, ses publications des années 1856, 1857 et 1858.

18. De la Société des sciences naturelles de Hermannstadt, ses *Mémoires et Actes* des années 1858 et 1859.

19. De la Société Savoisienne d'histoire et d'archéologie, le *Bulletin* de sa séance du 8 janvier 1860.

20. De la Société française d'archéologie le *Programme* du congrès archéologique de France qui sera ouvert à Dunkerque le 16 août 1860.

21. De l'Université royale de Christiania l'In-folio intitulé : *Throndhjems Domkirke*.

22. De la même, l'ouvrage intitulé : *Karlamagnus saga ok Kappa Hans,* par Unger. 1 partie.

23. De la même, une brochure sous le titre de *Foreningen til Norske fortidsmindesmerkers Bevaring*.

24. De la même, l'ouvrage sous le titre de *Symbolæ ad historiam antiquiorem Rerum Norvegicarum*. Edidit Munch.

25. De la même, le traité du professeur Holmboe sous le titre d'*Om Det Norske og de Keltiske Sprogs Indbyrdes Laan*.

26. De la même, le Recueil d'Asbjornsen sous le titre de *Norske Huldre-Eventyr og folkesagn*.

27. De la même, *Tale og Cantate ved det Norske universitets Mindfeest for Kong Oscar*, af J. S. Welhaven, professor.

28. De la même, *Personalier oplæste Ved Kong Oscar den 1s Begravelse i Ridderholmskirken* den 8e august 1859.

29. De la même, *Almindelig Norsk Huus-Kalender med Primstav og Merkedage*. 1859.

30. Du journal de l'imprimerie et de la librairie en Belgique, le no 12 de 1859 et le no 1 de 1860.

31. De M. de Pontaumont, membre correspondant à Cherbourg, son Mémoire intitulé : *Les olim du château de Tourlaville près de Cherbourg*.

32. De M. Edmond Van der Straeten, membre correspondant à Bruxelles, ses *Recherches sur les communautés religieuses et les institutions de bienfaisance établies à Audenarde, depuis le XIIe siècle jusqu'à la fin du XVIIIe*.

33. Du même, une Notice intitulée : *Numismatique Audenardaise*.

34. De M. de Rode, membre correspondant à Dunkerque, une brochure intitulée : *État de la Flandre maritime avant le Ve siècle*.

35. De M. Adolphe Mathieu, membre correspondant à Bruxelles, un volume intitulé : *Œuvres en vers. — Épitres d'Horace*.

36. De M. Diegerick, 2e vice-président de l'Academie, sa *Notice*

sur Jehan Yperman, le père de la chirurgie flamande, 1297-1320; le comte des Ribauds, à Ypres, 1525; le fou d'Ypres, 1525.

37. De M. le docteur de Meyer, membre correspondant à Bruges, son ouvrage intitulé : *Jaerboek der Koninklyke Gilde van St-Sebastiaen te Brugge.*

38. De M. Gustave van Hoorebeke, membre correspondant à Gand, son *Esquisse biographique du baron de Giey,* maréchal de camp, en 1649-1733.

39. Du même, ses trois *Annuaires statistiques des familles de Gand,* des années 1858, 1859 et 1860.

40. Du même, une brochure intitulée : *Fondations de la vertueuse et bienfaisante demoiselle Jossine-Marie Cardon,* béguine et supérieure du couvent ter-Spiegelen au grand béguinage de Gand, en 1668-1725.

41. De M. de Wael, membre correspondant à Eeckeren, une *Notice généalogique sur la famille de Wael,* et une ancienne planche en cuivre armoiriée.

42. De M. Bouchet de Perthes, membre correspondant à Abbeville, son *Discours* prononcé à la Société impériale d'Émulation d'Abbeville — dans la séance du 3 novembre 1859 — intitulé : *De la femme dans l'état social, de son travail et de sa rémunération.*

43. De M. Aimé Vingtrinier, vice-président de la Société littéraire de Lyon, sa *Notice sur la tour St-Denis en Bugey.*

44. De M. L. Galesloot, membre correspondant à Bruxelles, sa brochure intitulée : *La province de Brabant sous l'empire Romain.*

45. De M. l'abbé Corblet, membre correspondant à Amiens, le No 1, janvier 1860 de sa *Revue de l'art chrétien.*

46. Du R. P. Terwecoren, les Nos du 1r et du 15 janvier, du 1r et du 15 février et du 1r et du 15 mars 1860, de son recueil intitulé : *Collection des précis historiques.*

47. De M. d'Otreppe de Bouvette, membre honoraire à Liége, la 30e livraison — 1r janvier 1860 — de ses *Promenades et rêveries en Belgique.*

48. Du même, la première partie de ses *Fragments de voyage en Hollande* — 1816, 1818, 1824.

49. De la Direction du Messager des sciences historiques de Belgique, la 4e livraison de 1859 de son *Recueil.*

50. De M. Ménant, membre correspondant à Lisieux, ses *Observations sur les Polyphones Assyriennes.*

51. Du même, sa *Notice sur les inscriptions et caractères cunéiformes.*

52. Du même, une brochure *Sur les inscriptions des Briques de Babylone.* Ces trois productions, et surtout la dernière, de notre savant confrère M. Ménant offrent un bien vif intérêt à l'archéologue et jettent une nouveau jour sur une écriture et sur une langue encore très-peu connues.

SUITE AU TABLEAU GÉNÉRAL

DES

MEMBRES DE L'ACADÉMIE.

Membres correspondants :

MM.

BORMANS (Stanislas), conservateur adjoint aux archives de l'État à Liége, secrétaire de l'institut archéologique liégeois, etc.

SOUCAILLE (Antonin), licencié ès-lettres, secrétaire général de la société archéologique de Béziers, etc.

WALLE (Alphonse-Philippe-Ghislain van de), agent de la société générale, membre de la société royale des Beaux-Arts et de Littérature de Gand, etc., à Bruges.

WILBERT (Alcibiade-Auguste-Napoléon-Aristide), avocat, président de la Société d'Émulation de Cambrai, membre de plusieurs compagnies savantes, etc., à Cambrai.

---

nétrèrent jusque dans la Biscaye, le saluèrent avec admiration et respect en lui rendant s honneurs militaires et en l'appelant *le père des arbres de la liberté*.

Le chêne actuel est un arbre corpuleut, descendant direct du chêne primitif, car on nserve toujours à côté de l'arbre un ou deux rejetons destinés à le remplacer quand ige l'aura fait succomber. Le dernier, tombé de vieillesse le 2 février 1811, existait, après la tradition, depuis le milieu du quatorzième siècle. C'était sous son ombre se les rois catholiques, Ferdinand et Isabelle, assis sur le banc de bois qui en ntourait le tronc, avaient juré de maintenir les *fueros* basques. Dans les temps anciens, inq hérauts montaient dans les branches du chêne, et sonnant de leurs trompes, conquaient les Biscayens à la *calzarsa* ou assemblée générale. Les délibérations eurent lieu 'abord sur ce banc de bois ; puis la population était devenue plus grande et ses délégués lus nombreux, on abandonna peu à peu la coutume patriarchale et les assemblées se firent ans l'ermitage de *Nuestro Senora de la Ansigua*, très-ancien sanctuaire situé tout auprès du hêne. Aujourd'hui s'est élevé à côté de l'ermitage un vaste édifice comprenant une salle de éunion et des locaux pour les archives. La salle est entourée de bancs de pierre à dossiers le fer, et une tribune publique occupe la partie supérieure.

Le vieux chêne est loin d'être abandonné. Un trône ou lit de justice, portant sculptées es armes royales et celles de la Biscaye, entouré de colonnes corinthiennes de dix pieds de haut, avec les sept siéges de la tradition, se dressent sous l'arbre vénéré. L'arbre et le trône sont entourés d'une grille en fer.

Ne concluez pas de cette organisation patriarchale de la grande famille basque qu'une parfaite union ait toujours présidé aux délibérations de ses assemblées. Elles ont eu leurs divisions et leurs partis, presque aussi célèbres dans ces contrées du nord de l'Espagne que l'ont été en Italie les Guelfes, les Gibelins, les Capulets et les Montecchi. Voici quelques mots de la principale de ses dissensions et de son étrange et puérile origine.

Les Alavais et les Guipuzcoans venaient une fois l'an en Biscaye célébrer une fête religieuses, tantôt dans une commuue, tantôt dans l'autre, et il était d'usage d'offrir à l'église d'énormes cierges pesant jusqu'à trois quintaux. On apportait ces cierges processionnellement sur des brancards.

Un jour, quelques hommes de Ulibarri, d'Alava, proposèrent de prendre le brancard sur les épaules ; d'autres, qui étaient de Murua, en Guipuzcoa, demandèrent qu'on le portât à bras, la discussion devint vive ; les Alavais criaient *Gamboia* (en haut), les Guipuzcoans *Onez* (en bas); on en vint aux coups, et plusieurs hommes furent tués dans la bagarre. De ce jour, Ulibarri fut surnommé de Gamboïnos ; Murua s'appela Murua de Onez, et ses habitants Onecinos. Si futile que fût le sujet de la querelle, elle divisa bientôt toute la population basque ; chacun prit parti dans l'un ou dans l'autre camp, et bientôt il il n'y eut ville, château, village ou hameau qui ne se déclarât Gomboïno ou Onecino. Il en résulta une espèce de guerre civile ; on arbora des couleurs : les uns le noir, les autres le blanc ; il y eut de sanglantes rencontres, des cultures ravagées, des villages incendiés, des domaines dévastés, et de ce nombre le manoir de Loyola, dont trois tours furent démolies par ordre de Henri IV de Castille vers 1465, parce que ce manoir servait de quartier à l'un des partis.

On vit de la sorte, au quatorzième siècle, les Gamboïnos marcher avec Pierre-le-Cruel, les Onecinos avec don Henri de Transtamarre. En 1501, les rois catholiques, Ferdinand et Isabelle, intervinrent, menaçant de l'exil et de la saisie d'une partie de leurs biens ceux qui continueraient cette lutte trop prolongée ; on fit quelques exemples, le pouvoir royal s'étendit peu à peu sur les trois provinces, les haines s'adoucirent et disparurent. En 1836, la division se représenta sous une autre forme à l'occasion de la guerre des carlistes et des christinos. Onecinos et Camboïnos étaient devenus *chapelchouris* et *chapelgorris*, en raison de la couleur blanche ou rouge des berrets adoptés par les corps basques qui servaient la Reine ou don Carlos. Aujourd'hui, berrets blancs, berrets rouges et berrets bleus s'en vont fraternellement sous le même drapeau faire la guerre au Maure, et l'Espagne célèbre ce mouvement guerrier et quasi chevaleresque qui rassemble ses forces vives, autrefois dispersées et amoindries par la guerre civile.

Sommaire de la première Livraison.

Tout ce qui est destiné à l'Académie doit être adressé *franco* à M. le comte de KERCKHO VARENT, Président de l'Académie d'Archéologie de Belgique, à Anvers.

ANNALES

DE

L'ACADÉMIE D'ARCHÉOLOGIE

DE

BELGIQUE.

Tome dix-septième. — 2me Livraison.

ANVERS,

IMPRIMERIE J.-E. BUSCHMANN, RUE DES ISRAÉLITES,

(Imprimeur de l'Académie d'Archéologie de Belgique).

1860.

Nouvelles et Variétés.

— L'Académie royale et nationale d'archéologie d'Espagne a admis au nombre de ses membres correspondants notre honorable collègue M. Alexandre Schaepkens, directeur de l'Académie de peinture de Maestricht.

— M. Alexandre Schaepkens vient de recevoir aussi une marque de haute estime de la famille royale des Pays-Bas : la reine, ayant agréé l'hommage de l'une de ses dernières publications, lui a envoyé en cadeau deux beaux vases de prix, accompagnés d'une lettre des plus flatteuses.

— M. Mariette, le célèbre archéologue, écrit d'Égypte qu'il venait de mettre à découvert tout un palais immense en granit, à quelques pas du grand sphinx. Il croit que c'est le palais du fameux Chrephrem qui vivait environ 5,600 ans avant Jésus-Christ, et qui construisit la grande pyramide.

On a découvert sept superbes statues de ce prince dans le palais ensablé.

— M. Ed. Van Even, le savant archiviste de la ville de Louvain, dont on a beaucoup parlé, il y a quelques mois à peine, à propos du LOUVAIN MONUMENTAL, vient de faire une découverte destinée à renverser toutes les idées reçues jusqu'à présent sur l'origine de l'introduction de l'imprimerie en Belgique. On a toujours envisagé Thierry Martens comme l'importateur de l'imprimerie dans notre pays. On sait certainement qu'il édita en 1471 à Alost, un livre qui porte son nom conjointement avec celui de Jean de Westphalie, le célèbre imprimeur de l'université de Louvain. La ville d'Alost, fière d'avoir vu éditer dans ses murs le premier ouvrage que l'on connaissait de l'imprimerie en Belgique, a élevé dernièrement une magnifique statue à Thierry Martens.

Toute la Belgique a encore présentes à la mémoire les fêtes solennelles qui eurent lieu à Alost à l'occasion de l'inauguration de ce monument.

Hé Bien ! Tous les vers qui furent chantés alors, tous les discours que l'on prononça, furent débités en pure perte. Alost n'est pas la patrie du premier imprimeur belge, M. Van Even vient d'acquérir la preuve certaine que dix ans auparavant existait déjà en Belgique une imprimerie avec tous ses accessoires. Voici comment le savant archéologue de Louvain est arrivé à cette découverte :

NOTICE

SUR

LA COMMUNE DE DESTELBERGHE

PAR

M. J. HUYTTENS,
Membre effectif.

Parmi le grand nombre de bourgs et de communes qui entourent d'une brillante auréole la capitale de la Flandre, nous plaçons au premier rang le village de Destelberghe; non pas que sa population, l'étendue de son territoire ou sa culture présentent quelque chose de plus remarquable que celles des autres villages ou que quelque monument remarquable le fasse distinguer de ses co-voisins.

La distinction qui le fait remarquer parmi toutes nos communes, consiste dans la richesse des châteaux et des maisons de campagne dont le village est pour ainsi dire émaillé: sur une distance des plus restreintes se touchent des châteaux presque royaux, des villas qui, par la richesse de leur construction et l'originalité de leur architecture et notamment par la variété des diverses collections de fleurs exotiques qu'elles renferment, présentent une différence notable, non seulement avec toutes les communes du canton de Gand, mais avec tous les bourgs de la Flandre.

Une chaussée qui joint Gand à Termonde, traverse le village dans toute sa longueur et vient par son concours augmenter les agréments déjà si nombreux de Destelberghe : sa population est de 3640 âmes et sa superficie comprend 1922 hectares.

Comme presque tous les villages de la banlieue, les terres y sont légères : les habitans, très-industrieux, sont pour la plupart maréchiers et ne doivent qu'à leur labeur le bien-être dont ils jouissent.

Une partie de la population vient chercher et gagner en ville un salaire insuffisant pour sa subsistance à la campagne.

Le village de Destelberghe avoisine aux villages de : Oostackere, Loochristy, Zeven-Eecke, Calken, Laerne, Heusden et au territoire de la ville de Lokeren.

L'hydrographie est nulle, l'Escaut baigne le village et parmi les quelques cours d'eau on cite le ruisseau *le Lee* ou *Leede*, qui vient prendre son principe à l'Escaut et court se jeter dans la Deurme à Lokeren.

Déjà maintes discussions se sont élévées sur l'origine plus ou moins ancienne de la plupart de nos bourgs et villages, et jusqu'ici cette question est toujours restée indécise : à mon tour je soulèverai une question qui de prime abord semble des plus faciles à résoudre, et qui comme la précédente attend encore sa solution. Nos villages furent-ils élevés primitivement dans les plaines, les marais ou construits sur les plateaux? ont-ils d'abord couronné les hauteurs.

César nous dit explicitement que le pays des Ménapiens se composait de bois et de marais où ils se retiraient lorsqu'un ennemi les attaquait, et d'où il était impossible de les débusquer et encore moins de les y poursuivre ; il résulterait de ce passage que les Ménapiens auraient habité primitivement et principalement les marais et les bois qui les mettaient à l'abri de toutes insultes : D'autre part Pline nous décrivant la Flandre d'aujourd'hui nous enseigne qu'ils habitaient de préférence les hauteurs où l'on ne pouvait atteindre, et où ils se sauvaient en cas d'attaque; de plus les auteurs anciens nous apprennent que le prêtres Germains aimaient à adorer leurs dieux sur des hauteurs et dans des bois épais. Sans chercher à éclaircir la question ou à l'approfondir davantage, nous croyons et admettons avec la plus grande généralité des savants que les villages occupant les hauteurs sont plus anciens que ceux construits dans les bas fonds; n'importe de quelle manière on envisage cette question, Destelberghe peut, à juste titre, prétendre, non-seulement à cause de sa situation topographique mais aussi par ses souvenirs religieux et historiques à une très haute antiquitée : placée le long d'une lisière de prairies jadis marais, formés par les débordements de l'Escaut, le village de Destelberghe nous présente au moyen-âge un immense plateau boisé : une profonde et vaste forêt qui s'étendait jusqu'aux portes de la ville de Gand, couvrait son territoire ainsi que celui des villages de Zeven-Eecke, Saffelaere, Heyfte, Loochristy, Oostackere, une partie du bois se nommait « Eynarts Triest » en mémoire du célèbre Eynard, secrétaire de Charlemagne et abbé de St-Bavon auquel cette forêt appartenait.

Si l'on doit admettre que le plupart de nos villages doivent leur origine aux institutions religieuses de nos ancêtres les Germains, Destelberghe, un des premiers, vient se placer sous la plume de l'écrivain assez patient à recourir aux institutions religieuses, pour remonter à une source bien obscure, il est vrai, mais qu'on doit cependant admettre comme une origine historique des plus certaines.

Nos premiers apôtres à l'époque de l'introduction de l'Évangile dans nos contrées, trouvèrent existant et en pleine vogue, un nombre infini de superstitions et d'adorations païennes. Connaissant le caractère opiniâtre de nos ayeux et leur attachement à leurs coutumes religieuses, nos missionnaires loin d'abattre les objets de leur idolâtrie les laissèrent subsister, et s'appropriaient à leur bénéfice, les miracles que les dieux germains étaient sensés faire et exécuter. Ils parvinrent, à la longue, il est vrai, à les détourner de leur idolâtrie primitive; le peuple n'en continua pas moins à recourir en toute circonstance à ses anciennes coutumes que le christianisme venait de consacrer; le nom Germain ainsi que l'objet qui était le but de leur dévotion, continua seul à subsister pur de tout mélange : c'est ainsi que les villes et villages de Eeke, Holtem, Seven-Eecke, Thorholt etc., ont conservé le nom germanique et la tradition religieuse des arbres qu'on y adorait : qui nous dit qu'il n'en fût point de même pour le village dont nous traçons ici la notice historique : *Destel-berghe* ne se compose-t-il pas de deux mots germaniques pur de tout mélange : cette montagne *aux chardons* n'était-t-elle point un lieu sacré où l'on adorait le *chardon*, comme ailleurs on adorait le *chêne* et le *sapin?*

Nous ignorons l'histoire primitive de Destelberghe et l'époque de sa fondation : la première fois qu'il en est fait mention est en l'année 964 dans le diplôme de l'empereur Lothaire, confirmant la donation que jadis avait faite du village le comte Wichmann au monastère de St.-Bavon. « Suis juris villam Thesla vocatam cum » ecclesia et omni integritate cuntisque ad eam pertinentibus. » Dans le cartulaire de St-Bavon publié par M. Serrure, nous trouvons une seconde confirmation que fait le même empereur à la demande de l'abbé Womarus en 967, de toutes les propriétés appartenant à l'abbaye ; tous les villages, excepté celui de Destelberghe, y sont cités, aucune mention n'est faite toutefois sous ce nom mais nous y trouvons fait mention d'un village de Berghine. « In villa Berginna » ne doit-t-on pas y reconnaître la locution de nos paysans qui se servent généralement du mot BERGEN par abréviation de Destelberghen : en 1187 Urbain confirmant les propriétés de l'abbaye de St-Pierre se sert de la même abréviation pour désigner le village. « Et in altare de Bergina. »

Aucun fait historique ne vient nous apprendre comment Destelberghe échut au comte Wichmann; tout ce que l'histoire nous apprend de ce personnage est, qu'il était d'origine Saxonne et qu'il avait épousé Leutgarde, fille du comte Arnould-le-Vieux. Comment cette superbe propriété passa des mains des abbés de St-Bavon dans le cloître de St-Pierre sera toujours pour nous une énigme aussi obscure que la cause d'où il provient que l'abbaye de St-Pierre avait un si grand nombre de serfs tandis que nous n'avons jamais rencontré un seul acte qui reconnaisse un esclave à l'abbaye de St-Bavon.

A dater de cette époque jusqu'au seizième siècle, Destelberghe soumis à la juridiction abbatiale ne figure nulle part dans l'histoire, et si les cartulaires en font mention c'est pour notifier les ventes, les recettes, louer les terres ou percevoir les dîmes. Vers la fin de cette époque le village de Destelberghe sort de son long sommeil, son réveil est troublé par les impressions les plus pénibles, et ses plaintes sont d'autant plus justes que ceux qui devaient le préserver de toute oppression, semblent l'abandonner et n'avoir nul souci de le défendre contre ses nombreux ennemis. Il est incroyable si nous ne possédions point les décrets lancés tour à tour par la ville de Gand, et les édits militaires appendus à ces décrets, de concevoir avec quelle profonde insouciance, je dirais avec quelle incurie et cruauté, nos magistrats laissaient à la merci d'une soldatesque sans frein les habitans compris sous le nom de *habitants du plat pays*. On pille les églises, on incendie les fermes, on massacre femmes et enfants et toutes ces exactions se font au sû des autorités civiles et militaires, et circonstance plus incroyable encore ce sont les villages de sa banlieue qui ont le plus à souffrir et que l'on massacre jusque dans les faubourgs. Le paysan ruiné, chassé de la campagne se sauve en ville, voyant qu'il n'y avait guère d'autre moyen de conserver ses jours; cette agglomération d'un élément étranger dans ses murs fesait craindre à nos magistrats une révolte dont peut-être ils n'auraient pas été les maîtres, alors seulement ils s'aperçurent de l'abîme qu'ils avaient creusé : du consentement et de concert avec l'autorité militaire ils se hâtèrent de lancer un décret daté du 24 novembre 1583 par lequel il était défendu aux soldats de piller les villages de Wondelghem, Oostackere, Mariakerke, Destelberghe et Loochristy, mais permettant qu'au-delà de ces limites il leur était loisible de piller, d'incendier et de détruire à leur guise et volonté. Est-il étonnant qu'après des excès de ce genre la population se révoltât contre les Espagnols.

L'année 1576 avait ouvert cette longue suite de désastres qui devaient particulièrement atteindre le village de Destelberghe : placée sur la route militaire qui de Gand menait à Termonde, la pauvre commune fut pillée une première fois par le régiment des dragons de Rœulx qui y avait été cantonné, après lui vinrent les divers régiments qui hivernaient à Gand et qui profitaient du voisinage pour enlever et emporter tout ce qui avait échappé aux premiers pillages. A la suite de ces guerres la commune de Destelberghe se trouva si obérée et sa misère était si grande qu'arrivée aux abois elle s'adressa au propriétaire du village, à l'abbé de St-Pierre, afin d'obtenir la permission de mettre en culture des terres qui jusqu'alors étaient en gachère et qui dépendaient de l'abbaye, et d'en percevoir le revenu pour éteindre les dettes du village. L'abbé y consent à condtion qu'on sauvegardera ses droits féodaux : à cette requête et supplique que les bourgmestre, échevins et grands propriétaires adressent au roi Charles d'Espagne, il est fait mention des maux qu'ils ont soufferts, ils relatent qu'outre les impôts et les diverses charges qu'ils ont été obligés d'acquitter, ils ont été pillés deux fois. « Wy hebben tot twee verscheyden stonden in het jaer 1664 et in het jaer 1675 geplundert ende verbrent geweest. »

Les droits féodaux de la commune de Destelberghe sont trop curieux, pour que nous ne le mentionnions pas. Les trois pièces ou actes qui les renferment et que nous donnons ici parmi les annexes, ont été collationnés sur des originaux reposant aux archives de la province.

Le fief principal, comme aussi le plus considérable, porte le nom de *Notax* : aussi ancien peut-être que le village lui-même, il fut de tout temps l'apanage de plusieurs puissantes familles de la ville de Gand. Cette superbe propriété appartient aujourd'hui à M. le baron Heyndericx ; le château nous présente tous les dehors d'une forteresse du moyen âge, et bien que déchu de son ancienne splendeur, il peut encore rivaliser avec les châteaux du même genre si clairsemés aujourd'hui en Flandre : ses droits féodaux étaient très étendus, mais le château et son propriétaire rélevaient toutefois de l'abbé de St.-Pierre de qui il était homme-lige.

Voici la liste de fiefs, bien incomplète peut-être, que nous trouvons à Destelberghe :

1° La Seigneurie de Notax.
2° Den Grooten Hannaalt.
3° Thogelandt.
4° Brant Ackere.
5° Ten Heede.
6° Ter Zaelen.
7° Moxgaever.
8° Steenker.
9° S' Meyers Wal.
10° Pulaex.
11° Thiesham.
12° De Walgracht.
13° Tsneecker Marsch.
14° De Haude Steede.
15° Het groot blies stuck.
16° Ten Broocke.
17° Den Grooten Wal te Crobbenburgh.

La Flandre renferme peu de villages qui ne possèdent un pélerinage plus ou moins célèbre, plus ou moins fréquenté. Devons-nous attribuer l'origine de ces cérémonies religieuses au christianisme ou doit-on remonter jusqu'au paganisme pour en trouver les sources primitives?

Il est hors de doute que la plupart de nos villages s'ils n'ont pas tous existé avant l'introduction du christianisme, la plupart du moins atteignent cette haute antiquité. Nous croyons qu'il en est de même pour les pélerinages et autres lieux de dévotion.

Parmi tous ses rivaux peu de villages peuvent revendiquer avec autant de certitude et remontrer à une source aussi ancienne que le pélerinage de Destelberghe, dit de *Bergen kruis :* tout nous le fait supposer d'origine Germanique ou Celte. Nous savons que nos pères les Germains adoraient leurs divinités au milieu des bois épais, que leur religion était une religion de mystères, qu'ils n'élevaient point de temples à la divinité, et adoraient les arbres et les arbustes. Le célèbre pélerinage de Destelberghe, enfermé jadis au milieu des bois, sur le haut d'une montagne ou plateau, a tous les caractères de remontrer à cette source primitive ; pour ce qui regarde les temps plus modernes le pélérinage de *Bergen-kruis* est enveloppé d'un profond mystère. La seule fois qu'il en est fait mention est en l'année 1007 à l'époque de la translation des reliques de St-Liévin à Gand. Il est dit dans la chronique de Thielrode, éditée par M. Van Lokeren « que l'abbé Herenbold fit transporter les reliques » de St-Liévin de Hautem à Gand, et que des miracles éclatèrent » partout ou passa la sainte châsse, et que nombre de merveilles » eurent lieu au mont St-Pancrace. » Or le mont St-Pancrace se trouve à Destelberghe : nous voyons d'après cet itinéraire que l'on passait l'Escaut sur le parcours de la commune même, et que traversant les marais qui bordaient ce fleuve l'on arrivait directement au plateau ; tout nous fait supposer que cet endroit était situé au lieu dit *Het Pauwke* : du reste c'est l'endroit le plus rapproché de la terre ferme à la sortie des prairies : jadis le mont St-Pancrace où s'opérèrent ces miracles s'appelait aussi du nom de *Montagne de la Croix,* nom qu'il porte encore aujourd'hui. Quel était la dénomination que les Germains donnaient jadis à ce lieu? On l'ignore, mais tout nous fait supposer que c'était *thistelberg, montagne aux chardons;* et tout nous fait supposer qu'à cette époque c'était déjà un lieu consacré, que les prêtres y avaient sacrifié à leurs dieux et qu'on y adorait ou des arbres ou des arbustes; car pourquoi ce nom de *Bergen kruis* qui dénote une consécration toute chrétienne? n'était-ce point l'usage de nos premiers missionnaires de planter des croix, des brandons, des paillons sur les terres aux endroits qu'ils voulaient consacrer à la divinité? Nous croyons donc que bien avant que les reliques de St-Liévin fussent venus sanctifier ce lieu par des miracles, nos ancêtres les Germains y avaient adoré leurs Dieux [1].

Quoiqu'il en soit de cette origine, ce pélerinage un des plus célèbres de la Flandre, est tout aussi fréquenté de nos jours que jadis et l'affluence du monde y est toujours la même, et chose curieuse à remarquer, nous qui avons parcouru le vaste dépôt des papiers provenant de l'abbaye de St- Pierre, nous n'avons malgré

[1] Nous citerons et invoquerons à l'appui de ce que nous émettons ici le témoignage d'un de nos plus savants archéologues, M. le professeur Roulez: en 1833 on avait trouvé à Destelberghe à vingt pieds de profondeur et à côté d'ossements humains une pointe de lance en bronze et un instrument de même métal en forme de croix, de même qu'une hâche de silex; ces objets allèrent grossir la collection de M. Léonard Huyttens. En 1837 le savent professeur que nous venons de citer inséra dans les Bulletins de l'Académie une notice historique sur cette trouvaille ainsi que sur celles que l'on avait faites antérieurement. Voici ce qu'il nous apprend de plus saillant et qui vient en partie confirmer l'opinion que nous avons émise : que de tout temps Destelberghe paraît avoir été un lieu consacré aux divinités païennes. « La nature des objets que l'on a découverts au village de Destelberghe » nous indique qu'ils remontent à une époque antérieure à la domination Romaine : il » est toutefois impossible de déterminer s'ils appartiennent aux Celtes, anciens habitans de ces » contrées ou s'ils y furent déposés par les Germains qui remplacèrent ceux-ci après les avoir » expulsés de leurs demeures. Ces hâches sont peu communes et l'on n'en connaît que » trois en Flandre. Il reste maintenant à chercher la cause qui a rassemblé ces divers » objets qu'on y a trouvés, à savoir des instruments de pierre et de bronze, des ossements » d'hommes et d'animaux, ainsi que plusieurs troncs de chêne. Je n'ai pas besoin » d'avertir qu'une question aussi obscure et qui offre en elle-même si peu d'éléments » de solution ne peut être résolue que par des conjectures; celle qui me paraît la plus » vraisemblable serait de regarder cet emplacement comme un des bois sacrés qui » servaient de temple aux divinités Celtes ou Germaniques.

toutes nos recherches trouvé qu'une seule fois une charte où il est fait mention de ce lieu si célèbre. « Een stuck land geleghen binnen de prochie van Desselberghen genamt t' Mevrouw lant inde *Cruisbergen* groot — anno 1592. » Et remarque toute aussi curieuse tandis que tous les autres pélerinages ont un saint particulier qu'on y invoque et une maladie spéciale qui s'y guérit, et pour laquelle on fait le pélerinage, *Bergen Kruys* n'a ni saint ni aucune spécialité particulière pour laquelle on l'invoque.

Voici ce que la tradition populaire nous apprend : à l'époque de la translation des reliques de St-Liévin, le château de *Notax* était habité par un prince; l'histoire ne nous dit ni son nom, ni quelle était sa famille. A l'arrivée de la châsse le seigneur alla à la rencontre des reliques et invita les prêtres à se reposer : d'aucuns disent qu'il avait fait construire une chapelle, et qu'à l'instant un grand nombre de miracles s'opérèrent. Quoiqu'il en soit, la tradition veut que ce fût à cette occasion et en mémoire de ces prodiges qu'on y planta une croix, qu'on y vient invoquer pour toutes les maladies.

Le village de Destelberghe ne possède aucun monument remarquable, l'église est de construction moderne et sous peu elle renfermera un monument élévé à la mémoire de M. Léonard Huyttens, dû au ciseau de M. Geefs d'Anvers : la même famille y a fondé un hôpital ou hospice qui ne déparerait pas maintes villes, et qui est d'une grande ressource pour les pauvres de la commune.

Voici la liste des curés dont nous trouvons les noms mentionnés soit dans les cartulaires de St-Pierre soit dans la liste des baptêmes et décès :

Jean De Grave. 1506
. . . . Pyadt 1559

Maximilien Van Hove....... 1598
D... Docquémont.......... 1614
.... De Corte........... 1629
Jean Van Duyn........... 1642
Adrien Berkmans.......... 1643
Jacques De Croock.... 1646
G. Vardaus.............. 1651
P. Le Sellier............. 1668
G. Denys............... 1675
Marc Hendericx........... 1681
P. Van de Putte.......... 1681
Joseph-Baptiste Guyon...... 1696
J. Kimpe................ 1705
.... Ghesille............ 1706
.... t' Servrancx......... 1743
Benedictus De Graet....... 1803 mort en 1830.

Bourgmestres :

Adrien Van Damme........ 1699
Simoen Luytschander....... 1704
Jean Van Brussel.......... 1707
Adrien Van Damme........ 1709
Lievin Elewaut........... 1713
Jean De Moerloose......... 1715
Jean Van Laere........... 1720
Jean Eneraedt............ 1725
Jean Van Laere........... 1729
Thomas De Baets.......... 1741
Lievin Van Meulewater..... 1745

Jean Marqueny........... 1750
Joseph Van Peteghem...... 1755
Lievin Mareson........... 1773
Jean-Baptiste Buyse........ 1770
» » 1788

ANNEXES.

I.

Lotharius imperator confirmat anno 964 donationem villæ de Thesla factam monasterio bladiniensi a Wicmanno comite.

In nomine sanctæ et individuæ Trinitatis *Lotharius* superna disponente providentia *Rex*.

Cum magno munere misericordiæ Christi Ecclesiæ multiplicentur gaudia, dignum constat ut sollicitudine Regiæ clementiæ spiritu Dei incitante, ne quid in rebus ipsius Ecclesiæ impacatum maneat, novâ semper auctoritate roboretur. Idcirco notum esse volumus omnium fidelium nostrorum tam præsentium quam futurorum industriæ, qualiter venerabilis abbas *Womarus* bladinensis cænobii nostram adiit serenitatem, rogans ut more antecessorum nostrorum, regum scilicet, rebus vel proprietatibus monasterii sui infra regni nostri terminos constitutis, emunitatis vel denfensionis nostræ bravium concederemus.

Quod quidem jam dudum nos constat fecisse. Sed quia postea quædam piâ fidelium largitione aucta videntur, jam Nobilissimus comes *Wicmannus* instinctu amoris Dei, et ob remedium animæ suæ, conjugisque ipsius, filiæ scilicet *Arnulfi* Marchisi, ibidem sepultæ, illic perpetim contulit possidendam sui juris villam Thesla vocatam, cum Ecclesia et omni integritate, cunctisque ad eam pertinentibus : eadem sub perpetua emunitatis nostræ tuitione esse volumus; ita at nullus noster comes aut judex, aut vicarius, aut publicus fisci exactor vel advocatus vel alius aliquis prænominatas res ingredi audeat ad fredas exigendas, vel paratas faciendas, vel hominibus in præscripto loco habitantibus districtionem ingrediendi, vel aliud quid potestatis exercendi licentiam aut potestatem habeat, nisi abbas, et advocatus quem ipse sibi utilem et necessarium prospexit. Omnium quoque exactiones teloneorum per diversa municipia, oppida seu castella, vel loca quælibet regni nostri ex hominibus juris prædicti monasterii penitus indultas et remissas esse volumus atque sancimus.

Quam videlicet immunitatis remissionem ut noverit omnium fidelium nostrorum præsentium ac futurorum universitas a nobis plenissime stabilitam, super ea hoc nostræ majestatis praeceptum fieri jussimus, manuque propriâ eam subterfirmavimus, et anuli nostri impressione subterfirmavimus, et auli nostri impressione signari jussimus.

Datum viii kal. martii, regnante domino Lothario anno X, indictione VI.

II.

In Nomine Patris et Filii et Spiritûs Sancti, et individuœ Trinitatis. Cum omnipotentis Patris sapientia, eademque, et virtus et verbum Dei, cuncta essentia constituit ex nihilo, solo verbo et imperio, universaliter hoc omni creaturæ constituit ut factum sequeretur factorem.

Et cum jam cuncta processissent valde bona à summo et bono Deo creata, omnia subdidit usui hominis, quem in hanc excellentiam componebat, ut consimilem Deo faceret, et universis à se super terram creatis præferret.

Sed væ curvæ in terris animæ et cælestium inani, degeneranti à suo factore! Deperit omnis ea creatura, quæ nec aliquando per se animadvertit, ut declinaret à malo et faceret bonum. Unde ne homo penitus periret, quem ipse creavit Deus, hominem induit, quem etiam super cælestia exaltavit....

Præterea documenta dedit, quomodo spiritu humilibus, et eleëmosynam facientibus pateret ingressus cælestium ædium, et qualiter de terrenis negotiaremur cælestia. Quapropter in Dei nomine ego Wicmannus gratiâ Dei, non meis meritis comes, flagrans amore cælestis hereditatis, cupiens adipisci quamdam particulam beatitudinis, cum his, qui patrimoniis suis

Domino legaliter traditis cælestem pervenerunt ad hæreditatem, salubre hoc mihi visum est ut ex bonis à clemente Domino mihi collatis, aliquam providerem æternæ felicitatis mihi portionem.

Idcirco ad monasterium Blandinium à sanctæ recordationis patre Amando antiquitus constitutum et in honore Principis Apostolorum Petri, doctorisque gentium Pauli consecratum, ubi requiescunt copora SS. Wandregisili, Ansberti, Vulframni, Archipræsulum, cum beata Christi virgine Amalberga, cujusque Rector exstat et abbas Deo devotus Womarus, cogitans ac pertractans, supernâ Dei inspirante clementiâ, delegavi et tradidi Domino Deo, sanctissimo ejus Apostolo Petro, ac cæteris sanctis ibidem requiescentibus atque servis Dei in ipso loco, nunc et in futurum militaturis, mei villam juris Thaslam dictam, cum Ecclesia, mancipiis, culturis, pratis, pascuis, silva et omni hereditate, quæ ad ipsam respicit et quidquid speratur pars prædictæ hereditatis.

Hæc omnia, sicut præfatus sum ad idem venerabile cænobium Blandiniense pro remedio animæ meæ, et conjugis meæ defunctæ *Luitgardis*, trado, transfundo, atque transcribo, et de jure meo cedens ei, juris potestatisque dominium ejusdem loci destino atque concedo, ut ipsi servi Dei amodo et deinceps hæc recipiant ad utilitatis suæ profectum, habeant, teneant, possideant absque ullius contradictione vel refragatione : quatenus ipsi servi Dei ibidem secundum regulam S. Benedicti viventes, Deoque servientes liberiùs et devotiùs pro me et conjuge mea nunc defuncta, cuntisque, prædecessoribus meis, omnipotentis Dei, sanctorumque ejus exorent clementiam.

Si vero, quod futurum minimè credo quisquam de sucessoribus meis, heredibus aut proheredibus injuriosus contradictor, seu quælibet extranea persona huic traditioni meæ contrarie voluerit, et infirmare, quod multorum firmatum est fidelium auctoritate, in primis S. Trinitatis et S. Dei Genitricis Mariæ, B. Petri, ac deinde omnium sanctorum iram incurrat, ob offensam, perpetuæ maledictioni subjaceat, et partem habeat cum iis, qui hereditatem Domini voluerunt delere de terra. Tamen iniqua præsumptio non obtineat effectum, sed haec nunc traditio firma permaneat et inconvulsa.

Actum publice in monasterio Blandinio kalendis novembris anno verbi incarnati DCCCCLXII. Indictione V. Lotharii regis anno XIV. Domini Womari abbatis VIII.

Signum ipsius Wicmanni comitis, qui hanc traditionem fecit, et illustrium virorum testimonio firmari petiit.

Signum illustris Arnulphi comitis, patris supradictæ Luitgardis comitissæ.

III.

Acte van gaderinge ende t'serkemannage van de meyerye van Destelbergen, toebehoorende aen jongvrouwe Lysbette myns heeren Diedericxs Noothacx dogter, van den jare 1371, den 12sten dag van weedemaend.

Wy Aernould van den Scoete bailliu ende wettelic maenre myns heeren s abs ende der kerken van sente Pieters by Ghendt, Gherard heere van Steenhuse, Raesse Mulaert ridderen, Jan Borluut, Daniel Sersanders, Pieter de Rike, Jan van der Kokenen, Pieter Serseymoens, Boydin van Verteghem, Jan van Crombrugghe, mannen mins heeren s abdts ende der kerken voerseyt, doen te weten allen den ghenen die desen presenten t saertere zullen zien ofte hoeren lesen, dat voer onslieden commen es in properen persoene alse voer heere ende voer wet joncfrauwe Lysbette myns heeren Diedericx Noothacx dochter was, de welke voer ons hiesch ende begheerde te hebbene eenen wetteleken dingheleken voogt, ende naer den heersch ende de begheerte van hare, so was soe wetteleke ghedaen te voogde, so dat de vorseide joncfrauwe Lysbette met haren wetteliken voogt hiesch ende begheerde te commene te taelmanne ende te rade. Mits welken heesche ende begheerte voerseyt soe daertoe wettelike was ghedaen; mids dat soe hare hovswerdich maecte met zeker te doene wettelike naer costume ende usage van den hove van sente Pieters; ende dede daer toghen joncfrauwe Lysbette voerseyt metgaders haren wetteliken voeght, dat soe hilde een leen van minen den abdt ende der kerken vorseit, ligghende in de prochie ende in t herschep van Desselberghine ende datter toebehoert ende daer omtrent, t welke voornoemde leen dat men heet de meyerie van Desselberghine met allen den rechten diere toebehoren: t welke leen ende meyrie voerseyt met t gheunt datter toebehort hare so verdonkert ware, dat soe niet en wiste waer dats af of aneginghe ende watter schuldich ware toe behoerne; mids welker verdonkerthede vorseyt, joncfrauwe Lysbette met haren wetteliken voogt voornoemt hiesch ende begherde te hebben eene wettelike gaderinghe ende eene wettelike t serkemanage van haren vorseyden leene ende datter toebeboert, om dat soe noy ne gheene en adde, also zoe dede segghen; noch daer wyt kenden. So, mids der begherten van joncfrouwe, Lysbetten ende haren wetteliken voegt vorseyt, wy manne voornoemt waren ghemaend van den rechte, ende wysden dat voerseyde joncfrauwe Lysbette eene wettelike gaderinghe ende t serkemanage van haren leene vorseyt ende dater toe behoert wel hebben mochte ende sculdich ware te hebbene, mids dat zoe negheene ghehad en hadde, daer wy t kenden; ende ooc mids dat soes niet entbeeren en wilde; ende wysden voert dat men dieghebieden saude t sondaegs huter kerken daer men de kercghebode schuldic ware te doene ende daer t voerseyde leen ende datter toebehoerde gheleghen ware; ende dat men daer besceedelicke noemen saude den dach ende stede daer men de wettelike gaderinghe ende t serkemanage doen ende besitten zaude naer den maendach naestvolghende den zondaghe van den kercghebode binne dieren welke sheeren moete, ende dat men daer dach soude doen allen den ghenen diere jeghen ofte mede segghen wilden : ouderlingen, ommezaten ende oec hem allen dier of mochten weten te spreken : t welke al wel ende wettelike vulcommen ende vuldaen was ghelyc dat de vorseyde vonnessen in hadden, ende de dach van der moeten t voerseyts heeren wart wettelike besceeden claerlike ende openbaerlike op den dicendach naestv lghende den vorseyden sondaghe dat de kercghebode ghedaen waren, ende de wettelike dachvaert zynde tydlic voer de noene ter stede daer mynheere Diederic Noothacx vorseyt placht te woenene ende die nu der voerseyde joncfrauwe Lysbetten toebehoert : ter welker dachvaert ende stede vorseyt, wy bailliu ende manne vornoemt waren, omme wetthelike voert te gane metter wetteliker gaderingen ende t serkemanagen vorseyt; soe dat daer voer ons quam joncfrauwe Lysbette voorseyt : begheerde voegt, wart wettelike te voogde ghedaen ende maecte haer hovsweerdich met zeker te doene wettelike, op welken zeker soe an ons begheerde dat men verclaeren soude wettelike, wien wy manne vorseyt daer kenden wetteliken dach te hebbene ende van wat zat zaken; mits welker begheerten, wy manne vornoemt wirden daer of ghemaent, ende wysden dat wy daer kenden wetteliken dach hebbende, den bailliu ende ons mannen vorseyt, joncfrau Lysbetten ende haren wetteliken voogt vornoemt, ende alle de ghene die jeghen de wettelike gaderinghe ende t serkemanage of daer mede segghen wilden, ende oec auderlinghen ende ommezaten de ghene diere of mochten weten te sprekene, mits welken wy manne voerd wirden ghemaent, dat wy de wettelike gaderinghe ende t serkemannage wettelike besitten sauden ende oerontscepe daer of horen naer costume ende usage van den hove van sente Pieters, t welke al wettelike vulcommen ende vuldaen was. Ende daer up ghehoert auderlinghe ende ommezaten ende de ghene diere of mochten weten te sprekene, ende elc sonderlinghe by zynen heede, welke voerseyde gaderinghe ende wettelike t serkemannage wy manne voerseyt worden ghemaent te ontlukene ende hute te ghevene ghelyc dat wy t bevonden hadden; mits dat de vorseyde joncfrauwe Lysbette met haren wetteliken voogt van hulpen, van meer ‹ erontscepen te doen hoerne afghinghen : behauden der hulpe ende oerconiscepe diere af ghehoert was. Up t welke wy wetteleke bevonden hadden met vulre orcondscepen ende met vele lieden eens sprekende.. 1.° Dat joncfrauwe Lysbette vorseit heeft ende haudt een leen van minnen heere den abdt ende der kerken van sente Pieters vorseit, t welke leen men heet de meyerie van Desselberghine ende dat daer toe behoert ligghende in de prochie ende in t herschep van Desselberghine ende daer omtrent.. 2.° Ende hebben voert bevonden wel ende wettelike, dat den voerseyden leene ende meyerien toebehoeren drie bunre lands lettel min ofte meer die men heet *s meyers wal*, oece manne, ende laete ende ghedinghen also men sduldich es te dingene met mannen ende laten; ende hier toe behoeren boeten van drien ponden parisise ende al datter onder es, wandelcoep, sterfcoep, erven ende ontherven.. 3°. Voert behoert ter voerseyden meyerien, t derden deel van al dat scepenen vonnesse van Desselberghine toebehoert so waer dat ghevallen mach in de prochie van Desselberghine ende in t heerscap, so wel op grond van leene als op grond van erven : het ne waere van wandelcoepe sterfcoepe van leene, of het ne ware dat yemen spreken wilde te gronde van leene om af te winnene : dat men dat dinghene, daer ment schuldec es te dinghene, ende al d ander behoert scepenen vonnesse toe.. 4.° Ende voert behoeren toe den voorseyden leene, alle de ghebode te doene of te doen doene even verre dat zy den heerscepe ende den scependomme van Desselberghine toebehoeren, ende al dierghelike alle die achtinghen ende de pandinghen te doene, ende den meyer te hebbene t derden deel van den boeten ende alle proffiten dieren af commen moghen, ende voert alle de heede te stavene ende daer af te hebbene zyn recht.. 5.° Ende oec behoert ter vorseider meyerien, vierscaren te bannen ende alle manninghen te doene : eist in ghebannen vierscaren of der buten in t schependom ende in t heerschap van Desselberghine.. 6.° Ende oec behoert daer toe verde te nemene, ende die te stadene ende op te draghene alst te doene es; ende de meyere es sculdich te scuttene ende te vanghene gelyc den bailliu.. 7.° Ende voert behoren ter vorseyde meyerin t derden deel van sterfcoepen ende wandelcoepen ende van alle dien dat schepenen vonnesse toebehoeren mach : mits dat de meyere maenre daer of es.. 8.° Ende voert es s meyers recht ende behoert toe den vorseyden leene dat, naer den tyt dat de meerschen verboden werden, by wette hutter kerken, te hettene, dat de meyere sine beesten mach doen gaen in de vorseyde merschen naer t verbod xiiij daghe lanc in de vorseyde prochye dore gaende.. 9.º Ende oec behoeren toe den vorseyden leene, t derden deel van allen den vervallen ende avonturen, forfayten, ende van allen anderen rechten, die ghevallen moghen binnen den scependomme van Desselberghene : altoes hute ghenomen dat voeren bescheedelic hute gheleit es ghelyc dats verclaert staet. 10º Ende waert dats gheviele dat yemene ghevanghen wirde van den live binnen den heerscepe van Desselberghene, dien ghevanghenen es sculdich de meyere te haudene up sine plegt ende avonture die eerste drie daghe, ende daer na salne de meyere, der kerken van sente Pieters of haren bailliu overleveren, ende de kerke of haer bailliu salne voert hauden ende wet ende vonnesse daer of doen gheschien binnen den heerscepe van Desselberghene vorseit; ende wert hy verwyst, de justicie salre af ghedaen werden binnen den heerscepe van Desselberghene vorseit, ende de kerke sal doen den cost van der justicie, ende de meyere sal doen den cost van den hangheman; ende andere coste zullen zy deelen ghelyc dat zy de proffite heffen : dats te weten de kerke van sente Pieters de twee deele, ende de meyere terden deel. Maer waert dat yemene van schulde ghevanghen wirde ende van allen anderen zaken, so zaudene de meyere hauden de eerste drie daghe ende daer na de kerke of haer bailliu zesse daghe, ende elc also voort totter tyt dat de zake ghetermineerd ware : het en ware dat de ghene die van der kerken weghe daer ware, de vorseyde meyere verbade dat hy den ghevanghenen hilde van der kerken weghe vorseyt. 11º Ende voert es te wetene dat elc prelaet van sente Pieters in zyn eerste incommen ende nieuwe creacie, eenen ballinc daer ghebannen sonder meer, met hem inbringen mach ende hem zyn land weder gheven : den ban te niete doende sonder consent van den meyere vorseit; maer waert soe dat up eeniche andere tiden eenich ballinc wilde hebben sinen inlande in t heerschap vorseit, dat moeste zyn bi consente van den meyere vorseit, ende hy moeste ghenouch doen jegens de kerke van sente Pieters van tween deelen ende jeghen den meyere van den deele.. 12.º Ende van allen bastaer, incommelinghen ende vonden toebehoerende den herscepe ende den scependomme von Desselberghine, daer of es schuldich te hebbene de vorseyde kerke de twee deele ende de meyere t derden deel.. 13.º Ende van allen de dienstlieden die van hauden tyden ende van hauden troncke ingheboren zyn binnen ofte up t heerschap van Desselberghene, es schuldech te hebbene de vorseyde kerke de twee deele, ende de meyere t derden deel; maer van allen dienstlieden ende van haren nacommers den kerken van sente Pieters, of minnen heere van Vlaendren toebehorende eer si te Desselberghine quamen, en zal de vorseyde meyere niet hebben om de redene van den composicien die de kerke van sente Pieters ende miin heere van Vlaendren onderlinghe ghemaect hebben van haren dienstlieden.. Ende voert es te wetene dat de vorseyde wettelike gaderinghe ende t serkemanage ontploken wart te sente Pieters in t hof met myns heeren ende der kerken bailliu ende ons mannen boven ghenoemt in al der zelver manieren dats voerschreven staet. Mits welken ontplukene vorseyt, ende huter begheerten van joncfrauw Lysbetten vorseyt ende haren wetteliken voogt vornoemt wy manne vorseyt, wirden ghemaend, wat schuldich ware te ziine metten rechte naer al dats vor onslieden wettelike commen ende verleden ware? mits welken wy wysden in eenen wetteliken vonnesse, dat alle de vorseyde pointe ende elc zonderlinghe ghelyc dat sy voren bescheedelike verclaert ende bescreven staen, ende wise wel ende wettelike bevonden ende huutghe gheven hebben, behoeren ende schuldech zyn te behoerene te joncfrauwe Lysbetten leene vorseyt dat men heet de meyerie te Desselberghine ende datter toebehoert, ende dat soe dat haut ende schuldesch es te haudene in eenen vullen leene van minen heere den abdt ende der kerken van sente Pieters vorseit, ende dat soe hem daer af schuldech es trauwe ende waerhede, ende zulcken dienst als voren verclaert staet. Ende alle dese vorseyde dinghen ende elc point sonderlinghe waren ende zyn ghedaen ende vuldaen wel ende wettelike ende al wettelike met allen den wetteliken maeninghen ende vonnissen diere toebehoerden also mense schuldich was te doene naer recht, wet, costume ende usage van den hove van sente Pieters vorseyt. Ende omdat zy alle zullen zyn ende bliven goed, vaste, zeker, ghestade ende wel ghehauden ten eeuweliken daghen ghelyc ende in der selver manieren dat zy boven gheschreven zyn, so hebben wy bailliu ende mannen boven ghescit, by bede ende neerensten versouke van joncfrauwe Lysbetten ende haren wetteliken voogt voornoemt; voer ons, alle dese vorseyde dinghen kennende, dese jeghenwoerdeghen wetteliken t saertere bezeghelt elc van onslieden sonderlinghe met sinen zeghele huuthanghende, in oertcontscepe ende kennesse der waerheden. Dit was ghedaen int jaer ons Heeren als men screef M CCC een en t seventich den xij^{ten} dach van weedemaent.

IV.

COPIE.

Compositie van desen heerscepe van Desselberghene.

Kond ende kenlic zy allen lieden dat wy *Jan Abt* ende convent van der Abdyen van S. Pieters by Gend, in den name van onser kercken an d'een zyde, *ende Beatrice van Massemen wedewe heere Diederic Notax* over my ende in den name van Lysbette myne dochtere als hare vocht, ende by rade wille ende consente van de heeren haren vrienden ende maghen hier naer genompt, an d'ander zyde; considerende en anesiende dat discord ende ghescil namaels rijsen ende werden mochte tusschen ons ende onsen nacommers *om theerscip toebehoorende der meijerie van Desselberghene die men haut van der kerken van S. Pieters voors*[t] de welke meijerie heere Diederic Notax dies God de ziele hebbe, in tyden als hy levede, ende ic Beatrice zyn wettelic wyf voors[t] te gader cochten jeghen Janne van den Dorpe met alle den rechten datter toebehoorde ende schuldich ès toe te behoorene, om paijs ende omme ruste zyn wy partyen voors[t] by goeden vriendelicken traitiete ende consente van ons, over ons ende over onse naercommers eens worden ende gheaccordeert in de vorme ende maniere hier naer verclaerst. *Ende int eerste zo es te wetene dat ter voors*[e] *meijerien van Desselberghene toebehoort terde van allen fourfaiten die scepenen vonnesse van Desselberghene toe behooren ende niet van dat ten mannen vonnesse toebehoort,* Item gevielt datter yemant gevanghen worde van den lyve binnen den heerscepe van Desselberghene dien ghevanghene es sculdich de Meijere te houden op zynen plicht ende aventure d'eerste drie dagen, ende daer naer der kerken van S. Pieters of den genen die daer zal wese in haere stede te livereren, ende de kercke salne voort an hauden ende wet ende vonnesse der af doen, binnen den heerscepe van Desselberghene voors[t], ende wert hy verwyst, de justicie zalre of gedaen werden binnen den heerscepe van Desselberghene voors[t] *ende de kercke zal den cost van de justicie doen ende de meijere den cost van den hangman,* ende andere costen zullen wy deelen ghelyc dat wy de prouffyten heffen, dats te wetene de kerke van S. Pieters de twee deel, ende de meijere terde, maer waert van sculden dat hy ghevanghen ware ende van allen anderen zaken zo zoudene den meijere houden d'eerste dry daghen ende dan de kercke zes dagen ende dan weder de meijere dry daghen ende daer naer de kercke zes daghen ende elc alzo voort totter tyd dat de zaeke getermineert ware het en ware dat de ghene die van den kerken weghe daer ware den voors. meyere verbaden dat hy den gevanghenen hilde van der kercken weghe, Item zo mach elc Prelaet van S. Pieters in syn eerst incommen ende nieuwe creacie een ballinc daer verbannen zonder meer met hem inbringen ende hem zyn land weder geven, den ban te nieuten doende zonder consent van den Meyere voors^{t} maer waert zo dat op eenich andere tyden eenich ballinc wilde zyn inlanden hebben dat moeste zyn by consente van ons beeden ende hy moeste genoeg doen jegen de kercke van S. Pieters van de twee deelen ende jegen de meyere van den derden deele, item van allen bastaerden incommelingen ende vond toebehoorende den wettelyken Scependomme van Desselberghene daer af es sculdich te hebbene de kerke voors. de twee deel ende de meyere terde, item van alle dienstlieden die van auden tyden ende van auden tronke zyn ingeboren binnen of op 't heerscip van Desselberghene es schuldich de voors. kercke te hebbene de twee deelen ende de meyere terde maer van allen anderen dienslieden ende van haren nacommers der kercken van S. Pieters of mynen heere van Vlaenderen toebehoorende eer sy te Desselberghene quamen en zal de voors^{e} meyere niet hebben om de redene van der compositie die de kercke van S. Pieters ende myn heeren van vlaenderen hebben gemaekt onderlinge van haren dienstlieden, item hebben wy Abt ende Convent voors^{t} der voors^{e} vrouwen bekent ende geconsenteert onsen wint op 't voors^{e} heerscip van Desselberghene alzo verre als wy moghen ende ons toebehoort den welken wind zo ende haer hoyr eeuwelicke van ons ende van onsen naercommers in den name van onser kerken voors^{t} zullen houde ende blyfven houden in leene teenen alven coopt ende mits desen accorde stellen wy partyen voors^{t} deen den anderen quytte ende renunchieren ende gaen of van allen anderen heeschen calaengen, costumen ende uzanchen die deen jegen den anderen mach hebben ghedaen of geuseert of namaels doen of useren mogen want geene uzanche noch possessie deêren of helpen mach eenige van ons lieden contrarie den poynten ende den accorde voors^{t}, ende beloven ende hebben belovet over ons ende over onze naercommers by trouwen ende by eede jeghen dit present accordt ofte jegen eenich poynt boven bescreven nimmermeer te gaene nog te doene ofte te latene ofte doen doene by ons of by anderen ende om dat wy willen ende begheeren dat alle dese pointen ende dinghen behouden blyven goed vast ende gestade, zo hebben wy ter meer verzekerthede ende in eeuwelicker ghedinckenesse ghedaen maeken twee paer brieven beede eens sprekende dies elc van ons partyen voors^t eene heeft, ende beseghelt met onser beeder partyen zeghele, bidden ende versoeken den heere van Maldegem den heere van Massemme, heere Jan Mularde, ende heere Phls van Massemme, de welke hier over waren ende by wiens rade ende consente de voors^e dingen ende accord ghedaen ende gemaekt waeren dat zy haere zeghelen willen hangen an dese letteren mits de onse; ende wy heere van Maldegem, heere van Massemme, Jan Mulard, heere van Exaerde ende Phls van Massemme rudders maghe ende vriende vrouwen Beatricen ende jonkv. Lysbetten voors^t ten bede ende versoeke van voors. partyen, kennen ende lyen dat voor ons ende by ons ende by onsen rade ter eere, bate ende prouffyte van onsen nichten voors. ende haer hoyr ende naercommers dit present accord en alle de voors^t. dingen waeren gedaen en geaccordeert als 't voors^t es, ende in kennesse der waerheden wy hebben onzen zeghele ghehangen aen dese pnte lren metgaders den haerlieder. Dit was ghedaen op onsen vrouwen dag ter conceptien achthiensten dag van Decembre int jaer ons heere als men schreef M.CCC zevene ende vyftich.

Ghecollationeert jegens den zwarten bouk inhoudende diversche Privilegien ende oude litteraigen der kerken van S. Pieters by Gend, ende rust den zelven bouk int secret van der Proostie der zelver kercken welcke voors^e copie metten texte van den zelven zwarten bouk es bevonden accorderende by my onderscreven als clercq van mannen van den Leenhove van St. Pieters voorn^t toorconden dese.

V.

Destelberghen. Synde de prochie van Destelberghen een schoone prochie groot elf hondert bunderen, ende redelyck wel bewoont geweest, ende oock verciert met diversche casteelen ende schoone huysen van plaisance maer eylaes dat te beclaghen is alsnu door den brant in de leste troubelen van oorlogh gelyck meer andere prochien hier binnnen Vlaenderen, seer geruineert ende verandert, disponerende oock alhier den heer Prelaet als Patroon van de pastory der selve prochien.

Den wint en de molderye dezer voors^e prochie is oock een leen van de kercke van St-Pieters ende haeren opperleen hove ghehouden ten desen leene;

soo dat niemant anders meulen stellen en mach om te maelen binnen laet voor zyne heerschape van Destebergh dan der erfachtighen van dezer leene.

De Meyerye van de voorsy^{e} prochie is jnsgelyks een leen van de voorn^{e} kercke gehouden, behoorende tot den meyerye en leen drye bunderen lants lettel min ofte meer, die men heet s' meyers wal, synde alle vrye van thienden ende van rente ende competert dese meyerye het derde deel van al dat schepenen vonisse van Destelberghe toebehoort soo waer dat gevallen mag in de voor^{s} prochie alsoo wel op gront van leen als op gront van erfven, ten waere van sterfcoop ofte wandelcoop van leenen. Item behoort ten dezen meyerye alle de geboden te doen ofte doen doen even sene sy den heerschepe ende schependom van Destelberghe raecken ; moet oock alle de achtynghe ende pandinghe doen, ende hebben t' derde deel van de boeten ende alle de profytten dier daer afcomen moghen. Item alle de Eeden staeven ende daer af hebben syn regt, item de vierschaere bannen ende alle de maenynghen doen eyst in gebannen vierschare ofte daer buyten int schependom ende heerschap van Destelberghe, item vrede nemen ende die staeven ende opdraegen alst te doen is, is ook schuldigh te schutten ende te vaene gelyck de bailliu voorts in s' meyers reght ende behoort toeten selven leene, dat naer den tyt dat de menschen verboden worden by wette uytter kercken te Lessene dat den meyer zyn beesten moet doen gaen in de voorn meerschen veerthien daeghen lanck naer het verboodt in de voornoemde Prochie deurgaende behoort oock ter voors meyerye t' derde deel van alle sterfcoopen ende wandel coopen ende van aldies dat schepenen vonnisse raecken maels mits dat hy meyer maender daer af is, gelyck oock desen meyer toehoort het derde deel van alle de vervallen ende aventuren fourfaiten ende alle andere rechten die gebeuren moghen binnen het voornoemde schependom van Destelberghe voorts waert dat geviele dat iemant gevangen wierde van den lyfve binnen het voors^{e} heerschap van Destelberghe, den meyer is schuldigh dien gevangenen te hauden op zyn plicat de eerste daegen ende daer naer moet hy dien overleveren aen de kercke van St-Pieters, of te haeren bailliu welke kercke ofte bailliu hem voorts hauden sal ende wet ende vonnisse daer af doen binnen t' voornoemde heerschap van Destelberghe en de werdt de gevangenen verweesen, de justitie sal dor af gedaen woerden binnen t' voornoemden heerschap van Destelberghen, en de werdt de gevangene verweesen de justitie sal der af gedaen worden binnen t' selven Destelberghen ende de kercke sal doen den cost van de justitie, ende den meyer den cost van hangman ende de anderen costen sullen sy deelen gelyck dat sy profytten heffen dats te weten de kercke van St-Pieters de twee deelen ende den meyer t' derde deel; maer waert dat iemant van schulden gevanghen wierde ofte andere saecken soo soudede meyer hauden de eerste drye daeghen ende daer naer de kercke ofte haeren bailliu ses daeghen ende t'elckent soo voort totter tydt dat de saecke getermineerdt waere het en waere dat den gonnen die van de kercke weghe daer waere der voore meyer verbaede dat hy de gevangenen hilde van de kercke wege voor^s. Voorts is te weten dat Elck Prelaet van St-Pieters voorseyt in syn eerste incommen ende nieuwe Creatie ende ballinck daer gebannen zonder meer met inbringhen magh hem zyn landt wedergevende, den ban te niet doeden soender het consent van den meyer voor^s maer waert dat op eenighe andere tyden eenige ballingen wilden hebben haer inlant op t' heerschap van Destelberghe dat moeste syn by consente van meyer voor^s ende hy soude moeten genoeg doen jeghens de kercke van St-Pieters van de twee d eelen ende jegens der meyer van t' derde deel, ende van alle bastaerde incommelinghen ende van der toebehoorten van der heerschepe ende schependom van Destelberghe daer af is schuldigt t' hebben de voors^de kercke de twee deelen ende den meyer het deerde deel maer van alle dienstlieden ende haer naercommers de kercke van St-Piet rs ofte myn heeren van Vlanderen toebehoorende eer sy te Destelberghe quaemen, en sal den voors^e meyer niet hebben omme de reden van compositien die de kercke van St-Pieters ende myn heere van Vlanderen onderlinge hebben gemaeckt van hunnen dienstlieden ende den erfachtingen van desen leene magh eenen meyer maecken ende oock verlaeten t' allen tyden alst hem belieft omme de v oor^s meyerye te bedienen als boven, alles ingevolghe het deelen van den leen boeck. N° 53, 13 deel.

VI.

Alsoo Bailliu ende schepenen met de groote ghelande der prochie Desselberghe versoghs hebben aen den Eerw. heere Prelaet van d'abdye van St-Pieters als heere van de voor^s prochie dat de aenhoudt ghelegen binnen de selve prochie, soude moghen worden gebraght tot culture om daer mede de voorsheyde prochie voor zoo veele als t' moghelyck sy te herstellen van de groote schulden daer inne de selve ghevallen is door de ghepasseerde oorloghe die den me rderen deel syn crooserende den penninck xvj^{e} soo ist dat sy dien aengaende over een ghecomen syn inder manieren naervolghende.

Eerst ende alvooren dat den voorsegden bailliu burghemestre ende schepenen mitsg^{rs} groote ghelande ende ghemente van Desselberghe sullen gh houden syn over de voor^{s} heere Prelaet het guarrant taenveerden van de uytghegeven admodiatien van den voor^{s} Hanauldt ten diversche stonden ghedaen by syne voorsaeten.

Item dat de uytghegeven cheynsen sullen sorteren hier effect sonder eenighe contradictie, ende dat het jaerlykx revenue van diere sal blyven ten proffyte van de proostdye van selve abdye.

Item dat sy sullen verobligeert syn te betaelen vuyt de landene ter culture te bringhen de wandelcoopen, doodtcoopen, beste hoofden ende andere heerlycke reghten, gelyck men in het anderdeel van prochie van Desselberge betaelt, ende dat t'selve sal beghinnen met d'eerste vercopinghe staende te doene by de voorseyde bailliu burgh^{stre} ende schepenen mitsgaeders groote ghelande ende ghemeente.

Item dat de straeten van selven Hanaudt sullen moghen worden beplandt ten proffyte van selve abdye buyten den schoofcant van den proprietaris.

Item dat sy sullen betaelen ten proffyte van de selve abdye voor Recognitie ses deniers 's jaers uuyten bunder in plaetse van de Philipe gaende ten proffyte van selve abdye uuyt den voornoemden Hanaudt.

Item dat sy sullen uuytlegghen voor het onderhauden van kercke van selve prochie twee bunderen lants uuyt den selven Aenhaudt te beghinnen van de groote straete lanckx den uuytplant van P. Meulewater tot op de Leede, boven eene somme van twee hondert ponden grooten om daer mede de voornoemde kercke te vergrooten ende repareren als naer behooren.

Item dat sy van ghelycken daer neffens aen oock sullen uuytlegghen ten proffyte ende onderhaudt van den ghemeenen armen van de selve prochie twee bunderen lants boven eene ghelycke somme van ghelycke twee hondert ponden grooten omme te belegghen ten intreste ten proffyte van den armen.

Item dat sy oock daer neffens sullen uytleggen twee bunderen lants tot het onderhaut van eenen onderpastor met last dat den selven sal ghehouden wesen te doene eene saterdaegsche wekelycke gesonghen misse, in de kercke van der zelve prochie ter eeren ende aen den authaer van onze lieve Vrouwe bove eene somme van ghelycke twee hondert ponden grooten om te belegghen ten proffyte van den selven onderpastoor ten interesten als vooren daer uyt den coster sal proffiteren s' jaerlyckx twee ponden grooten voor syn assistentie in de selve misse.

Item dat sy sullen betaelen ofte laten volghen de thiende van vrughten. die op de landen tot culture te bringhen van voors. aenhaudt sullen comen te groyen, te weten de volle thiende van de elfsten schoof van de specien daer van dat men in het ander deel van de prochie thiende is ghevende, ende naermaels sal ghegeven worden ;

Op alle welcke conditien wy soo over ons als met aggreatie van onsen convente, voor zoo veele als ons aengaet bebben gheconsenteert dat den voorseyden aenhoudt sal ter culture ghebraght ende vercoght worden ten proffyte van de selve prochie ende twelcke de voorn. bailliu ende schepenen met de groote ghelande ende insetenen der selver prochie hebben gheaccepteert ende belooft de selve te achtervolghen. Actum desen xj^{en} april 1699. ende waren onderteeckent Maunis Abt van St-Pieters, G. Goethals Bailliu J. Van Straeten, ende Andries van Damme.

De onderscreven groote ghelande ende proprietarissen der prochie van Destelberghe verclaren voor soo veele als ons aengaet te consertenen dat den Aenhaudt by den voorenstaende contracte ende consente ter proffyte van de voorn prochie op alle de conditien daer by vermelt sal vercoght ende ten culture ghebraght worden behaudens dat alleenelyck sal gheemployert worden ten proffyte van de kercke, aermen, ende onderpastoor van de selve prochie de penninghen die sullen komen te procederen van de weerde van de vercoopinghe van achtien bunderen uyt den gemelden aenhaudt, alles met belofte ende onder verbandt in forma. Actum desen vyfden juny 1699 ende waeren onderteekent Ant. Bap. Van Pottelsberghe, F. A. Vander Meersche de Berlaere, J. Helias, Reynier de Buck, A. Van de Sompele, Seghers, Jacques Van Laere, E. Lootman Notax.

Cartulaire 18.

VII.

De selve Meester Nicaise houd een leen dat men heet thoef te Nœthaer groot wesende in lande meersschen ende watere twintich bundere littel meer of te min ligghende in diversschen ptcheelen ontrent tvoorseyde hof en inde mersschen It behoort te desen voor^{s} leene in ervel. penninc Renten veertich schill par. twee hoenderen en een half s' jaers die hem zyne laten sculdich zyn bewyst up diversschen gronden van eenen gheleghen uit voor^s heerscep. Item behoort ten voors. leene een baillin die dernachtighe vanden selve leene maken mach ende verlaten tallen inden alst hem ghelieft en een hof van mannen van leenen ende boeten zulcke als hem zyne mannen van leenen wysen zouden op dats nood ware item behorden ten voors. leene lviij manscepen staen twelcken veranderinghen te wetene de tiene elc te vullen coope van van x ℔ x en. xx st. van camerlincgelde en andere xlviij manscepen staen telcken veranderinghe ter besten vrome van drien en te xx scell par. van Camerlinc ghelde. En als eenich van de lviij leen verandert by coopen so behoort de voorn. Meester Nicaise van dien tol den thiende pinninc. Item hebben de voors. baill. en maenen de kennisse en terecht van de voors leen te ervene t' ontervene bewys daer op te doene afwindinghen circumenaghien ende vergaderinghen te houdene en al inde maniere dat men ghecostumeert heeft. Item ende by alzo dat gheviele dat voorden voors. baill en manen handelinghe van ghedinghe ware en zy van dien niet wys vroet oft eens en waren van vonnessen te makene, dat zy dat ghedinghe zyn sculdich te draghene voor de mannen myns heeren ende der kercken van sinte Pieters als te haerlieder wettelicke hofde, en van heml. last hebben alst heml. redelic sal denckene en insghelycs wordden de voors. baill en manen beroppen oft geappelleert voor ofte naer vonnesse dat zy van dien sculdich zyn te staenne te rechte voorde baille vande manen myns voorz. heere en kercken. Item behoort ten voorz. leene dat de voorn. baill metten laten kennesse ende berechte hebben vande ervachticheden die men vande voorn. mester Nicaise houden es, die te ervene ende tontervene ghelyc men ghecostumeert es, en alse verandert en versterften dobbel rente en by coope van xxx ℔ paris xix sell par. boete tot iii ℔ par. en daer ondere. Item behoort te desen voors. leene op sekere plaetsen van lande gheleggben int voorts heerscp op den muelen cautere den vyfthienssten scoof ende up sleeken cauter en inde mersschen op zomighe plecken den derden oppere welc land en mersch diversche personnen houden zyn ende dat moet men deelen up tvelt als de vruchten staen gheebonden en thoen vulwonnen es inde mersch en dan moeten de ghene die tland en mersch toebehoort oft hare pachters voeren ofte doen voeren svoors. meesters Nicaise deel in zyne voorz. hof te Noettaex eer zy thare moghen voeren oft roeren vande velde, behoort ter voors. teene thiende op diverssche perchelen van lande geleghen binnen den voors. heerscape, 't voorz. leen staen te trouwen ende waerheden ende alst verwandelt te

vullen relieve van x ℔ par. en xx ℔ par. van Camerlinc ghelde en alst verwandelt by coope te x^{en} pen. relieve en carmerlincgelde als boeven.
Leenkoek 1517.

VIII.

Acte de chasse en faveur du seigneur de Notax.

Kennelyck sy alle lieden dat den eerw. heere ende vader in Goede heere Robertus prelaet van de abdye van Ste-Pieters in pachte ghegeven heeft soo hy doet by desen aen Mher Jooris Rudolf Lantman luutenant colonel van den Heere prince Van Berckevelt die van gelijcken in pacht bekent ghenomen thebben alsulcke recht van jacht ende vogelderye als de voorz. abdye is competerende binnen de prochie en heerelyckhede van Desselberghe voor eenen terme van negen jaren ingande half ougste xvj^{c} twee en tachtig onder de conditie dat den voorn. Lantmann contant sal tellen aen den voorz. eerwerdige heere prelaet de somme van hondert ponden grooten vlaems, die teynden de voorz. neghen jaren by den voorschrevenen eerw. heere prelaet sullen moghen worden gherestitueert ofte voorders behauden tsynder keuse dan in gevallen de voorz. hondert pond grooten niet en worde gerestitueert dat den voorschreven Lantman syne successeurs ende naercommers sullen 's moghen te continueren in den voorschrevene pacht tot de effective restitutie van diere synde oock geconditioneert der voorn. Lantman dese voorwaerde ende pacht aenveerden sal met den last van alsulcke voorgaende commissien ofte voorwaerden als van de voorschrevenen jachte ende vogelderye soude moghen uuytgeven zyn by den jachtmeester van de voorseyde abdye die hy aen hem neempt te contenteren sonder eenick verghelt ofte recompense te moghen pretenderen als oock dat den voorn. Lantman ghedurende syn termyn sal moghen stellen een ofte twee toesinders ofte weyknechten met auctoriteyt van te moghen arresteren ende callaingeren die daertoe nochtans by de wet van 't voorz. Desselberghe sulls moeten worden g'heedt.

NOTE

SUR

LA VISITE DES LÉPREUX

A ANVERS

DEPUIS LE 11 MAI 1517 JUSQU'AU 14 MARS 1524.

PAR

C. BROECKX,

Bibliothécaire-Archiviste de l'Académie etc.

Au moyen âge, les lois de l'hygiène étant peu connues et peu observées, l'Europe fut fréquemment ravagée par des épidémies meurtrières et la Belgique en particulier paya souvent un large tribut à ces impitoyables ministres de la mort. Pour nous en convaincre, nous n'avons qu'à consulter les historiens de cette époque. MEYER, le père de notre histoire (*Annales rerum Flandricarum anno DCCCXX*, page 11 ; *ibid*, *DCCCCLI*, page 19;) CUSTIS, (*Jaerboeken der stad Brugge*, 1e deel, page 63;) DESPARS, *Chronique*, 1er vol, page 164;) ANDRÉ WYDTS, *Chronycke van Vlaenderen en Brabant*, tome I, page 67 ; *ibid*, page 102 ; *ibid*, 112;) GHESQUIÈRE, (*Acta sanctorum Belgii selecta,* tome I, page 489 ; *ibid,* tome IV, page 514. § 23) et d'autres écrivains encore nous ont conservé de bonnes descriptions de ces fléaux.

Si la lèpre est la plus redoutable des maladies cutanées, elle tient aussi une des premières places dans l'histoire des malheurs de l'espèce humaine. Nos pères la regardaient comme un signe non équivoque de la colère du ciel.

C'est dans l'Écriture Sainte que nous trouvons les premiers indices des précautions prises contre les maladies contagieuses. Les chapitres 15 du Lévitique, 5 des Nombres et 15 du livre premier des Rois, prescrivirent la séparation des lépreux, d'abord dans le désert, hors du camp et ensuite, hors de Jérusalem. Les sujets suspects de lèpre étaient obligés de se présenter devant le grand prètre Aaron et plus tard devant les autres prètres. Ceux-ci les examinaient et ordonnaient soit la séquestration provisoire de sept à quatorze jours, soit la séquestration définitive. Lorsque les croisés se furent rendus maîtres de la ville sainte, ils continuèrent à garder hors de la ville un lieu isolé destiné aux malades atteints de la maladie contagieuse, sous le titre d'hôpital de St-Lazare, d'où est venu le nom de *Lazaret*.

Il est probable que la lèpre a existé en Europe avant les croisades. Les Sarrasins l'apportèrent en Espagne et en France vers l'an 720. En effet, l'histoire nous apprend que St. Nicolas fit le premier bâtir un hôpital uniquement consacré aux lépreux; Charlemagne, dans ses Capitulaires, fit des règlements relatifs aux mariages des lépreux. Ce fut au commencement du douzième siècle que la lèpre parut pour la première fois, sous forme épidémique, dans nos contrées. Il n'y a rien d'étonnant à cela, puisque ce fut précisément à cette époque que les relations de notre pays avec l'Orient, foyer primitif de cette maladie, devinrent très-fréquentes. L'enthousiasme religieux, provoqua en ce temps là (de 1096 à 1291) plusieurs expéditions pour arracher aux infidèles le tombeau du Sauveur. Il est inutile de rappeler ici la part que nos compatriotes prirent aux guerres saintes, sous les Godefroid de Bouillon, les Robert de Jérusalem, les Thierry et Philippe d'Alsace, les Baudouin de Constantinople et d'autres illustres capitaines belges. Nous nous bornons à constater que les débris de ces expéditions, qui purent regagner la terre natale, y apportèrent et y répandirent le germe de la lèpre. Ce fléau ne fut pas plus tôt introduit dans notre climat, qu'il y prit une extension formidable. L'effroi qu'il inspirait était si grand que les autorités de la plupart de nos villes se crurent obligées de combattre le mal par des ordonnances très-sévères et de prescrire aux lépreux, même sous peine de mort, de déclarer leur maladie, de fuir la société et de se renfermer dans les léproseries qu'on avait fait construire hors de l'enceinte des communes. Les hommes de l'art étaient également tenus, sous les peines les plus sévères, de signaler à l'autorité tous les malades chez lesquels ils pouvaient découvrir quelque trace de la terrible maladie.

En moins d'un siècle, la lèpre avait pris des proportions si effrayantes, qu'en 1220, sous le règne de Louis VIII, on comptait 2,000 léproseries en France et plus de 20,000 dans toute la chrétienté. Soit que les mesures prises dans toute l'Europe aient diminué la violence du fléau et son caractère contagieux, soit que la fin des croisades ait empêché de nouvelles importations, soit enfin qu'un mal, né en Orient, ait perdu insensiblement de sa violence dans un climat tempéré, la lèpre épidémique commença à disparaître insensiblement de notre pays. Vers le milieu du seizième siècle, elle avait complètement disparu. Telle est aussi l'opinion du célèbre historien de la médecine Kurt Sprengel, qui fixe sa disparition totale vers 1626. Ce médecin dit qu'en cette année, Louis XIII chargea les médecins David et Juste *Laigneau*, de parcourir toutes les léproseries. Cette visite apprit à distinguer la véritable lèpre de celle qui n'était que factice, et bientôt on vit complètement disparaître la maladie. (*Histoire de la médecine*, traduite par JOURDAN, tome III, page 63).

La ville d'Anvers fut, à diverses reprises, éprouvée par le fléau. Comme on s'était aperçu que la lèpre se communiquait avec la plus grande facilité, le magistrat prit diverses mesures dans l'intérêt de l'hygiène publique. Parmi les plus importantes nous citerons la construction d'hôpitaux spéciaux ou léproseries, l'examen médico-légal des personnes suspectes et leur séquestration provisoire ou définitive. Ces mesures étaient des plus sages et des plus propres à arrêter les progrès du fléau.

La première léproserie établie à Anvers fut celle de *Tersiecken*, située d'abord hors de l'enceinte de la ville. Elle existait déjà avant 1231 puisque Nicolas van Wyneghem, pléban d'Anvers, lui fit une donation le 17 mars 1231 (DIERCXSENS, *Antverpia Christo nascens et crescens*, Anvers, 1773, à la page 207 du tome I). Le 29 août 1272, Henri Noze, chanoine, légua à la même léproserie des terres et des objets de literie (MERTENS et TORFS, *Geschiedenis van Antwerpen*, tome I, page 539).

Il paraît que vers 1287 plusieurs lépreux se livraient à la débauche et sortaient sans permission de la léproserie. Les sœurs et les frères qui les soignaient, s'étant plaints au magistrat, l'écoutète et les échevins portèrent le 24 février de la même année un décret sévère pour prévenir désormais de pareils abus. (MERTENS et TORFS, *ibid.* tome III, page 655).

Le nombre des malades était parfois si élevé qu'on fut obligé d'établir, hors de la porte St-George, une seconde léproserie qui fut vendue par ordonnance de la commune du 9 juillet 1488. Un arrêté de la même autorité, daté du 27 avril 1552 fit construire dans le même but des maisonnettes en argile (*Leemen huyskens*) hors de la porte Rouge près de Dambrugge. Plus tard elle furent remplacées par des maisonnettes en briques (DIERCXSENS, *ibid.* t. III, page 135). Il paraît que l'épidémie sévit de nouveau l'année suivante puisque le magistrat, par décret du 9 août 1553, ordonna à tous les lépreux étrangers *(velt siecken)* de regagner leur lieu de naissance, endéans les quatorze jours, sous peine d'être flagellés et bannis. Les dimanches et les jours de fêtes, les lépreux d'Anvers devaient se rendre à l'église de St-Willebrord pour y entendre la messe sans pouvoir y entrer. Après le service divin ils devaient retourner dans leur lazeret (MARSHALL et F. BOGAERTS, *Bibliothèque des antiquités Belgiques*, page 178).

En 1542 le fameux capitaine Martin Van Rossem dévasta les environs d'Anvers et le couvent de Tersiecken, ce qui força les religieuses de s'établir en ville (DIERCXSENS, *ibid.* tome IV, page 93). Il paraît qu'elles rentrèrent dans leur établissement après la retraite du capitaine. En 1575 la guerre s'étant de nouveau allumée dans notre pays, les religieuses allèrent d'abord s'établir en ville derrière l'église St-George et en 1592 elles se fixèrent définitivement rue de la Cuiller, dans la propriété appartenant aujourd'hui à la famille Meeus (DIERCXSENS, *ibid.* tome V, page 223).

En 1601 un grand nombre de lépreux s'étaient de nouveau mêlés à la population, et l'on avait tout à craindre de ce contact. Par décret du 11 septembre de la même année, le magistrat assigna à tous les lépreux, qui ne demeuraient pas aux léproseries de Dambrugge et de Tersiecken, deux nouveaux endroits pour y habiter, savoir dans la rue de la Cuiller près de Tersiecken et dans la rue des Tanneurs près de la tour dite Huydevetterstoren (DIERCXSENS, *ibid.*) Cette permission fut révoquée le 2 août 1614. Alors tous ceux qui ne demeuraient pas dans le couvent de *Tersiecken* furent de nouveau astreints de se rendre à Dambrugge. (DIERCXSENS, *ibid.* tome VI, page 346.) Les contrevenants étaient attachés avec une chaîne à un billot, pendant un mois entier, au pain et à l'eau. (MARSHALL et F. BOGAERTS, *Bibliothèque,* page 179).

Après l'invasion de la Belgique par les Français en 1794, les lépreux furent soignés comme les autres malades, à l'hôpital Ste-Élisabeth. Les maisonnettes à Dambrugge ne furent toutefois démolies qu'après 1830.

Si nos magistrats communaux prenaient à cœur de préserver leurs concitoyens d'une maladie si fatalement contagieuse, ils procédaient aussi avec toute la circonspection possible avant de séquestrer quelque personne suspecte. A cet effet, les médecins et chirurgiens jurés de la cité *(stadsmedecynen en stadschirurgynen),* qui remplissaient à peu près les fonctions de médecins légistes et de médecins des épidémies étaient invités à visiter les personnes suspectes. Après un ou plusieurs examens et après avoir dûment constaté la contagion, ils ordonnaient de séquestrer les malades. Mais, dira-t-on, il n'était donc pas toujours facile de reconnaître l'existence d'une maladie aussi hideuse que la lèpre? En effet, les auteurs qui ont décrit l'histoire de ces épidémies sont unanimes à déclarer que la maladie pouvait rester à l'état latent pendant un temps plus ou moins long. Dans ce cas les individus suspects étaient tenus de subir plusieurs examens et ce n'était qu'après avoir constaté l'existence du mal qu'on prononçait la séquestration dans les léproseries.

A l'appui de ce que nous avançons, nous allons faire connaître une pièce que nous devons à l'obligeance de M. Frédéric Verachter, conservateur des archives de la ville d'Anvers. Ce manuscrit est en quelque sorte le procès-verbal des opérations des médecins et des chirurgiens jurés depuis le 11 mai 1517 jusqu'au 14 mars 1524. Le voici :

Item int jaer ons heeren xv^c en xvii den xj en xijsten dach in meije soo sijn ghevijseteert by die ghesworen medijcijne en cijurgijnen deser stat Antwerpe vuyt bevele van den borghemesteren en heeren. Dese navolghende psonen vader leprosen ten huijse van mester Dominicus de Waelmont en was de ierste visitatie na die aflyvicheijt van mester peter manacker salijgher ghedachten ghedaen en doen waren de medijcijnen en doctore dese navolghende heeren

In medijcijnen Doctoren

Item mester Jan Vand'eycken
Item mester thomas de muijssijs
Item mester jan van turnout
Item mester heijnric van liere
Item mester jasp de laet was doe in Vranckrijck

de cijurgijnen

Item mester Dominicus de Waelmont
m. Jacobe Duijtsche. m. jan vanden broecke
m. ghert van hildernissen m. peter van Scaespdyc (sic).
m. peter manacker.

Dit syn de ghene die ghevijsenteert ware int selve jaer

Item peter Deels lazarus ghewijst
item anthonis stamps
item margriet cornelyssen
item katlijn coops
item cornelijs cools
item jan scampaert } vrijghewijst
item merten behaert
item jan salleman
item wouter noijens
item marije moons } vuytghestelt
item de weduwe ropaerts

item mathys cools
item jan de haest
item dyngne van houte
Truyken van der beyst } dese en quamen niet.

Item den xxv[te] Dach in junio int selve jaer ghevysenteert ten huijse van claus de clerck eē jonghen knecht jan loefs sone lasarus ghewesen
item de brueke van mester peter manacker - - vj stuyvers

Dit syn de brueken die ghene die quamen na den viij vrīe inde ierste vijsijtacie
Item mester thomaes de muijssis
Item mester heijnric van lyere
Item mester jan van turnout } elck vj grooten

in de twede visitacie

Item mester thomaes de muyssis
Item mester heijnric van lijere
Item mester jacob de Duijtsche } elc vj grooten

So[a] iii scellingen brab.

Item ghevijsenteert eē jonghen knecht van sinte lauwereys te hove die te loven was lasarus ghewesen ē de selve hier vrij ē ghesont was ghewesen tot mester jans vanden broeck huijse
Item int jaer ons heē duysent vier honderd en xix opten xnsten dach in april des dystdaechs in de palmweke soe waren ghevijsenteert by bevele ende ouder costume dese naervolghende personen van der leprosen ē lasarijen ten huyse van mester Dominicus de Waelmont de twede reyse ē doen waren de medecijnen ē Doctoren dese heē
Item mester jan van der eycken
Item mester thomaes de muyssis
Item mester jan van turnout
Item mester jasp delaet
Item mester adriaen van velthoven
Item mester heijnrick van eijnde was syeck ē sterf corts daerna salijgher ghedachte

Die surgijnen

mester D̄nicus mester jacob. mester jan van den broeck. mester ghert. m. peter scaepdyc, peter manacker

Dit syn dieghene die ghevijsenteert warē

Item thert thys die was deken van den lasarusschē die waert quijt ēn ghesont ghevōden ēn ghewesen
Item jan de hollander vrij
Item goesem van den steen vrij
Item joris bastaert vrij
Item magriet van santhovē vuijt ghesteīt
Item frans de volder lazarus ghewesen

Dit syn die broeken

Item mester thomaes
Item mester jan van turnout (biffé) } elc vj grooten
Adriaen van velthoven

Ano twyntich

Item ano xv^c^ ēn xx.. opten xiiiisten dach in meye soo waren ghevysenteert by die Doctoren van medecynen ēn by de gheswōrē surgijnen een jonck meyssen van xviij jarē out gheheeten grietken rogmans ēn hebben al te samen ghesloten ēn gheconcludeert met rypen rade, datse op dese tijt de voorsc. grietken los ēn vrij wijsen van de lasarijen
Int jaer ons heēn mv^c^ ēn xx opten seventiensten dach van septēbri soe warē ghevijsenteert ten huyse van mester Dominicus dese psonen hierna bescreven aengaende de leprosen oft lasarijen in prensencien van den Doctoren hierna bescrevē ēn surgynen
Item in den iersten mester jan van der eycken
Item mester thomaes mester jan van turnout
Item mester jasp̄ mester adriaē van velthoven
mester jacob
Ēn surgijnen mester Dm̄cus mester jacob was sieck
mester jan aen de coeport mester ghert mester peter van scaepsdyck
mester peter m̄anacker mester merten.

Dit syn de syecken.

bouwen die viscoper cnape in de capel van gracie vrij
lynken meus int hoplant
magriet boels buyten beghynhofs lasarus ghewesen

magriet nayens wonē by sint Jacobs
mayken tvolders
Jan van ees
} vuyt ghestelt

mayken maes int hoplant vry

Item op ten xiisten dach van aprille ano xxj soe warē ghevysentert ten huyse van mester Dominicus dese psonen hierna bescreven aengaende de leprosen ē lasarien in psencien den Doctoren hier na bescreven

Inden iersten mester jan van der eycke die en was daer niet
Item mester thomaes de muysis
mester jan van turnout
mester jasper delaet
mester adriaen van velthoven
mester jacob van easter

Surgijnen

Item mester Dominicus
Item mester merten
mester ghert
mester peter van scaepsdyck
mester peter mānacker
mester jacob ē mester jan van den broecke
dese twe hadden tflersijn.

Dit waren die ghene die gheexamijnert ē ghevijsenteert waren

Item maijken maes achter de crone opte pertmerct vuijt ghesteelt ē dat sy nersticheyt sal doē ē besceet brenghen sal van medecynē oft sy int bat is gheweest

hanneke van es opte pertmerct vry

Item ghert thys die eens lasarus was ē na vry was ghewesen is vuijt gestelt tot in sepēber ē dat hy int bat t'aken reysen soude ē nersticheyt soude doē om helpen

Item Antonis staemps metser lasarus ghewesen

Item magriete naijens bij sint jacobs kercke vrij ghewesene

Item adriaen de heelt buijten kijpdorp poortte vuijtghestelt en dat hy int badt reijsen sal tot aken ē nerstijcheyt doen sal van medecijnen ē besceet brenghen.

Item des xviisten dach van october soe was bevolen van den borghemesters dat wy souden vijsenteren ghert thys die ens was lazarus ghewesen over jaren ē hy quam weder ons int jaer van xix ē doen liet hy hem vijsenteren dlichaem dat scoen was bevonden en̄ hy seyde dat hy gheen ghebreck meer en hadde aen syn lyf, dwelc hy loech en̄ bedroech de heen en̄ Doctorē want hy selber seyde dat hy altyt gebreck hadde ghehadt en̄ gaten in syn beenen en̄ voeten etc[a]

Item aldus soe bebben wy vuyt bevel van jan van leest corte roije desen selve̅ ghert ghevijsenteert ten huijse van mester ghert van hildernissen opten xviisten dach van october in p̄sencijen van mester jasp̄ de laet

mester jan van turnout
en̄ mester jacob de caster } Doctoren in medicy̅

en̄ mester Dn̄cus de waelmo̅t
m. ghert van hildernissen
en̄ m. peter van scaepdyck } surgijns

en wy hebben hem bevonden seer catyfvich en̄ qualyc ghestelt en̄ lazarus bevo̅den want' hy selver segde dat hy ons bedroghen hadde en̄ dat in zyn beenen en̄ voeten en̄ de waerheyt niet gheseyt en hadde alsoet hem ghevraecht was doen hy los ghewesen was.

Item xxsten dach in october soe is ghevijsentert ten huyse van mester ghert van hildernissen een jonck meyssen gheheten tot cornet van bo̅berghen de welcke wy bevonden hebben los en̄ vry van der lazaryen in presencien van den Doctore̅ en̄ surgijnen hier na bescreven by bevel van ja̅ va̅ leest

mester jasp̄ de laet
mester jan van turnout
mester jacob de castro
mester Dn̄cus de waelmont
mester ghert van hildernissen
mester peter van scaepsdyck

An̄o xv[c] en̄ xxij opten xiiiisten dach van aprille soe syn ghevijsenteert en̄ gheexamijnert by bevel van den borghemesteren en̄ raet by jan va̅ leest beveel ghedaen te vijsenteeren de leprosen hierna ghenoempt int godthuys van der sijcker buyten Antwerpe̅ en̄ bij drie medijcijnen en̄ drie surgijnen

Dit sijn de Doctoren in medycy̅ne

mester jasper de laet
mester jan van turnout
mester adriaen van velthoven

De surgijnen

mester Dominicus de waelmont
mester jan van den broecke
mester ghert van hildernissen

Dit syn de ghene om te syn ghevysenteert gheweest opten selven dach voersc.

Inden iersten peeter cels in kypdorp die cordewagher cruijer was } vuytghe-
peter de langhe buyten sint joris porte.................... } stelt
hanneken neesse lysbet neessen sone opt beghynhof } vry
hanneken van as opte verkemerct... .... }
Thomaes van houte in de ramen van Phs de hont in kypdorp vuytghesteelt tot der naester reijsen
Item maeyken maes was in de laetste vijsijtacie bevolen dat sy raet soude doen van medycijnen te baden dwelc sy niet gedae en heeft, aldus soe is by malcanderen ghesloten, dat sy gaen sal by mester Adriaen van Velthoven en doen syn bevel en raet tusschen dit en theylichs sacramets dach om te prove oft men haer eenichsins can ghehelpe oft niet, en dan soe sal men haer sentencie gheven na dat me bevyden sal
Goris hemsen in de pkerstrate die en is niet gecome
Ano xv^c^ en xxij den xixsten dach in meije soe was bevolen van den borghemester by bevel van jan van leest te vijsenteeren van der leprosen een gheheten peter cels ten huyse van mester Dominicus.

Dit syn de Doctoren in medicijnen

mest. jasp de laet
mester jan van turnout

De surgijnen.

mester Dnicus de Waelmont
mester jacob
mester jan van den broecke
En wij bevinden dat hy arm en keytvick was en lazarus ghewesen opte selve dach
ano xxij in junio des anderdaechs na theylich sacramentsdach
Item toen quam maeijke maes en begheerde haer sentencie te hebben oft zy lasarus was of niet en was

Aldus soe syn verghert geweest en̄ hebben ghevȳsenteert dese selve vrouwe voersc.

by mester jasp̄ de laet.... } doctoren in medycyn̄e
by mester jan van turnout }
mester Dn̄icus de waelmont
mester jacob
mester jan van den broecke
mester ghert van hildernissē en̄ wy bevȳden dat dese vrouwe is niet gheachtervolcht, ghedaē alsulkē raet als haer bevolen was te doen van mester adriaē van velthovē nochtans bevynden wy dat seer ghebetert is en̄ doet sy raet sy sal wel ghenezen, want wyze bevynden vri van lazaryen

anno mv^c en̄ xxiij opten xxvsten en̄ xxvisten dach in meye soe was bevolen van den borghemesteren by bevel van der corter roeijen jan van leest te vijsenteren dese navolgende p̄sonen vander leprosyen oft lazaryen int clooster vander sycker

DE MEDIJCINEN	SURGIJNEN
mester thomas de muyssis	m. Dominicus
mester jan van turnout	m. jacob wissenborch
mester jasper de laet	m. jan van den broecke
	m. ghert van hildernissen

Lenaert in alle kerken } lazarus
magriet van santhove }

Vuijtghestelt

Truijken blocx by den blyenhoeck
jan wils in de p̄kerstrate
Lysbet denys in de p̄kerstrate int straetke sonder eynde
willem peters ouscoemaker byt beghynhof

Dese syn vry ghewesen

jan aerts scoemaker
jan gotens int hoplant
coppē penincke gout } buytē de royport
lossy pauwels }

Dese en wouden niet syn ghevysetert op̄ die nieu ordinancie, maer sy syn gegaē aen mynheer van liere om orlof te hebbē en̄ hebben orlof gecreghe en des anders syn sy ghevijseteert gheweest ten huyse van mester ghert bij mester thomaes mester jan van turnout mester jasp delaet Doctoers

mester ydnicus mester jacob, broeck hildenis
hanneke van essche } lazarus
maijken van nuijssen }
diosyn vergeten vuijtghestelt blijenhoeck
bette claus inde lepelstraet vuijtghestelt
peter de langhe buijten sint joris vrij

Item in dat selve jaer op sinte pauwels dach soe syn vergadert int cloester vander sycker byeden by beveele vander corter roijen van ja van leest cortte royer metser jasp laet mester jan van turnout mester gasp laet Doctoren in medicijnen en mester ghert van hilderissen en mester peter van scaepsdyck surgynen om te vijsetere een gheheten goijvaert musgheseel clermaker won tantwerpen by de clocke op clapdorp soe hebben wij bevonden den selve goijvaert seer arm een katyvich in syn leden onmachtich synde en tekene synde leproes oft melaets.

Anno xxiiij.

Item op xiinsten dach van merte toe syn gheweest vuyt begherte van vrienden ghert thys mester jasp laet en mester jan van turnout en mester jacob de castro als medicyne en ghert van hildernissen en m. peter van scaepsdyck om te segghen hunne kenlyckheyt van ghert thys de welcke hier voer gescreven staet na vuijtwijsen sijne ghebreecke die hy hadde soe hebben wy mester jasp laet en mester jan van turnout en mester jacob die quam na soe hebben wy tsamen voer myn heer her wille draeck tsamen overbracht in ons rapport den selve ghert tijs was ghevysetert by ons dat wy hem vonden lazarus te wesen vuyt beden van den voerscr. gherde want hy syn pelgrimagie begherde te doen alsoe hem de heen en stat bevole hadde te doen eer hy weder inde stad van antwerpen comen mocht op de correx die daer toe stond.

La lecture de cette pièce nous fait connaître que les médecins et les chirurgiens jurés étaient tenus d'assister à l'examen sous peine d'une amende de six gros. Elle donne le nom de ces fonctionnaires qui sont :

MÉDECINS.	CHIRURGIENS.
Jean Vander Eycken,	Dominique De Waelmont,
Thomas De Muyssis,	Jacques Wissenborch [3],
Jean Van Turnout,	Jean Vanden Broecke,
Henri Van Liere,	Gérard Van Hildernissen,
Gaspard De Laet [1],	Pierre Van Scaepsdyck,
Adrien Van Velthoven,	Pierre Mannacker,
Henri Van Eynde [2],	Mertens.
Jacques Van Castre,	

Dans les cas douteux les médecins indiquaient l'usage des eaux mirales d'Aix-la-Chapelle qui sont encore prescrites de nos jours contre les maladies de cette nature [4]. Pour notre part, nous nous rappelons que plusieurs personnes atteintes de maladies rebelles et graves de la peau ont été rétablies par l'usage des bains d'Aix-la-Chapelle.

Les malades étaient examinés au domicile d'un des chirurgiens ou à l'hospice de *Tersiecken*. Leur nombre n'était pas fort élevé puisque de 1517 à 1524 il ne se présenta à l'examen que 63 personnes. Voici le résultat : En 1517 il y eut 17 personnes suspectes : deux furent déclarées lépreuses, neuf furent mises en liberté, deux remises, quatre ne se sont pas présentées.

En 1519 il y eut six personnes à examiner, dont quatre furent déclarées saines, une remise et une atteinte de lèpre. Gérard Thys,

[1] Voyez sur ce médecin les intéressantes *Études biographiques sur les médecins liégeois depuis les temps les plus reculés jusqu'en 1850*, par M. Ulysse Capitaine, insérées dans le tome III du *Bulletin de l'institut archéologique liégois*. Liége, 1857.

[2] Mort en 1519.

[3] Ce médecin était originaire d'Allemagne puisqu'on le nomme, dans le manuscrit, l'Allemand (Duytsche).

[4] Voyez le *Guide pratique du médecin et du malade aux eaux minérales de la France et de l'étranger*, par le docteur Constantin James. Paris, 1858.

doyen des lépreux, fut trouvé guéri. Celui qui a tenu la plume a écrit quatre cent *vier hondert* au lieu de cinq cent.

En 1520 il se présenta neuf personnes, dont quatre furent déclarées exemptes du mal, trois remises et deux séquestrées.

En 1521, sur huit personnes, on trouva deux lépreuses ; trois furent déclarées exemptes d'infection et trois remises.

Les médecins et les chirurgiens procédèrent en 1522 à la visite de sept individus. Deux furent déclarés non infectés, quatre remis, le septième ne s'était pas présenté.

En 1523 on procéda à l'examen de seize personnes. Cinq furent trouvées atteintes de lèpre, six furent remises et cinq déclarées non infectées. Le dernier examen ne fit découvrir qu'un seul lépreux. Le manuscrit nous fait connaître que les lépreux avaient un doyen, *deken van de Lazarussen* et qu'en 1519 c'était Gérard Thys qui sortit guéri du lazaret. Nous savons qu'il marchait à la tête des lépreux lorsque ceux-ci se rendaient le dimanche à l'église de St-Willebrord, mais nous ignorons en quoi consistaient ses fonctions et pourquoi onlui donnait ce nom. Était-ce le plus âgé? Était-ce le plus ancien habitant de la léproserie? Était-ce le plus gravement atteint? Était-ce parce qu'il agitait un cliquet ou espèce de sonnette dont le bruit abasourdissant éloignait tous les passants lorsque les malades se rendaient au service divin [1].

Comme nous l'avons dit, la lèpre cessa de régner épidémiquement vers le milieu du XVIe siècle. Les rares cas, qu'on constata après cette époque, appartenaient peut-être à une autre espèce, moins hideuse et plus bénigne. Nous terminons cet article par un fait

[1] C'est sans doute à cet usage que l'on doit le proverbe anversois : *hy heeft eene stem gelyk een lazarusklep* pour dire qu'on a la voix de stentor.

qui vient appuyer ce que nous avons avancé sur la disparition de ce mal. Il se trouve dans la *Bibliothèque des antiquités Belgiques de* MARSHALL et BOGAERTS [1]. Dans l'année 1526, deux ans après le procès-verbal de la visite des lépreux que nous avons fait connaître, il ne se trouvait aucun malade dans l'hospice, puisqu'il y est dit que *le couvent dit* der zieke lieden ou *léprosie*, contient 9 *religieuses*, 4 *servantes*, et 3 *domestiques*, en tout 16 personnes.

[1] *Statistique. Populations. Relevé des foyers du Brabant en 1526*, à la page 79 du tome II.

LA CHAPELLE DES LOMBARDS A MONS;

PAR

Léopold DEVILLERS,

Conservateur-adjoint des archives du Hainaut,
Membre correspondant de l'Académie.

Au treizième siècle, des négociants de la Lombardie furent envoyés par les papes pour percevoir, dans quelques contrées de l'Europe, l'impôt sur les bénéfices ecclésiastiques connu sous le nom d'*annate*. Ces Lombards trouvèrent en Suisse, en Allemagne, en France et dans les Pays-Bas, des juifs se livrant au commerce d'argent; ils résolurent de leur faire une rude concurrence. N'ayant pas contre eux la réprobation universelle qui poursuivait les juifs, étant, du reste, aussi riches que ces usuriers, les Lombards parvinrent facilement à leur but, en rendant des services aux princes et au peuple. Ils ne fréquentèrent d'abord que les foires et les marchés, puis ils s'établirent dans diverses localités.

Dans les villes où ils étaient reçus, les Lombards occupaient un quartier particulier, qui n'était toutefois pas séparé des autres habitations, comme l'était le quartier des juifs. A Paris, les Lombards habitaient le *Pont-au-change*, à Londres, le *Lombard-street*.

A Mons, où les juifs occupaient la rue qui a, en partie, conservé leur nom [1], nous pouvons croire que les Lombards habitèrent la rue d'Havré, qui fut constamment très-commerçante : ils eussent difficilement trouvé un emplacement plus favorable.

Ce qui vient corroborer cette opinion, c'est que la *Chapelle des Lombards* se trouvait dans la rue d'Havré. Elle avait été érigée, en 1344, par messire Bertrand Turcq, natif du marquisat de Montferrat en Lombardie. Des membres de la famille Turcq furent les banquiers du comte de Hainaut Guillaume I d'Avesnes. « Et » d'autant, dit Vinchant [2], que ce Bertrand n'eut nuls enfants et » que sa sœur Florence fut alliée à la maison des Zabondans, qui » estoient chevaliers, Guillaume Zabondans, fils de ladite Flo- » rence, fut héritier dudit messire Bertrand. De ce Guillaume » sortirent François et Nicolas, qui furent seigneurs d'Arteville » au marquisat de Montferrat en Lombardie, et furent iceux Za- » bondans, bonne espace de temps, collateurs de ladite chapelle. »

En 1353, le chapelain des Lombards de Mons, nommé Nicolon, contribua à créer la fameuse confrérie de Saint-Christophe, en l'hôpital des Apôtres, hors la porte d'Havré.

Dans le courant du quinzième siècle, les Lombards se retirèrent de cette ville et laissèrent leurs tables à des banquiers indigènes, qui conservèrent le nom de *Lombards*. Ces tables furent supprimées en 1618 et remplacées, en 1625, par le Mont-de-piété, que l'on établit dans l'ancien hôtel d'Enghien et auquel le nom de *Lombard* reste encore attaché.

La chapelle des Lombards était sous l'invocation de la Sainte-Vierge. Les annalistes nous apprennent que la madone de cette

[1] L'autre partie de cette rue a pris le nom de *rue des Sœurs-Noires*, par suite de l'établissement du couvent de ces religieuses, en 1498.

[2] *Annales du Hainaut*, éd. des Bibl., t. III, p. 223.

chapelle fut appelée *Notre-Dame de Hon,* parceque, en 1395, un bourgeois nommé Jean de Hon et Sara de Portis, sa femme, fondèrent en son honneur un *cantuaire* de messes [1]. La fête principale de N.-D. de Hon se célébrait le 15 août.

En 1617, le chevalier du Long Courtil et sa femme firent une autre fondation, rappelée dans l'inscription suivante qui se trouvait dans la muraille, à droite de la chapelle :

PIERRE DU LONG COURTIL
CONSEILLER DE SA MA-
JESTÉ ET DÉPOSITAIRE
GÉNÉRAL DU PAÏS DE
HAINAU ET DAMOISELLE
MARIE FRANEAU SA COM-
PAIGNE, POUR PERPÉTUELLE
MÉMOIRE ET AFIN D'ACCO-
MODER LE VOISINAGE DE CES-
TE CHAPELLE, AFFIN AUSSI DE
PRIER DIEU POUR LEURS AMES
ET DE LEURS PARENS ET A-
MIS, ONT FONDÉ UNE MES-
SE POUR I ESTRE CELEBRÉE
CHAQUE DIMANCHE DE
L'ANNÉE AVECQ EAUWE
BÉNITE, LE 7 DE JANVIER
1617. PRIEZ DIEU POUR
LEURS AMES.

En 1772, des contestations s'élevèrent sur la collation des bénéfices de la chapelle. Il fut décidé, par lettres du grand bailli de Hainaut, du 13 octobre de cette année, que la demoiselle Christine Hanoye de Gomanpont était la collatrice légitime.

1 De Boussu, *Histoire de Mons*, p. 105. — Vinchant, t. III, p. 223. — Hossart, *Histoire du Hainaut*, t. II, p. 141.

L'ancienne chapelle des Lombards appartint ensuite au propriétaire d'un hôtel voisin qui, à la fin du siècle dernier, était en la possession de la famille Marin de Thieusies. A cette époque, une demoiselle de Thieusies occupait cet hôtel, et son frère, le P. Elie, récollet, venait y célébrer la messe tous les dimanches à dix heures, pour l'aisance de sa sœur et du voisinage. Cette dame entendait l'office du haut d'une tribune qui dominait le public.

La chapelle des Lombards avait une longueur d'environ vingt mètres; elle avait reçu de nos ancêtres la dénomination de *Capelette.* Fermée à l'époque de la révolution française, elle ne fut plus rendue au culte et servit de magasin jusqu'à l'époque de sa démolition, en 1835; sur son emplacement s'élève la maison de M. Franeau.

Cette chapelle, de style ogival, régnait à front de la rue d'Havré et était éclairée par une grande verrière, ornée de meneaux en pierre. La voûte en ogive était garnie d'arêtes aussi en pierre. La toiture aiguë était surmontée d'un clocher, dont la girouette domine aujourd'hui la maison de M. Franeau. L'entrée se trouvait au côté droit du bâtiment, vers la Grand'Place.

L'autel de la *Capelette* était orné d'un tableau représentant l'*Assomption de la sainte Vierge* et d'une statuette de Notre-Dame, qui furent transférés, en 1801, dans l'église paroissiale de Sainte-Élisabeth [1], ainsi que la petite cloche qui annonçait le service divin.

[1] Ces objets ont été vendus, depuis peu, à l'église du village d'Obourg.

ANNALECTES ARCHÉOLOGIQUES

PAR

M. Alexandre SCHAEPKENS,

Membre correspondant de l'Académie, chevalier de l'ordre de la Couronne de Chêne, etc.

DES TRÉSORS DES ÉGLISES NOTRE-DAME ET SAINT-SERVAIS A MAESTRICHT. — ÉGLISE DE SAINT SERVAIS. — PROCESSIONS PUBLIQUES. — L'INQUISITION ESPAGNOLE. — LE VRYTHOF A MAESTRICHT. — STATUE MIRACULEUSE DE LA VIERGE DES RECOLLETS. — SAINT LAMBERT, SA NAISSANCE, SON MARTYR SON TOMBEAU. — DES ÉVÊQUES DE TONGRES. — PRISE DE TIRLEMONT EN 1646.

ÉGLISE DE NOTRE-DAME A MAESTRICHT.

TRÉSOR.

DE LA PETITE CROIX DITE DE CONSTANTIN, EMPEREUR DES ROMAINS.

Le samedi *feria sexta* de la semaine Sainte, lorsqu'on bénissait les eaux, il était d'usage qu'après la fin du service du jour le célébrant allait avec les assistants vers la chapelle de St-Étienne, le diacre portant cette croix et le sous-diacre les phioles qui contenaient des épines de la couronne du Seigneur; ces trois reliques liées ensemble furent alors descendues dans l'eau que l'on bénissait pour l'usage du clergé et des laïques.

Le reliquaire de la Croix porte en tête (inscription) le nom de l'orfèvre.

DE LA CROIX D'OR DE NOTRE-DAME A MAESTRICHT.

La valeur de l'or de la grande croix donnée par Romanos, empereur de Constatinople, fut estimée à mille quatre-vingt-dix florins de Liége. C'est de l'or pur d'Arabie. Elle fut confiée à un chanoine qui laissa ce reliquaire avec d'autres enfermés dans une caisse et quitta le pays. Lorsqu'après la mort de ce chanoine ses collègues ouvrirent la caisse, on ne trouva plus que l'étui et le pied de la croix, celle-ci ayant disparu. Le pied était en argent doré [1].

BAS-RELIEF EN PIERRE, DERRIÈRE LE CHŒUR DE L'ÉGLISE NOTRE-DAME.

Pour l'intelligence de ce curieux monument, il est à remarquer que les princes Germains s'arrogèrent l'investiture des biens temporels et des fiefs annexés aux épiscopats depuis le IXe siècle. On trouve que les évêques sont investis par les empereurs au moyen de l'anneau et la crosse jusqu'au XIe siècle. Il y eut une grande scission entre Grégoire VII et Henri IV, à propos de ce mode d'investiture qui causa une guerre cruelle en Europe. Les successeurs du pape et de l'empereur convinrent à la fin que les évêques seraient investis par l'empereur au moyen du sceptre.

[1] La croix fut remise plus tard à M. Liesens, curé de St-Mathias (de l'ordre de la compagnie de Jésus), qui l'envoya en cadeau à Rome.

TRÉSOR DE SAINT SERVAIS.

DE LA CROIX DOUBLE EN VERMEIL DE L'ÉGLISE SAINT SERVAIS.

La grande croix patriarchale de l'église de Saint Servais, contenant des parcelles de la vraie croix du Sauveur date de 1490 et fut exécutée par un orfèvre nommé Ulricus, qui demeurait vis-à-vis du couvent des Dominicains, rue Grand-staet (la maison occupée par M. Leunis). Elle fut faite en préjudice de celle de Notre-Dame qui date de 1204. Un écrit du chanoine Calmont, de 1512, avance qu'elle fut faite en concurrence à celle de Notre-Dame, qui attira une foule de pélerins.

CHASSE.

La grande châsse en ivoire, mesurant deux pieds et demie, contenait les reliques des saints Hieron et ses compagnons qui périrent en martyrs près de Cologne et le squelette d'une des onze mille Vierges et de plusieurs autres saints. Nous croyons que c'est cette châsse qu'on portait dans les processions.

Il existe un catalogue des reliques de l'église Saint Servais par Van den Poel, qui demeura dans la rue des Prêtres. Van den Poel, qui fut custode des reliques et trésorier de la même église en 1658, cite dans son catalogue une caisse d'ivoire de forme quadrangulaire dans laquelle se trouvaient les reliques des saints Pierre et Marcellin, qu'Éghinard, chancellier de Charlemagne, obtint à Rome de saint Grégoire et dont il fit présent à l'église saint Servais. Baronius parle de cet envoi en 828.

Les chanoines de l'ancienne collégiale de saint Servais reçurent en 1821 deux mille florins des Pays-Bas à partager entre eux, pour les diplômes, bulles, etc., constatant leurs privilèges, qu'ils avaient envoyés au roi Guillaume Ir, à La Haye.

ÉGLISE SAINT SERVAIS.

Un frère Franciscain a lié les tours de l'église avec des barres de fer, le même avait ancré son couvent lors de l'explosion d'un magasin à poudres en 1761. L'ancienne tour de saint Servais était couverte de plomb, on en retira environ quarante mille livres.

L'ancienne tour était surmontée d'un aigle en cuivre, le même qu'on plaça sur la nouvelle. La république Française y plaça un bonnet phrygien; Napoléon Ir y replaça un grand aigle en bois, qui était si grand qu'il menaça souvent d'être emporté par les vents [1].

PROCESSIONS PUBLIQUES.

L'an 1475 sous Charles-le-Téméraire, qui fit la guerre à ceux de Cologne, le peuple fut affligé de grands maux. Le sénat de la ville de Maestricht pria alors les chanoines de faire une procession publique avec la châsse et les reliques. Cette procession eut lieu. D'autres processions eurent lieu plus tard dans des circonstances analogues, et nous ferons suivre le programme de celle qu'on fit le 6 janvier 1677.

[1] Un ouvrier qui y travailla et dont la chaussure était déchirée, s'accrocha par le soulier dans un des cloux, ce qui fut cause qu'il fut renversé et tomba du haut de la tour. Cet homme s'était proposé de faire renouveler sa chaussure à la réception de son salaire.

Processie met de noodkist op Drykoningendag den 6den january 1677.

Ten 1sten den groenen vaen.
2. De studenten van de Paters Jesuiten met standaren.
3. De apostelen.
4. De wijskinderen.
5. De Cellebroeders.
6. De Paters Capusijnen.
7. De Paters Boggaerden.
8. De Paters Cruijsbroeders.
9. De Paters Augustinen.
10. De Paters Predicheeren.
11. De Paters Minnebroeders en Onse Lieve Vrouwe woort gedragen door vier Paters.
12. De Canonicken van Onse Lieve Vrouwe met kappen ende het beeldt van Onse Lieve Vrouwe in het silver met 2 engelen die den gordel van Onze Lieve Vrouwe in de hant draegen, woort omgedragen. Capellaenen van Onze Lieve Vrouwe ende het hoof van St-Bartholomeus in het silver, dat woort omgedraegen door vier Capellaenen.
13. De Capellaenen van St-Servaes ende de Canonicken met kappen, waer voor nogh gingen de Heeren van St-Anthonis en de Biessen ook met kappen.
14. Het Broederschap van het H. Sacrament van de parochie van St-Mathys met flambeuwen.
15. Het Broederschap van St-Barbara van de parochie van St-Jan-Baptist met flambeuwen.
16. Het ambaght van de smits waer naer woort gedraegen de Nootkiste door acht Capellaenen van St-Servaes, te weeten H. Partouns en Vanderhaegen, H. Van de Pant en de Brassin, H. Cellers ende Ploumen, H. Cousin en Smits.

De Processie is uitgegaen aen de Pisterie langs den Vrythof, aen de PP. Predicheren waer eenen autaer, en door St-Jorisstraet [1] aen het

[1] Gedeelte van de groote staet, van de Spilstraet tot het Vrythof.

oudtstadhuis daer bleven de Heeren met de nootkiste en den heer canonick Graeven met den Heer capellaen Veestraeten secretaris, die gingen het oudtstadhuys op, en deede de gevangenen afcoomen, onder anderen was eenen Stootwaegen die eenen Fransen Facker in de Capucine straat hadde met een hout het hoof ingeslaegen en was terstont doodt, ende eenen moelenaer, die hadde naer een kindt geworpen met eenen steen ende het kind is daer naer gestorven, ende sy syn de processie gevolght achter de nootkiste met eene brannende kerse in de hant.

17. Het ambagh van St-Joseph.
18. Het hooft van St-Servaes gedragen door vier Heeren Capellaenen, te weeten Heer Emondts Capouns, Heer Sigen ende Amido ende soo syn alle andere ambagten gevolght met flambeuwen suo ordine, en daer is gekoomen den Eerw. Heer Lipsen met het H. Cruys, daer naer den geheelen Raedt van het beyde corpus soo Brabants als Luikst, daer naer de justisie van den koninck, daer naer is gevolght den Heer hoogh Proost Bredenroode met het venerabel, en daer naer is gevolght den Heer Calvo gouverneur ende veel andere officieren, ende groote quantitydt die het hooghweerdig volgden.

De processie is uitgegaen aen de Pisterie [1] langs den Vrythof aen de Predicheeren kercke, aen knabbenhouwers huys was eenen autaer en aen het oudtstadhuys, en ook eenen aen St-Nicolaes kercke onder Onse Lieve Vrouwe, en onder Municks Poorte aen St-Jacobs kercke in den hoeck van de Minnebroeders en so voorts tot in St-Servaes kercke en daer is gesongen te Deum in Pontificalibus. — Den dienst is gedaen geweest de twee dagen naer volgens, te weeten den 7 en 8 door de Heeren cannonicken met groote devotie, en is gesloeten den 8 op vrydagh met eene processie door de kercke en buyten den choor met om te draegen de nootkiste met 8 voorschr. Heeren en Capellanen en Canonicken met ieder een flambeeuw, waer naer is omgedraegen het hooghweerdigh door den Eerw. Heer Deeken Lipsen volgende veel burgers met groet devotie. — Ontrent tussen vyf en ses uren s'avonts is de nootkiste opgeset door den

[1] Broodbakkerij van het cappittel.

Heer Deeken Lipsen en canonick Vaes en Halwick, Heer Eemondts en Ploumen capellaens [1].

DE L'INQUISITION A MAESTRICHT.

L'inquisition Espagnole proprement dite ne fut jamais établie dans cette ville. Elle fut remplacée par le pouvoir de la régence de la ville, dont les ordonnances de police sur la conduite intérieure des familles existaient longtemps avant les édits contre la réformation donnés par Charles V et Philippe II. Ce pouvoir de la régence fut presque illimité. Une ou deux fois dans l'année ils faisaient le tour des rues de la ville en s'informant à domicile des mœurs des habitans, si on n'avait pas entendu ses voisins blasphémer Dieu ou ses saints, si on n'était pas adonné à la magie, s'il ne s'en trouvaient pas qui pouvaient rompre le nœud du mariage ou qui savaient mettre obstacle à l'union de personnes fiancées par une fraude infernale, ce qu'anciennement on désignait par, *of man niemand kant die den Nestel knoopte*, et on trouve plusieurs peines établies pour ces crimes, qui consistaient entre autres en pélerinages à saint Jacques de Compostelle, à Paris à

[1] Van het jaer 1673 tot 1678 zyn de Franschen onder koning Lodewyck den XIV in het bezit dezer stad (Maestricht) geweest, om deze reden heeft deze openbare Processie door de straeten kunnen geschieden, het jaer 1638 hadden de Hollanders om verdachtheid van mede pligtigheid aen het verraed van zekeren Landsman, brouwer dezer stad, de PP. Minderbroeders en Jesuiten hunne kloosters en stad doen ontruimen, en waren by intreede van den koning van Frankryk weer binnen gekomen, de Jesuiten in hun vorig collegie, doch daer de kerck der Minderbroeders sedert hun vertrek voor arsenael diende en het clooster voor militaire hospitael, zoo konde de koning voor dat tydvak hunne gebouwen niet teruggeven. Men had hun dan tydelyk met hun miraculeuse beeldt geplaets in St-Jacobs cappelle, en het naest gelegen huis zuidwaerts voor woning bezorgd, dit is waerschynlyk Municks Poorte waer van hier melding is.

Notre-Dame, ou à Rotsemadon, *(sic)* un endroit en Brabant où, sur un rocher, l'image de la Sainte Vierge est vénérée. Les bourgmestres de la ville conduisaient ces pélerins jusqu'à une grande pierre qui se trouvait sur les confins de la juridiction de la ville, les chargeaient de lettres qui témoignaient de leur peine et qu'ils étaient tenus de faire voir et de faire signer dans les différents endroits où ils passaient. Aussi les femmes ou les jeunes gens furent condamnés à assister à la procession publique qui tous les ans se faisait le deuxième jour de Pâques dans l'église des Récollets rue St-Pierre. On portait dans cette procession l'image miraculeuse de la Vierge qui se trouve maintenant dans l'église de Notre-Dame, et la régence avec les maîtres ou doyens des métiers y assistaient, et la procession finie ceux-ci furent régalés dans un diner avec du vin au couvent des Dominicains. Les condamnés suivaient cette procession en chemise pieds nus, les cheveux flottans, portant un cierge allumé à la main. Ils portaient des chaînes dans le cas où ils devaient être emprisonnés après cet acte de contrition.

Des preuves des mœurs dissolues de nos ancêtres, vivant il y a quatre ou cinq siècles, se trouvent dans les ordonnances de l'autorité communale pour réprimer la débauche. Quoiqu'il soit à présumer que la ville d'alors ne fut pas aussi étendue et si peuplée que'lle ne fut plus tard à cause des privilèges de ses princes, par le commerce et les fabriques de drap ; on permit cependant, malgré que les maisons de prostitution furent sévèrement prohibeés, qu'une seule existât derrière l'église de Notre-Dame dans la rue du Bâton, où les femmes prostituées étaient libres.

LE VRYTHOF A MAESTRICHT.

En 1579, les bourgeois de la ville firent sur cette place une belle résistance aux Espagnols qui s'étaient emparés de Maestricht. Les femmes jetaient des toits et des fenêtres toutes sortes de projectiles sur les soldats. Schwartzenberg van Heerle, gouverneur de la ville, y mourut à la tête des habitans. Le clergé de saint Servais sortit de l'église avec la croix et l'eau bénite pour aller au-devant des vainqueurs, mais les soldats dans leur fureur ne les épargnèrent point et ils furent tous massacrés près du chœur de l'église de saint-Jean où on les enterra en plein air. Il y a quelques années on put encore voir leurs pierres sépulcrales, et le clergé de l'église, le jour des morts, sortit de l'église par cette porte pour jeter de l'eau bénite sur les tombes. Cet usage continua jusqu'à la fin du siècle passé [1].

Au commencement du chisme de Luther, après les édits sévères de Charles V, on exécuta plusieurs sectaires en les livrant aux flammes sur cette place. On leur mit sur la tête des mîtres de papier peintes de figures diaboliques.

Plus tard on y exécuta une pauvre vieille femme accusée de magie et que l'on croyait avoir des relations avec le diable. On disait qu'elle avait des conférences avec l'esprit des ténèbres près d'un abreuvoir qui se trouvait devant l'hôpital de saint Servais et dans lequel le bétail se désaltérait. Après lui avoir fait avouer pendant les tortures qu'elle avait empoisonné l'eau de l'abreuvoir on la fit monter sur le bûcher.

La fontaine de saint Servais sur le vrythof fut empoisonnée par les Français en 1673.

[1] En 1859 on fit à cet endroit des tranchées pour la conduite du gaz et on y découvrit plusieurs squelettes.

DE LA STATUE MIRACULEUSE DE LA VIERGE DES RÉCOLLETS MAINTENANT A NOTRE-DAME.

Cette statue mesure environ quatre pieds.

Les vieillards de la ville ne se rappellent pas quand ou comment elle fut apportée dans cette ville.

Cependant, il y-a une tradition qui dit, qu'elle fut apportée il y a deux cent et trente ans [1] par un homme noble qui se fit frère mineur et qui fut enterré devant l'autel de la Vierge. Son épitaphe fut le suivant :

ANNO DOMINI 1474 MENSIS MAII
DIE 25 OBIIT NOBILIS DOMINUS ET FRATER
NICOLAUS DE HAERLAER MILES, AETATIS CENTUM
ET UNIUS ANNORUM, CONSILIARIUS ET PRIMUS
MAGISTER HOSPITII LUDOVICI DE BORBON
EPISCOPI LEODIENSIS, CUI PROPITIETUR MISE
RICORS DEUS AMEN.

Cette opinion est confirmée par les mots qui se trouvent gravés à la tête de l'image sur la pierre en forme de croix de bourgogne. *O mater Dei memento mei.* Mais s'il n'a pas apporté cette stastue le premier, elle doit être plus ancienne; un antiquaire de la ville assurait d'avoir vu un ancien acte, confirmé par des sceaux, de l'année 1470, de la confrérie de Sainte-Barbe, vierge et martyr, dans lequel il est fait mention d'une confrérie très-célèbre de la Sainte-Vierge de cette église. Ainsi il est douteux quand ou

[1] Ceci paraît être écrit en 1600.

comment cette statue arriva dans l'église des Récollets. Tous les documents qui regardaient la chapelle de la Vierge et qui se trouvaient déposés chez le bourgmestre et pensionnaire Brouwers, en si grand nombre qu'une charrette à main n'aurait pas suffi pour les transporter en une fois, ont été dispersés et volés.

Le même antiquaire anonyme avait vu chez un de ses amis de cette ville un petit drapeau imprimé sur papier dans le genre des petites flammes que les pélerins rapportent ordinairement de Montaigu. L'image de la Vierge y était représentée avec sa dénomination actuelle, c'est-à-dire la Vierge de Maestricht, l'étoile de mer avec une invocation. Sa statue se trouvait dans une petite chapelle en bois, située dans une plaine spacieuse plantée d'arbres près de la Meuse. On y voyait les pélerins en procession avec leurs bannières déployées. Il est à regretter qu'on n'ait pas fait attention aux lettres de l'inscription pour pouvoir les comparer aux caractères propres à chaque siècle. De cette manière on aurait pu juger de l'époque de ce petit drapeau. On pense que ce fut une impression typographique, et si cela fut ainsi, alors on pourrait en conclure que ces drapeaux furent imprimés avant l'invention de la typographie ou du moins par un autre procédé.

NARRATION D'UNE VISITATION DU TOMBEAU DE SAINT-LAMBERT DANS L'ÉGLISE DU VILLAGE DE SAINT-PIERRE PRÈS DE MAESTRICHT, PAR LE RÉVÉREND M. STAPPERS, CURÉ DE SAINT-PIERRE ET PLUS TARD CHANOINE DE L'ÉGLISE NOTRE-DAME.

L'an 1624, le 3 juillet, après avoir obtenu le consentement spécial du révérend M. Jean de Choquier, vicaire de Liége, j'ai eu soin de faire ouvrir le tombeau de la maison de Lichtenberg, sur lequel en 1575, en voulant y placer le corps du défunt seigneur Herman d'Eynatten, on trouva une lame de plomb avec cette inscription : *Hic jacet sepultus Sanctus Martyr Dei Lambertus*. Le révérend prélat Louis d'Eynatten, abbé de sainte Gertrude à Louvain et neveu de Herman d'Eynatten précité, me rapporta qu'il tenait cette circonstance d'un moine du couvent de Slavante qui fut présent à cet enterrement.

Considérant ceci, et ayant consulté l'histoire de Jean Chapeauville, j'ai obtenu la permission d'ouvrir ce tombeau. On me donna des assistans pour présider à l'ouvrage; ce furent le révérend M. Defaire (Olivier), doyen de Notre Dame à Maestricht, avec le révérend chanoine Louis Le Jeusne, et le noble seigneur Frédéric d'Eynatten, seigneur de Gerdingen, Vucht etc. qui demeure au château de Caster, ainsi que le bourgmestre de Saint-Pierre, Paul Van Ryckelt. A neuf pieds sous terre nous trouvames deux sarcophages, dont un s'étendait vers l'autel de saint Lambert et se trouva à moitié sous cet autel. Il mesurait en longueur sept pieds et en largeur deux et demi. Il avait une profondeur de deux pieds et paraissait taillé d'un seul bloc de pierre de Sichen.[1] On y trouva trois crânes avec quelques ossements mêlés de terre. L'autre sarcophage fut brisé, et semblait être de la chaux à cause de la vétusté de la pierre qui s'était changée en cette matière. Nous y trouvâmes deux crânes avec quelques ossements, que nous fîmes placer avec les autres ossements trouvés dans le sarcophage sous l'autel.

Il subsistera un grand doute relativement à ces deux sarcop-

[1] Carrière aux environs de la ville.

hages, pour savoir duquel des deux on retira le corps de Saint Lambert, (le tombeau d'Aper, père de Saint Lambert). Pour celui qui se trouve sous la pierre de Lichtenberg, plaide l'antiquité, puisque la pierre dite de Sichen se présente changée en chaux; quant à celui qui se trouve à moitié sous l'autel il peut être considéré comme le tombeau du martyr d'après un ancien usage des chrétiens de placer l'autel sur le tombeau du martyr. Cet autel porte encore le titre d'autel de saint Lambert.

Il est de fait que le vénérable corps de saint Lambert a été enseveli ici pendant treize ans, et dans le même endroit le corps de saint Aper, d'après le calendrier des saints de l'église de Liège. Ces ossements peuvent être de la mère de saint Lambert, nommée Herisplinde, et d'autres membres de sa famille.

On plaça en mémoire du tombeau de saint Lambert cette inscription :

HOC LOCO IN SEPULCRO PATERNO CORPUS SANCTI
LAMBERTI EPISCOPI LEODIENSIS MULTIS IN DIES
CORUSCANS MIRACULIS SEPULTUM JACUIT USQUE
AD ANNUM 709. [1]

Le père Fisen écrit qu'après que le corps de saint Lambert eut été enlevé du tombeau paternel, saint Hubert l'orna d'habits précieux. Le mauvais pallium dans lequel le corps était enveloppé quand il fut transporté de Liège et dans lequel on le trouva enseveli, fut muni du sceau de saint Hubert et donné en vénération aux fidèles. Fisen a suivi dans ceci les anciens historiens entre autres Chapeauville.

[1] Cette pierre se voit dans la petite chapelle de Saint Lambert, bâti sur le tombeau du saint lorsque l'église eut été détruite en 1748. C'est l'emplacement de l'ancienne église.

DU MARTYR DE SAINT LAMBERT.

Lorsque la nacelle chargée du corps du saint arriva à Maestricht, les habitants de la ville coururent à sa rencontre. Le père Fisen et quelques autres rapportent, sur la foi d'une tradition constante, qu'alors on aperçut sur l'église de Notre-Dame un ange qui de la main montrait l'endroit où la nacelle s'arrêta. Un ange aurait été placé pour perpétuer ce souvenir sur le sommet de l'église et cette figure, étendant la main vers la Meuse, serait restée à cet endroit jusqu'au temps de Fisen.

L'antiquaire anonyme a vu de près cette figure, qu'il tient pour une Vierge. Le massif en était en bois, couvert de lâmes de plomb, les plis de la draperie y étaient accusés par le marteau, la tête et les mains étaient coulées en plomb. La main droite était vide et n'avait pas la position de montrer. De la main gauche elle tenait un sceptre, et portait une grande couronne ouverte sur la tête fixée au moyen de fils en fer. Les formes et le port de cette figure ne ressemblaient pas à un ange, mais à une Vierge, et l'antiquaire traite cette tradition de la statue d'un ange de fable.

Les Jésuites prétendaient que saint Lambert avait vécu à Maestricht avec ses parents Aper et Herisplinde, et qu'ils avaient occupé une maison située dans l'enclos de leur couvent.

C'était la petite maison située au coin de la rue De Hoen, (aussi dite aux chiens). Le saint martyr y fut né, et en mémoire de ce fait on y avait placé sa statue. Sur la façade qui donnait au nord on voyait figurer ces initiales D. S. L. R. (Domus sancti Lamberti reædificata), au moyen des ancres sous la toiture. Au grenier inférieur était annotée l'année 1688.

MAISON DITE DE SAINT LAMBERT.

En 1787, lorsque l'église des Jésuites fut changée en salle de spectacle, on perça une rue à travers le jardin du couvent. On bâtit alors les maisons et à l'endroit où se trouve celle habitée jadis par le professeur Minkeleers, (à côté de celle du docteur Beckers) on fora un puits dans le jardin près de quelques ruines d'une ancienne chapelle dédiée à saint Amand. On trouva dans ce puits un anneau d'or avec un os de doigt.

Sur cet anneau ou sceau était gravée près de la croix une petite couronne de palme ou d'olive et à l'entour : **HARI VIVAS △O†STO.** Cet anneau vint dans les mains de M. Rouwyser, zélé collectionnaire d'antiquités, qui le céda à l'hagiographe Ghesquière. Celui-ci en substituant l'a à l'e dans HARI, y lut : *Herisplindis vivas Deo vel Domino Christo*, et croyait que saint Lambert aurait donné cet anneau à sa mère Herisplinde. D'autres auteurs ne sont pas du même avis. La lettre greque △ seule parmi les autres caractères romains représente le symbole de la Trinité ou de Dieu. On objecte au même écrivain l'habitude qu'on observait encore alors, d'enterrer hors des murs de la ville ; ainsi que la tradition constante qui existe, disant que le saint a été enterré avec ses parents dans leur terre à St-Pierre.

On pourrait plutôt attribuer l'anneau à quelque chrétien du Ve siècle en expliquant l'inscription : Honorio et Arcadio Romanorum Imperatoribus VIVAS △eO† chriSTO. Ces empereurs Romains adorateurs du vrai Dieu ont donné la paix aux chrétiens, signifiée par la palme qu'on voit sur l'anneau.

DE SAINT MATERNE.

D'après quelques anciens historiens et d'après les catalogues des reliques, saint Valentin ne serait que le neuvième évêque de Tongres. Ceci est inexact d'après les pères Bollandistes, qui pensent que la mission de saint Materne, qui en l'an 80 de notre ère aurait été envoyé par saint Pierre vers la Germanie inférieure en compagnie des saint Eucharius et Valerius, est une fixion. Il n'est fait mention de cette mission avant le IXe siècle. Les Bollandistes prétendent que saint Materne, apôtre, serait le même que saint Materne du IVe siècle, que l'empereur Constantin fit venir à Rome de la Germanie, pour assister au concile tenu pour décider de la scission de l'église d'Afrique, qui avait choisi l'empereur Constantin comme arbitre. Ce serait le même qui aurait signé les actes du synode d'Avella l'an 314 de la manière suivante : *Maternus agrippinensis episcopus.* Ces mêmes savants en tirent pour conclusion que depuis saint Materne en 314, et saint Servais mort en 384, on ne peut compter huit véritables évêques de Tongres, dont saint Servais apporta les restes de Tongres à Maestricht. Cependant ils sont loin de diminuer ce nombre, et croient que ces évêques furent des associés de l'évêque ordinaire du diocèse *(vicarios vel chorepiscopos fuisse)*, qui à cause de l'étendue des limites du diocèse encore infesté des erreurs du paganisme, eurent la puissance apostolique et épiscopale et furent envoyés pour convertir les païens des contrées éloignées. Ce qui affaiblit davantage l'idée qui existe que tous ces évêques auraient été à la tête de l'église, c'est que, parmi les reliques honorées à Maestricht et ailleurs, il n'est fait mention que des restes de saint Martin et de saint Valentin de tous les évêques de Tongres. De ceci on peut conclure qu'entre saint Materne et saint Servais aucun évêque n'ait occupé le siège de Tongres que saint Martin et saint Valentin.

TIRLEMONT PRISE PAR STRATAGÈME PAR UNE PARTIE DE LA GARNISON DE MAESTRICHT, EN 1646.

Vers la même époque ceux de Maestricht sous la conduite de

Jean Remacq et de Grison ont pris par stratagème la ville de Tirlemont de la manière suivante : Ils avaient déguisé en religieux trois soldats dont deux en capucins et un en jésuite. Dès l'aube du jour Jean Remacq sortit de la ville, accompagné d'un trompette portant pavillon rouge (sluijer) et de quelques soldats sans armes, portant des insignes de couleur orange, les suivant comme prisonniers de guerre. Jean Remacq arrivé avec les trois soldats habillés en religieux aux portes de Tirlemont entra sans être reconnu par le factionnaire qui ferma après eux le guichet. Voyant le danger de sa position s'il était découvert, Jean Remacq sans perdre du temps saisit sa fourche, en assomma le factionnaire, et rouvrit ensuite le guichet pour introduire le reste de sa troupe. Ceux-ci tombèrent sur la garde composée d'un sergeant et de dix hommes, qu'ils massacrèrent. Entre temps touts les soldats à pied et à cheval, composant cette expédition, entrèrent en ville et firent prisonniers les officiers et les soldats formant la garnison. Ils enlevèrent un grand butin consistant en instruments de guerre et parmi ceux-ci deux tymbales qu'ils emportèrent vers Maestricht. Voici comment une chronique manuscrite mentionne le même fait :

A° 1646. Den 17 februarie hebben die van Maestricht onder het beleg van Grisson Capityn-Luytenant van den grave van Solms Gouverneur van Maestricht en den Cornet Jan Remack, met 200 Paerden en 5000 man te voet, de stad Tienen met een behendige Crygs Praktyk ingenoomen en binnen Maestricht gebracht 21 vaendels en 7 Standaeren wierden naer den Haeg gesonden, en aldaer in de groote sael opgehangen, de Bagagie over de 12,000 Ryxdaelders waerdig synde beneffens nog andere ryke buyt gemaeckt.

EXTRAIT DES PROCÈS-VERBAUX

ET

DE LA CORRESPONDANCE DE L'ACADÉMIE.

— L'Université royale de Christiania (Norwège) consulte l'Académie au sujet de la restauration que le gouvernement Norwégien se propose de faire exécuter à la célèbre et remarquable cathédrale appelée : *Throndhjems Domkirke.* Ce serait un travail digne d'un prince éclairé et paternel comme le roi Charles XV, juste appréciateur des arts et des sciences, qui marche glorieusement sur les traces de son père et de son aïeul, dont la mémoire doit rester à jamais chère aux Suédois.

— Notre savant et si estimable collègue M. d'Otreppe de Bouvette, que l'Académie avait délégué pour la représenter au congrès des Sociétés savantes ouvert à Paris, le 9 avril dernier, écrit à notre Président, M. le comte de Kerckhove, la lettre suivante :

« Liége, 26 avril 1860.

« Monsieur le Président,

« J'ai l'honneur de vous informer que le congrès des Sociétés
» savantes, ouvert à Paris le 9 avril dernier, a fait un accueil
» bienveillant à votre délégué, et l'a écouté avec intérêt lors de son
» rapport sur les travaux de l'Académie et la sage et savante direction

» que sait leur imprimer son honorable Président M. le Comte de » Kerckhove-Varent. Ce rapport, dont une partie a été livrée » à l'improvisation, sera imprimé dans les Annales pour l'année » prochaine, ouvrage qui vous sera transmis ; en attendant, comme » témoignage d'estime, le congrès fait hommage à votre Société » de l'*Annuaire de l'Institut des Provinces,* exemplaire que vous » recevrez par l'intermédiaire de notre légation à Paris. Il me » reste à remercier l'Académie de l'honneur que, sur votre » proposition, M. le Président, elle a daigné m'accorder en me » désignant pour la représenter au congrès des Sociétés savantes » de France.

» Veuillez agréer, M. le Comte, l'hommage de mes sentiments » de haute considération et de dévouement.

» Le délégué, membre honoraire de l'Académie d'Archéologie » de Belgique.

» ALB. D'OTREPPE DE BOUVETTE. »

— Sur la proposition de M. Van der Heyden, Secrétaire perpétuel, l'Académie délègue M. Le Grand de Reulandt, membre effectif, de la représenter au congrès archéologique qui s'ouvrira à Dunkerque le 16 août 1860.

— M. Wilbert, Président de la Société d'Émulation de Cambrai, adresse ses remercîments à l'Académie pour son admission comme membre correspondant.

— L'Institut de France, l'Académie des sciences et arts de Boston, l'Académie de Stanislas de Nancy, l'Académie impériale de Reims, la Société archéologique de Grèce, la Société provinciale des arts et des sciences de Bois-le-Duc, l'Institut royal Lombard des sciences, lettres et arts, et plusieurs autres compagnies savantes remercient l'Académie de l'envoi de ses dernières publications.

— Le conseil communal d'Ypres adresse à l'Académie le programme du concours qu'il a ouvert : *faire l'histoire de la ville d'Ypres sous les comtes de Flandre, de Baudouin-Bras-de-Fer à Philippe II exclusivement.*

L'Académie a reçu, depuis la dernière livraison de ses Annales, les envois suivants :

1. De la Société historique et littéraire de Tournai, toute la collection de ses *Bulletins* et de ses *Mémoires*.

2. Du Comité flamand de France, le tome IVe de ses *Annales*, et le no 1 de janvier et fevrier 1860.

3. De la Société libre d'Agriculture, Sciences, Arts et Belles-Lettres de l'Eure, le tome Ve du Recueil de ses *travaux*.

4. De la Commission des Antiquités du département de la Côte d'Or, la 2e livraison du tome Ve de ses *Mémoires*. 1858-59.

5. De la Société Archéologique et historique du Limousin, la 1re et la 2e livraison de son *Bulletin*.

6. De la Société impériale Archéologique du midi de la France, la 5e livraison du tome VIIe de ses *Mémoires*.

7. De la Société de Littérature Néerlandaise de Leyde, le volume de 1859 de ses *Actes*.

8. De la Société des Antiquaires de l'Ouest, la livraison du 1r trimestre de 1860 de ses *Bulletins*.

9. De la Société de Médecine d'Anvers, la livraison d'avril 1860 de ses *Annales*.

10. De la Société libre d'Émulation de Liège, son *Annuaire* pour l'année 1860.

11. De l'Académie royale des Sciences, des Lettres et des Beaux-Arts de Belgique, les nos 3 et 4 de son *Bulletin* de 1860.

12. De l'Académie royale de Médecine de Belgique, les nos 2 et 3 du tome III de son *Bulletin* de 1860.

13. Du Cercle Archéologique de Mons, le tome II de ses *Annales*, 1860.

14. De la Société Agricole, Scientifique et Littéraire des Pyrénées orientales, le 12e volume de ses *Actes* et *Mémoires*.

15. De la Société des Sciences Médicales et Naturelles de Bruxelles, les cahiers d'avril et de mai 1860 de son *Journal*.

16. De la Société des Antiquaires de Picardie, le no 1 de son *Bulletin* de l'année 1860.

17. De la Société, d'Agriculture, Sciences, Arts et Commerce du Puy, le tome XX, 1855-1856.

18. De l'institut archéologique Liégeois, la 4e livraison du tome III de son *Bulletin*.

19. De la Société Savoisienne d'histoire et d'archéologie, le résumé des ses séances du 11 mars et du 8 avril 1860.

20. Du Journal de l'Imprimerie et de la Librairie en Belgique, les nos 2 et 3, 1860.

21. De MM. Janssen et Van Dale, membres correspondants, la 3e livraison de 1859 de leur Recueil, publié en Hollandais, concernant les antiquités et l'histoire de la Flandre Zélandaise.

22. De M. Diegerick, 2e Vice-Président de l'Académie, sa brochure intitulée : Le trésor de l'église de Notre-Dame *ten-Brielen* — 1500 — ; *L'Argenterie de la Ghilde de Saint-Georges à Ypres* — 1525 —; *le trois-centième anniversaire de la délivrance de la ville d'Ypres* — 1683 — ; *Quatre défenseurs d'Ypres*, au siége de 1383.

23. De M. Adolphe Iweins, membre de la Société Littéraire de l'Université de Louvain, son *Esquisse historique et biographique sur Rythovius, premier évêque d'Ypres.*

24. De M. l'abbé Corblet, membre correspondant à Amiens, les nos 3 et 4 des mois de mars et avril 1860 de sa *Revue de l'art chrétien.*

25. Du Bibliophile Belge, le 1r cahier du tome XVI de son *Bulletin.*

26. Du R. P. Terwecoren, les livraisons du 1r et du 15 avril et du 1r et du 15 mai 1860 de sa *Collection de précis historiques.*

27. De M. le professeur Namur, membre correspondant à Luxembourg, sa *Notice sur une monnaie Carlovingienne, trouvée à Altkirch, à Rahling, canton de Rohrbach, département de la Moselle.*

28. De M. d'Otreppe de Bouvette, membre honoraire à Liége, sa brochure intitulée : *Vestiges des âges,* etc.

29. Du même, la 2de partie de ses *Fragments d'un voyage en Hollande.*

30. De M. Wilbert, président de la Société d'Émulation de Cambrai, membre correspondant, ses *Considérations sur le premier établissement du Christianisme dans la Gaule-Belgique et sur les pratiques superstitieuses qui lui ont servécu.* — Extrait du compte-rendu des séances archéologiques tenues à Cambrai en 1858.

31. Du même, une brochure sous le titre de *Formation et administration des villages.*

32. Du même, ses *Considérations sur la monnaie à l'époque romane,* adressées à M. Ch. Robert.

33. Du même, ses *Considérations générales sur l'histoire des*

États du Cambrésis, de l'Artois, du Hainaut, de la Flandre, du Tournaisis et du Brabant.

34. Du même, sa *Notice sur l'origine, la constitution et les travaux de la Société d'Émulation de Cambrai.*

35. De M. Edmond de Busscher, membre correspondant à Gand, son ouvrage intitulé : *Recherches sur les peintres gantois des XIVe et XVe siècles*, etc. Cet ouvrage offre le plus vif intérêt à tous les amis des Beaux-Arts. Notre savant collègue a reconstitué authentiquement l'école primordiale de peinture des Flandres, et par ses infatigables recherches dans les archives de Gand, dont il est le conservateur, il est parvenu à prouver que son siège était à Gand. C'est pour cette ville un titre de gloire de plus à ajouter à la priorité de l'emploi de la peinture à l'huile. Ces deux points sont aujourd'hui acquis à l'histoire artistique et archéologique de la Belgique.

SUITE AU TABLEAU GÉNÉRAL

DES

MEMBRES DE L'ACADÉMIE.

Membre effectif :

M. IWEINS (ADOLPHE), membre de la Société littéraire de l'Université catholique, etc., à Louvain.

M. Van Even avait appris il y a quelque temps qu'un boulanger de Louvain était dépositaire d'une quantité de vieux parchemins. Ce boulanger en faisant l'acquisition de la maison qu'il habite, avait repris avec les combles du bâtiment tous les papiers qui s'y trouvaient et dont l'ancien propriétaire lui avait fait l'abandon. — Il céda à son tour ces documents à M. Van Even et celui-ci, au milieu d'une foule d'autres pièces intéressantes pour l'histoire de Louvain, découvrit un *inventaire* manuscrit des meubles et objets délaissés au couvent de Béthanie près de Malines en 1460, par Jacqueline de Looz-Heinsberg, sœur de Jean de Heinsberg, mort évêque de Liége en 1455. Jacqueline fut longtemps abbesse du chapitre impérial de Thorn, dans le Limbourg et sur la fin de ses jours elle se retira au couvent de Béthanie près de Malines où elle mourut le 3 mars 1465.

L'inventaire des meubles de Jacqueline de Heinsberg mentionne : UNE PRESSE *avec son matériel, parmi lequel on désigne neuf planches gravées sur bois pour imprimer des images et 14 planches gravées sur pierre destinées au même usage.* — En un mot, l'inventaire possédé aujourd'hui par M. Van Even, tout entier écrit sur parchemin, établit qu'il existait en 1460 au couvent de Béthanie, une imprimerie de livres et de gravures. — Nous croyons inutile d'appuyer sur l'omnipotence de ce document.

M. Van Even n'en est pas à son coup d'essai en fait de recherches heureuses dans ce genre. Les personnes qui ont lu le LOUVAIN MONUMENTAL, connaissent combien de centaines d'erreurs ont été redressées par ce modeste et laborieux écrivain, touchant l'histoire des arts dans cette ville. Le *Brabantsch Museum*, recueil mensuel que publie depuis quelque temps le même auteur, recevra toutes les communications que ses infatigables recherches lui permettent de faire au public. Nous sommes heureux de pouvoir constater à ce propos que notre pays doit être fier de compter parmi ses enfants des hommes d'un courage et d'une persévérance aussi rares que l'est M. l'archiviste de la ville de Louvain.

Extrait des journaux.

— L'Académie a déjà plusieurs fois en vain prié les compagnies savantes qui font avec elle l'échange de leurs publications de lui en faire l'envoi par la poste *après affranchissement préalable*. Il y a trop de frais pour retirer les livres, sur des bons qu'elle reçoit, et il en a également beaucoup trop par la voie des libraires, qui exigent souvent plus pour leurs déboursés que la valeur.

L'Académie a donc décidé de ne plus accepter à l'avenir aucun envoi qui ne lui arrive *franco*.

Sommaire de la deuxième Livraison.

Tout ce qui est destiné à l'Académie doit être adressé *franco* à M. le comte de KERCKHO
ARENT, Président de l'Académie d'Archéologie de Belgique, à Anvers

ANNALES

DE

L'ACADÉMIE D'ARCHÉOLOGIE

DE

BELGIQUE.

Tome dix-septième. — 3me Livraison.

ANVERS,

IMPRIMERIE J.-E. BUSCHMANN, RUE DES ISRAÉLITES,

(Imprimeur de l'Académie d'Archéologie de Belgique).

1860.

Nouvelles et Variétés.

— La Société historique et archéologique de la Basse-Bavière, séant à Landshut, vient d'admettre parmi ses membres correspondants M. le professeur Diegerick, 2e vice-président de notre Académie d'Archéologie.

— La Société historique et archéologique de Westphalie vient d'admettre au nombre de ses associés étrangers quatre membres de notre Académie d'Archéologie, MM. Van der Heyden, secrétaire-perpétuel; Ed de Busscher, secrétaire-perpétuel de la Société royale des beaux-arts et de littérature de Gand; le docteur A. Namur, secrétaire-général de la Société royale et grand-ducale d'archéologie de Luxembourg, et le docteur Vallez, médecin-chirurgien de l'institut ophthalmique gratuit à Bruxelles.

— M. le docteur Vallez vient d'être nommé également membre correspondant de la Société historique et archéologique de Béziers et de la Société royale des beaux-arts et de littérature de Gand.

COLLECTION
DE
FAC-SIMILÉS DES SIGNATURES
DES ROIS ET DES HOMMES CÉLÈBRES DE L'ESPAGNE,
AVEC
NOTICES BIOGRAPHIQUES, ETC.,
PUBLIÉE PAR
F. L. VILLABRILLE,
homme de lettres, etc.

Attaché à la bibliothèque de l'Académie royale d'histoire à Madrid, M. Villabrille a eu l'heureuse idée de profiter des facilités que lui donne sa position pour rassembler tous les éléments de l'intéressant ouvrage que nous signalons à l'attention des savants avec d'autant plus de plaisir qu'ayant eu communication d'une partie du manuscrit, nous avons été à même d'en constater tout le mérite.

Cet ouvrage contiendra les signatures :

1° Des rois des Asturies, depuis Alplonse III, dit le Grand (IXe siècle); des rois de Léon; des rois de Castille et Léon jusqu'à la reine actuelle, Isabelle II; des rois d'Aragon depuis Sancho Raminez (XIe siècle) jusqu'à Ferdinand II, c'est-à-dire à la réunion des couronnes d'Aragon et de Castille; des rois de Navarre depuis Sancho le Majeur (XIe siècle) jusqu'à Jean Labrit, époque de la réunion à la Castille.

2° Des hommes et des femmes célèbres dans les lettres, les arts, les sciences, les armes et la religion, depuis le XIVe siècle jusqu'à nos jours.

Toutes ces signatures ont été calquées sur des documents originaux. Elles formeront un volume in-folio, contenant de quarante à cinquante planches et qui se terminera par des notices biographiques sur les personnages cités dans la collection.

Le prix de l'ouvrage sera fixé d'après le nombre des souscripteurs. En aucun cas il ne dépassera le chiffre de vingt francs.

REVUE

DES

ANCIENS MONUMENTS

DE LA VILLE DE MONS;

PAR

Léopold DEVILLERS,
Conservateur-adjoint des archives du Hainaut,
Membre correspondant de l'Académie.

« La ville est grande et belle, et ornée de somptueux édifices tant privez que publics. » GUICCIARDIN.

Il suffit de jeter les yeux sur les anciens plans de Mons [1] et surtout sur la magnifique vue peinte à l'huile, en 1683, qui repose au dépôt des archives de cette ville [2], pour reconnaître de suite que le témoignage de Guicciardin n'a rien d'exagéré.

Nous l'avons dit dans une circonstance solennelle [3] : « La ville de Mons a conservé peu de ses anciens édifices. Mais ceux qui lui restent, — l'église de Sainte-Waudru, l'Hôtel de ville et le Beffroi, — attestent suffisamment qu'elle peut réclamer une part honorable dans les fastes artistiques de la patrie. »

Ces trois édifices furent toujours, à la vérité, les plus importants

[1] Voir, entre autres : les plans gravés qui se trouvent dans l'ouvrage de Blaeu, *Urbium totius Belgii seu Germaniæ inferioris Tabulæ* (pars prior), et dans les *Délices des Pays-Bas*, par GUICCIARDIN.

[2] Il existe aussi une fort belle vue de Mons, gravée par Stelzer, en deux feuilles, ayant 33 centimètres de hauteur sur 1 mètre de largeur. — De Boussu a, en outre, fait accompagner son *Histoire de Mons* d'une vue de cette ville, gravée par J.-L. Krafft.

[3] Cinquantième anniversaire de la fondation de la Société royale des Beaux-Arts et de Littérature de Gand. — Congrès artistique et archéologique. 1858.

de notre ville. Toutefois, on doit l'avouer, elle a fait des pertes considérables sous le rapport monumental et artistique. Il n'y a, pour le prouver, qu'à rappeler les édifices et les principales œuvres d'art qu'elle n'a plus :

L'Église collégiale et paroissiale de Saint-Germain.

La Tour de briques.

Le Jubé et les Tombeaux des comtes Baudouin IV et Baudouin V, qui ornaient l'église de Sainte-Waudru.

Les Églises paroissiales de Saint-Nicolas-en-Bertaimont, et du Béguinage.

Les Églises conventuelles des Jésuites, des Capucins, des Minimes, des Dominicains, des Oratoriens, des Carmes déchaussés, des Carmes chaussés, des Repenties, des Clarisses, des Carmélites, des Célestines, des Bénédictines, des Capucines, et de l'abbaye d'Épinlieu.

La Capelette, la Chapelle de Saint-Jean décollé et la Chapelle de N.-D. de Cambron.

Telle est la série des monuments religieux de Mons démolis depuis la fin du siècle dernier.

Celle de ses édifices civils également démolis, est bien moins longue, mais présente des destructions fort regrettables, notamment celles des anciennes Fontaines et de la Grande-Boucherie.

Voici maintenant une statistique des anciens édifices que Mons a conservés.

Édifices religieux :

L'église de Sainte-Waudru.

L'église de Sainte-Élisabeth.

L'église de Saint-Nicolas-en-Havré.

L'église des Récollets, servant de succursale à la paroisse de Saint-Nicolas-en-Bertaimont.

Les couvents des Ursulines et des Sœurs-Noires, qui ont été rendus à leur ancienne destination.

Ceux des Filles de Notre-Dame, des Filles de Sainte-Marie, et l'abbaye du Val-des-Écoliers, qui ont été affectés à la prison civile et militaire, au dépôt de mendicité, et à l'hôpital civil, respectivement.

La chapelle de l'hospice des Béguines.

Édifices civils :

La Tour du Château.

L'Hôtel de ville.

Les hospices des Chartriers, des Orphelins, etc.

On peut encore ajouter à cette nomenclature : l'ancienne châtellenie, qui est devenue l'hospice des insensés, le refuge de l'abbaye de Saint-Ghislain, qui est actuellement occupé par les Dames du Sacré-Cœur de Jésus, l'ancienne chapelle échevinale de Saint-Georges, qui a été enlevée au culte depuis la Révolution Française, l'église des Sœurs-Grises, devenue une grange, et le Collége de Houdain, aujourd'hui la caserne du Saint-Esprit.

Il ressort de cet aperçu, que la ville de Mons a perdu plus de la moitié de ses anciens édifices, et l'on peut se faire une idée de ce qu'elle était autrefois, par cette énumération rapide de ses monuments des siècles passés.

Aujourd'hui, il s'agit de faire revivre par la pensée et d'après des documents authentiques, ceux de ces monuments qui n'existent plus, et de rassembler, en outre, les souvenirs que rappellent les autres d'entre eux qui ont perdu leur destination primitive et que la faux du temps ou le marteau des démolisseurs feront peut-être disparaître bientôt.

C'est ce que nous nous proposons d'essayer de réaliser, en publiant successivement dans les *Annales de l'Académie d'archéologie de Belgique,* le résultat de nos recherches sur ce sujet.

LA CHAPELLE ÉCHEVINALE

DE

SAINT-GEORGES

A MONS;

PAR

Léopold DEVILLERS,

Conservateur-adjoint des archives du Hainaut,
Membre correspondant de l'Académie.

Vers 1390, Guillaume de Bavière, comte d'Ostrevant, fils d'Albert, comte de Hainaut, établit à Mons une confrérie sous l'invocation de Saint-Georges, patron de la chevalerie, à l'instar de celle que le roi d'Angleterre, Édouard III, avait instituée dans ses états, en 1342. [1]

[1] Il y eut, en outre, des ordres militaires de Saint-Georges en Espagne, en Autriche, en Bourgogne, à Gênes, à Ravenne et à Rome. Deux subsistent encore aujourd'hui : le premier, en Russie, qui fut institué en 1769 par Catherine II, et dont la décoration est une croix d'or à quatre branches ayant au centre un écusson qui représente Saint Georges à cheval terrassant le dragon; et le second, en Bavière, dont l'institution remonte à une époque fort reculée. Les chevaliers de Saint-Georges avaient pour mission de donner la chasse aux infidèles. C'est pour remplir cette mission, que les chevaliers du Hainaut allèrent, en 1385, au secours des chevaliers de l'ordre teutonique, en Prusse. — Voir sur cette expédition : F. HACHEZ, *Fêtes populaires à Mons*, pp. 5 et 6; *Messager des sciences historiques de Belgique*, 1848, pp. 168 et 169, et une note d'EMILE GACHET, insérée dans le *Bulletin de la Commission royale d'histoire*, t. XIII, p. 273.

La confrérie de Mons fut très-célèbre [1]. Guillaume en était le chef, et l'on n'y recevait que 50 membres, l'élite de la noblesse. Les premiers confrères furent : le seigneur de Vertaing, sénéchal de Hainaut, les seigneurs de Ligne, de Trazegnies, de Boussu, de Roisin, et autres.

A la même époque, le même comte d'Ostrevant avait créé, dans le Hainaut, la chevalerie de Saint-Antoine-en-Barbefosse, qui avait son siége dans l'église de ce nom, située à l'entrée de la forêt d'Havré et dont le chœur subsiste encore. Il était également grand maître de cet ordre militaire, qui se composait, d'ailleurs, des mêmes membres que la confrérie montoise de Saint-Georges.

Les chevaliers du Hainaut assistèrent à plusieurs expéditions, sous la bannière de leur illustre fondateur; celle-ci portait, d'un côté, la figure de Saint Georges, avec les armes de Bavière et de Hainaut écartelées, et, de l'autre, une herse d'or sur un fond de gueules, avec cette devise : *Evertit et æquat.*

Telle est l'origine de la noble confrérie de Saint-Georges, qui avait sa chapelle près de la *Maison de la Paix* (hôtel de ville). Cette chapelle avait été érigée en 1390 et reconstruite en 1459, avec la maison de la paix. Son entrée était surmontée d'une statue de Saint Georges, en cuivre doré, qui se trouvait encore, au siècle dernier, au-dessus de la porte du corps-de-garde de l'hôtel de ville.

Diverses fondations furent faites dans la chapelle de Saint-Georges. Le 9 septembre 1412, Jean et Colin de le Porte, frères, fils de Pieron de le Porte et de Cécile Pieuse, et Jean Eslers, clerc,

[1] Cette institution, dit le Baron de Reiffenberg, est probablement le germe de l'ordre de St-Georges encore florissant en Bavière. — *Monuments pour servir à l'histoire des provinces de Hainaut, Namur et Luxembourg,* t. VII, p. LI de l'introduction.

y fondèrent un cantuaire de messes, qui se célébrait, chaque jour, avant l'ouverture des portes de la ville, pour l'utilité des voyageurs. Une autre messe, qui se célébrait aussi chaque jour, à sept heures et demie, avait pour fondateur Louis de Presières. Les dimanches et les jours de fêtes, on y célébrait, en outre, une messe à onze heures et demie, jusqu'à concurrence de cent messes par an, en exécution d'une convention passée le 14 novembre 1676 entre le conseil de ville et les confrères du *Rossignol*, qui avaient cédé leur local à la ville, pour la construction de la caserne de ce nom. Georges Demaret y avait fait une fondation consistant en une distribution de treize pains aux pauvres, les dimanches, de quinze en quinze jours, et la famille d'Alcantara avait affecté une rente de cent livres à l'entretien de l'image de N.-D. de Bon-Secours en la même chapelle et à la célébration d'offices en musique. Des offices solennels y avaient lieu à la fête de Saint Georges et de la translation de son corps, et le jour de Saint Quirin, dont la statue y était vénérée. Cette chapelle avait un valet et une offrandière. Elle était administrée par deux intendants délégués par le magistrat.

Après Guillaume de Bavière, la confrérie de Saint-Georges, de même que l'ordre de Saint-Antoine-en-Barbefosse, périclita, et la chapelle ne fut plus fréquentée que par le magistrat [1] et par les bourgeois. Elle était desservie par le chapelain du magistrat et par les pères minimes, qui donnèrent à la ville, en 1618, le corps de Saint Georges.

Les échevins firent démolir l'ancienne chapelle[2], vers 1600, et

[1] Les échevins y rétablirent la confrérie de Saint-Georges, en 1624, mais seulement pour les membres du magistrat et du conseil de ville.

[2] De curieux débris de cette chapelle existent encore derrière le corps-de-garde de l'hôtel de ville.

annexèrent à son emplacement une maison voisine[1], pour y élever la moderne, dont la consécration fut faite le 23 février 1603, par l'archevêque de Cambray, en l'honneur de la Sainte Vierge, de Saint Laurent et de Saint Georges.

L'intérieur de la chapelle échevinale de Saint-Georges ne présente rien de remarquable; trois arcades ogivales, séparant la partie antérieure de l'autre, une voûte de même style, dont la principale clef porte le millésime 1601, sept fenêtres dépourvues de meneaux, un *doxal* (jubé), de style renaissance et du haut duquel le magistrat assistait aux offices, enfin le pavement, en pierres blanches et noires, du sanctuaire, en font toute la décoration.

La façade, située à front de la Grand'Place, présente un porche auquel sept marches donnent accès; il est surmonté d'un fronton, jadis embelli de trois statuettes, soutenu par deux colonnes engagées, et accosté de deux fenêtres avec meneaux en pierre, d'une architecture moderne. L'étage qui surmonte cette entrée, a trois fenêtres : il était autrefois réservé aux chambres des états de Hainaut.

Un pignon élevé et d'un aspect gracieux termine cette façade, qui porte le millésime 1604.

Les offices de la chapelle étaient annoncés au peuple par une cloche posée dans le companile de l'hôtel de ville [2].

[1] Cette maison s'appelait *Maison de l'office.*

[2] Une résolution prise le 29 mai 1556 par le chapitre de Sainte-Waudru, est ainsi conçue : « Sur la requeste faicte, ou nom de Messieurs eschevins de ceste ville de Mons, » par Messrs Gilles Resteau, chlr, Sr de Ruette, Franchois Despiennes et Loys Malapert, » eschevins, ensemble Mess. Jehan Auldegonde, chappellain de la chappelle Saint-George » scituée en la maison de ville, de povoir faire ung clochier au plus hault de laditte » maison de ville, pour y pendre la clochette d'icelle chapelle, affin d'ouyr sonner les » messes de plus long; fut accordé ausdis eschevins de ce faire. »

Cette chapelle est maintenant destinée à diverses expositions et à des assemblées ; parfois, elle sert de salle de vente. Elle fut momentanément affectée à l'exercice du culte réformé, sous le gouvernement du roi Guillaume. C'était pourtant du haut de l'escalier de cette chapelle que le capucin *Marc Aviano* avait fait entendre, en 1681, devant un auditoire qui remplissait la Grand'-Place de Mons, un sermon des plus véhéments contre les sectateurs de Luther.

LES
ANCIENNES HALLES ET FONTAINES
DE LA VILLE DE MONS;

PAR

Léopold DEVILLERS,

Conservateur-adjoint des archives du Hainaut,
Membre correspondent de l'Académie.

A l'époque de sa prospérité industrielle, Mons eut des halles au blé, aux draps et aux pelleteries; elle eut aussi des boucheries. Nous allons rappeler en quelques lignes ce que ces établissements offraient de particulier. Nous consacrerons, en outre, dans cet article, le souvenir des fontaines qui jaillissaient autrefois au centre des principaux marchés de cette ville.

HALLE AU BLÉ. — Elle existait, dès le XIVe siècle, à front de la rue du Haut-Bois [1], dont une partie prit depuis le nom de rue de la Halle. Cette halle a été démolie en 1837. Depuis plusieurs années, elle ne recevait plus aucunes denrées. Le marché au grain continue néanmoins à se tenir en face de l'emplacement de la Halle, sur lequel on a construit la boucherie moderne. Mais à ce marché,

[1] DE BOUSSU, *Histoire de Mons*, p. 112. — Cet auteur rapporte qu'il résulte d'un chassereau de l'an 1376 que la rue du Haut-Bois descendait jusqu'au moulin situé sur la Trouille, que l'on appela le *Moulin-jumeau*, à cause que ses deux roues furent faites ensemble.

l'un des plus importants du pays, les affaires ne se traitent que par échantillons et par l'entremise de facteurs [1].

HALLE AUX DRAPS. — L'importance de l'ancienne draperie montoise a été exposée déjà à plusieurs reprises [2]. Nous nous bornerons à constater ici que la Halle aux draps se trouvait entre la rue de la Terre-du-Prince et la Grand'Rue, que vers la fin du XVIe siècle, ce vaste local fut fermé, par suite de la décadence de la draperie, et qu'en 1585, les drapiers étalèrent leurs marchandises aux *Polies*, rue de la Halle. Depuis longtemps, il ne se fabrique plus aucun genre d'étoffes à Mons. Quant à l'ancienne Halle aux Draps, elle fut mise à l'usage de l'école dominicale en 1582 [3].

HALLE AUX PELLETERIES. — Cette Halle se trouvait en la rue des Clercs (No 27 actuel) : elle appartenait au chapitre de Sainte-Waudru. Les pelletiers devaient y étaler leurs marchandises pendant la fête (foire)de la Toussaint. Au XVIe siècle, ils cherchèrent à s'affranchir de cette obligation : chaque année, ils faisaient des offres au chapitre, à l'effet d'obtenir la permission de vendre à domicile. Les chanoinesses la leur accordaient parfois, moyennant le paiement de leurs étaux et une reconnaissance annuelle, qui consistait à faire présenter au chapitre, par leur connétable, le jour de la canonisation de Sainte Waudru (2 novembre), une platine d'argent, du poids d'une once et demie, rappelant le motif de cette reconnaissance. Cette autorisation leur fut définitivement donnée, au siècle suivant.

[1] FÉLIX HACHEZ, *Notes historiques sur les foires et les Marchés de Mons*, p. 22.
[2] DE BOUSSU, *Histoire de Mons*, p. 87. — PARIDAENS, *Mons*, pages 54, 88, 92 et 272. — F. HACHEZ, *Notes historiques sur l'industrie du Hainaut*, pages 23 et 26.
[3] F. HACHEZ, *Les fondations charitables de Mons*, p. 189.

La halle des pelletiers avait été reconstruite au milieu du XVIe siècle ; elle devint une habitation particulière connue sous la dénomination de maison de la *Crosse*. Elle appartient aujourd'hui à M. Marcel Grenier, commissaire de l'arrondissement de Mons, qui l'occupe. C'est une belle construction, dont la façade, en pierres de taille, présente : au rez-de-chaussée, une porte cintrée, placée au centre du bâtiment, cantonnée de deux colonnes ioniques soutenant un fronton triangulaire, et six fenêtres, au premier étage, sep grandes fenêtres et autant de petites au second. Elle se termine par une corniche horizontale. Les meneaux en pierre des fenêtres ont disparu, sauf au second étage.

BOUCHERIES. — En 1489, les échevins firent construire, conformément à l'octroi qu'ils avaient reçu de l'empereur Maximilien, deux boucheries, l'une sur le Grand-Marché (Grand'Place) et l'autre dans la rue qui fait aboutir la rue de Notre-Dame (jadis rue Noble) à la Grand'Rue et qui a pris le nom de *rue de la Petite-Boucherie*.

La première de ces boucheries fut considérablement agrandie en 1589, ce qui lui fit donner la dénomination de Grande-Boucherie, par opposition à l'autre. La ville avait acheté à Philippe de Clerbois, l'hôtellerie du *Cerf*, qui en était voisine, le 6 novembre 1582 : une partie de cette propriété y fut annexée et l'on jeta les fondements d'un nouveau bâtiment, le 5 mars 1589[1].

La Grande-Boucherie, sans être un monument remarquable, avait quelque droit à être conservée. Elle avait été construite dans le style de la renaissance, en pierres d'Écaussines, et était surmontée d'une haute toiture Espagnole. Le rez-de-chaussée présentait trois portes cintrées, surmontées d'œils-de-bœuf. L'étage, après avoir servi

[1] VINCHANT, t. V, p. 327. — DE BOUSSU, p. 164. — *Résolutions du conseil de ville.*

de lieu de réunion aux membres de la confrérie des escrimeurs de Saint-Michel, fut converti, en 1759, en salle de spectacle. — Outre un parterre, un amphithéâtre et un paradis, ce théâtre se composait de vingt-sept loges pouvant contenir chacune six personnes, et dont dix se trouvaient au premier rang, onze au rang du milieu, et six au rang supérieur. Il avait été parfaitement conçu et exécuté [1].

Après avoir été abandonnée depuis 1825, la Grande-Boucherie fut démolie [2] en mars 1842, pour être remplacée par deux maisons de commerce, dont l'élévation démesurée fait disparate avec toutes celles de la Grand'Place.

Quant à la Petite-Boucherie, elle a été supprimée au commencement de ce siècle.

Le débit de la viande se fait aujourd'hui dans une nouvelle boucherie, construite d'après les plans de M. l'architecte Van Gierdegom, sur l'emplacement de la Halle au blé, et qui fut ouverte le 1 juin 1838. [3]

Mons a aussi maintenant un abattoir, dont la nécessité se faisait sentir depuis longtemps, et un marché couvert pour le débit du poisson.

ANCIENNES FONTAINES. — A la fin du XIVe siècle, le magistrat de Mons résolut d'orner le *Grand-Marché* de cette ville [4] d'une

[1] *Salle de spectacle de Mons. Manuel de l'amateur*, p. 2.

[2] On ne laissa debout qu'une porte d'issue (rue de la Clef), au-dessus de laquelle sont sculptées en pierre les armes de la ville. — M. Lacroix possède un beau dessin colorié de la façade de la Grande-Boucherie.

[3] La façade de cet édifice, à front de la rue de la Halle, offre au centre un avant-corps percé de deux fenêtres et d'une porte chargée de bossages, que surmonte un grand arc à jour encadrant la figure en bosse d'un bœuf ; les deux arrière-corps n'ont chacun qu'une porte en plein-cintre, surmontée d'une fenêtre carrée. Un bel encadrement dorique couronne le tout. Cette façade, qui a 26 mètres de largeur et 15 de hauteur, est construite en briques et en pierres. — SCHAYES, *Histoire de l'architecture en Belgique*, tome II, page 495.

[4] L'emplacement du Grand-Marché sert aujourd'hui au Marché aux Fruits.

fontaine. Le duc Albert, comte de Hainaut, lui en donna l'octroi, le 20 décembre 1386 [1]. On fit alors des études sur les cours d'eau de Casteau, de Saint-Denis-en-Brocqueroye et d'Harmignies. Les sources de Saint-Denis, village situé à 1 ½ l. N. E. de Mons, furent préférées pour leur qualité et leur abondance. Elles se trouvaient au-dessus de l'abbaye établie dans cette localité, sur la seigneurie de la Roquette, entre Casteau et Thieusies : la principale était la *fontaine Wastiaul*. Deux grands réservoirs en pierre y furent construits, et l'eau fut dirigée par des tuyaux [2] qui parcouraient les territoires de Saint-Denis et d'Obourg, les bois et les bruyères de Mons.

Cet ouvrage si remarquable fut commencé en 1394, et terminé cinq ans après. Toutefois, en 1400, les canaux exigèrent de nouveaux travaux. Les ouvriers causèrent alors certains dommages aux terres, aux vergers et au jardin de l'abbaye de Saint-Denis. L'abbé actionna de ce chef les échevins. Une sentence rendue, en 1407, par le grand bailli de Hainaut, condamna le monastère à

[1] *Octroi accordé par le duc Albert de Bavière pour la conduite des eaux à Mons.* — « Duc Aubert de Bavière, etc. A tous seigneurs, nobles, prélatz et justiciers ausquels cestes nostres présentes lettres s'adresseront, salut. Scavoir faisons qu'à la prière des échevins, jurez et conseil de nostre ville de Mons en Haynau, et pour l'amendement d'icelle, nous leur avons accordé et fait grasce d'avoir et faire venir une fontaine en nostre ditte ville, laquelle en icelle ne peut bonnement venir sans passer parmy les justices d'aucuns. Si mandons et commandons à tous et à toutes en cuy meltes et justices foüir et ouvrer conviendroit pour cause de la ditte fontaine, qu'à ce veulent consentir et gréer à faire, parmy le domaige récompensant, sans autre mandement avoir ne attendre de par nous : car ainsi le voulons par le tesmoing de ces lettres scelées de nostre scel, données à Mons, le xx jour de décembre l'an MCCCLXXXVI. » — Orig. aux archives communales de Mons.

[2] Ces tuyaux, au nombre de plus de 2,000, étaient en bois. Leur entretien nécessita dans la suite des dépenses nombreuses. Pour la seule année 1437, la ville paya l'énorme somme (pour ce temps) de 5,800 livres. Un maître charpentier était spécialement chargé de cet entretien.

supporter cette servitude, mais sous la condition que la ville lui paierait, à titre d'indemnité, une rente de 12 livres, dont le capital fut bientôt amorti.

Le 1 juin 1405, jour de l'inauguration de Guillaume IV, comte de Hainaut, on posa en présence de ce souverain, la première pierre du monument de la fontaine, qui fut élevé en peu d'années.

Depuis cette époque, une ordonnance du magistrat, souvent republiée, défendit de faire la lissive dans le bassin de la fontaine et d'en salir l'eau.

Divers quartiers de la ville eurent aussi dans la suite des fontaines. Les eaux furent conduites au Petit-Marché [1], au Marché au Poisson, près de l'hôpital de Saint-Nicolas et à d'autres endroits [2].

La fontaine du Grand-Marché, qui se trouvait en face de la Grande-Boucherie, se composait d'un énorme vase à six pans, soutenu par six colonnes, et à l'intérieur duquel se trouvaient sept autres colonnes, dont celle du centre était destinée à supporter la statue du Sauveur, et les douze autres les statues des Apôtres [3].

La fontaine du Petit-Marché n'était pas moins remarquable. Au milieu du bassin, s'élevait une belle statue en pierre représentant la Vierge. Elle était surmontée d'une toiture soutenue par huit piliers.

[1] Le Petit-Marché ou Marché aux Herbes ne figure pas sur le plan de Mons qui accompagne l'ouvrage de BLAEU : *Urbium totius Belgiis eu Germaniæ inferioris Tabulæ*, pars prior. Il fut pratiqué vers la fin du XVIe siècle : en 1583, le conseil de ville permit « aux héritiers marchissans au *Nouveau Marché*, de faire maisons mannables à front de ce marché. » La fontaine du Petit-Marché était donc d'une date peu reculée.

[2] DE BOUSSU, *Hist. de Mons*, p. 113.

[3] Ces statues ne furent jamais exécutées. Aux jours de grandes solennités, la fontaine était décorée avec luxe. Le 23 février 1600, jour de l'inauguration des archiducs Albert et Isabelle, elle fut couverte par une riche décoration représentant le *Jardinet du Hainaut*. Au sommet, se trouvaient les armoiries du comté, de la capitale et du duc de Croy, grand bailli de Hainaut ; plus bas, les bannières des abbayes, des pairies, des comtés, des baronnies et des villes du pays (clergé, noblesse et tiers-état), entourées de fleurs, qui étaient arrosées par les statues des archiducs.

Quant à celle du Marché au Poisson, elle avait aussi un aspect monumental. C'était une colonne rehaussée de la statuette de Saint Pierre, patron des poissonniers.

Ces fontaines ne donnèrent plus leurs eaux à la ville, à la fin du XVIIe siècle, à cause du mauvais état des canaux [1]. Après plusieurs restaurations, celle du Grand-Marché fut démolie, par résolution du conseil de ville, du 2 juillet 1675, et l'on proposa de la remplacer par un puits, ce qui n'eut jamais lieu. On conserva comme monument celle du Petit-Marché; mais elle subit le même sort que son aînée, vers 1799.

La fontaine du Marché au Poisson fut remplacée, en 1724, par le puits qui décore actuellement cette place, devenue le Marché à la Volaille. Ce beau puits se compose d'un pilier en pierre de taille, de forme triangulaire, sur lequel sont sculptées des cristallisations. Il était surmonté de la statuette de Saint Pierre; mais, vers 1825, on a substitué à ce dernier débri de nos anciennes fontaines, un vase qui ne correspond en aucune façon avec l'architecture gracieuse de ce petit monument.

Un autre puits public de Mons, celui de la Place du Chapitre (de Sainte-Waudru), datant de 1779, [2] mérite d'être mentionné. — Celui qu'il remplaça pour cause de vétusté, avait été construit de 1532 à 1535. Il était formé de quatre piliers auxquels se trouvaient adossées des figures d'animaux, savoir : un lion, un griffon, une licorne, un aigle; et une bannière aux armes du chapitre noble (d'or à trois chevrons de sable) le surmontait. Pierre Seuwart, peintre, en avait donné le plan [3].

[1] Les échevins furent condamnés, vers 1650, à fournir de l'eau potable à la ville. Dès cette époque, ils firent creuser de nouveaux puits dans les quartiers les plus populeux.

[2] Cette date est gravée sur la corniche de ce puits, et elle résulte, en outre, de la décision prise par les dames du chapitre, dans leur séance du 17 février 1779.

[3] La résolution capitulaire, en date du 24 février 1532 (n. st.), touchant la construction

Nous citerons pour mémoire seulement : le Rouge-Puits, situé au carrefour des rues de la Chaussée et de la Coupe, construction massive et qui ne fait pas plus honneur à la ville que les lourds pavillons placés à l'entrée du parc, et que les porches latéraux de l'église de Sainte-Waudru, qui sont tous d'une même époque (antérieurement à 1830).

Il n'existe aucun dessin des anciennes fontaines de Mons. Nous n'avons pu faire leur description que d'après des documents authentiques et des souvenirs traditionnels[1].

de ce puits monumental, est ainsi conçue : « Fu lors conclud de faire une nouvelle clôture de pierre d'Escaussines au puich de l'église Saincte-Waldru, et y faire ferrailles pardessus et une bannière pour y paindre les armes de la dite dame. »

Voici comment sont renseignées dans les comptes généraux rendus au chapitre, pour les années 1532-1533, 1534-1535, les sommes payées pour la construction de ce puits.

1532-1533.

« A Pierre Seuwart, paintre, pour avoir fait de rechief ung nouveau patron de l'érigement d'une nouvelle clôture de pierre d'Escaussines pour le puich de l'église, en ebvrier xxxij, payet : xxx s. »

» A Anthoine Caignet, marchand de pierres demorant à Escaussines, pour livrance des pierres pour faire un rond, les degrez, pillers et la couronne dessus, au puich estant emprès l'église, selon la forme d'ung patron à lui bailliet; etc. »

1534-1535.

« A Pierre Seuwart, paintre, pour quatre patrons, en pappier, de ung lion, ung griffon, une licorne et un aigle pour le puich de l'église : xl s. »

« A Pierre Seuwart, paintre, pour avoir doret et estoffet les armes et banières estans oudit puich : x l. »

[1] 60 pompes publiques fournissent aujourd'hui l'eau à la ville, mais d'une manière qui laisse siugulièrement à désirer. On réclame ici depuis longtemps un système économique et efficace de distribution d'eau, dans le genre de ce qui a été fait à Bruxelles. Il n'y a, pour y parvenir, qu'à jeter les yeux sur les sources dont le magistrat de Mons a tiré un parti si remarquable, au XIVe siècle. L'eau y abonde toujours. Sur leur territoire sont des étangs qui ne tarissent jamais. Là se trouve encore la *Fontaine de Sainte-Waudru*, qui a été rendue célèbre par un prodige dont nos anciens annalistes ont conservé la relation et qu'ils font remonter à l'année 1011.

NOTICE HISTORIQUE

SUR LE CHAPITRE COLLÉGIAL

DE

SAINTE-DYMPNE,

A GHEEL.

—

(*Suite, voir tome XV, 1e livraison, page* 5.)

Reliquiis sanctæ Dympnæ clara ecclesia magnifica et ampla, in qua Joannes Merodius baro collegium vicariale, ad peragendum rem divinam fundavit, probante litteris anni 1536 (1537) Paulo III pontifice, quod, authoritatem faciente anno 1562 Maximiliano a Bergis, Cameracensi episcopo, Henricus, successor in baronatu, mutavit in capitulum canonicale

J. B. GRAMAYE. *Antverpia*. 55.

1661-1674. GASPAR CLAES, X DOYEN. — Né à Gheel, il avait été reçu chanoine en 1651, et fut élu doyen en remplacement de Pierre Vercuylen. Le 25 novembre 1661, il reçut ses pouvoirs spirituels de Josse Houbraken, vicaire-général de l'évêché de Bois-le-Duc :

Judocus Hoebraken, presbiter, S. T. L., ecclesiæ cathedralis Antverpiensis canonicus, et episcopatus Sylvæducensis vacantis vicarius generalis, venerabili et nobis in Christo dilecto Gaspari Claes, presbitero, canonico et decano ecclesiæ Sanctæ Dympnæ, diocesis Sylvæducensis, salutem in Domino. Cum a nobis, prævia legitima præsentatione, institutus sis in decanatum ecclesiæ collegiatæ Sanctæ Dympnæ, hinc nos, conscientiam nostram exonerantes et tuam onerantes, damus tibi, præsentiarum tenore, curam ac regimen animarum omnium canonicorum aliorumque suppositorum capituli Sanctæ Dympnæ, et audiendi eorum aliorumque confessiones, eosque mediante salutari pœnitentia absolvendi, etiam a casibus episcopo reservatis, exorcisandi energumenos et maleficiatos juxta præscriptum ritualis romani et archiepiscopatus mechliniensis, cum potestate alium idoneum sacerdotem substituendi, ac benedicendi vestes sacerdotales et ornamenta ad sacrificium missæ spectantia, ubi non intervenit unctio, denique administrationem pauperum, qualem in ecclesia vestra prædecessor vester dominus Vercuylen habuit, tibi committimus, serio adhortantes et monentes ut sæpius recogites tibi de omnibus prædictis exactissimam in districti examinis judicio domino Deo omnipotenti reddendam rationem.

Datum Antverpiæ, die 25 novembris anno domini 1661.

J. Houbraken. [1]

Cette même année, le chapitre eut un procès à soutenir contre le curé et le vicaire de l'église paroissiale de Saint-Amand, par rapport à l'enterrement des pélerins de Sainte-Dympne. La sentence définitive fut prononcée en 1664 en faveur du curé et du vicaire de Saint-Amand.

L'an 1663, la supérieure de l'hôpital fit murer la porte par laquelle la procession de Sainte-Dympne passait à certaines fêtes de l'année. Le chapitre protesta contre cette innovation, par acte du 9 avril :

Alsoo die eerweerde moeder van het gasthuys van Geel haer heeft vervoordert by groote nieuwicheyt, ende by maniere van feyt heeft beginnen of tracht toe te metsen die oude poort van immemoriaelen tyde geweest ende gestaen suytwaert aen tvoorseyt gasthuys, daer toe ende door, van alle oude tyden, van Sinte Dimpna kercke die processie mette heylige reliquien van Sinte Dimpna op eenige daegen van het jaer placht inne te comen in het gasthuys voorschreven; ende dat alsoo tselve toemetsen is strydend tot beletsel van den omganck van de processie, soo protesteren die heeren deken ende canoniken ende kerckmeesters van Sinte Dimpna by ende midts desen tegens die voorseyde eerweerde moeder van onbehoire turbatie van possessie oft quasi, ende van costen, schaeden, ende intresten, om die voorseyde oude poorte te doen redintegreren, oft anderssints soo hunnen raedt sal gedraegen daer tegens te doen, nemende hiervan acte, ende versueckende hier

[1] *Archives de l'église cathédrale d'Anvers.*

van insinuatie gedaen te worden aen de voorseyde eerweerde moeder. Actum hac 9 aprilis 1663.

Die, mense et anno quo supra, ende ter presentien van de ondergeschreven getuygen, hebbe ick, ondergeschreven notaris, ten versoecke ende instantie van den voorschreven heere deken, canoniken ende kerckmeesters van Sinte Dimpna voorschreven, my by d'eerweerde moeder des gasthuyse deser vryheyt Gele getransporteert, ende aen deselve den inhouden deser proteste, in de presentie van de ondergeschreven getuygen geinsinueert; dewelcke voor antwoorde gaf niet anders als seggende : het is wel; versoeckende mede copye van desen proteste. Aldus gedaen die, mense et anno quo supra, ter presentien van Dilis Stalknechts ende Gerebernus Goos, als getuigen, die dese, beneffens my notaris, hebben onderteekent.

DILIS STALKNECHTS. GEREBERNUS GOOS. MAXIMILIA. LIBARTS, *nots adm.* [1].

Nonobstant cette protestation et un procès qui en fut la suite, la porte fut murée; mais par contre la procession ne se rendit plus à l'hôpital selon l'ancien usage.

Matthieu Bertels, par acte du 15 février 1670, donna une rente annuelle de huit florins à l'église de Sainte-Dympne à charge de chanter la strophe : *O salutaris hostia*, pendant la grand' messe, à l'Elévation.

Par son testament du 9 août 1601, Jean de Merode avait donné au chapitre le droit laïcal de patronage et la collation de la cure de l'église paroissiale de Saint-Amand [2] : le chapitre, par acte capitulaire du 17 avril 1670, retrocéda ce droit à Maximilien, baron de Merode et de Petersheim, marquis de Westerloo, comte d'Oolen et de Batenbourg :

Allen ende een igelycken die dese onse openbare brieven van retrocessie sullen sien, ofte hooren lesen, saluyt. Alsoo wylen den hooghgeboren ende mogenden heere Jean van Merode, vry baenderheer t zo Merode, Peeterssem, graeve van

[1] *Archives de l'église Sainte-Dympne.*

[2] Voyez ci-devant, p. 192.

Oolen, etc. by synen vuytersten wille van 9 augusti 1601, gepasseert voor pastoor, schepenen, ende secretaris van Peeterssem, heeft ten behoeve van ons ondergeschreven Heeren, deken ende canonincken der collegiale kercke van sinte Dympna binnen de vryheyt van Geel gemaeckt ende gelaeten met beswaerelycke titule het recht laicael van patronaetschap ende collatie van de pastorye in de kercke van sint Amand, in de voorseyde vryheyt van Geel, met den aencleve van dyen, soo hebben wy ondergeschreven, collegialiter vergadert synde, om redenen ons moverende, verclaert dat wy by rype deliberatie, by ende mits desen, syn retrocerende ende wederomgevende sulcke als wy retrocederen ende wedergeven by desen aen den seer dorluchtighen, hoogh ende wel geborene heere, mynheer Maximilianus van Merode, marquis van Westerloo, graeve van Oolen ende Batenbourch, vryhaenderheer van Merode, baron van Peeterssem, etc. allen het selven recht laicael van patronaetschap ende collatie, als boven, met allen den aencleve van dyen: verclaerende daeraen geen recht ofte actie meer te houdene noch te pretenderen, dan daervan absolutelyck ende onwederoepelyck te renuntieren met die beswaerenisse ende last annex, blyvende alsoo ende gelyck al oft ons noynt dat recht met dien titule en waere vergunt nochte gemaeckt, ende stellende daerover den voorseyden seer dorluchtighen ende welgeborene heere, marquis van Westerloo, als eygenaer, met procuratie tamquam in rem suam, met desselfs advoy ende acceptatie. Promittentis etc. obligantes etc. renunciantes etc. Ende in teecken der waerheyt hebben dese met onse handen onderteeckent, ende by onsen notaris ende secretaris laeten subsigneren ende met onsen capitel segel doen besegelen. Actum in Geel, desen 17 april 1670.

Gaspar Claes, *decanus*. Joannes Godtussen,
Judocus Coene, M. Loovens, W. Buyens,
G. Verschueren. Walt. Ooms.

P. Wynants van Rosan.

L. S. Thom. van Bylen.
Nots. et secretaris capituli [1].

La maison du chapitre, située rue du Chapon, appartenant à la chapellenie de Notre-Dame-de-Pitié, brûla fortuitement, la nuit du 27 au 28 juin 1670 : elle fut rebâtie, du consentement du vicaire-général Houbraken, avec le capital de la fondation de Marie Verwimp.

[1] *Archives de l'église de Sainte Dymphne.*

Le doyen Gaspar Claes mourut le 10 février 1674, après avoir légué au chapitre une somme de cent florins pour la fondation de son anniversaire.

1674-1683. WAUTIER OOMS, XI DOYEN. — Fils de Mathias Ooms, il naquit à Moll le 19 novembre 1627. Il était bachelier formé en théologie, et fut ordonné prêtre à Gand, par l'évèque Antoine Triest, le 30 mars 1652, et reçut sa juridiction spirituelle de Henri van den Leemputte, vicaire-général de Bois-le-Duc, le 24 juillet suivant :

Henricus van den Leemputte, episcopatus Buscoducensis vicarius generalis in spiritualibus, sede vacante, venerabili et in Christo nobis dilecto domino et magistro Waltero Ooms, Mollensi, presbytero diœcesis Buscoducensis, et S. T. B. F., salutem in eodem domino Jesu Christo. De tuis doctrina, integritate et discretione informati, tibi, ut in diœcesi Buscoducensi prædicta verbum Dei populi prædicare, et catechiszare, atque christifidelium tibi confiteri volentium confessiones audire, eosque a peccatis et censuris etiam a casibus episcopo Buscoducensi de jure aut consuetudine reservatis absolvere, injuncta tamen prius salutari pænitentia, et in foro conscientiæ duntaxat, et de expresso consensu ordinariorum seu pastorum loci, possis et valeas, per præsentes licentiam et authoritatem concedimus. Hisce usque ad beneplacitum sedis episcopalis Buscoducensis tantummodo duraturis. Datum Buscoducis, anno a nativitate Christi domini, 1652, mensis julii die 24, sub manu, nomine et sigillo propriis.

L. † S. HENRICUS VAN DEN LEEMPUTTE, *qui supra* [1].

Wautier Ooms fut reçu chanoine en 1662, et élu doyen en 1674. Le 15 juin de la même année, le vicaire apostolique, Josse Houbraken, ordonna de convertir le tiers des revenus des prébendes du chapitre en distributions quotidiennes :

Judocus Houbraken, episcopatus buscoducensis vicarius apostolicus, venerabilibus dominis decano et capitulo ecclesiæ collegiatæ sanctæ Dympnæ in municipio gelensi,

[1] *Archives de l'église Sainte Dymphne.*

nostræ diœcesis, salutem in Domino sempiternam. Cum, sicut accepimus, in ecclesia vestra quotidianæ distributiones adeo sint tenues ut a quibusdam frequenter cum cultus divini detrimento et officii ecclesiastici in decentia negligantur. Nos, tamquam sedis apostolicæ delegati, juxta facultatem a concilio tridentino sess. 21. cap. 3. nobis attributam, ea in re providere volentes, tertiam partem fructuum præbendarum vestrarum in distributiones quotidianas converti præcipimus, et in virtute sanctæ obedientiæ, quam sanctæ sedi debetis mandamus, ut illæ inter divinus interessentes proportionabiliter dividantur. Datum Antverpiæ die 15 juny 1674.

J. HOUBRAKEN. [1]

Le 14 juillet 1676, Isabelle-Françoise-Marguerite, marquise de Westerloo, visita l'église de Sainte-Dymphne; et l'année suivante, elle y revint avec son second mari, Joachim-Ernest, duc de Holstein, chevalier de la Toison-d'or, qu'elle avait épousé le 21 janvier.

Michel Schuermans donna, en 1681, une rente annuelle de 4 florins 10 sols, pour la fondation de neuf messes, dont trois au jour des Fidèles trépassés, et six aux trois grandes fêtes de l'année.

Le doyen Wautier Ooms mourut le 28 mars 1683, après avoir laissé cinquante florins pour son anniversaire.

1683-1691. RÉMI VAN LANGENDONCK, XII DOYEN. — Né à Haecht, il fut reçu chanoine en 1675, et élu doyen le 8 avril 1683:

In nomine sanctæ et individuæ Trinitatis, Patris et Filii ei Spiritus Sancti. Amen. Noverint singuli et universi, præsens publicum instrumentum inspecturi, quod, cum hoc præsenti anno, die 28 mensis martii, ecclesia collegiata Sanctæ Dymphnæ, municipii Gelensis, decani solatio destituta foret, careret ac vacaret, per obitum, piæ memoriæ, venerandi domini Walteri Ooms, dictæ collegiatæ ecclesiæ (dum in humanis viveret) veri et ultimi decani, venerabiles et circumspecti viri et domini canonici dictæ ecclesiæ simul congregati in capitulo, nominatim D. Judocus Coene, D. Paulus Wynants de Rosau, D. Ferdinandus Philippus Galdon, D. Remigius Van Langhendonck, D. Henricus Oyen, D. Andreas Everaerts, D. Joannes Raeymaeckers, et D. Ludovicus Rosa, dictæ ecclesiæ veri canonici,

[1] *Archives de l'église Sainte Dymphne.*

extunc in presentia spectabilis viri ac domini Henrici Vermeeren, Secretarii de Westerloo, etc., tanquam commissarii deputati ex parte serenissimarum celsitudinum Joachimi Ernesti, ducis Holsatiæ, etc., et Isabella, natæ comitissæ de Merode, marchionissæ de Westerloo, ducissæ Holsatiæ, etc., conjugum, tamquam patronorum laicalium præfatæ ecclesiæ collegiatæ Sanctæ Dympnæ, prout per exhibitionem eorumdem commissionis et mandati specialis omnibus profatis canonicis evidenter patuit, de data 1 aprilis 1683, subsignati per eumdem D. Joachimum Ernestum et dictam Isabellam duchesse de Holstein, marquise de Westerloo, et communiti eorumdem secreto et parvo sigillo; et desuper missa de Sancto Spiritu celebrata et oratione devota præmissa, convenerunt quatenus ad electionem novi decani procederetur, committentes ad singulorum vota per scripturam excipienda præfatum dominum commissarium et notarium Willems ad hoc requisitum et infrascriptum, qui exceptis dictis votis et iisdem recollectis retulerunt et pronuntiarunt dictis canonicis majorem partem votorum consonare et consentire in venerabilem et circumspectum virum et confratrem eorumdem, dominum Remigium Van Langhendonck. Quæ quidem relatio et pronuntiatio grata et accepta fuit, et dictum dominum Van Langhendonck eligebant, et electum approbarunt in decanum sui capituli et ecclesiæ; et ostenso eisdem dominis decreto suæ electionis hujusmodi ratam habuerunt et gratam, prout et ejusdem domini Remigii electionem, nomine generosorum dominorum mandantium, vigore suæ commissionis speciales. laudavit et approbavit dominus Vermeeren et eumdem electum, laudatum et approbatum, admisit et suscepit præsentandum reverendissimo et amplissimo domino vicario Buscoducensi, ut in præfatum decanatum, cum omnibus juribus, emolumentis et pertinentiis eidem annexis, canonice et legitime instituatur, sive per se, sive per commissarium ab eodem reverendo ad modum ac amplissimo domino vicario deputandum. De quibus omnibus et singulis prædicti domini eligentes, necnon prædictus dominus commissarius dictorum patronorum laicalium petierunt fieri unum vel plura instrumenta. Acta hæc fuerunt 8 aprilis anno 1683, præsentibus omnibus canonicis præfatis, et sub sigilio ipsius capituli. HENRI VERMEEREN. *Secret.*

Ita testor

L+S. WILLEMS, *Nots* [1]

Les administrateurs communaux et les habitants de Gheel adressèrent, le 13 novembre 1683, une requête au conseil de Brabant, afin d'obtenir deux vicaires pour la paroisse, qui seraient entretenus aux frais des grands décimateurs. Le conseil de Brabant

[1] *Archives de la cathédrale d'Anvers.*

fit comparaître, le 26 novembre, l'évêque d'Anvers, l'abbesse de Roosendael, le curé de Gheel et le chapitre de Sainte Dympne, devant ses commissaires pour entendre les conclusions des impétrants. Après plusieurs débats, le conseil de Brabant, par sa sentence provisionnelle du 14 mars 1684, ordonna que deux vicaires seraient placés à Gheel, et que chacun devrait recevoir cent patacons pour ses honoraires fixes, que l'un était à la charge du curé de Gheel, et l'autre à celle des trois décimateurs restants :

Cum in senatu regio in Brabantiæ ducatu, per supplicam pro parte rectorum et communitatis municipii Gelensis, die 13 novembris 1683, expositum fuerit, in dicto municipio reperiri circiter 3000 communicantium, habitantium tam in dicto municipio, quam in decem appendicibus, quarum aliquæ sesquihora, aliæ quinque quadrantibus, aliæ una hora ab ecclesia parochiali dissitæ essent, aliæ nonnihil viciniores eidem ecclesiæ; quarum nonnullæ tanto sunt considerationis, ut integris pagis et parochiis æquiparari valeant, ita ut decimæ sub prædicta parochia in tantum excrescant, ut jam aliquibus annis mille modiis siliginis elocatæ sint ad utilitatem variorum decimatorum ecclesiasticorum; quibus non obstantibus, necdum præfatæ communitati provisum erat de numero competenti personarum ecclesiasticarum necessario ad præstanda consueta ecclesiastica officia; utpote qui in unico pastore et unico sacellano seu vicepastore consistat; cujus sacellani auxilio jam etiam a bimestri frustrati fuerunt : unde factum ut juvenes uti et senes privarentur necessaria ad salutem instructione, imo sæpe morerentur absque assistentia et solatio sacerdotum ex eorumdem insufficientia; nec totius communitatis confessiones precipuis festis excipi possent : quæ tandem in pejus ruerent, nisi supplicantes resolvissent desuper ad hunc prædictum senatum querelas deferre ; quapropter se ad eumdem convertebant, humillime petentes citatoriales coram commissariis ad onus pastoris et aliorum ecclesiasticorum decimatorum, ut, coram iisdem partibus summarie auditis, indilate et per provisionem designetur numerus idoneorum vicepastorum, qui possent præstare consueta et necessaria munia pastoralia una cum pastore, juxta sanctum Tridentinum concilium, et statuta episcopatus Buscoducensis, cui subsunt.

Qua supplica visa et examinata in præfato senatu, supplicantibus concessæ et expedite fuerant prædictæ citatoriales, vi quarum apparitor Thomas citaverat reverendum dominum episcopum Antverpiensem, uti et apparitor Jacobus Hullet etiam citaverat dominam abbatissam et conventuales monasterii de Roosendael, denique Petrus Herman, prætor in Gele, accepta auctorisatione, citaverat dominum Melchiorem

Van den Weyer pastorem, et dominum decanum et capitulares ecclesiæ collegitæ Sanctæ Dymphnæ ibidem, ad comparendum 26 præfati mensis novembris, coram domino Van den Dicke, consiliario, et secretario Loyens, tamquam commissariis inter partes deputatis, ad audiendam conclusionem a supplicantibus prædictis, et dictarum citatorialium impetrantibus tunc proponendam. Quando dicti impetrantes comparuerunt per procuratorem suum Charliers, et citati per suos respective procuratores Goubat, Mayolet et Van den Neuckere.

Dicebatque impetrantium procurator, in verbali tunc habito, ultra id quod in præfatis litteris allegabatur, adhuc considerandum esse, præfati municipii Gelensis parochiam extendi ad duo milliaria cum dimidio in diametro; esseque varias domos ex opposito etiam tantumdem dissitas, quarum incolæ sæpe eodem tempore decumberent, et spirituali egerent animæ medecina, ideoque impossibile esse eisdem infirmis sacramenta ministrari, eos visitari, solari et adversus diaboli tentationes adjuvari, nisi per competentem numerum eccclesiasticorum; præfatum vero pastorem super eo admonitum agnovisse se in iis providere non posse, absque certo vice pastorum numero, cum uno impedito in officio ecclesiastico, altero in administrandis infirmis, ad huc alii necessarii sint ad invisendos ægros, et obeunda reliqua onera pastoralia. Hinc concludebant impetrantes, ut singuli citatorum in solidum, vel ad minus omnes conjunctim comdemnarentur, ut supplicantibus provideant, aut provideri sinant, de tribus ad minus capellanis seu vicepastoribus, aut saltem eo capellanorum numero, qui judicio hujus senatus sufficiant et capaces sint una cum pastore ordinario parochiæ servire et functionibus pastoralibus satisfacere, tam in excipiendis confessionibus, catechisationibus, administrandis Sacramentis, quam visitandis, assistendis et consolandis infirmis : idque cum mandato, ut per citatos unicuique capellanorum annue assignetur et detur necessaria ipsorum competentia, ad ratam trecentorum florenorum annue, vel aliam quamcumque vel majorem suam (ultra accidentia) prout senatus pro causæ circumstantiis arbitrabitur; et in casu ulterioris litis saltem per provisionem, eo quod causa delationem haud patiatur ob periculum in mora; permittentes interim ipsis citatis, ut, via amicabili vel juris, inter se dispiciant et conveniant quo ordine et pro qua parte quilibet ipsorum in dictam competentiam concurrere debeat : concludendo cum expensis; super omnibus petentes jus dici, sive conjunctum sive divisum, prout senatus secundum justitiam æquum judicabit.

Quibus predicti duo primi citati, nimirum episcopus antverpiensis et abbatissa de Roosendael, et quartus, scilicet capitulum sanctæ Dympnæ, respondentes, ita concluserunt, ut impetrantes, in quantum contra ipsos requisierant et concluserant in hac sua requisitione et conclusione, saltem in modo et forma declararentur non fundati et non receptibiles cum expensis; eo quod jam a quadraginta annis communitas Gelensis parum sit immunita vel aucta, quæ numquam fuerit conquesta de defectu officiorum divinorum apud vicarum generalem Buscoducensem, cui privative competeret illi defectui providere, juxta synodum et edicta quæ hanc materiam spectant; neque etiam tertius citatus rector sive pastor ordinarius Gelensis umquam fuisset conquestus; cujus predecessor laudabiliter functionibus pastoralibus satisfecerat, cum eo adjutorio capellanorum seu vicepastorum, quod sibi necessarium judicabat : quo non obstante adhuc notabiliter patrimonium suum auxerat: quemadmodum dictus tertius citatus pastor Gelensis etiam similes capellanos sive vicepastores assumpserat et dimiserat, prout judicabat necessarium pro munere suo pastorali obeundo; cui sustinendo non parum ipsi subserviebant (licet citra ullam obligationem) domini quarto loco citati; quorum quatuor actualiter confessiones excipiunt. Insuper, quod ex supplica et ratiocinio verbali impetrantium sua sponte proflueret, ipsos nullam actionem habere contra primo, secundo, tertio respective locis citatos, quæ actionis exclusio singulariter locum habere respectu duorum priorum citatorum; eo quod nullas decimas ecclesiasticas levent in parochia Gelensi : et quod tertio loco citatus tantum solus haberet, quam quatuor ex quarto loco citatis, id est, canonicis Sanctæ Dymphnæ; ac insuper ejus accidentia quotidiana ad majorem summam annuæ ascenderent, quam annui proventus unius canonici.

Concluserat quoque tertius citatus, pastor Gelensis, in suo scripto *Ad omnes fines*, ad hoc, ut impetrantes declarentur non fundati, nec receptibiles cum expensis, prout contra ipsum concluserant 26 novembris; hac inter reliquas ratione, quod impetrantes debuissent adire viearium generalem Buscoducensem, utpote cui privative competit de eorum querelis dispicere et providere, quod ut adhuc faciant, liberum permittit impetrantibus, quemadmodum et agere adversus reliquos decimatores citatos. Insuper dicebat quod tertia pars decimarum, quæ cum capitulo Sanctæ Dymphnæ dividebat, sibi competeret titulo oneroso et pastoratus, cujus annui proventus, uno anno respective cum altero collato, deductis deducendis vix ascenderent ad trecentos patacones; quodque se semper valde laudabiliter exhibuerit in functionibus pastoralibus, in catechisando, concionando, confessiones excipiendo, assistendo et administrando infirmis, et omnibus suis subditis, quibus tantum poterat satisfacere, totaliter seipsum impendendo. Quod si quandoque ipse et prædecessores sui assumpserint in commodum suum vicepastores aliquot, suoque sumpta aluerint, id ab iis absque ulla vel minima obligatione factum esse. Fateri quidem se, si permanentes aliqui vicepastores existerent, communitatem melius curandam, solandam et juvandam esse, quam modo defectu permanentium coadjutorum; en quemquam plane confidat se ad petitionem impetrantium nullatenus retineri, ut tamen ostendat inclinationem suam ad quietem et bonam cum ipsis, uti pastor eorum, correspondentiam, si eo adducere possint alios citatos ut aliqui permanentes vicepastores procurarentur, se lubenter pro nona parte contributurum ad id quod pro competentia eorum aut via amicabilis aut juris decerneretur; modo vice versa impetrantes eum ab omnibus oneribus publicis, pro nona sua parte, quam in dictis decimis possidet, eximant.

Quas rationes aliasque per citatos allatas ipsi impetrantes in suo verbali rejecerant ut abusivas, frivolas et impertinentes; adeoque perstiterant simpliciter loco replicæ, petentes ut citati similiter persisterent loco duplicæ; atque partibus hinc inde injungeretur scribere per advertissementum, ut aiunt : quo injucto, utrimque ita scriptum fuit, et conclusum in causa.

Postque duo primi citati, scilicet episcopus Antverpiensis et abbatissa de Roosendael, 11 februarii 1684, per libellum civilem, dixerant quod etiamsi non sine causa considerent clare se demonstrasse, quod impetrantes perperam et injuste ad onus eorum conclusissent, sibi tamen ad majorem causæ elucidationem visum fuisse exponere, quod quarto loco citati, nimirum canonici Sanctæ Dymphnæ, sint pastore primitivi Gelæ, quod tertio citato pastore Gelensi taliter sit provisum de competentia et canonica portione, ut annue summam 2,000 florenorum reciperet : quod ulterius in dicto municipio essent varia beneficia simplicia, uti et personatus aliquis magni proventus. Sed duos primos citatos levare decimas in dicta parochia, quemlibet pro tertia parte, alia tertia manente penas pastores primitivas, videlicet quarto loco citatos, quique in ea qualitate, ex prædicta sua tertia, pro congrua seu canonica portione et competentia, tertiam partem assignarunt tertio citato pastori Gelensi, quam et recipit ultra decimas novales, quæ magnæ ibidem sunt considerationis. Quibus jungebant, decimas suas se non solum e manu laica accepisse, verum etiam titulo oneroso anniversariorum et aliorum onerum possidere : specialiter secundo loco citatæ, quæ initio suæ fundationis pro primis suis bonis dictam tertiam decimarum acceperant a domino Ægidio Berthout, idque in dotem duarum suarum filiarum in præfato monasterio profitentium, quarum una prima ejusdem abbatissa extitit. Petebant igitur ut hæc omnia per libellum civilem præcedentibus jungere liceret : super quibus senatus mandaverat, ut portionem suam coram commissariis exponerent, partibus ad id citatis. In cujus conformitatem verbali habito, 26 prædicti mensis, repeti curarunt tenorem ejusdem libelli civilis; concludentes ad ejusdem admissionem cum expensis; exhibentes copias procuratori impetrantium una cum duobus annexis. Qui illi respondens concludebat ad ejusdem rejectionem cum expensis et pæna; contentus nihilominus ut liti jungeretur, salva impetrantibus facultate respondendi eidem libello. Quo responso exhibito dictum fuit a commissariis, ut omnia actis litis jungerentur; atque ita rursus in causa utrimque conclusum fuit, petitumque jus dici.

Itaque visis et examinatis in præfato Brabantiæ senatu præfatis citatorialibus, ibidem ab impetrantibus obtentis 26 novembris præterita, una cum verbali in eorumdem conformitatem coram commissariis habito, continente tres conclusionis a patribus hinc inde sumptas; visis etiam respective scriptis advertissementi, ut vocant, utrimque traditis, uti et libello civili duorum primorum citatorum oblatorum 11 februarii præteriti, una cum rationibus impertinentiæ ab impetrantibus oppositis; omnibus attentis, domini præfatum Brabantiæ senatum constituentes, jungentes liti libellum civilem 11 februarii, una cum rationibus impertinentiæ illi oppositis, declarant citatos teneri et obligatos esse curare, ut intra quatuordecim dies impetrantibus provideatur de duobus vicepastoribus, qui una cum tertio loco citato communitati ministrent et assistant in omnibus functionibus pastoralibus, uti decet; et in eum finem persolvere cuilibet illorum ultra accidentia annue centum patacones pro competentia; quorum unus erit ad onus tertio loco citati solius, alius ad onus primo, secundo et quarto loco citatorum ad ratam portionem, quam in decimis præfecti municipii Gelensis possiderit; idque per provisionem, donec et quousque aliter per senatum ordinabitur, quibus mediantibus impetrantes absolvuntur ab instantia : manentibus eo non obstante præfatis citatis in integro quo ad præfatam competentiam ejusque ratam, tam inter se quam adversus quoscumque alios, ut expedire eis videbitur : expensas ob rationes compensantes, excepto quod judicatum remanebit ad onus præfatorum citatorum.

Ita actum et pronuntiatum, Bruxellis, 14 martii 1684.

Signatum GOUBAU [1].

Le doyen Remi van Langendonck mourut le 3 novembre 1691.

1692-1697. CORNEILLE VERSCHUEREN, XIII DOYEN. — En 1680, Corneille Verschueren avait été proclamé premier de philosophie à la célèbre université de Louvain, parmi cent-seize concurrents. Il avait été ensuite nommé professeur de théologie au séminaire de Gand, ayant pris le degré de licencié en cette-science. Il fut enfin élu chanoine et doyen du chapitre de Sainte-Dymphne, en 1692, en remplacement de Remi Van Langendonck. Cette élection fut approuvée par la duchesse de Holstein, patronne laïcale du chapitre; mais elle fut refusée par l'administrateur du diocèse de Bois-le-Duc, Staeyaert, qui soupçonna Verschueren comme

[1] VAN ESPEN. *Jus ecclesiasticum universum*. II. 808.

attaché au jansénisme [1]. Un assez long procès en suivit devant la cour spirituelle de Malines, qui se prononça en faveur de Verschueren.

L'an 1696, le chapitre eut de grandes difficultés avec les marguilliers de l'église pour la garde des clefs des cabinets où l'on conservait les reliques et les archives. Les chanoines, firent examiner notariellement quelques anciens marguilliers pour savoir ce qui avait été observé à cet égard antérieurement :

Op heden desen 5 maij 1696, compareerden voor my onderschreven openbaren notaris ende getuyghen naergenoempt, Jan Van den Wyer, ouden kerckmeester van Sinte Dymphe alhier tot Gheel, oudt ontrent seventich jaeren, denwelcken, ten versuecke van seer eerweerden heere Cornelius Verschueren, deken van den capittele van Sinte Dympne, in den naeme van het selve capittel, verclaerde waerachtich te wesen ende hem comparant kennelyck, dat hy vyff jaeren is onderkerckmeester geweest van de kercke van Sinte Dympna, ende ontrent seven vierendeel jaers opperkerckmeester, ende dat hy geduerende syn ampt, by syne wethe, noynt in syn huys heeft medegedraghen den sleutel van de ierste deure door dewelcke men gaet totte archiven van t' capittel achter Sinte Dingenen aultaer; dan, datten voorseyden comparant wel weet dat den voorseyden sleutel in synen tyt gesloten wierde in een casse, daer die peys in bewaert wort, van welcke casse beyde de kerckmeesters eenen sleutel hadden, ende oyck den ceuster eenen, opdat desen dagelyckx soude konnen haelen wyn ende smout vuytten kelder, die hy in de kerck noodich hadde. Ende want redelyck is der waerheyt getuygenisse te geven, besonder des aensocht synde, soo geloeffde der voorseyden comparant dit voorseyt verclaeren altyt te sullen houden staen, ende lieffelyck onder eede te sullen vernieuwen toties quoties voor alle heeren en de gerechten, consenteerende hiervan acte om die voorseyde capitularissen te dienen daer ende alsoo etc. Actum, ter presentie Van Wouter Vanden Wyer, ende Michiel Aerts, als getuyghen hiertoe versocht, ende my notaris dese stipulerende.

Jan Vanden Wyer, Wouter Vanden Wyer, Michiel Aerts.

Quod attestor

J. Willems, nots.

[1] Coppens. *Geschiedenis van het bisdom van 'S Hertogenbosch*. IV, 178. — *Catalogus primorum universitatis Lovaniensis*. 63. — *Archives de la cathédrale d'Anvers.*

Ten daeghe ende jaere voorschreven, compareerden voor den onderschreven notaris, ende getuyghen naergenoempt, Catharina Diricx, weduwe van Gerebernus Goös, ceuster was in syn leven van de kercke van Sinte Dymphne, oudt ontrent viertich jaeren, die welcke, ten versuecke van den zeer eerweerden heere Cornelius Verschueren, deken van den cappitelc van Sinte Dympne alhier, in den naeme van het selve capittel, verclaerden waerachtich te wesen ende haer nog wel kennelyck dat den sleutel den welcken ontsluyt die deure naer den secrete achter Sinte Dingenen aultaer van de selve kercke, plachte te liggen in Sinte Dinghene choor in eene casse daerin staen die cleyn reliquien van Sinte Dympne, die genoempt worden den peys, van welcke casse den voorseyden haren man plachte te hebben eenen sleutel om daer vuyt te haelen den voorseyden sleutel in de casse liggende, om te openen daermede die deure van het voorseyt secreet, om dan te gaen naer den kelder aldaer ende daer vuyt te haelen wyn ende smout tot nootsaeckelyckheyt van de kercke, ende oyck om de reliquien van de heilige Dympne rustende in de selve casse uytter secrete te haelen ende wederom in te draeghen. Redenen van wetenschap die voorseyde comparante gevende dat sy somwylen selver den sleutel van den secrete gehaelt heeft vuytter casse daerinne staen die cleyn reliquien van Sinte Dympna ende metten selven geopent heeft die deure van den secrete ; ende dat sy oyck haeren man diversche reysen heeft sien openen die deure van den secreten ten eynde voorseyt. Ende want redelyck is der waerheyt getuygenis te geven, besonder des aensocht synde, soo beloetfde die voorseyde comparante dit haer verclaeren altyt te sullen houden staen, ende oyck des noot synde onder eeds te vernieuwen toties quoties : consenterende hiervan acte om etc. Actum, ter presentie van Guiliam Vanden Perre, en de Wilboort Dauchy, getuyghen hiertoe versocht, ende my notaris dese stipulerende.

Catrina Dierckx, Guilliam Vanden Perre, Wilboort Dausy.

Quod attestor.

J. Willems, nots.

Op heden desen 7 maij 1696, comparcerde de voor my onderschreven notaris ende getuighen waergenoempt, Armant Laenen Janssone, nu schepene deser vryheyt ende oudt kerckmeester van Sinte Dympna, oudt ontrent tweeenvyftich jaeren, den welken, ter requisitie van den seer eerweerden heere Cornelius Verscheuren, deken van der selven cappitele, in den naeme van het selve capittele, heeft in faveur van justitie verclaert waerachtich ende hem kennelyck te wesen, als dat hy nyet en weet dat hy den grooten sleutel van de vorste deure van de secreten achter Sinte Dingenen aultaer oynt mede naer syn huys gedraghen heeft, maer seer wel te weten dat ten tyde van Jan Aerts opperkerckmeester was, desen sleutel plachte te liggen in een casken in Sinte Dingenen choor, daerinne staen die cleyn reliquien van de heylige Dympna, die genoempt worden den peys, van welcke casse beyde die kerckmeesters eenen sleutel hadden ende oyck den ceuster eenen, omdat hy dagelycx soude connen haelen den sleutel berustende in de selve casse, om daermede dan te haelen vuytten kelder wyn ende smout die in de kercke van doen was. Item, attesteert den selven comparant dat in synen tyde als hy opperkerckmeester was, eenige veranderinge geschiet is, by de heeren drossaerdt ende deken ende canonicken, raeckende den voorseyden sleutel, te weten dat men den ceuster soude ontnemen het gebruyck van den selven sleutel ende datten selven soude bewaert worden by de kerckmeesters; naer welcken tyt den selven sleutel gemeynelyck gesloten wierde in den thooch staende in de choor van Sinte Dympna, ende wierde den wyn ende smout naer dyen tyt geleyt neffens een aultaer van Sinte Dympna naer den zuyden. Item, attesteert den selven comparant dat aen den heere deken oft andere capitularissen in synen tyt nyet en wierde geweygert den acces oft toeganck totte archiven van t' capittel soo dickwils als sy t' selve vraeghden. Ende want goddelyck is ende redelyck is der waerheyt getuygenisse te geven, besonder des aensocht synde, soo geloeffde den selven comparant, dit syn verclaeren altyt te houden staen ende oyck, des versocht synde, voor alle hoven ende gerechten onder eedt te vernieuwen toties quoties, consenteerende hiervan acte om aen de requiranten te dienen daer ende alsoo etc. Actum, ter presentie van Cornelis van den Wyer ende Cornelius Willems, getuyghen hiertoe versocht, ende my notaris dese stipulerende oirkonden, etc.

AMANT LANEN, CORNELIS VAN DEN WYER,
CORNELIUS WILLEMS.

Quod attestor,
J. WILLEMS, *nots.*

Op heden desen 11 may 1696, compareerde voor my onderschreven openbaeren notaris ende getuyghen naergenoempt, Peeter Kerckhoffs Henricx sone, ouden kerckmeester van Sinte Dympna, oudt in de vyfftich jaeren, denwelcken, ter requisitie van den seer eerweerden heere deken den heere Cornelius Verschueren, in den naeme van t'selve capittel, heeft in faveur van justitie verclaert waerachtich ende hem attestant kennelyck te wesen, dat, ten tyde als hy kerckmeester was van de selve kercke, noynt geweygert en heeft de twee sleutelen te geven van de secreten achter Sinte Dingenen aultaer als den rentmeester van t'capittel die selven quamp vraghen oft versoecken. Ende wat goddelyck ende redelyck is der waerheyt getuygenisse te geven, besonder des aensocht synde, soo geloeffde den voorseyden comparant dit syn verclaeren altyt, des versocht synde, te sullen houden staen ende oyck, des noot synde, onder eedt te vernieuwen, consenteerende oversulcx hiervan gemaeckt te worden acte om die heeren requiranten te dienen daer ende alsoo etc. Actum ter presentie van Jan van den Wyer ende Guilliam van den Wyer, getuyghen hiertoe versocht, ende my notaris dese stipulerende.

PEETER KERCKHOFFS, JAN VAN DEN WYER,
GILIAM VAN DEN WYER.

Quod attestor,
J. WILLEMS, *nots* [1].

Les chanoines proposèrent alors le cas au jurisconsulte Gisbertus, et lui demandèrent ce qu'ils avaient à faire dans cette occasion :

Het capitel heeft van allen tyden gehadt een plaetse achter Sinte Dymphna authaer, genaempt de secreten, waerop syn alle de brieven, acten ende documenten van t' capitiel.

Dese plaetse heeft twee deuren, de eerste om te gaen naer den kelder van de kercke ende de plaetse daer staen de reliquien van de heylige Dympna in de silvere casse; dese deure moet men oock passeren om te komen tot de tweede deure, dewelcke is voor den trap om te gaen naer de plaetse daer syn allen de brieven ende documenten van het cappitel. Jan Van den Wyer, oudt kerckmeester, seght dat, als hy dienenden kerckmeester was, dese tweede deure niet en slote, maer dat door syn toedoen op dese deure een slot gemaeckt is, oft tot het slot eenen sleutel, tgene hy niet wel en wete : dit magh geleden syn vyfthien of sesthien jaeren.

Den seutel van de eerste deure, ten tyden van Amandt Lanen, Jan Aerts, Jan Van de Wyer ende andere oudt kerckmeesters, lagh in de kercke ende bleef altoos in de kercke, als blyckt uyt de attestatien. Soo ist oock geweest van t' beginsel dat de kerck geboudt is geweest, want voor den tydt Van Amandt Lanen heeft den wyn ende het smaudt van de kerck altoos gelegen in den kercken kelder. Ten tyde Van Amandt Lanen is de veranderinge geschiedt : hy is met den drossaert in t' capittel gekomen, versoekende dat men desen sleutel soude trecken uyt de handen van den custer, ende den wyn ende het smaudt leggen op een andere plaetse; hetgene van t' capittel toegestaen is. Van dien tydt dan, te weten over twelf oft derthien jaeren, hebben de kerckmeesters alleen desen sleutel in handen gehadt, soo nochtans dat hy overgegeven wierd aen de canonicken soo dicwils als sy hem vraegden, als blyckt uyt de attestatien.

Het is te noteren dat het capittel voor desen tydt de dispositie had van desen sleutel, dat sy hem gaven aen den custer, die sy kosen ende stelden, gelyck sy tot nogh toe geven aen den custer alleen de sleutels van de kerckdeuren, van den toren

[1] *Archives de l'église Sainte-Dympne.*

ende horologie, van de groote choore van Sinte Dymphna, van t' sacristyn, etc., gelyck het capittel oock geeft den sleutel aen den organist, de sleutels van de cleyne choorkens aen de canonicken.

Nu is men gekomen tot soodanige ongehoorde vermetentheyt dat den tegenwoordigen kerckmeester de sleutels van de secreten weygert aen den deken ende rendtmeester van het capittel, soo dat men haer niet en laet gaen op haere archiven oft secreten, ten sy als het den kerckmeester past ende belieft : waeruyt komen onverdragelyksche ende menivuldige inconvenienten; persoonen, die van buyten komen, moet men doorsenden, sonder dat men haere affairen kan afdoen; onze brieven ende documenten en konnen wy op den behoorlycken tydt niet naersien, etc.

Men vraegt : Hoe dat men dese voorseyde vermetentheyt sal behoorlyck breken?

Men brenght by voor de kerckmeesters de possessie van de sleutels, de orden van den drossaert, deken ende canonicken, waervan spreekt de attestatie van Amant Lanen.

Le jurisconsulte Gisbertus donna son avis sur cette consultation, le 24 septembre 1696 :

Den ondergeschreven, gesien hebbende deze casus positie, ende geinformeert synde dat het eerste slot waervan de kerckmeesters den sleutel syn bewarende, is principaelycken gemaekt tot de conservatie oft behoudenisse van de reliquien van sinte Dymphna, ende dat de selve reliquien aen de heeren deken ende capitularissen syn bevolen om bewaert te worden, soo volght daeruyt dat de voorschreven heeren deken ende capitularissen in hunne macht moeten hebben den sleutel, waermede sy tot die voorschreven reliquien moeten hebben acces. Ende terwylen by attestatien is blyckende, dat den voorschreven sleutel door die voorschreven heeren aen sekeren coster hiervorens is afgenomen ende door hun gestelt in handen van de kerckmeesters als bewaerders, soo en konnen deselve egeen possessie formeren independentelyk van die voorschreven heeren en tegens hunnen danck van den voorschreven sleutel te moeten behouden, cum non sibi sed prædictis dominis possiderent ipsas claves, van de welcke zy die ontfangen hebben. Ende daer by gezeght wordende dat die meergemelde heeren syn hebbende alle hunne documenten ende papieren het capittel rakende in eene secreete plaetse, soo soude wezen absurdum dat sy souden moeten bidden oft consent vraegen aen de voorschreven kerckmeesters om daertoe te hebben acces. Daerom soo sullen de heeren wel doen den voorschreven sleutel te sien bekomen van den kerckmeesters ende den selven te sien behouden, alsoo het perykeleus is dat den kerckmeester, wiens domicili is verre disterende van de kercke, ook synde sonder gebueren, de gemelde sleutels soude blyven in handen houden.

Ende in cas de heeren den sleutel alsoo souden konnen bekomen, soude het devoir van de kerckmeesters syn de gemelde heeren opteroepen als actores, hetwelck minder difficultyt soude hebben in cas de heeren capitularissen souden moeten wezen actores selver, dewelcke in dien gevalle haer beklagh soude moeten doen in den rade, terwyl die schepenen van Gheel moeten worden gehouden partydich, ende evenwel dusdanige differentien van geestelycke moeten beslist worden in den rade. Sic resolutum, in Rethy, 24 septembris.

J. GISBERTUS, salvo meliori. [1]

Le drossard de Gheel, Van Tongerloo, son lieutenant, Hermans, et plusieurs échevins, se présentèrent à l'église de Sainte-Dympne, le 5 décembre suivant, pour faire réintégrer les clefs en litige entre les mains des marguilliers. Mais le chapitre s'y opposa formellement, et dressa acte de ce refus le même jour :

Den 5 december 1696, is in het capittel gekomen den heere drossaert, Van Tongerloo, geassisteert met den stadthouder, Hermans, en Gilis van Tongerloo, Amant Lanen, Jan van Geel, Jan Gebruers, Lauwereys Verschueren en Willem van Genechten, versoeckende van den deeken ende canonicken dat sy wederom souden geven aen de kerckmeesters de sleutels van het secreet beseyden oft achter den authaer van Sinte Dympna; ende waer het saecken de heeren deken ende capitularissen eenige clachten hadden tegen de kerckmeesters, raeckende de voorscreve sleutels oft haeren dienst, dat sy haere clachten souden willen doen voor de schepenen.

Hetwelck aen hem voor alle twee de voorschreven poincten is afgeslaegen; soo nochtans dat den heere deeken den voorschreven heer drossaert ende schepenen wel wilde gebruycken als middelaers om de differenten van de voorschreven sleutels tusschen het capittel ende kerckmeesters der selver kercke met vrindtschap te neder te leggen.

Uyt het sacristeyn syn de voorseyde heere drossaert ende schepenen getrocken naer de cleyne choor van Sinte Dympna, alwaer sy gevonden syn met den smidt, Wilboort Dauchy, dreygende de eerste deure naer het secreet met geweldt door

[1] *Archives de l'Église Sainte-Dymphne.*

den selven smidt open te slaegen soo de heeren van t'capittel de meergemelde sleutels niet en wilden overgeven aen de kerckmeesters.

Hetwelck hun wederom geweygert is, ende tsamen is van den heere deken voorgestelt de favorabele conditie die de heeren canonicken gepresenteert hadden ende alnoch presenteerden aen de kerckmeesters, te weten, dat men de sleutels, over dewelcke het verschil is, soude sluyten in een massive kasse berustende in de kercke oft int sieckhuys, van welcke kasse de heeren capitularissen souden hebben eenen sleutel ende oock de kerckmeesters, ten eynde dat de heeren capitularissen souden alsoo konnen bekomen de sleutels van het secreet, soo dickwils alst haer soude believen, ende soo oock de kerckmeesters.

Eyndelyck heeft den drossaert versocht dat men de eerste deure van het secreet soude open doen; maer midts den drossaert gedreygt hadde de deuren open te slaegen ende de sloten te veranderen, soo en heeft den deeken de selve deure niet willen openen, ten sy onder beloften dat sy de sloten niet en souden afsmyten oft andere feytelyckhyt bedryven. Dit heeft den heere drossaert gelooft, ende alsoo is met consent van de heeren deken ende capitularissen de deure geopent.

Hæc ita esse acta testantur infrascripti.

C. Verschueren, *decanus*, Lud. Rosa, J. de Castro,
D. Van de Vorst.

Le surlendemain, 7 décembre, le chapitre s'assembla itérativement, et conclut de faire présenter par écrit aux marguilliers de conserver les clefs à l'église, selon l'ancien usage, dans un lieu fermé, dont le chapitre et les marguilliers auraient chacun une clef:

Op heden dezen 7 decembris 1696, soo hebben die seer eerweerde heeren deken ende canonicken van de collegiaele kercke van Sinte Dympna doen presenteeren, gelyck sy te vorens mondelinghe noch gepresenteert hebben, en de noch presenteeren schriffetelyck mits desen, aen de kerckmeesters. van Sinte Dympna, dat sy hun alnoch willen reguleeren gelyck noch voor desen geschiet is, dat men den sleutel van het secret, daer die questie om is tusschen die heeren capitularissen ende kerckmeesters voorschreven, sal leggen oft laeten berusten in de casse, daer die cleyn reliquien in staen, die men gemeynelyck noempt den peys, gelyck voor desen noch is geploghen geweest, ende dat van de selve casse den heere deken van t' capittel sal hebben eenen sleutel ende die kerckmeesters oyck eenen, op dat d'een d'ander van de selve daertoe accès mach hebben, als sy sulcx noodich hebben ende hun dat goetdunkt; oft wel presenteeren daertoe een andere vaster plaetse te ordonneren ten eynde ende op den voet voorvermelt, oft wel dat die kerckmeesters daertoe een ander ende beter verseekert sloth zullen maecken, alles op den voorseyden voet, op dat d'een oft d'ander partye, nopende den acces tot het secreet voorseyt nyet geinteresseert noch vercort en worde in toecomende. Versueckende van de voorseyde presentatie acte geexpedieert te worden door den secretaris oft actuarius van ons capittel, ende daervan iusinuatie gedaen te worden aen Jan Van Broeckhoven als iersten kerckmeester van voorseyde kercke met leveringhe van copye aen denselven, ende in gevalle van gheene acceptatie, soo protesteren die voorseyde heeren deken ende canonicken teghens die selve kerckmeesters van costen, schaeden ende interesten, soo ten regarde van hun als weghens hunne voorseyde kercke, ende van onbehoorelyck refus om etc. Oirconden dese by onsen gesworen secretaris oft actuarius laeten onderteeckenen, die, mense et anno, als boven.

Ita est.

J. Willems, *Secret Capituli.*

Op den 8 decembris 1696, heeft den onderschreven als notaris van den Souvereynen rade van Brabant die voorschreven acte van presentatien ende proteste geinsinueert aen Jan Van Broeckhoven als iersten kerckmeester van Sinte Dympna kercke, ende hebbe aen denselven daervan gelevert copye. Oirconden dese relaterende.

J. Willems, *nots.*

Au lieu d'accepter ces propositions du chapitre, aussi justes que raisonnables, les marguilliers se rendirent à l'église de Sainte-Dymphne, le 12 décembre, et y firent enlever les serrures. Le 15, le chapitre s'assembla et délégua le notaire Willlems pour s'enquérir auprès du serrurier Willebrord Dausy, sur quels ordres il avait enlevé ces serrures :

Den advocaet Willems sal, in qualiteyt als notaris, rechtelyck afvraghen, door orde van de heeren capitularissen, aen Wilboort Dauchy, door wyens last of orde by het sloth van d'ierste sluytende deure, om te gaen naer het secreet achter Sinte Digne choor in de kercke van Sinte Digne, heeft affgeslaghen; ende in cas van refues van antwoorde categoricq, sal den voorseyden notaris protesteeren, in de naeme van de heeren capitularissen, van feytelyckheyt ende gewelt, ende van costen, schaeden ende intereesten, soo van hunnen twegen, als weghens hunne kercke, geleden ende te lyden. Ende hiervan sal den voorseyden notaris stellen syn relaes om etc. Actum, desen 15 december 1696. Oirconden dese by den heere rentmeester van het capittele nomine capituli. Onderteeckent door ordre van andere heeren van het capittel.

Lud. Rosa, *can. et capli receptor.*

Den onderschreven verclaert als notaris hem getransporteert te hebben ten huyse van Wilboort Danchy, smith van synen stiele, ende denselven affgevraeght te hebben, door wyens last oft ordre hy het voorseyt sloth heeft affgesmeten? Heeft daerop geantwoort, in presentie oyck van den voorseyden heere Rosa, canonick ende rentmeester van den voorseyden capittele, dat hy sulcx gedaen heeft door ordre van de kerckmeesters van de kercke van Sinte Dympne, ende dat die selve kerckmeesters hem tot dyen eynde hebben medegeleyt. Dwelck den onderschreven midts desen is relaterende, desen 15 december 1696. Oirconden etc.

J. Willems, *nots* [1].

Enfin au mois de janvier 1697, le chapitre fit une dernière demande aux marquilliers pour obtenir le libre accès aux archives et documents de l'église; mais tout fut inutile. Un procès fut intenté aux marguilliers par le chapitre devant des commissaires délégués par le conseil de Brabant, qui, après de longs débats, jugèrent selon la juste réclamation du chapitre.

Le doyen, Corneille Verschueren donna sa démission pendant le courant de cette année 1697, et mourut à Gheel le 11 mai 1698.

[1] *Archives de l'église Sainte-Dympne.*

ANNALES

DE

LA VILLE DE MAESTRICHT

PAR

M. Alexandre SCHAEPKENS,

Membre correspondant de l'Académie, chevalier de l'ordre de la Couronne de Chêne, etc.

Les anciennes chroniques ont du charme et intéressent l'histoire générale d'un pays. Elles sont d'autant plus curieuses si elles relatent les annales d'une ville ancienne telle que Maestricht, forteresse qui date des temps les plus reculés, et dans laquelle ou près de laquelle se sont passés des faits mémorables, faisant époque dans l'histoire des Pays-Bas. Nous croyons donc que la publication de la chronique de Maestricht offrira de l'intérêt, et, pour lui laisser toute son originalité, nous la donnerons fidèlement copiée sur l'original Hollandais. Nous rappellerons ici que la seconde partie de cette chronique, depuis 1632 jusqu'en 1707, a déjà paru dans les bulletins de la *Société historique et archéologique du Limbourg*, à Maestricht. Sans nous porter garant de la rigoureuse exactitude des dates des premiers événements que l'annaliste mentionne brièvement, mais avec beaucoup de clarté, nous appelons l'attention du lecteur sur les données qui se rattachent à la lutte des communes pour leurs libertés et franchises au moyen-âge, sous le gouvernement indevis des Ducs de Brabant et des Évêques de Liége, qui se partagèrent la souveraineté de l'ancien *Trajectum ad Mosam.*

CHRONYK VAN MAESTRICHT.

De stad Maestricht heeft zyn eerste beginselen elf jaeren voor de geboorte onses Heylands Jesu Christi, door Druzus Romeynse Legervoogd.

Anno 70. Na de geboorte onses Heere Jesu-Christi versterkte Claudius Labio Romeynse stedehouder de Brug van Maestricht, meenende de civiliste te beletten verder door te dringen; dog deese zyne Duitse en Batavieren de Maes hebbende doen overswemmen, sloeg den Romeyn op de vlugt.

Anno 92. Kwam den Heylige Maternus te Maestricht, en na de Christen Leer verkondigt te hebben, stichte hy aldaer eene houte kerk ter eeren van den Heyland en Heylige apostel Petrus, ter plaetse daer naderhand de kerk van St-Servaes gebouwt is.

Anno 360. Soude keyzer Juliaen den afvallige te Maestricht gekoomen zyn om de Francken te beoorlogen.

A° 384. Begaf den Heyligen Servaes Bischop van Tongeren, met syne geestelykheydt sig naer Maestricht, en bragt den Bisschoppelyke stoel aldaer.

A° 385. Of niet lang daer na wierd Tongeren door de Hunnen verwoest, zoo als den Heylige Servaes voorseyt hadde.

A° 395. Is den Heyligen Servaes Bisschop van Maestricht aldaer gestorven ende begraven [1].

[1] A° 388. Is den Heyligen Servatius, met eene kleyne cortse bevangen geworden, het welcke hem naer 3 dagen uyt het leven geraekt heeft, den 13 Mey.

A° 416. Komen de Franken in deese quartieren en maken sig van deselve meester.

A° 581. Of daer ontrent bouwde den Heylige Monulphius Bisschop van Maestricht de kerk van sint Servaes.

A° 610. Volgde Gondulphus Monulphius op, en volbouwde voorgenoemde kerk.

A° 635. Wierd den Heylige Lambertus tot Maestricht gebooren.

A° 656. Wierd hy Bisschop van Maestricht verkoren.

A° 659. Bestrafte den Heylige Lambertus koning Pepinus over deszelfs overspel met Alpais.

A° 696. Of soo anderen willen 707 werd den Heylige Lambertus van Dodo, Broeder vande Bysit van Pepinus en deszelfs bloedverwanten vermoord.

A° 709. Brengt den Heylige Hubertus den Bisschoppelyken stoel van Maestricht naer Luyk over.

A° 777. En volgende jaeren stichte keizer Karel de Groote, de stad Aaken.

A° 847. Komen den keizer Lotharius met zyne twee Broeders Lodewyk en Karel koning van Vranckryk, te saemen tot Meersen in de Proosdy, en maken daer te samen een vredes tractaat.

A° 870. Bekwam Lodewyk van Duytsland in de verdeelinge van het Lotterykse Ryk Maestricht ende de graafschappen van Maesland.

A° 872. In wynmaend heeft Karel Koning van Vranckryk met den Noorman Roruk te Maestricht een mondgesprek gehad.

Roruks Neef, Rudolf, was ook ten selfde eynde te Maestricht verscheenen, dog alsoo hy te veel vorderde, en zig ondertussen in t'vermoeden bragt, dat hy Karel heimelyk iets heuvel brouwde, werd 'er niets met hem geslooten zelfs waarschuwde Karel zyne vrinde tegen de listige aanslagen van Rudolf.

A° 881. Wierd Maestricht door de Noormannen verwoest.

A° 889. Gaf keyzer Arnulphus de Abdy van St-Servaas aan Radboud Aertsbisschop van Trier.

A° 898. Herstelde den koning Zuentibold de Abdy van St-Servaes aan den Aertsbisschop van Trier, die Regimnaer of Raginier Hertog van neder Lotteringen hem onthielt.

A° 900. Koning Zuentibold in een bataille gedood zynde en tot Susteren begraven, herneemt Regimnarius de Abdy van St-Servaes wederom tot zig.

A° 908. Geeft keyzer Lodewyk aen den Bisschop van Luyk den Tol en munte der stad Maestricht soo als andere daer uit opmaeken.

A° 917. Bekomt Giselbertus soon van Regimnarius weder Maestricht, Jupil, Hersta', en andere plaetsen, die hem Karel den eenvoudige koning van Vrankryk ontnomen hadde.

A° 920. Geeft koning Karel weder aen den Aertsbisschop van Trier d'Abdy van St-Servaes, welke Giselbertus geweygert hadde aen den selven te laeten volgen.

A° 928. Geeft keyzer Hendrik d'Abdy van St-Servaes aen Giselbertus voor syn leven, met toestemminge van den Aertsbischop van Trier.

A° 939. Sterf Giselbertus graef van Maestricht Hertog van neder Lotheringen.

A° 944. Vallen d'erfgenamen van Giselbertus, die van St-Servaes seer hard, de geestelykheid van Maestricht brengen de Reliquien van St-Servaes na Duysburg, om het ongelyk aen haer aengedaen.

A° 946. Hersteld Keyzer Otto den eersten d'Abdy van St-Servaes aen den Aertsbisschop van Trier.

A° 984. Confirmeert Keyzer Otto den derde de gifte wegens Maestricht aen den Bisschop van Luyck gedaen.

A° 993. Geeft Keyzer Otto den derde weder aen den Aertsbisschop van Trier d'Abdy van St-Servaes die hy tegens een ander goed, met de Kerk van Trier verwisseld hadde, dog des niet tegenstaende is de Kerk van St-Servaes aen den Keyzer altyd gebleven.

A° 1006. Confirmeert Keyzer Hendrik de giften wegens Maestricht aen den Bisschop van Luyk, door zyn Predecesseurs.

A° 1076. Sterft Godefried met den bult Hertog van Bouillon te Maestricht, nae dat hy te Antwerpen swaer verwond was.

A° 1080. Veranderde Bisschop Hendrik den naem van Bisschop van Tongeren, dien sy altyd gedragen hadden, in die van Bisschop van Luyk.

A° 1132. Verklaert Keyzer Lotharius de derde, dat de Kerk van St-Servaes alleen in Maestricht het regt van tiende en termyn heeft, en dat alle de Inwoonders behalven de Familie van St-Lambertus en O. L. V. tot den Keyzer behooren soo als 300 jaren te voren was onderhouden.

A° 1139. Geeft Coenradus de tweede Rooms Koning, de Maesbrugge aen de Kerk van St-Servaes die te vooren, de Keyzers hadde toebehoort.

A° 1202. Hadden te Maestricht een by een komst Keyzer Otto, Adolf Aertsbisschop van Ceulen en Guido Pausens Legaet.

A° 1204. Geeft Keyzer Philippus aen Hendrick den tweede Hertog van Braband de stad Maestricht en de Kerk van St-Servaes ter leen.

A° 1214. Den Graaf van Loon eenig regt op Maestricht, of van Pandschap, wegens eenige Penningen door hem aen den Keyzer voorstreckt, of uit eenige andere oorsaek, afstand doet, ten behoeven van den Hertog van Braband, en in t' selve jaer, werd Maestricht andermael door den Keyzer Frederik de tweede, als een Hoogleen aen Hertog Hendrick en zynen zoon gegeven, op dezen voet hebbende Hertogen van Braband regt op Maestricht verkregen, ondertussen oefende de Bisschoppen van Luyk ook eenig regt in die stad.

A° 1219. Confirmeert Keyzer Frederik deese giften.

A° 1222. Heeft Keyzer Hendrik den VII de voorschreven gifte geconfirmeert.

A° 1224. Was een groote duurte en hongersnood te Maestricht en omliggende quartieren.

A° 1229. Accordeerde Hertog Hendrik aen de Burgery van Maestricht, om haere stad te moogen versterken.

De Luykenaers eenig verschil met die van Maestricht gekregen hebbende, verbreeken de houte Maesbrugge doen se hooger op de Maes leggen en verwoesten de bystaende huysen om het welk voorte koomen de Brugge meer na beneden tussen Maestricht en Wyck herleyt word.

A° 1230. Komen de PP. Predikheeren tot Maestricht.

A° 1234. Bouwen de PP. Minderbroeders haer oud klooster langs den Jeeker.

A° 1241. Geeft het capittel van St-Servaes een capelle in de voorstad aen d'order van den H. Anthonius.

A° 1244. Al voor dese jaren waren de PP. Augustynen te Maestricht gekoomen, en hadden haere woningen genoomen op de Bockstraet ter plaetse die Maria ad Littus genoemt wierd.

A° 1248. Koning Willem Graaf van Holland, belegerde de stad Aken en bemagtigt dezelve, terwyl het vuur des oorlogs sloeg over tot de naaste steden, van welken sommigen den Graaf erkende als Rooms koning; de Paus spilde, ondertusschen zoo veel gelds in Duytsland, en de Predikheeren en Minderbroeders yverden alomme soo sterk dat Willems aanhang van tyd tot tyd toenam, dat hy op Allerhyligen dag met de gewoonlyke plegtigheden in Aken gekroond wierd.

A° 1267. Maakt den Bisschop van Luyck sig geheel meester der stad Maestricht, verwoestende de Maasbrugge en Wyk, van welkers ruinen hy het kasteel van Montfort in Gelderland deed opbouwen.

A° 1268. Beginnen de PP. Boogaerden haer Clooster te Maestricht op te timmeren.

A° 1275. Storte de Maesbrugge in met veel volk.

A° 1277. Storte de Maesbrugge andermael in waer by wel 200 menschen in de Maes jammerlyck verdroncken.

A° 1280. Zyn de Ridders van het Duits order tot Maestricht aengekoomen, en hebben aldaer een heerlyck slot of Hof opgeregt.

A° 1281. Wierd met behulp der Borgery de Maesbrugge van steen opgebouwt.

A° 1283. Wierd de oude kaert gemaekt, ende daer door de verschillen tussen de twee genadige Heeren en Princen bygeleid.

A° 1284. Verklaerde Walram Heer van Valkenburg, die van Maestricht den oorlog aen en overwon deselve.

A° 1286. Verhoopten den Hertog van Gelder en den Aertsbisschop van Ceulen Maestricht te bemagtigen, dog wierd daer in door den Hertog van Brabant belet.

A° 1288. Wind den Hertog van Brabant de Bataille van Woeringen tegens den Hertog van Gelder, en verkrygt daer door Limbourg en s'Hertogenraede.

A° 1295. Was een opstand te Maestricht tussen de Luykse en Brabandse dog wierden d'eerste overwonnen, en gedwongen om sig onder den Hertog van Braband te begeven.

A° 1296. Belegerde den Bisschop van Luyck Maestricht t' welk den Hertog van Braband tragte te ontsettten.

A° 1297. Maekten de beyde Genadige Heeren en Princen een accoord over Maestricht, en verdeelden het selve onder haer.

A° 1303. Verklaerde Hertog Jan Van Braband, de Maestrihtenaers tol vry in Braband.

A° 1304. De Luyckenaers den oorlog van Brabant verklaert hebbende, belegeren Maestricht, dog sonder het selven te konnen inkrygen.

A° 1318. Beswaert de Heer van Valkenburg de Landeryen van de Maestrichtenaers met schattingen, waer door eenen oorlog ontstaet.

A° 1327. De stad Valkenburg werd van den Hertog van Braband belegerd, dog werd de vreede daer op gemaekt op die voorwaerdens dat de muuren van de stad Valkenburg souden afgeworpen worden.

A° 1328. Den oorlog met den Heer van Valkenburg weder ontstaen synde, werd de stad van Valkenburg ingenoomen en het kasteel verwoest.

A° 1334. Belegerd den Bischop van Luyc Maestricht, en dwingt de stad een groote boeten te betalen om dat sy den Hertog van Braband tegens hem geholpen hadde.

A° 1362. Vergunde het Capittel van St-Servaes eene plaetse aen de Ridders van het Duyts order om een Capelle in Maestricht te mogen timmeren.

A° 1374. Staen de Luyckenaers tegens haeren Bisschop op, waer uit swaeren oorlog en verwoestingen onder haer ontstaen syn.

A° 1376. Nemen de Luyckenaers voor Maestricht, dat den Bisschop getrouw was gebleven, te belegeren, dog wierd kort daer op de vreede gemaekt tussen den Bisschop en syn onderdaenen.

A° 1381. Wierd de stad van Maestricht na de kant van St-Pieter uytgelyd, en de nieuwe stad in muuren besloten.

A° 1393. Den Grave van Meurs doet de Luyckenaers den oorlog aen, de Maestrichtenaers in weerwil van de Magistraet uitgetrockken, worden van de selven geslagen.

A° 1403. Begeeft sig den Bisschop van Luyck met syne clergie nae Maestricht, om den opstand der Luyckenaers, doch kort daer nae keerde hy wederom na Luyck.

A° 1405. Andermael komt, om voorschreven reden den Bisschop van Luyck met syne Geestelykheid tot Maestricht.

A° 1407. Wierd Maestricht om die reden van de Luyckenaers belegert, dog moesten sy om de opgekomene vrost de Belegeringe opbreeken.

A° 1408. Belegeren de Luyckenaers andermael Maestricht, dog wird de Belegeringe door de vrinden des Bischops van Luyck, die hem te hulpe kwamen opgeslagen.

A° 1419. Schenkt vrouwe Jacoba Hertoginne van Brabant, het Eyland genaamt de Grindt gelegen op de Maes, benede de Maesbrugge aen de Cannonick Reguliers van S^t^. Anthonis.

A° 1429. Was oorlog tussen den Bisschop van Luyck en den Graaf van Naemen, waer in 300 Maestrichtenaers, die alle wel gewapent haeren Bisschop te hulpe waeren getrokken, in een hinderslaag vervallen, meest d eerlyck syn omgekoomen.

A° 1438. Syn de Cruysbroeders van Namen tot Maestricht aengekoomen, en hebben aldaer een clooster gebouwt.

A° 1441. Werd het cloosterken van S^t^. Anna in de Capoenstraet gefondeert.

A° 1442. Is tot Maestricht de vrede gesloten tussen den Prins van Luyk, die van Hasselt en van Thoor.

A° 1448. Werd de vrede getroffen tot Maestricht, tussen den aertsbisschop van Ceulen en den Hertog van Gelder.

A° 1449. Geeft Philippus Hertog van Brabant aen de Maestrichtenaers Tolvryheid in de lande van Overmaze.

A° 1453. Wierden de Maestrichtenaers naer Luyck gëëvoceert om het verbannen van een Luyckse officiant, dog wierden door den Hertog van Braband daer tegen gemaintineert en vry verklaert.

A° 1470. Is het Clooster der Cellebroeders als meede dat van de Falie susters opgeregt.

A° 1473. Komt Karel de stoute Hertog van Bourgondien met syn leger omtrent Maestricht, den Hertog van Gelder den oorlog willende aendoen.

A° 1476. Wierd het clooster van den Beyaert anders het Dal van Josaphat genaemt, buyten de oude Tweenbergen Poorten gestigt.

A° 1482. Vlugte den Bisschop Jan van Hoorn te Luyck uit de gevangenisse ontkomen nae Maestricht waer den oorlog ontstont, de Maestrichtenaers belegeren het Casteel van Sichem, dog wierden door de Luyckenaers geslagen en veele nae Luyck gevanckelyk weggevoert.

A° 1485. Wierd Willem van Arenberg Protector van het Land van Luyck tot Maestricht op het Vrythoff onthooft.

— Omtrent desen tyd heeft den koning van Vranckryk Ludovicus den XI naest de Kerk van St Servaes een capel gestigt ter eere van den Heylige Ludovicus, alsmede het gasthuis op het Vrythoff ten dienste van de Fransche Pelgrims.

A° 1489. Ataqueeren de Luyckenaers te vergeefs Maestricht t' geen nootsaekte de Bagynen van den Nieuwenhof, sig uit St-Pieter binnen de stads muuren te retireeren, daer sy haer Clooster Bouwde.

A° 1494. Kwam keyzer Maximiliaen den Eerste met syne Bruyd Blanca tot Maestricht, daer hem den Hertog Philippus syn zoon met den voornaemsten Adel der Nederlanden verwelkomden.

A° 1496. Philippus, keyzer Maximiliaen zoon, trek door Maestricht, en wierd van de Burgers versogt om nevens hen naer den vogel te schieten, en sig daer toe liet beweegen, en door het neder werpen van den selven, te gelyk den prys, en de genegentheid syner mede schutteren won.

A° 1515. Wierd de groote klock van St-Servaes wegende 18,000 ponden in de Proosdy gegooten.

A° 1520. Den 1 october komt keyzer Karel de V tot Maestricht, en word van de Regeering dier stad, verseld van 4,000 wel uitgedoste voet knegten binnen geleyd, en met ongemeene eerbewysinge onthaelt, en wierd op den 14 ingehuld als hertog van Braband.

A° 1530. Neemt keyzer Karel de V de Leenpligtigheid, onder welke Maestricht tot nog toe gestaen had t'eenemael weg, en geeft sig selven als Hertog van Braband de stad Maestricht de kerk van St-Servaes, en verder alle haare onderhoorigheeden in vollen eygendom, en begrypt de Maestrichtenaers onder de Brabandse Privilegie der Goude Bulle.

A° 1531. Was veel oproer te Maestricht om dese scheydinge van het Rooms Ryck.

A° 1542. Neemt Martin van Rossein met zyne Geldersche veele plaetsen in de kempen, waerom Maestricht tegens alle overval wel voorsien wierd. Dit jaer kwamen de eerste Paters Jesuiten te Maestricht.

A° 1553. Wierden op versoek der staaten van Braband verscheyden geregtelyke handelingen vernietigd, in welken den Bisschop van Luyck naer s' Keyzers oordeel, de paalen van syn gezag had te Maestricht te buyten gegaen.

A° 1566. Begonnen de gereformeerden tot Maestricht en d'omleggende plaetsen te Predicken.

A° 1567. Kwam den Hertog van Alva in de Nederlanden, daer hy seer Tirrannisch huis hield, hebbende onder anderen te Maestricht eenen vader doen ophangen, omdat hy syn zoon die lang buiten Lands was geweest, een nacht geherbergt hadde, gelyk ook een andere man omdat hy een arme weduwe (wiens man om de Religie met de dood was gestraft) een weinig graen voor een Aelmoese hadde gegeven, zynde ook nog een derde gehangen om dat die aen zyn vrind in Engeland een weinig geld gesonden hadde.

A° 1574. Wierd de stad van Maestricht door het Spaans garnisoen seer gekwelt en benaauwt.

A° 1575. Is het Collegie der Paters Jesuiten opgeregt.

A° 1576. De Maestrichtenaers tragten het spaans garnisoen uit de stad te dryven, en den gouverneur gevangen te nemen, dog schielyk hulpe aen de Spaanse gekoomen synde, mislukte haer voorneemen, tot geweldige schaede der Burgery die jammerlyk mishandelt en geplundert wierden.

A° 1577. Vertrekken de Spanjaerts uit Maestricht en de Nederlanden.

A° 1578. De Bondgenoten krygen gelegentheid daer op, om deese stad met garnisoen te voorsien. Don Jan van Oostenryck poogde Maestricht by verassing magtig te worden dog sulx mislukten hem.

A° 1579. Den Hertog van Parma belegerd de stad van Maestricht, het beleg duurde 4 maanden, die van binnen besloten het uiterste te verduuren en sloegen verscheidenerley kopere nood munten, dog de Borgers door siecktens, pest, waeken en vegten afgemat synde, wierd de stad den 28 juni by verassing ingenomen, de stad wierd drie dagen ter plunderingen aen de soldaten overgegeven, die aldaer seer veele wreedheden aenregten en niemand spaerden waer door over de 8,000 menschen elendig vermoord wierden.

A° 1580. Doet Prins Willem van Oranje eenen aenslag op Maestricht, dog wierd genoodsaekt wederom af te trekken.

A° 1587. Wierd de stad van Maestricht in 4 Parochien verdeelt te weeten, Maestricht in drie en Wyck in een.

A° 1592. Meende Prins Maurits van Oranje Maestricht door list te winnen, dog den aenslag mislukte.

A° 1594. Heeft Prins Maurits andermael eenen vrugteloosen aenslag op Maestricht gedaen.

A° 1601. Weygerde de Maestrichtenaers meerder Spaans Garnisoen in te neemen, en sloegen de spaensche Fouriers dood.

A° 1609. Dit jaer hebben de PP. Capucynen haar Clooster beginnen te bouwen.

Den 9 april is tot Antwerpen een stilstand van wapens voor twaalf jaaren getekent, waer door Maestricht begon wat adem te scheppen.

A° 1612. Bouwde de PP. Jesuiten hare kercken.

A° 1615. Heeft den koning van Spanien den Heer Claude de Lannoi, Heer van la Motterie als Gouverneur van Maestricht aengestelt.

Dit jaer wierden de Bagynen in het Gasthuys van St-Servaes geteld, plaets der meyden die daer te vooren waeren.

A° 1619. Is de Heer de St-May als commant [1] van Maestricht, wegens in den koning van Spanien aengekoomen.

A° 1621. Beginnen de onlusten wederom in de Nederlanden.

A° 1626. Verkregen de Bonnefanten ofte Kanonikeersen van het H. Graf, permissie om haer clooster te Maestricht op te bouwen.

A° 1627. Is de Heer Brunel als commandant van Maestricht in plaets van de Heer St-May geworden.

A° 1628. Heeft Maria Straeven (Stroeven) begonnen het clooster van den Berg van Calvarien op te rechten.

A° 1629. Is eenige volck uit Maestricht getrocken tot secours van S'Hertogenbosch.

A° 1630. Is de duurte der graanen in de Nederlanden soo groot geweest, dat van beyde zyden deese zoomer geen leegers te velde konde geraecken, synde de rogge van 80 en 90 tot 320 gereesen, soo dat de gemeene man genoeg soude te doen gehad hebben de mond op te houden indien de Regeerders der steeden daar niet loffelyck voor gesorgt hadden.

1 Commandant?

NOTICE HISTORIQUE

SUR

L'ANCIEN COMTÉ D'EVERGHEM

PAR

M. J. HUYTTENS,
Membre effectif de l'Académie.

(Suite, voir Tome XVIe, page 235.)

LE VILLAGE DE WONDELGHEM.

HISTORIQUE.

Le village de Wondelghem est situé à une lieue de la ville de Gand; une chaussée partant de cette ville et qui se dirige sur Everghem traverse le village. Quand on suit l'ancienne route qui part de la porte de Bruges, on jouit du panorama entier de la ville qui vient se dérouler aux pieds de la plaine que l'on traverse pour arriver au village. Une lisière de prairies arrosées par la Lys sert de limites entre la ville et le village et vient animer ce séduisant tableau; à gauche on a la vue de nombreux châteaux ou campagnes, habités la plupart par des notables de la ville qui y viennent passer la belle saison.

L'étymologie du village de Wondelghem a donné lieu à des origines de tout genre; nous croyons que la plus plausible est celle de *demeure de Gundel,* car autrefois on écrivait Gundelghem. Marcus van Vaernewyck fait dériver le nom de Wandelheym, demeure des Vandales.

La population de ce village est de 1223 habitans et sa superficie de 780 hectares.

Comme tous les villages des environs de Gand, la terre y est très légère, sablonneuse et ne produit des récoltes que grâce à l'activité et à l'industrie des habitans.

L'histoire du village de Wondelghem, comme celle de la plupart de nos communes, remonte à la plus haute antiquité sans toutefois rien nous révéler de son origine ou fondation primitive : A-t-il formé jadis une seigneurie particulière, sous un seul maître? — Ou bien Wondelghem a-t-il toujours été une dépendance du comté d'Everghem, sous la juridiction féodale et souveraine des sires de Gavre? l'histoire ne nous a rien laissé qui nous puisse éclairer : de tout temps nous trouvons le village de Wondelghem ne faisant qu'un avec le comté d'Everghem ; même administration, mêmes lois, même organisation, comme aussi mêmes seigneurs.

Nous trouvons cependant que bien avant que la maison de Gavre en eût fait la cession définitive en 1282 à l'abbé de St-Bavon, ces mêmes moines y possédaient des terres et des serfs : ils exercèrent au village de Wondelghem un certain droit de suzeraineté, et avaient une sorte de tribunal où ils jugeaient eux-mêmes leurs serfs et exerçaient la justice souveraine. Nous les trouvons même propriétaires d'une seigneurie ou enclave située à Wondelghem qui, au lieu de relever du comté d'Everghem, avait recours direct et ressortait de la cour de l'abbé de St-Bavon ; cette seigneurie portait le nom de Houtkinne.

Dans un seul acte ou charte nous trouvons cité le nom de trois frères portant le nom de Gundelghem « Eybertus, Walterus, Arnoldus de Wondelghem » cet acte ou charte est daté de l'année 1130 : Thierri d'Alsace donne aux moines de St-Bavon un grand nombre de serfs en l'honneur de St-Liévin. Les seigneurs de Gundelghem étaient-ils des Gavres ou des membres de cette famille, ou des anciens seigneurs du village? Rien n'est venu nous mettre sur la voie pour éclaircir ce fait.

La première fois que nous rencontrons le nom du village de Wondelghem ou Gundelghem, c'est dans la charte du roi Lothaire en 967.

Lotharius Rex varia prædia Bavonensi monasterio an. 967 confirmat petente Balduino comite camaracensi.

. . . . Appendentia autem hae roboramus omnes mansiones ultra legiam de portu Gandavo : in Heckerghem mansiones decem cum Ecclesia et omnibus appendenciis id est in Maglina, mansus unus et villa Gondelghem, cum omnibus appendiciis suis, id est terris, pratis, pascuis, silvis etc.

La charte de Thierri d'Alsace, de 1130, que nous donnons comme annexe, mentionne aussi le nom de Wondelghem.

Ensuite Wondelghem suit le sort des autres villages du comté d'Everghem; et vendu conjointement avec le comitat à l'église de St-Bavon et il ne s'en sépara plus.

S'il y a un avantage marquant pour un village de voisiner une grande ville en temps de paix en revanche rien de plus désastreux que d'être sa voisine en temps de guerre ou de troubles politiques.

Le village de Wondelghem en est un exemple frappant : ruiné, bouleversé, pillé, il sert de place de guerre, de campement à tous les partis qui se présentent : le bourgeois pille le campagnard pour se pourvoir de vivres qu'il transporte dans la place, à son tour l'ennemi détruit les moissons du laboureur, afin de couper les vivres à la ville qu'il assiège, il eut à souffrir tour à tour des Espagnols, des Gueux et de l'armée unie qui s'y donnent rendez-vous, pour guerroyer et ce ne se fut que bien des années après cette guerre désastreuse que le village parvint un peu à se relever de ses ruines.

Une des causes principales qui attira sur lui la colère du parti Espagnol, furent les prêches, les conciliabules, qui aux diverses époques de notre histoire du XVIe siècle se tinrent dans le village, et les excès incessants auxquels se livrèrent les sectaires de la nouvelle religion qu'on voulait introduire dans la Flandre.

Le père de Jonghe et la chronique de Kempenaere, éditée par Blommaert, nous en donnent de nombreux exemples. Un bourgeois de Gand, nommé Dierick Jooris, avait mis sa campagne ainsi que la ferme de son fermier à la disposition des calvinistes qui y tenaient leurs réunions journalières : ce fut là que le fameux et fougueux Hermannus Strikerius prècha la religion calviniste à plusieurs milliers de bourgeois, qui pour la plupart étaient venus de la ville pour y entendre un sermon que le magistrat n'aurait pas souffert dans la ville. Bien des fois ces prêches furent suivis de voies de faits, où la force publique fut appelée à intervenir : c'est ainsi que le ministre calviniste Willem Moyaert est cité devant le magistrat pour avoir aidé un des premiers à délivrer des mains de la police, un nommé Covendries, homme loué par l'opinion publique, mais fougueux apôtre de la secte nouvelle.

Enhardis par l'impunité, et voyant tous les jours leur nombre s'accroître, les nouveaux sectaires furent bientôt seuls les maîtres au village de Wondelghem, et tout courba devant eux. En 1578, ayant ouï que quelques catholiques romains s'étaient donné le mot pour venir entendre la parole de leur pasteur à l'église du village, ils refusèrent de donner les clefs; non contents de cet exploit l'année d'après ils commencèrent à abattre l'église, mais ils furent heureusement arrêtés par un ordre du magistrat de Gand, et par la chûte de leur chef. Au reste les chroniqueurs du temps avouent eux-mêmes que l'influence des autorités ne s'étendait guère au-delà des limites de la ville, et que souvent leurs édits n'avaient force de loi qu'autant qu'ils étaient accompagnés de la force armée : à l'appui de ce que j'avance nous trouvons dans Kempenaere : « le 19 novembre 1580. Nos soldats se rendirent de Tronchiennes à » Wondelghem où selon leur coutume, ils brisèrent et incendièrent » tout ce qu'ils ne pouvaient emporter. »

En 1572 le village de Wondelghem eût beaucoup à souffrir des rapines des brigands qui le fouillaient; ils pillèrent toutes les fermes et maisons, n'épargnant ni les châteaux, ni les chaumières.

Le 6 juillet 1575. Nous trouvous la note flegmatique et sans aucun commentaire : « Ses soldats firent au village de Wondelghem tant de dégâts, que le grand bailli, le sieur de Mouscron » s'y transporta de sa personne pour y rétablir l'ordre. »

Le 14 octobre 1581. Presque toute l'armée des États vint se cantonner aux environs de la ville de Gand, et à sa suite des désastres de tout genre. Wondelghem ne fut pas plus à l'abri que les villages voisins, les débordements de la soldatesque qui s'y trouvait campée étaient si intolérables que la plupart des habitants abandonnant leur demeure se réfugièrent en ville : à la suite de ces désordres une requête fut présentée aux États qui ordonnèrent à leurs troupes de quitter le comté d'Everghem, et il fallut toute l'énergie du balli du comté Liévin de Herde pour les contraindre à se soumettre à la loi.

Le 16 août 1582. Le duc d'Alençon et le prince d'Orange vinrent loger au château du Seig. d'Assche, situé dans la commune. A cette occasion le magistrat de Gand publia une ordonnance par laquelle il ordonne à tous les habitants de Wondelghem de se pourvoir de vivres et de tous les objets nécessaires à loger les seigneurs de leur suite, ce qui était plus facile à dire qu'à faire, remarque le chroniqueur qui nous relate ce fait.

L'année d'après, nous voyons ce même château du sire d'Assche, occupé par les soldats du prince d'Orange, saccagé et ruiné par eux et ne laissant debout que quelques ruines qui à leur tour servent de refuge aux bourgeois battus par l'armée espagnole. Jusqu'au 1583 les bourgeois avaient respecté les propriétés des habitants de Wondelghem, ainsi que leurs denrées. Cette année nous voyons le magistrat obligé d'envoyer des troupes afin d'escorter les vivres que les marchands importaient dans la ville, et d'empêcher le pillage dont souffraient particulièrement les habitants de Wondelghem qui venaient approvisionner les marchés.

Il y avait autrefois à Wondelghem un château magnifique ; il en est fait mention, pour la première fois dans l'acte même par lequel la seigneurie de *Burch* ou *Borch* passe entre les mains du comte Louis de Male. Voici l'acte de cession ou de vente tel qu'il est relaté dans un cartulaire de St-Bavon intitulé Leenboek.

« Heerst heere Philips heere van Maldenghem hitt en leen in Wondelgem te wettene de *Borch* mette grachte ende de tweedeel van den niderhove welc leen minen heer van Vlanderen cochte jeghe den heer van Maldeghem in wiens prescencie heer Lambrecht Vromond conseiller mins heere van

Vlanderen in dien tyt dede manscepe ten bevelene van mine heere van Vlanderen ende in sine name op sinte Thomas dach in den winter in 't jaer lxx an mine heere van sinte Baefs; present myn heere van Maldeghem, Jacob van de Putte, Lievin Leyscoef, Matthys Stuul, Cornelis van Affleghem de mane der kercke van sinte Baefs en doen de vorst heere Lambrecht Vromond doet was ende de casteel te Wondelghen beghonne was Jan de Brune mins heere secretaris van Vlanderen heele bevelene van myne vorts heere van Vlanderen dede manscepe mins heere van Ste Baefs in de name van mine heere van Vlanderen den xx^{n} dach in april int jaer lxxii present Janne van Herberghe, Lievin Sloute, Cornelis van Affighem ende Jeanne Steverke manen der kercke van sinte Baefs vorst waer af de kerke goet bescyhelt heeft.

Le château fut commencé en 1369 sous l'échevinage de Jean van der Sichelen, il était connu sous le nom « *Du Pavillion* » une tradition populaire veut qu'on se servit pour sa construction de froment au lieu de chaux.

Lesbroussart dans une note sur d'Oudegherst parle en ces termes de ce manoir : Le château de Louis de Male à Wondelgem était magnifique ; la construction seule lui avait coûté plus de deux millions de la monnaie actuelle. Le comte de Flandre y avait déposé ses trésors. Les Chaperons blancs (witte caperonen) sous la conduite de Jean Heyons, après avoir pris Audenaerde et Termonde, saccagèrent et brûlèrent le château. Voici comment est relaté ce fait dans la *Chronique des Flandres*, publiée par la Société des *Bibliophiles :*

Joanne Hyons troc op eenen nacht uut Gent ende beclaem den Casteel te Wondelgem, wanneme ende staeken 't fier in ende in alle huuzen dire omtrent stonden in despyte van den grave Lodewyck.

Marcus Van Vaernewyck, avance contrairement au *Memorie*

boek qu'il fut brûlé par Jean de Leeuw, capitaine des Chaperons blancs.

Peu après, selon l'expression de l'historien de Meyer, Louis de Male « parvint à force de caresses et de bassesses à obtenir la » paix qui lui était si nécessaire, il promit tout ce qu'on voulût, » et cette paix fut appelé d'Audenaerde. » Parmi les diverses conditions dictées dans cette paix, nous trouvons la clause que les Gantois s'engageaient à rétablir le château de Wondelghem.

D'après Sanderus, on disait qu'il y avait un chemin souterain qui conduisait du château de Wondelghem à celui du comtat, il n'a point encore été découvert jusqu'ici, mais toutefois la tradition en existe.

En 1372, Jan de Bruyne, secrétaire du comte, prêta hommage à l'abbé de St-Bavon comme tenancier de ce fief. Voici cette pièce curieuse :

De homædio castri de Wondelghem.

Wy Pieter de Rike baliu en wettelic maenne myns heer sabs en der kerke van sinte Baefs van den manne Jan van Hertberne, Cornelis van de Bossche die men heet van Affelghem, Lievin Hoene en Jan de Sterke die men heet Buck ghenoemde manne ons heer sabs ende der kerke vornomt doen te wetene allen den ghene die desen presenten tsaerte sullen sien of horen lesen dat in onse presencie cemen es Jan de Brune secretaris ons gheduchts heer en princhе ons heer sgravie van Vlaendere de welke Jan de Brune vor ons kende ende lide dat ons heer van Vlandere vorseyd hilt en sculdich was te houdene van onsen heer den abdt en-der kerken vorseyd een leen dats te wetene casteel en de tweedeel van den nederhove mette grachten te Wondelghem van welken leen hem myn heer van Vlandere hadde bevolen manscap te doene in den name van hem onsen heer den abdt vorseyd ende seide dats myn heere van Vlaenderen onsen heer den abdt ghebeden hadde dat hine ontfaen wilde in den name van hem alse te dier waerf en ontfinc Janne den Brune te manne ontfaen heeft bi specialre gracien waert also dat Jan Storme heer dan myn heer van Vlanderen vorseyd dat onse heer de abdt van de voirnoemden leene dan gheen relief hebben noch ontfaen en soude. Maer mine heer van Vlaenderen waere van scaldich selve manscap te doene onsen heer den abt en der kerke vorseyd ofte eenen anderen man te stelne ende te leverne over hem in zine stede in manieren dat onse heer de abdt en de kerke vorseyd hem dan consenteern wilden. En wanneer dat myn heer van Vlandere sal come zyn van leve ter doodt sal zyn hoyr manscap moeten doen onsen heer den abdt en der kerke vorseyd en den ghene sulc recht alse men van eenen vullen leene te sente Baefs ghecostumeert heeft toet haere. Van welken leene Jan de Brune vorseyd heeft ghedaen in den name van myne heer van Vlandere eędt onsen heer den abdt in der kerke vorseyd en al dat hy sculdich was te doene mette rechte. En wy mans vornomt hier up ghemaent zynde van de rechte besproke ons en wysden dat dese vorseyde dinghen so wel en so wettelike ghedaen waren dat zy sculdich syn stede te houdene en te blivene van worden weerden. In der maniere vorseyd. En ome dat zy blinc zullen wel ghehouden hebben wy baliu en manne vornomt desen presenten tsaerter bezeghelt elc onser sonderlinghe met zine zeghele uuthanghende. In orcondsepen en kennessen der warheit. Dit was ghedaen int jaer ons heer doen men screef Dusentich driehondert tseeventich en twee op den xxste dach van aprille. *(Cartulier N° 13, p. 116.)*

ANNEXES.

N° I.

Une femme du nom de Wulfiedis, de condition libre se déclare esclave de l'abbaye de St-Pierre.

In nomine Patris et Filii et Spiritus amen. Notum sit universis sanctæ Matris ecclesie fidelibus presentibus et futuris. Qualiter quedam natalibus mulier de Everghem nomine Wulfiardis cum esset liberis orta natalibus se et omnem posteritatem ex se futuris temporibus prefaturam tributariam constituit ad altare principis apostolorum in Ecclesia Blandinensi tali conditione quod unaque persona eorum singulis annis in festo beati Martini pro censu duos den. in matrimoniis sex et in morte duodecim persolvet ad eandem Ecclesiam advocati insuper nullum præter abbatem prelibati loci habebunt. Actum anno Domini MC. xx quinto.

(Boîte en bois. Archiv. de la province. Anno 1100–1164).

Une femme du nom de Warburgis, de condition libre se déclare esclave de l'abbaye de St-Pierre.

Sciant tam presentes quam futuri quedam Warburgis de Everghem en esset libera sese optulit ecclesiæ sancti Petri in Ganda cum omni posteritate sua singulis annis de duos denarios in contractu matrimonii ad sex in obitu ad pii. Hec sunt nomina posteritatis ana filia Warburgis. Lismot soror ei. Ana filia ei. Ana filia ana. Ana filia ana. Gertruda filia Gissle. Imma soror ei. Grata Damiers soror ei.

(Arch. de la province. Boîte en bois. Anno 815–1099).

N° II.

Le comte Thierri d'Alsace donne aux moines de St-Bavon, en l'honneur de St-Liévin un grand nombre de serfs dont les noms sont exprimés dans cette charte.

Theodericus comes Flandriarum universis ecclesie dei filiis in perpetuum ob memoriam et salutem meam et prædecessorum meorum quedam mancipia mea quorum nomina subscribuntur cum omni sobole sua et posteritate sancto *Livino* precioso martyri in Gandensi ecclesia sancti Bavonis libera et absoluta traditione coram hominibus et baronibus meis præsente abbate *Vulfrico* et fratribus eiusdem ecclesie tradidi et sine iure et exactione atque petitione seu placito vel quolibet seruitio cuiuslibet aduoceti tam eos quam omnes posteros suos esse constituti ita sane quatinus solum abbatem vsi ipse solus non sufficit ad tuitionem eorum me cum abbate sub sancto *Livino* dominum et aduocatum habeant ipsi soli seruiant ipsi censum soluant ipsius placito non alterius assideant ipsius licentie femine et uiri non de aliis quam de famila *sancti Bavonis* ipse maritos ipsi uuores accipiant nisi forte femina liberum vel uir liberam ducat vel quamlibet personam que de iure alterius in seruitutem ecclesie transeat. In obitu de substantia defuncti vel defuncte ius suum ut sol et de talibus fieri ecclesie exigat nisi forte pro paupertate eorum aliqua remissio fiat. Hec sunt nomina horum mancipiorum *Boutdert* uxor *vuilnodi* cum omni posteritate sua. *Woutgerus* frater eius *alsuind* uxor *Rutgeri Thize* cum omni posteritate sua. *Boudert* uxor *tietgeri* cum omni posteritate sua. *Hildeborch* cum omni posteritate sua. *Roholf* pater eius. *Reingart* uxor *ulbaldi* cum omni posteritate sua. *Boudert* uxor *suasini* cum omni posteritate sua. *Imma* cum omni posteritate sua, *Lutteta* cum omni posteritate sua. Hi testes fideles subrogati sunt. *Euerardus de Gand. Balduinas* frater eius *Gerardus* frater eius. *Diremannus de Locren. Arnoldus* filius eius, *Eggebertus de Gundlegen. Arnoldus* frater eius. *Walterus* frater eius. *Balduinus de Assne. Willemus de Dunse* et alii fideles. Item *Winemarus de Gand* castellanus. *Gozuinus de Niukerca. Geruasius de Sumergem, Gozuinus de Sloten. Godscaleus de sancto Bavone, Lambertus de Landegen. Willelmus* filius *Gelnodi. Balduinus de Furslare.*

Actum publice in castro *Gandauo* anno dominici incarnationis millesimo centesimo tricesimo indictione octavo concurrentibus II epactis VIIII.

(Archives de Gand, cartulaire de St-Bavon.)

et sous sa volonté expresse, on transporta à un endroit vulgairement nommé *Cluysen* tout ce qui était nécessaire pour bâtir, bois, pierres, marbres : et des centaines d'ouvriers rassemblés par ordre de Marguerite, jetèrent les premiers fondements du couvent. Mais nouveau miracle, le lendemain, les ouvriers trouvèrent les fondements enlevés, les matériaux disparus, et les ouvrages comblés, et la terre où avaient eu lieu les premières constructions, couverte d'herbes et de genêts, comme si jamais main d'homme n'y eût remué le sol. Marguerite informée de ce prodige fit recommencer l'ouvrage, et la nuit pour plus de sûreté fit surveiller les travaux par des serviteurs dévoués et fidèles ; mais, le lendemain, nouvelle surprise : tout avait disparu au grand étonnement des surveillants qui ne s'étaient aperçu de rien. La pieuse comtesse, aussi désolée que malheureuse de ne pouvoir exécuter la mission dont elle se croyait chargée, adressa au Seigneur de ferventes prières, et voulant persévérer jusqu'au bout dans l'œuvre pieuse qu'elle avait entreprise, s'adressa a un saint hermite qui habitait un lieu désert et sauvage situé à Cluysen ; même elle lui fit part de sa révélation et lui narra les diverses phases et circonstances qui avaient accompagné la volonté de Dieu. Le saint homme la consola et tout en lui parlant le langage du Seigneur la conduisit dans un endroit affreux, tout couvert d'épines et de ronces, hanté seulement des bêtes sauvages, et dont lui seul connaissait l'existence ; là elle vît les fondements que les anges, dans leur saint zèle avaient transportés, et qu'eux-mêmes avaient disposés en forme de monastère. A cette vue la pieuse Marguerite se jetant à genoux, fondit en larmes et rendit grâce au Seigneur de ce qu'il avait bien voulu reconnaître son zèle par un nouveau prodige. Les ouvriers furent mandés et on acheva le monastère qu'elle dota royalement ; elle y plaça vingt-quatre religieuses de l'ordre de

Citeaux. Mais un nouveau miracle aussi remarquable que la vision de la comtesse, s'opéra toujours depuis dans cette sainte demeure et vint confirmer ainsi, par un témoignage non équivoque, et la volonté du Seigneur et la véracité de la légende susdite, c'est que si jamais on outrepasse le nombre de vingt-quatre, nombre des religieuses que la comtesse vit dans sa vision, aussitôt l'une d'entre elles quitte cette terre pour les régions célestes.

» Le révérend abbé des Citeaux en 1234, d'après l'ordre qu'il reçut du saint Père, et à la suite de ce prodige ordonna que jamais on n'accepterait au couvent au-delà du nombre prénommé, depuis cet ordre fut toujours observé tant qu'exista le couvent.

» En 1577 les hérétiques Gantois renversèrent le monastère de fond en comble, et dispersèrent le pieux troupeau. Les saintes sœurs ne se rassemblèrent qu'à l'époque de la pacification de Gand en 1584, et elles s'établirent près de l'église de St-Sauveur à Gand où elles sont encore. Le Seigneur pour montrer sa toute-puissance et l'intérêt qu'il attachait à ce monastère, ne voulut point que le souvenir du prodige de sa fondation se perdit dans la suite du temps, et chaque année, à l'époque où se faisait la procession solennelle qui avait été instituée en mémoire du miracle de la translation des fondements de Cluysen à Doorenseele, on voyait un flambeau ardent, sortant des ruines du monastère détruit, se diriger par le *Drisch* jusqu'à la chapelle antique, fondée à Cluysen au lieu même où s'était opéré le miracle, retourner de l'autre côté jusqu'aux fondements détruits, et disparaître au milieu des tombeaux. Lors de la fondation que l'on fit, quatre ans après la destruction du couvent, d'une chapelle sur les ruines de l'ancienne église, on ouvrit divers tombeaux d'où s'exhala une odeur des plus suaves, qui pendant trois jours embauma les airs, et dont furent témoins plusieurs personnes encore vivantes, seulement le temps de sa faulx destructive avait effacé toutes les inscriptions, et leurs noms nous sont inconnus, mais se trouvent inscrits dans les Cieux. »

LISTE DES SUPÉRIEURES DU COUVENT.

La première fut noble dame Aleyde Van de Walle qui fut la fondatrice de l'église de Doorenzeele, elle mourut en.... 1215

La seconde fut Elisabeth Brysters, née de parents nobles, à Harlebeke; elle fit creuser et prolonger le fleuve venant de Gand, jusqu'au monastère sur une étendue de quatre cent quarante-six verges, qui, circonscrivant le monastère, fit qu'entouré des eaux fluviales, il jouit du flux et du reflux des eaux du fleuve. Elle mourut en...... 1219

La troisième fut Marguerite, qui mourut en.......... 1263

La quatrième fut Maria, qui mourut en.............. 1285

La cinquième fut Margueritte, qui mourut en.......... 1295

La sixième fut Haleydis Van de Poele, elle mourut en... 1299

La septième fut Haleydis Van de Wale, cousine de la fondatrice, elle mourut en...................... 1305

La huitième fut Gertrudis Wittewaters, elle mourut en...

La neuvième fut Catherine Wyleyns d'extraction noble elle mourut en.......................... 1331

La dixième fut Marguerite Silverbergs, elle mourut en... 1342

La onzième fut Pascinio van de Pitte..............

La douzième fut Haleydis....................

La treizième fut Sophie.....................

La quatorzième fut Gertrude..................

La quinzième fut Marguerite..................

La seizième fut dame Catherine Steenlants, d'extraction noble; elle abdiqua et mourut en 1396. On retrouva sa pierre sépulcrale en 1657.

La dix-septième fut dame Marguerite Uterhove, d'extraction noble, elle abdiqua et mourut en 1420

La dix-huitième fut dame Marguerite Van Axpoele, d'extrac-noble, elle régit le couvent 49 ans et mourut en. . . . 1440

La dix-neuvième fut Marguerite Van Axpoele, la jeune, également d'extraction noble, elle régit le couvent 17 ans et mourut en 1457

La vingtième fut dame Marguerite Utterhove, d'extraction noble, elle régit le couvent 6 ans et mourut en 1464

La vingt-unième fut Marguerite Bruwant, elle régit 9 ans et mourut en 1473

La vingt-deuxième fut Jeanne Rabouts, elle régit le couvent 17 ans, abdiqua et mourut en 1492

La vingt-troisième fut Marie s'Vogels, elle régit le couvent 25 ans, abdiqua et mourut en 1517

La vingt-quatrième fut Catherine s'Bocx, elle régit le couvent 34 ans, abdiqua et mourut en 1564

La vingt-cinquième fut dame Marie de Bourgogne, d'extraction noble, elle régit le couvent 24 ans, abdiqua et mourut en janvier 1385, âgée de 74 ans; elle est enterrée à Gand, dans l'Église de St-Sauveur; ce fut sous sa régie que fut détruit le monastère en l'an 1577, et relevé à Gand en l'an 1584

La première, depuis l'installation du couvent à Gand, fut dame Gertrude de Montenegro, d'extraction noble, elle régit le couvent 34 ans, abdiqua en 1609 et mourut le 29 janvier âgée de 83 ans, en 1623

La seconde fut Marie Duremans, qui régit le couvent 12 ans, abdiqua en 1631 et mourut le 17 septembre, âgée de 60 ans 1643

La troisième fut Marguerite Coene qui régit le couvent 8 ans, âgée de 88 ans, elle mourut en 1639

La quatrième fut Adorna Le Grand, elle régit le couvent 19 jours et mourut le 1 mars, âgée de 42 ans, en . . 1646

La cinquième fut Jacqueline van der Durme, elle régit le couvent 10 semaines, elle mourut le 1 septembre âgée de 43 ans, en 1640

La sixième fût Catherine Coyvelet, elle régit le couvent 18 mois et mourut le 8 février, âgée de 77 ans en l'an 1660

La septième fût Marguerite Gaudier, qui est encore notre supérieure, agée de 42 ans, elle est notre supérieure depuis 25 ans.

Ici finit la charte, que nous avons transcrite à la lettre.

En 1794 le cloître fut sécularisé, et les réligieuses, dispersées à jamais, s'éteigniriént peu à peu : la dernière mourut à Gand en 1847.

Les bâtiments et une partie des propriétés du monastère échurent à M. Van Sacegem; il y ériga une école dominicale pour les deux sexes. En 1843 M. Van Sacegem y rebâtit un cloître de l'ordre religieux dit des sœurs de St-François de Paule, destiné principalement à l'éducation de la jeunesse.

Comme nous l'avons vu plus haut, les religieuses de Doorenseele érigèrent une chapelle sur les ruines de leur monastère. Cette chapelle ne suffisant plus à la population toujours croissante du hameau, on fonda en 1776, sur le Drisch, une nouvelle chapelle et une cure pour le coadjuteur; M. Van Sacegem fit en 1833 agrandir la susdite chapelle.

Donation de la comtesse Marguerite au couvent de Doorensele.

Nos Margareta Flandriae et Hanoniae comitissa notum facimus universis quod nos venditionem tertiæ partis viginti bonarium Wastinæ nostræ cum moro existente in eadem, jacentium in officio de Assenede juxta domum Abbatissæ de Doorenzeele quæ vocatur *Triest*, quam dilectus clericus noster Magister Johannes de Monte St-Eligii custos Montensis fecit Balduino de Curta oppidano nostro Gadense de mandato nostro, ratam habemus et firmam; ita tamen quod ipse Balduinus et ejus successores in dicta Wastina nobis et nostris sucessoribus comitibus Flandriæ pro quolibet bonario dictæ Wastinæ sex dinarios annui census in perpetuum ad brevia nostra de Asnede in festo S. Remigii annuatim solvere teneantur.

In cujus rei testimonium et munimen præsentes litterar sigilli nostri munimine duximus roborandas. Actum et datum Gandavi anno domini 1263 die sabbati post cineres.

JUSTIFICATION

DES

NOBLES, NOTABLES ET COMMUNE

DE GAND,

au sujet de l'arrestation et de l'emprisonnement du Duc d'Arschot et de quelques autres Seigneurs.

—

1 5 7 7.

—

PUBLIÉE PAR

I. L. A. DIEGERICK,

Vice-Président de l'Académie, professeur à l'Athénée royal d'Anvers, etc.

Après que Don Juan d'Autriche se fut, par stratagême, rendu maître du château de Namur, et que les États-Généraux eurent appelé à leur secours le prince d'Orange, une partie de la noblesse belge fit offrir à l'archiduc Mathias le gouvernement des Pays-Bas.

A la tête de cette fraction de la noblesse se trouvait le duc d'Arschot, chef de la maison la plus illustre et la plus puissante de ces pays. Ayant abandonné Don Juan et jalousant le prince d'Orange, ce seigneur crut se débarasser de l'un et empêcher l'élévation de l'autre en appelant dans ces provinces le frère de l'empereur Rodolphe ; mais la suite ne répondit pas à son attente, car Guillaume de Nassau fut nommé gouverneur du Brabant et lieutenant-général de l'archiduc.

Comme la charge de gouverneur du Brabant n'avait été conférée au prince d'Orange que *sous le bon plaisir des provinces*, le duc d'Arschot, jugeant l'occasion favorable pour humilier celui dont il était l'antagoniste, employa tous les moyens possibles pour faire rejeter par les États de Flandre la nomination conditionnelle faite par les États-Généraux : mais la popularité du prince était aussi forte à Gand qu'à Bruxelles ; une vive irritation se déclara contre le duc d'Arschot et contre ses partisans, et le 28 octobre 1577, à 11 heures du soir, il fut arrêté avec plusieurs autres seigneurs de son parti.

Ce hardi coup de main excita dans tout le pays une indignation universelle, et ne contribua pas peu à amener la scission entre les provinces flamandes et les provinces wallonnes, en fournissant aux troupes, connues sous le nom de *Mécontents* ou *Malcontents*, un prétexte pour ravager les terres de Flandre.

Les Gantois en voulaient beaucoup aux partisans du duc d'Archot et surtout à ceux qui avaient engagé l'archiduc à venir dans les Pays-Bas. *Le 30 octobre ung des plus grands mutins de Bruxelles, vint dire au conte de Lalaing et Sr de Hèze que sy l'on scavoit qu'ilz eussent esté de ceulx qui aviont faict venir l'archiduc, leur teste estoit en dangier* [1].

Nous croyons inutile d'entrer dans des détails sur ce fait si grave et qui eut des conséquences si funestes : Nous dirons seulement que les États-Généraux envoyèrent aux Gantois une députation pour exprimer leur mécontentement, et demander les motifs qui les avaient excités à un acte si inoui, si arbitraire, si dangereux pour le repos du pays entier.

[1] GACHARD, *Correspondance de Guillaume-le-Taciturne*, prince d'Orange, Tome IV, introduction.

Le 3 novembre, c'est-à-dire six jours après l'arrestation, plusieurs gentilshommes et notables de la ville exhibèrent aux députés des États-Généraux, en présence des échevins des deux bancs, le mémoire justificatif suivant.

Ce document a été traduit par Bor et publié dans ses *Nederlandsche oorloghen*, mais nous croyons qu'il ne l'a jamais été en français : Nous pensons rendre service aux amis de notre histoire nationale en le publiant ici d'après une copie écrite et signée par le secrétaire Hembyse, qui assistait à l'exhibition de la présente justification.

Sommier et préparatif recueil selon la briefvete du temps de quelque poincts de justification des nobles notables et commune de la ville de Gand, ayans fait le saississement du duc d'Arschot et aultres seigneurs et personnaiges en leur ville, lesquels ils amplifieront et vérifieront plus amplement en temps et heure. Exhibé en présence de leurs magistrats aux députés de Messieurs les estats généraulx.

Ainsy qu'il a pleu à Messieurs les Estats générauIx envoyer leurs députez avecq lettres de crédence vers les nobles notables et commune de Gand, faisans et remonstrans grandes doléances et regrets sur l'arrest faict en la personne du duc d'Arschot et d'aultres Seigneurs et gentilzhommes et personnaiges par d'aulcuns desdictz nobles notables et commune de la dicte ville, à cause d'importance de la dignité de la personne dudict Seigneur duc et des aultres personnaiges, aussy pour la conséquence des grands griefz troubles et disionctions quy, en ce temps présent tant cahanteux et dangereux, dudict arrest pourroient souldre de tous les Pays-Bas en général, qui causeroit la ruyne totale desdictz pays, et surtout ignorans la cause et ne pouvant penser y avoir occasion de telle grande et griefve emprinse, touttefois que là où il pourroit avoir cause raisonnable et fondée pour avoir faict ledict arrest pour le prouffict et bien public le service de Dieu et de Sa Majesté et maintenir lesditz pays en concorde paix et union, que messieurs les Estatz-Généraulx vouldroient mesmes remercier grandement ceulx quy seroient employez à l'exécution dudict arrest pour eulx et leurs adhérens s'estre employez à tel acte valeureux et important au bien publicq aussy que n'y ayent fondement, affin que les affaires ne tombent en plus grand rigueur, requerons prompt relaxement dudict seigneur duc et aultres personnaiges arrestés désirans et offrans se mestre moyenneurs de touttes difficultez quy pourroyent survenir. Les nobles notables et commune de ladicte ville de Gand ayans fait l'arrest susdict remerchient bien honorablement messieurs les Estatz-Généraulx de la bonne veulle qu'ilz monstrent d'avoir à la paix union et tranquillité générale de ces Pays-Bas, et déclarent que de leur costel, prenant le souverain seigneur en tesmoignage, qu'ilz n'ont aultre chose plus recommandé que icelle dicte union paix et tranquillité pour laquelle maintenir ilz presentent non seulement leurs contingens de quotes desia accordées des deniers servans audict maintenement, mais comtent en oultre de continuer en tous bons offices et employer corps et biens jusques au dernier.

Mais comme pour mauvaise intelligence volonté ou inspiration ledict duc s'est oublié, avec les aultres personnaiges arrestez, jusques là que de vouloir par diverses menées et machinations mectre disjonction et troubles entre ces Pays-Bas avecq une apparante totale ruyné, saccagement et perdition misérable par les guerres lesquelles par telle disjonction pourroient survenir.

Sy qu'il faict avecq les aultres personnaiges arrester tous adhérens faulteurs ou instigateurs de tel mauvais acte, ledict Seigneur Duc a contrevenu à l'accord union et pacification de Gand tant solemnellement faite et jurée entre tous les pays généraulx de pardeça et le prince d'Oranges, de laquelle dépend tout le bien et repos desdicts pays et exemption de la tyrannie espaignolle.

Car lediet Seigneur Ducq avecq les aultres susdicts a voulu en premier lieu introduire au pays de Flandres l'archiduc Matthias, frère de l'Empereur, pour le mectre gouverneur général aulx Pays-Bas sans respect ou adveu non seullement des aultres provinces et pays, mesmes de sa majesté, entreprenant d'auctorité privée ce qui compète aulx estats en général, et principallement pensant pour le moings l'investir dedans le pays et comté de Flandres, pour par ce moyen disjoindre et desunir les généraulx pays avecq ung institution d'ung conseil d'estat forgé à leur mode, et mandé à ceste fin d'Assonvile, Foncq, Berty, et Scharenberghe, le tout sans la résolution générale des éstats de pardeça.

Et pour mieux parvenir à son desseing a voulu induire les estats de Flandres de protester contre l'aggréation desia faicte par estats particuliers de Brabant et des estats généraulx du gouvernement dudict Brabant à la personne dudt prince d'Oranges pour par telle voye brouiller les cartes et mectre tout le pays en discorde et confusion.

Comme le semblable a esté faict et remonstré depuis peu de temps par M. d'Assigny en plaine assemblée des estats de la ville de Lille, au nom des magistrats venans de la maison du Seigneur de Rasseghem, pour avecq ceulx de Flandres accepter ledict archiduc pour gouverneur général et plustost entreprendre la guerre que d'y faillir, et vouloir arrester l'argent desia assemblée à Douay lequel debvoit estre envoyé es mains des estats généraulx pour au contraire l'employer au faict de la guerre d'icelle division et contre les aultres pays et principallement contre ung pernicieulx, comme ils le noment quy estoit venu au pays pour l'expulser du tout, ainsi qu'il apperra bien par les commissaires qu'il plaira à mesdicts Seigneurs à ceste fin y envoyer pour s'en informer.

Ce que sont actes turbulentes et prétendans de remectre les pays arrière en tous extrêmes dangiers, guerres, périls et calamités. Et oultre aussy que ledict sieur Duc avecq les autres arrestez pour mieux surprendre la ville de Gand et en avoir sa volenté n'a voulu laisser redresser ladicte ville en ses anchiens priviléges usances et coustumes touttesfois leur octroyez et restabliz par acte en date du xxij d'octobre xv^c soixante-dix-sept de par Messieurs les estats généraulx en suyvant la copie autenticque icy jointe le oultre qu'en la génórale ratification et avecq l'union et accord de tous les pays de pardeça lesdicts de Gand estoient restabliz en leurs dictes anciens priviléges coustumes et usances, mais cherchoit tous moyens de les les esloigner et empescher et jusques en faire parler mal, et par maniere de menaces, contre ceulx lesquels s'estoient employez à poursuyte desdicts priviléges jusques a les blasmer comme moteurs rebelles et seditieulx, et par subtilitez et surprinses vouloir faire entrer en ladicte ville de Gand, mesmes aussy à Tenremonde, diverses garnisons pour par force aussy les suppéditer, oster la vie et les biens à ceulx lesquels de bon zèle désirans le bien publicq et l'accord et union des généraulx pays de pardeça sy eussent voulu opposer.

Et mesmes comme ledict seigneur Duc depuis l'arrest fait en sa personne a mesmes confessé, que l'empeschement et retardement qu'il auroit donné, et pensoit plus oultre de faire, avoir esté par l'enhortement de la pluspart des seigneurs et gentilzhommes arrestez quant et luy desirans ladicte disjonction.

De sorte que lesdicts de Gand voyans les dangiers évidents de tomber en division contre le pays de Brabant et aultres de pardeça, et la calamité extrême quy en pourroit survenir des guerres intestines, et la contravention directe de ladicte paix union et accord des pays généraulx, pour y obvier et garder leurs personnes biens femmes et enfans ont esté constrintz soubdainement se saisir du Duc d'Arschot et des inspirateurs et faulteurs de telles mauvaises et execrables demandes, lesquelz plustost que de faillir de point mectre les pays en disjonction prendroient non seulement faire venir ledict Archiduc au gouvernement général sans le sceu des aultres pays et estatz generaulx mais par faulte d'icelluy mesmes les franchoys anchiens ennemiz de noz previleges et franchises, soubs la conduite du duc d'Alençon, soubz faulx ombre de quelque alliance de la fille du Roy d'Espaigne, conte de Flandres, nostre Sire, et depuis ledict saisissement du Duc, des Seigneurs et aultres personnaiges, on a descouvert des lettres du conseiller Hessele escriptes au gouverneur de Namur Monsieur du Rœulx, de laquelle l'on n'en doubte que Messeigneurs ne soient plainement informez, par où se descouvrent aussy les mauvais offices faicts et prestz a avoir exécution.

Et comme de jour à aultre se découvraient de plus en plus les mauvaises menées et desseings practiquez lesdicts nobles notables et commune de la ville de Gand, pour ne faillir à satisfaire en leur endroict, selon que la briefveté du temps le permect, ont déclairé ses justifications sommèrement en présence de leurs magistratz en témoignage soubsignez par le premier secrétaire, esperans avecq le temps et meilleure commodité les amplefier et vérifier comme dessus.

Concluantz lesdictz de Gand avoir eue bien deue et legittime occasion pour le saisissement desdictz Seigneurs, pour empescher les mauvais dessings proposez et aultres quy se pourroient encores descouvrir, implorans en faveur de justice et maintiennement de l'accord et union entre les pays généraulx de pardeça la conjonction et aggréation de messeigneurs les estats généraulx au faict de la dicte saisine, et illecq en leur ville de Gand ou en aultre place plus seure au contentement de ceulx de Gand lesdictes seigneurs Duc, auttres gentilshommes et personnaiges estre et demeurer arrestez soubz bonne et deue garde jusques que leur cause legittimement et deuement connue, demeure et soit ordonné comme de raison se trouvera convenir.

Le susdict escript ou recoeil ait esté exhibé aux députez de messeigneurs messieurs les Estats Généraulx en présence de messeigneurs les eschevins des deux bancqs de ceste ville de Gand, par aulcuns gentilzhommes et notables d'icelle, ce iij^{e} de novembre xv^{c} septante sept. Et par expresse charge desdicts eschevins des deux bancqz a ceste esté par moy signée.

(Signé) HEMBYSE.

(Aux archives d'Ypres.)

EXTRAIT DES PROCÈS-VERBAUX

ET

DE LA CORRESPONDANCE DE L'ACADÉMIE.

— L'empereur du Brésil, le roi des Deux-Siciles, le roi de Bavière, le Grand-Duc de Hesse — Souverains auxquels l'Académie a continué à faire hommage de ses travaux, — ainsi que plusieurs compagnies savantes, remercient l'Académie, dans des termes flatteurs, de l'envoi qu'elle leur a fait de ses dernières publications.

— M. le conseiller Seibertz, de l'Académie royale des sciences de Bavière, adresse à l'Académie ses remercîments pour son admission comme membre honoraire.

—L'Académie a reçu, depuis la dernière livraison de ses Annales, les envois suivants :

1. La Société libre d'émulation pour l'encouragement des lettres, des sciences et des arts de Liége, son *Programme* des sujets qu'elle propose pour le concours de l'année 1861.

2. De la Société de médecine de Gand, la 4me livraison du XXXVIII volume de ses *Annales*.

3. De la Société des sciences de la Haute-Lusace, 4 livraisons de 1860 de son recueil intitulé : *Neues Lausitzisches Magasin,* — tome XXXVI —

4. De la Société historique d'Utrecht, ses *Publications* de l'année 1859.

5. De la Société de médecine d'Anvers, les livraisons de mai et de juin 1860 de ses *Annales*.

6. De la Société des sciences médicales et naturelles de Bruxelles, les *Cahiers de juin* et *de Juillet 1860* de son journal.

7. De l'Académie royale de médecine de Belgique, les nos 4 et 5 du tome III de son *Bulletin*.

8. De la même, le *3e Fascicule* du tome IV et le 1e du tome V des *Mémoires des concours*, etc.

9. De la direction du journal de l'imprimerie et de la librairie en Belgique, les nos 4 et 5 de 1860 et la *table des ouvrages publiés en 1859*.

10. De M. Broeckx, bibliothécaire-archiviste de l'Académie, sa *Dissertation sur les médecins poètes Belges*.

11. Du même, sa *Notice sur Josse de Harchies, médecin théologien Montois au XVIe siècle*.

12. Du même, sa *Notice* intitulée : *Miscellanea medica*. — Analyse de l'ouvrage de M. Digerick sous le titre de *Jehan Yperman, le père de la chirurgie flamande* (1297), etc.

13. De la part du Révérend M. Kuyl, vicaire de N.-D., à Anvers, sa brochure intitulée : *Legende der Martelaren van Gheel SS. Dimphna en Gerebernus* etc. Cette première production de l'auteur nous est de bon augure pour son *Histoire générale de Gheel*, dont il s'occupe depuis plusieurs années.

14. De M. le docteur Matthyssens, professeur de physiologie et de médecine légale à l'hôpital civil d'Anvers, etc., son *Instruction populaire sur les soins que l'on doit donner à l'enfant nouveau-né et sur les soins que réclame la grossesse et l'accouchement*.

15. De M. le docteur de Wachter, membre de la Société de médecine d'Anvers, une brochure intitulée : *Le lard et ses auxiliaires dans l'alimentation des habitants des campagnes*. Lettres adressées à M. le docteur Broeckx.

16. De la Société des Antiquaires de l'Ouest, le *Rapport* de sa séance publique du 10 mai 1860.

17. Du comité flamand de France, le n° 2 de mars et d'avril 1860, de son *Bulletin*.

18. De la société des sciences de Zélande, la *Notice biographique* sur feu notre savant confrère de Wind, publiée par M. K. R. Pekelharing.

19. De la Société archéologique de l'Orléanais, le n° 35 de son *Bulletin*.

20. De l'Institution Smithsoniane de Washington, la *Liste de sa correspondance*.

21. De l'Université catholique d'Irlande, le n° 5 de janvier 1860 de son recueil intitulé : *The Alantis*.

22. Du R. P. Terwecoren, les n^os^ du 1r et du 15 juin, et du 1r juillet 1860 de son recueil sous le titre de *Collection de précis historique*.

23. De M. Van der Heyden, secrétaire-perpétuel de l'Académie, la 5e livraison du tome II de son *Nobiliaire de Belgique*.

24. De M. Mathieu, membre correspondant à Bruxelles, toute la collection de ses *œuvres* en vers.

25. De M. Diegerick, 2e vice-président de l'Académie, le tome cinquième de son *Inventaire analytique et chronologique des chartes et documents des archives d'Ypres*.

26. De mademoiselle Prudence Lansens, de Couckelaere, son roman intitulé : *Lotgevallen van twee kunstenaren*.

27. De M. d'Otrepe de Bouvette, membre honoraire à Liège, sa nouvelle publication intitulée : *les Catacombes ouvertes comme étude des mœurs*.

28. De M. le ministre de la justice, le 20e volume publié par

la Commission royale chargée de la publication des anciennes lois et ordonnances de la Belgique, contenant les ordonnances des Pays-Bas, depuis l'avénement de Philippe V, jusqu'à Charles III, 23 juin 1706.

29. De M. Scheller, bibliothécaire du roi, membre correspondant, le 2e cahier du tome XVI de son *Bulletin* du *Bibliophile Belge*.

30. De M. l'Abbé Corblet, membre correspondant à Amiens, les nos 5 et 6 de mai et juin 1860 de la *Revue de l'art chrétien*.

31 De la Société paléontolique de Belgique, les feuilles no 4 à 5 de son *Bulletin*.

32. De la Société archéologique, scientifique et littéraire de Béziers, la 3e livraison du tome I de son *Bulletin* de 1860.

33. De M. Le Grand de Reulandt, membre effectif, une inscription gothique sur pierre, provenant de l'ancienne église de Ghistelles démolie en 1854.

SUITE AU TABLEAU GÉNÉRAL
DES
MEMBRES DE L'ACADÉMIE.

Membres correspondants :

FRINGS (l'Abbé MATHIEU JOSEPH), secrétaire de la Société historique de la Basse-Bavière, etc., à Landshut.

MÉPLAIN (ÉTIENNE), juge au tribunal civil de Moulins, secrétaire-général de la Société impériale d'émulation pour les sciences, lettres et arts du département de l'Allier, etc.

VIES ET ŒUVRES

DES

PEINTRES, SCULPTEURS, GRAVEURS et ARCHITECTES

FLAMANDS ET HOLLANDAIS

DEPUIS LES TEMPS LES PLUS RECULÉS JUSQU'A NOS JOURS

PAR

Chrétien KRAMM,
membre de l'Académie royale d'Amsterdam, etc.

L'ouvrage que publie aujourd'hui un écrivain néerlandais, M. Kramm, d'Utrecht, présente, sous un nouveau jour, l'ancienne école flamande et hollandaise dont les grands artistes, peintres, sculpteurs, dessinateurs, architectes, graveurs et statuaires ont illustré l'art par leurs travaux pendant une suite de près de six siècles. L'école néerlandaise se divise en deux classes bien distinctes. C'est d'abord l'école flamande dont le génie brillant de ses artistes se développa sous l'impulsion du talent des frères Van Eyck; puis l'école hollandaise qui eut pour chef et pour guide le génie, le talent et la science de Lucas Van Leiden. Cet artiste forma une suite de grands peintres et graveurs qui s'inspirèrent de ses travaux et résume en lui seul toute une époque et une des plus grandes écoles de l'art moderne.

Rembrandt et Rubens, le premier pour la Néerlande, le second pour la Belgique, continuèrent à tenir le sceptre de l'art pendant le siècle de la renaissance. Les quatre artistes Hubert Van Eyck, Lucas Van Leiden, Pierre Paul Rubens et Rembrandt Van Ryn, résument en eux les plus grandes époques de l'art morderne, Hubert et Jean Van Eyck et Lucas Van Leiden dégagèrent l'art chrétien des formes bizarres de l'école Byzantine et Romane, adoptèrent dans leurs travaux un dessin correct, élégant et pur, en affranchissant la peinture de ces couleurs polychromes, lourdes et sans harmonie. Après Rubens et Rembrandt développèrent à ce haut point l'art, la couleur, l'énergie du dessin, l'expression et la connaissance des formes, où, nous le reconnaissons maintenant, sans pouvoir atteindre ce point élevé où portèrent ces hommes de génie l'art monumental et religieux.

L'ouvrage que M. Kramm publie sur les artistes flamands et hollandais offre un grand intérêt à tous ceux qui s'intéressent à la connaissance de l'histoire de la peinture et des chefs-d'œuvre de l'art. M. Kramm a fait d'immenses recherches dans tous les musées, collections particulières, bibliothèques et dépôts d'archives pour connaître exactement la biographie des artistes. A ce travail long et pénible, l'auteur joint une profonde connaissance de l'art, une grande érudition et son histoire de l'école flamande et hollandaise offrira le travail le plus complet et le plus étendu connu jusqu'à présent. ALEXANDRE SCHAEPKENS.

Sommaire de la troisième Livraison.

ON S'ABONNE

aux ANNALES DE L'ACADÉMIE D'ARCHÉOLOGIE DE BELGIQUE, (paraissant par livraisons trimestrielles, formant par année un volume in-8°, — prix du volume: Dix Francs), chez M. De Cuyper, trésorier de l'Académie, à Anvers, rue Rouge.

Tout ce qui est destiné à l'Académie doit être adressé franco *à* M. VAN DER HEYDEN, *Secrétaire perpétuel de l'Académie d'Archéologie de Belgique, rue de Jésus à Anvers.*

— M. le comte DE KERCKHOVE-VARENT, *Président de l'Académie, va habiter Malines, Long fossé au Poil, N° 2.*

ANNALES

DE

L'ACADÉMIE D'ARCHÉOLOGIE

DE

BELGIQUE.

Tome dix-septième. — 4me Livraison.

ANVERS,
IMPRIMERIE J.-E. BUSCHMANN, RUE DES ISRAÉLITES,
(Imprimeur de l'Académie d'Archéologie de Belgique).

1860.

Nouvelles et Variétés.

— Notre honorable collègue M. le professeur Diegerick, 2e vice-président de l'Académ
vient d'être nommé membre correspondant de la Société impériale académique de Cherbourg;
de la Société archéologique et historique de la Souabe.

— La Société provinciale des arts et des sciences, séant à Bois-le-Duc, voulant donner u
marque de sa haute estime à notre savant et honorable collègue M. Demarteau, lui a conf
à l'unanimité le titre de membre correspondant, comme auteur d'un grand nombre d'ouvrag
estimés, qui ont valu à M. Demarteau l'accueil le plus flatteur des savants et de plusie
souverains, et encore récemment du roi des Pays-Bas.

Voici la liste de ses nombreuses et excellentes publications :

LISTE DES OUVRAGES PUBLIÉS.

1. En 1827, une arithmétique pratique à l'usage des ouvriers et élèves de l'école de Ch penterie et de Menuiserie de Liége.
2. En 1829, une géométrie pratique idem.
3. Projet de Camp baraqué, mis au concours par M. le Ministre de la guerre baron Cha
4. Note sur une nouvelle manœuvre pour pont-levis.
5. Notice sur une nouvelle machine à confectionner le mortier.
6. Mémoire à l'appui d'une nouvelle serrure (elles ont été employées à la citadelle, et clefs ayant été égarées, on a dû les briser pour ouvrir les portes).
7. Notice sur un nouveau système de mécanisme pour latrines inodores (mention honora à l'exposition économique domestique de Bruxelles).
8. Notes diverses sur quelques opérations de la mine.
9. Notice sur une machine à forer à l'usage des troupes du génie.
10. Mémoire sur un appareil destiné à la désinfection des effets militaires.
11. Notice historique sur la ville et la forteresse d'Ypres.
12. Machine à scier la glace des fossés des places fortes.
13. Analyse géographique des provinces de la Belgique, applicable aux écoles régimenta (ouvrages fait pour le concours décrété par M. le ministre Rogier qui n'a pu être term à temps).

LISTE DES OUVRAGES A PUBLIER.

1. Notice sur la construction des fours de campagne.
2. Note concernant le déboucher en sape simple à l'extrémité d'une sape en construct à l'aide du chariot.
3. Notice sur un poële cylindrique économique destiné à faire bouillir l'eau dans des cu en bois (mention honorable).
4. Mémoire sur un four économique enveloppé d'air chaud (mention honorable).
5. Essai sur les manœuvres d'infanterie, communiqué à plusieurs officiers généraux.
6. Mémoire sur un projet de casernement (inventé en 1839, en partie exécuté à Liége, Ga Audenaerde et à l'étranger).
7. Mémoire sur un camion avec échelles de sauvetage.
8. Vade-mecum pour l'officier en particulier.
9. Trigonométrie pratique et théorique à l'usage des ouvriers.
10. Cours de trigonométrie qui a été donné à Liége en 1840 à MM. les officiers du régiment génie, remis en pratique à l'usage des sous-officiers.
11. Notice historique de la campine et particulièrement du camp de Beverloo.
12. Guide du constructeur (15 ans de travail tant en recherches que d'étude; on dema 4000 francs pour éditer cet ouvrage).
13. Notice concernant les matériaux et falsification.
14. Guide du propriétaire et de l'ouvrier.

OUVRAGES FAITS DEPUIS L'ENVOI DE LA LISTE.

15. Mémoire sur un four portatif de campagne enveloppé d'air chaud, etc.
16. Notice concernant un nouveau procédé de dorure et argenture des métaux en gén par voie électro-chimique
17. Note concernant le lessivage du linge à la vapeur.
18. Note sur les fourneaux économiques.
19. Système de prison cellulaire rectangulaire. — (Ouvrage qui avait été destiné pour concours de la prison cellulaire de Termonde, qui n'a pu être achevé faute de tem Ce grand ouvrage a été compulsé sur les notes données par M. Stevens, actuellem directeur de la prison cellulaire de Louvain).

Cuisinière économique.

MISCELLANÉES

POUR SERVIR A

L'HISTOIRE DE LA LÈPRE

A ANVERS,

PAR

C. BROECKX,

Bibliothécaire-Archiviste de l'Académie, etc.

La note sur la *Visite des Lépreux à Anvers au XVIe siècle,* que nous avons publiée dans les Annales de l'Académie d'Archéologie de Belgique, paraît avoir attiré l'attention de quelques savants, nos amis. Si, d'un côté, elle nous a valu quelques critiques, de l'autre, elle nous a procuré plusieurs documents d'un haut intérêt pour l'histoire de cette maladie dans la métropole commerciale du pays. Comme cette histoire est encore à faire, nous avons jugé utile de publier les pièces qu'on a bien voulu mettre à notre disposition. On y trouvera des renseignements qu'on chercherait vainement ailleurs.

Faut-il le dire? les historiens de notre ville ont généralement glissé sur tout ce qui se rapporte à la corporation médicale d'Anvers. Diercxsens, dans son *Antverpia christo nascens et crescens*, fait connaître peu de détails. MM. Mertens et Torfs [1], dans le

[1] *Geschiedenis van Antwerpen.*

monument historique si remarquable sous tant de rapports, qu'ils ont élevé à la gloire de leur ville natale, ne sont guère plus explicites. Il en est de même de l'*Histoire d'Anvers*, par M. Lepoitevin de la Croix, et de celle que M. Eugène Gens publie en ce moment. Avouons toutefois que, pour ce qui regarde la matière spéciale qui nous occupe, nous trouvons plus de matériaux dans les *fastes des calamités de la Belgique*, par M. Torfs, ouvrage plein de recherches savantes et consciencieuses et dans l'article de M. Seffen (Neeffs?) sur les lépreux, publié dans le quatrième volume du *Vlaemsche School*.

Si la nature de cet écrit nous permettait d'entamer ici une discussion médicale, nous désirerions, avant de présenter l'analyse de nos documents, examiner cette question d'un si haut intérêt : la lèpre est-elle la même maladie que la syphilis? Toutefois les caractères des deux maladies sont assez tranchés pour nous autoriser à juger que la lèpre épidémique diffère essentiellement de la syphilis, maladie devenue si fréquente en Europe, après la découverte du nouveau-monde et après la disparition de la première.

Des auteurs et, entre autres le savant médecin de Meersseman, de Bruges, ont prétendu que le feu de St-Antoine et la lèpre épidémique étaient la même maladie, mais les raisons qu'ils allèguent ne nous ont pas paru assez concluantes pour nous ranger à leur avis.

Dans le moyen-âge, presque tous les établissements publics possédaient un sceau; l'hôpital des lépreux avait aussi le sien; ce sceau a été découvert par le bibliothécaire-adjoint de notre ville, qui s'est déjà fait connaître si favorablement par ses nombreux travaux historiques et archéologiques. Nous cédons volontiers un instant la plume à ce savant : « il y a quelques années, nous écrit » M. P. Génard, en faisant des recherches aux archives de l'église

» N. D. d'Anvers, nous découvrîmes, attaché à un acte du XIIIe
» siècle, un sceau dont l'exécution attira immédiatement notre at-
» tention. Il représentait une figure assise tenant dans les pans de

» sa robe une forme humaine, laquelle, aux termes de l'iconographie
» chrétienne, devait signifier une *âme;* notre étonnement redou-
» bla, lorsqu'à l'exergue nous lûmes les mots : *(Sigillum) Do-*
» *mus Leprosorum Antwerp.;* en effet nous avions en main peut-

» être le seul monument restant et inconnu d'une des plus tristes
» et, en même temps, des plus remarquables institutions du moyen-
» âge : *le sceau de la Léproserie d'Anvers.*

» Heureux de cette précieuse trouvaille, nous nous fîmes un
» devoir de la faire connaître au public, et la gravure du sceau
» parut en 1855 dans la revue : *de Vlaemsche School.*

» Nous disions que la figure était assise ; c'était un indice du
» pouvoir royal ; la voyant en outre avec les pieds nus, signe qui
» caractérise *toujours les personnes divines*, nous crûmes un
» instant y reconnaître *le Sauveur du monde,* mais en cela nous
» nous trompions, car, ainsi que nous l'avons écrit ailleurs [1],
» et suivant le témoignage du savant directeur des *Annales*
» *archéologiques*, M. Didron, la nudité des pieds caractérise
» *quelquefois* aussi les prophètes, *toujours* les apôtres, *toujours*
» les anges [2] et nous pouvons y ajouter également, *toujours*
» les patriarches.

» En effet la figurine représente un patriarche, et, quoique les
» exemples d'une pareille représentation soient aujourd'hui très-
» rares en Belgique, elles ne le sont guère en France où bien des
» modèles de ce genre ont été retrouvés par MM. Didron, Crosnier
» et Viollet-le-Duc.

» La statuaire du moyen-âge, dit M. Viollet-le-Duc dans son
» important *Dictionnaire de l'Architecture française du XIe*
» *au XVIe siècle*, la statuaire du moyen-âge personnifie fréquem-
» ment les âmes. Dans les bas-reliefs représentant le Jugement

[1] Voyez l'ouvrage intitulé *St. Julianus Gasthuis te Antwerpen*, par M. le curé P. VISSCHERS. Nous avons eu l'honneur de fournir quelques notes à notre savant ami pour la rédaction de cette monographie.

[2] *Iconographie chrétienne; histoire de Dieu ;* p. 285.

» dernier, dans les bas-reltefs légendaires, les vitraux, dans les
» tombeaux, les âmes sont représentées par des formes humaines,
» jeunes, souvent drapées, quelquefois nues. Parmi les figures
» qui décorent les voussures des portes principales de nos églises,
» dans le tympan desquelles se trouve placé le Jugement dernier,
» à la droite de Notre-Seigneur, on remarque souvent *Abraham*
» portant des groupes d'élus dans le pan de son manteau; ce sont
» de petites figures nues, ayant les bras croisés sur la poitrine ou
» les mains jointes. »

» Le doute n'est donc plus possible : le sceau représente *une*
» *âme dans le sein d'Abraham*. Cependant, dans le cas présent,
» cette âme possède un caractère déterminé.

» En effet les Léproseries étaient, comme on le sait, placées
» sous la protection de St-Lazare. C'était une idée toute chrétienne
» que de rappeler constamment aux malheureux affligés d'une
» maladie dont le nom seul faisait frémir, qu'après une vie de
» tourments, ils seraient placés dans le séjour de la béatitude céleste.

» Le graveur a donc voulu représenter *Lazare dans le sein*
» *d'Abraham*; notre figure, rappelant par conséquent un des plus
» beaux passages du Chapitre XVI, de l'évangile de St-Luc, nous
» en transcrirons une partie qui a trait à la vie de St-Lazare.

» 19. Il y avait un homme riche, dit St-Luc, qui était vêtu de
» pourpre et de lin, et qui se traitait magnifiquement tous les jours.

» 20. Il y avait aussi un pauvre appelé Lazare, tout couvert
» d'ulcères, couché à sa porte.

» 21. Qui eût bien voulu se pouvoir rassasier des miettes qui
» tombaient de la table du riche; mais personne ne lui en don-
» nait : et les chiens venaient lui lécher ses plaies.

» 22. Or il arriva que ce pauvre mourut, et fut emporté par

» les anges dans le sein d'Abraham. Le riche mourut aussi, et
» eut l'enfer pour sépulcre.

» 23. Et lorsqu'il était dans les tourments, il leva les yeux en
» haut, et *vit* de loin *Abraham, et Lazare dans son sein;*

» 24. Et s'écriant il dit ces paroles : Père Abraham, ayez
» pitié de moi, et envoyez-moi Lazare, afin qu'il trempe le bout
» de son doigt dans l'eau pour me rafraîchir la langue, parce que
» je souffre d'extrêmes tourments dans cette flamme.

» 25. Mais Abraham lui répondit : Mon fils, souvenez-vous
» que vous avez reçu vos biens dans votre vie, et que Lazare n'y a
» eu que des maux : c'est pourquoi il est maintenant dans la
» consolation, et vous dans les tourments. »

« Après ce passage, qui explique toute l'idée représentée dans
» le sceau de la *Léproserie* d'Anvers, nous n'avons plus qu'à
» considérer cette œuvre, sous le rapport artistique. Datant du
» XIIIe siècle, elle constate qu'à cette époque reculée, la gravure
» belge marchait de pair avec la peinture et la sculpture; comme
» reste de l'école d'Anvers, elle présente un intérêt d'autant
» plus grand que bien peu de productions artistiques de ces temps
» reculés sont venues jusqu'à nous. »

Dès le temps de son érection, deux échevins étaient les tuteurs ou les protecteurs de la léproserie de Tersieken. Le 8 août 1553, les protecteurs et la supérieure de cet établissement firent avec les administrateurs des pauvres de la ville, une convention dont voici les principales clauses : le couvent de Tersieken s'engage à entretenir, à ses frais, toutes les personnes lépreuses du sexe féminin avec les enfants, même les garçons au-dessous de l'âge de 18 ans, à l'exception toutefois des femmes mariées dont les maris sont ladres. Celles-ci pourront demeurer avec leurs maris, à moins qu'on décide le contraire. D'un autre côté, les aumôniers prennent l'engagement de soigner à Dambrugge tous les hommes lépreux avec leurs femmes atteintes du même mal ainsi que les enfants mâles ayant 18 ans révolus. On pourra néanmoins garder à Dambrugge deux ou trois femmes qu'on jugera nécessaires pour laver et soigner les lépreux. Si toutefois, après une épreuve de deux années, l'administration des pauvres croit que les frais d'entretien s'élèvent trop haut, elle pourra faire des observations et on pourra alors recourir à d'autres mesures. Il paraît qu'après le temps expiré, on n'éleva aucune réclamation et que la convention sortit ses effets jusqu'à la suppression de Tersieken. Nous faisons suivre ici l'original, que nous devons, avec les huit pièces suivantes, à l'obligeance de M. Verachter, conservateur des archives de notre ville :

Accoord tusschen de aelmoesseniers ende het Clooster van Ter Siekenen.

Op heden den 8n dagh augusty A° 1553 soo syn onderlinghe geaccordeert myn vrouwe ende die van den Godtshuyse van ter Siecken-lieden buyten deser stadt van Antwerpen gelegen, met hun adjont Heer van den Werve Riddere ende Mr Jaques Houtappel schepenen der selver stadt, als momboiren van den selven Godshuyse ter eenre, ende de Aellemoesseniers van den armen huysarmen der selver stad, van den Camere der voors. armen wegen, ter andere syden, aengaende het onderhouden van den armen Lasarissen ende ten eynde de selve onderhouden, ende daer oppe goede ordre gestelt ende gehouden worden ende verscheyde abusen ende inconvenienten verhuet ende dat in deser naervolgende manieren, te wetene, dat sy samen gesloten hebben ende overcomen syn, dat van nu voortaene geheelyck tot laste van den voors. Godtshuyse selen staen, ende aldaer onderhouden selen moeten worden alle de melaetse vrouwen ende kinderen die nu syn oft comen selen, tselve verstaende van de knechtkens tot den ouderdom van achthien iaeren ende daer onder, ende van de meyskens ende vrouwen van wat ouderdom die mogen wesen, uytgenomen alleene de melaetsche vrouwen gehout synde ende dier mans ook melaetsch syn, dewelcke by hun mans selen mogen blyven, ende met hun onderhouden worden, tot dat anders daerop geordonneert sy, ende tot laste der voors. camere, ende van de aelmoessen tot onderhoudinge van de Lazarissen gegeven wordende selen staen, ende inden huyskens van der stadtwegen te Dambrugge gemaeckt wesende onderhouden worden de melaetsche manspersoonen met het melaetsche huysvrouwe als vooreen van hunne achtthien iaeren opwaerts, mitsgaders oock den knapen, kinderen als die tot henne achtthien iaeren toe inden voors. Godtshuyse selen onderhouden geweest syn, waer toe aldaer tegenwoordigh uyt den voers. Godtshuyse aenveert selen moeten worden sekere manspersoonen aldaer nu noch wesende, ende desgelyks die van den Godtshuyse als nu t heuren laste aenveerden en uyt de voers. huyskens nemen sekere vrouwpersoonen daer in wesende, wel verstaende dat de voors. aellmoesseniers by tyde dienende in de voors. huyskens selen mogen blyven houden de eene, twee oft meer vrouwen soo ende die hen goet duncken sal om de andere Lazarissen te waschen, wringen, etc. behoudelyck oock soo verre dallemoesseniers teynde den twee iaeren dit accoord ten laste van den Camere te swaer dunck te vallen, dat sy tselve selen mogen te kennen geven ; en sal men daer inne tot ontlastinge vander Cameren versien soo bevonden sal worden te behooren in kennisse ende vastigheden van welcken accorde syn hier aff gemaeckt twee cheelen die elck partye onderteeckent en deen daer aff t heur waerdere genomen heeft. Onder stont concordantiam attestor ende was onderteeckent Juliano Verhoeven nots regs et applicus.

Het bovenstaende accoord staet geenregistreert in den privilegie Boeck berustende ter Camer van den armen alhier fol. 507 et V° ende accordeert. Is onderteeckend M. J. A. Knyff.

Malgré les ordonnances sévères pour prévenir la propagation du mal, plusieurs lépreux entraient en ville, importunant les habitants et infectant les personnes saines. Des malades étrangers pénétraient même furtivement dans nos murs, cachant leur mal pendant quelque temps et se faisant seulement visiter longtemps après, afin de pouvoir participer aux aumônes destinés uniquement aux lépreux d'Anvers séquestrés à Dambrugge. Pour mettre un terme à ces abus, le magistrat publia, le 24 mai 1567, le décret qui contient les points suivants : 1° Les lépreux étrangers à la ville seront tenus de quitter Anvers endéans les 14 jours sous peine d'être bannis, flagellés ou d'encourir une punition arbitraire. 2° Les habitants d'Anvers atteints du mal et qui ne peuvent entrer à Tersieken, ne pourront demeurer en ville et devront se retirer dans la léproserie de Dambrugge, en se conformant au règlement de l'établissement. 3° Les pensionnaires de Dambrugge ne pourront pas quitter leur local; ils devront se tenir endéans de la porte, et ne pourront pas se livrer à la mendicité ni en ville ni ailleurs. La peine était des plus sévères. En effet, ils étaient attachés, pendant un mois, à un billot, au pain et à l'eau. 4° Les aumôniers choisiront parmi les malades une ou deux personnes pour remplir les fonctions de chef ou *doyen*. Le doyen s'obligera, par serment, d'observer et de faire observer les règlements émanés sur la léproserie. Il punira ou fera punir tous les délinquants et fera rapport aux aumôniers de toutes les infractions parvenues à sa connaissance. Si le doyen se trouvait en défaut, il encourra double punition. 5° Au doyen incombe le soin de tenir la porte constamment fermée, et d'empêcher qu'aucun des séquestrés ne sorte, à moins de nécessité absolue. Dans ce cas, il en donnera immédiatement connaissance aux aumôniers. Toutefois le doyen ou les aumôniers pourront permettre qu'un malade se trouve dans la maisonnette à côté de la porte, la cliquette en main, afin de recueillir les aumônes des passants. Les aumônes recueillies à la léproserie et en ville seront distribuées aux malades selon l'avis des aumôniers. 6° Si un lépreux se permettait d'enfreindre la consigne et d'aller boire dans les cabarets, le doyen sera tenu d'attacher le délinquant, durant deux mois, au billot, au pain et à l'eau. 7° Aucun malade ne pourra quitter le local sous prétexte de faire quelque achat. S'il a réellement besoin de quelque chose, le doyen pourra le lui procurer par l'entremise de la personne désignée à cet effet par les aumôniers. 8° Si quelqu'un se livre à des rapports charnels avec une femme de l'établissement ou autre, le doyen le fera immédiatement attacher au billot, au pain et à l'eau, durant l'espace de deux mois. L'art. 9° de l'ordonnance pourvoit de la manière suivante, à l'emploi du temps : tous les lépreux en état de travailler, seront obligés de confectionner des balais, des brosses ou s'occuperont de tout autre ouvrage que le doyen ou les aumôniers commanderont. En cas de refus, on les mettra au pain et à l'eau pendant 14 jours. 10° Tous les dons destinés aux malades leur seront distribués conformément à l'avis des aumôniers. 11° Il est sévèrement défendu aux lépreux d'injurier les aumôniers, le doyen ou tout autre personne de l'établissement sous peine d'être puni d'après la décision des aumôniers. En cas de crime, il sera procédé conformément aux lois. 12° Si un lépreux, venant à décéder, possédait quelque bien, ce bien devenait la propriété de la chambre des pauvres et était employé à l'entretien des malades de Dambrugge, à moins que le défunt n'eut des héritiers directs. Dans ce cas, la moitié de la succession servait seulement à l'entretien de la léproserie et l'autre moitié retournait aux parents. 13° Cet article règle la manière d'après laquelle les malades devront assister, le dimanche et les jours de fête, au service divin à l'église de St-Willebrord. En cas que les malades ne retournaient pas immédiatement à l'établissement après le service divin, ils étaient attachés au billot durant un mois, au pain et à l'eau. 14° Les doyens seront obligés de faire observer les ordonnances par les pensionnaires et de les punir en cas d'infraction; s'ils sont impuissants à le faire, ils en donneront immédiatement connaissance aux aumôniers sous peine de double punition. Cet article se termine en engageant les aumôniers à tenir fermement à l'exécution du présent règlement. 15° Dans les autres points, non contraires à la présente ordonnance, les lépreux devront se conformer aux anciens règlements sous peine de punition et même de punition arbitraire.

Dans notre *Note sur la visite des lépreux*, nous nous sommes demandé en quoi consistaient les fonctions et les privilèges des doyens de la léproserie. La présente ordonnance nous les fait connaître suffisamment. Nous croyons que la nomination d'un doyen parmi les malades même, devait entraîner des inconvénients. En effet, le doyen appartenant à la même catégorie, ayant les mêmes intérêts, ne pouvait pas exercer une autorité bien grande. Les fréquentes infractions aux ordonnances le prouvent à satiété. Mieux eut valu préposer une personne non atteinte du mal. D'un autre côté, la crainte de la contagion empêchait les aumôniers de voir l'état des choses par eux-mêmes. Nous donnons ici la pièce importante contenant les prescriptions faites en 1567:

Geboden ende vuytgeroepen by jonker Diericken Vander Meeren Schouteth Burghermeesteren Schepenen ende Raedt van der stadt van Antwerpen opten xxiiij^en meye 1567.

Alsoe tot verscheyden stonden soe by der K. M. als van deser stadt weghen, diuersche ordonnantien gemaect ende gepubliceert syn aengaende den Lazarussen, ende om te remedieren diuerssche abvysen ende ongeregeltheden onder hen gebeurende daer deure vele groote inconvenienten onder de ingesetene des lants toecomende ende de sieckte van der melaetscheyt grootelick wort verbreyt ende dat dien niet jegenstaende men by exprrientie beuint dat de ongeregeltheyt onder de selue Lazarussen daghelicx vermeerderende is. Sulcx dat sy nyet alleene vuytter stadt nyet en blyuen maer oock de goede lieden aen heure persoonen, huysen, kramen ende winkels grootelick syn importunerende ende bouendien conuerserende ende ommegaende met andere persoonen nyet besmet synde daer doere de selue sieckte alsnv sulcx verbreyt wordt ghelyck men in der lester visitatien daer affgehouden wel bevonden heeft, dwelck oock te meer alhier geschiet dat eenighe als sy beuinden van dyer sieckten besmet oft daer voere beduchten dan comen in fraude vanden voorgaenden ordonnantien alhier woonen ende houdende sekeren tyt bedeckt ende laten hen alsdan ierst visiteren ende verclaren melaetsch om te ghenieten daelmoessen alhier, al contrarie ende in fraude vander voorschreuen ordonnantie, nyet tegenstaende men hen om de selue te voldoene huyskens vander stadt wegen heeft ghemaeckt, so dat noottelick is daerop goede ordre te stellene tot conseruatie vanden goeden inghesetenen ende ghemeynen besten opdat de voorschreuen sieckte nyet voordere en verbreyt en wordde, om dwelck te doene ende opal te remedierene soe eest dat byden heeren Schouteth Burghermeesteren Schepenen ende Raede deser stadt gheordineert ende ghestatueert syn de puncten naebescreuen de welcke men gebiet ende beueelt eenen yeghelicke seer scherpelicken ende onuerbrekelicken te onderhouden op de penen daer toestaende.

In den jersten dat alle melaetsche persoonen sullen moeten vertrecken ter plaetsen daer die geboren syn ende dat binnen xiiij daghen nade publicatie van desen op de pene van ghebannen ghegeesselt oft anders arbitralick gecorrigeert te worden.

Item dat de poorters deser stadt melaetsch wesende nyet comende int Goidshuys vanden sieckerlieden buyten deser stadt de welcke ghenaempt wordden veltsiecke binnen deser stadt oft vryheyt nyet en selen moghen woonen dan alleenelick by Dambrugghe te plaetsen ende inde huyskens die thenren behoeue vander stadt weghen aldaer gemaect syn, aldaer sy nochtans alleenelicken sullen moghen woonen opte conditien ende onderhouden de articulen nabescreuen.

Te wetene dat de voorscreuen veltsiecken oft melaetsche die aldaer woonen selen, nyet en selen moghen in eenigher manieren ghaen oft staen buyten den huyskens die hen aldaer gheteeckent syn, emmers nyet verder dan de plaetse voer de selue binnen der poorten aldaer heur streckende en is, sulcx dat sy noch egheen van hen gheenssins en selen moghen ghaen staen mendiceren noch hen laten vinden buyten der poorten aldaer voer teynden heure voerscreven huyskens gemaect noch binnen deser stadt noch elders op pene dat elck veltsieke daer buyten beuonden wordende geweest te hebbene sitten sal moeten ten castyemente ter plaetsen die men aldaer ordineren sal aen eenen block met yser gevettert, te water ende te broode telcken dat gebuerde een maent lanck.

Item dat vuyt den voorscreuen veltsiecken by den aelmoesseniers deser stadt selen wordden gecoren een oft twee persoonen hen daer toe bequaempst denckende, de welcke vuer den anderen selen wesen ouerste ende dekens de welcke selen moeten behoorlicken eedt doen dat sy dese ende de voorscreuene andere ordonnantien opten lazarussen gemaect so verre sy dese nyet en contrarieren selen onderhouden ende de ouertreders dyen navolgende corrigeren oft doen corrigeren ende den aelmoesseniers aenbrenghen die daer teghens misbruyct selen hebben. Opte pene van te veruallen in dobbel pene van des verbeuren souden de andere ouertreders navolgende desen ende den voergaenden ordonnantien.

Item dat de voorscreuen dekens de poorte van den voorscreuenen melaetsche huyskens selen moeten altyts gesloten houden so by daghe als by nachte sonder yemanden van den voorscreuenen melaetschen vuyt te laten dan in tyde van nootsake, dewelcke by den dekens oft deen van hen gehoort selen hen des noot wesende moeghen daertoe vuytlaeten gaen voer sekeren tyt die sy daer toe behoeffelick selen hebben van welcken nootsaecke ende orloff de dekens den aelmoessenier deser stadt selen moeten onderricht doen. Behaluens dat voer neffens de poorten int huysken aldaer gemaect om de aelmoessen te vergaderen een vanden seluen melaetschen zal moeten sitten ende bidden metter cleppen sonder voordere te ghaene, den welcken de voorscreuene aelmoesseniers oft dekens daer toe bequaempst selen vinden ende ordineren, welcke aelmoessen mitgaders die byde ghene die vander melaetscher weghen alhier inder stadt inde stede vanden seluen ommegaende ende daelmoessen vergaderende syn ontfanghen wordden tusschen den seluen melaetschen zullen wordden gedeylt ende gedistribueert ter discretien van den seluen aelmoesseniers.

Item zo verre men beuonde eenighe van den voors. melaetschen buyten haerder voorscreuener plaetsen te gaen drincken in herberghen oft elders dat men die aen den voors. block setten zal te watere ende te broode twee maenden lanck.

Item de voors. melaetsche en zullen binnen deser stadt noch elders buyten den voors. haerder plaetsen nyet moghen ghaen staen noch hen laeten vinden opte pene als voere onder tdexel van yet te coopen noch om andere oorsaecke maer als sy yet van noode hebben, sullen tselue henne dekens oft den eenen van hen te kennen geuen die hen selue coopen sal oft doen coopen byden voerganger oft des last hebbende van den voors. aelmoesseniers.

Item gheene vande voors. melaetsche en sullen moghen eenighe oneerlicke conuersatie tsy metten besmette oft onbesmette vrouwen hebben binnen heure plaetsen noch daer buyten opte pene van twee maenden lanck aen den voors. block te watere ende te broode te zittene so voerscreuen is.

Item alle de ghene van den voors. melaetsche des eenichssins machtich wesende sullen schuldich ende gehouden wesen te werken ende te maecken keerbessemen borstelen ende andere dinghen die hen by hennen dekens oft den voors. aelmoesseniers belast sullen worden oft soe verre sy des in gebreke bevondden wordden oft selue weygheren sullen telcken tselue gebeurde te watere ende te broode als voere xiij daghen lanck gestelt wordden.

Item tghene des tot behoeff vanden voorscreuenen Lazarussen gegheuen wordt tsy den persoonen voor hen ommegaende den aelmoesseniers den dekens oft anderen in ghelde oft spyse dat sal den seluen gedeylt ende gedistribueert wordden by laste ende goetdunken van den seluen aelmoesseniers.

Item dat nyemandt vanden voors. melaetschen eenighen vanden voors. aelmoesseniers noch heuren dienaren oft voergangeren noch oock heure dekens en sal moghen injurieren met woorden oft met wercken voor ooghen noch achter rugge opte pene van daeraff ten castyemente gestelt te wordene naede gelegentheyt van der saecken ende ter discretien vanden voors. aelmoesseniers. — Ende ingevalle het exces so groot oft enorme ware datter crim vuytvolchde sal tselue staen tot correctie van den heeren.

Item zo verre eenighe vanden voors. veltsiecken aldaer steruende geraecke eenich goet achter te laten dat tselue toecomen sal der cameren van den huysarmen om dandere Lazarussen daermede aldaer gealimenteert te worden ten ware de selue achterliet wettige kint oft kinderen in welcken ghevalle tselue goet gedeylt sal wordden in tween daer aff deen helft toecomen zal den voors. huysarmen ende dandere helft den voors. kinde oft kinderen van sulcker qualiteyt synde dat sy nyet en staen ten laste vander voors. camere vanden huysarmen.

Item dat de voors. veltsiecken des Sondaeghs ende des Heylichdaechs op een gesette vre met heuren dekens oft den eenen van hen sullen misse ghaen hooren Ste Willebrorts blyuende buyten der kercken ende die gedaen synde tsamen met heuren deken allegader wederco-men in hen huyskens opte pene soo wie nyet mede weder gekeert en waere gestelt te worden aen den voors. block te watere ende te broode een maent lanck als voere.

Item de voors. dekens zelen de voors. veltsiecken int obserueren van deser voors. ordonnantien moeten houden ende de ghene die teghen eenich punct van dien doen corrigeren oft doen corrigeren als voere oft zo verre sy des nyet machtich en syn tselue te kennen geuen den voors. aelmoesseniers om gheeffectueert te worden op dubbel pene so voors. is. Soo verre sy des jn gebreke bevonden wordden waer toe men den seluen aelmoesseniers des not synde sal assisteren van sheeren ende vanden stadt weghen, welcken aelmoesseniers men oock versoeckt beveelt ende gebiet den last hier aff taenveerdene ende dese ordonnantie in alle heuren puncten onverbrekelick ende scherpelick tonderhouden ende doen onderhouden ende de ouerhoorige straffen ende doen straffen sonder verdrach oft simulatie van jnhoudt der selver.

Item in allen andere puncten desen nyet contrarierende selen de voors. Lazarussen hen schuldich syn te reguleren ende te voegende navolgende de voorgaende ordonnantien daerop ghemaect opte pene daer toestaende ende voorts arbitralick gecorrigeert te wordene nae gelegentheyt vander saecken.

Deux années se furent à peine écoulées, que le magistrat d'Anvers se vit de nouveau forcé de porter de nouvelles ordonnances.

Plusieurs lépreux s'étaient permis d'aller mendier en ville sans l'autorisation du doyen, au grand détriment des habitants. Voulant mettre un frein à cet abus, le magistrat publia le 5 janvier 1569 une nouvelle ordonnance défendant à tous les bourgeois de loger les lépreux ou de leur louer des chambres, sous peine d'amende de six florins carolus pour la première fois, de dix florins pour la seconde et pour la troisième fois de punition arbitraire.

Il arrivait souvent que les lépreux sortaient nuitamment du lazaret et ne revenaient que vers l'hiver, époque, à laquelle les aumôniers distribuaient des vètements. Une fois revêtus d'un nouveau costume, les malades quittaient de nouveau l'établissement pour se livrer à la mendicité dans les communes environnantes et pour s'adonner à tous les excès. Afin de prévenir de pareils abus, les délinquants furent exclus du lazaret et de la ville et privés de tous les avantages attachés à l'établissement. En cas de résistance, on les punissait arbitrairement; tel est le sens de la pièce :

Gheboden ende vuytgeroepen by jonckeren Diercke Vander Meeren, Onderschouteth, Borgermeesteren, Schepenen ende Rade vander stadt van Antwerpen, opten V dach january, anno xv^c lxix stilo brab.

Alsoe de heere ende de stadt geinformeert syn dat eenighe Lazarussen hen veruoideren binnen deser stadt te comen ende aldaer te bedelen contrarie den ouden placcaten ende ordonnantien dien aengaende gemaect, daer deur nyet alleene de gemeynte alhier beswaert wordt, maer oick soude geraken een infectie onder de borgeren te comen, soo eest dat men gebiet seer scherpelick dat eeniegelycke hem voege te achtervolgene ende tonderhoudene de ordonnantien ende statuten, soe by de M^t als by dese stadt tot diuersche reysen dien aengaende gemaect ende gepubliceert, opde penen ende correctien daer toe staende, ende oick dat nyemandt van wat conditien oft qualiteyt hy sy hem en veruoirdere binnen deser stadt oft vryheyt der seluer eenighe huysen oft cameren eenighen Lazarussen te verhuerene oft de selue te logeren oft herbergen, op de pene van ses carolus guldens voor doerste reyse, ende thien guldens voerde tweede reyse ende voorts arbitralyck gecorrigeert te wordden naer gelegentheyt vander saken.

Ende want de heere ende de stadt volcomelyck syn geinformeert als dat eenighe der voors. Lazarussen hunne residentie houdende opte lazarie te Dambrugge hen veruoideren soe by nachte als by dage van daer te verloopen, ende daer vuyt te blyuen voer eenen sekeren tydt ende wederom daer hinne te comen alst hen gelegen is ende goetdunckt besundere oick sy aldair principalyck wedercomen tegens den wintertyde dat de Lazarissen gecleet wordden by den aelmoesseniers ende heure cleedinghe hebbende de Lazarye verlaten, alles tot grooten laste van voors. aelmoeseniers ende tot aftreckinge ende verminderinge vanden prouene van andere arme by alsoe gaende bedelen in steden ende in dorpen, mede oock hen begeuen tot droncken drincken ende ongetydigen leuen, daer deure oirsake wordt gegeuen van andere met hen handelende drinckende ende conuerserende te infecteren, soe eest dat om daerinne te wordden versien, men gebiet seer scerpelyck dat hem eenyegelyck vermyde hem te vertrecken vande voors. Lazarye om te gaen bedelen oft drincken als bouen geseegt is, noch oick daer vuyt te gane jn eeniger manieren sonder consent vanden meesters oft r geerders der seluer lazaryen, op te pene van vuyt deser stadt ende vryheyt hen te moeten houden ende blyuen oyck inde voors. lazarye meer te mogen comen ende de aelmoesene oft prouene meer te mogen genyeten ende ingevalle van ongehoorichteyt van arbitralyck te wordden gecorrigeert, anderen ten exemple.

Il paraît que les malades ne se contentaient pas de quitter seulement l'établissement sans la permission de l'autorité, ils *s'annexaient* quelquefois les effets appartenants à la léproserie. Tel est le cas de Henri-Gommaire Claes, récemment vêtu du costume de ladre, qui emporta une couverture en laine et qui fut cité devant l'écoutête et le collège des bourguemaitres et échevins avec ordre de venir répondre, endéans les huit jours, du vol commis au préjudice du lazaret. Nous ignorons l'effet de cette citation, qu'une ordonnance du même jour nous fait connaître dans la pièce :

Geboden ende vuytgeroepen by jonckeren Diercke vander Meeren, Onderschouteth, Borgermeesteren, Scepenen ende Rade vander stadt van Antwerpen opten vyfden dach january anno xv^c lxix stilo brab.

Alsoe de Heere ende de stadt syn geinformeert, dat eenen by name Hans Gommers Claes, wesende een van den Lazarissen opte Lazarye tot Dambrugge, onlancx geleden byden aelmoesseniers nyeuw gecleet wesende, hem heeft veruoirdert by nachte ende ontyde vuyt der seluer Lasarye hem te absenteren, met hem noch nemende een saergie tghene egheenssins en behoort, soe eest, dat men voirtsroept van wegen als voere den voors. Hanse Gommer Claes, ten einde hy de voers. saergie restituere ende hem daer aff come verantwoorden voer myne heeren Schouteth, Burgermeesteren ende Scepenen opter stadt huys alhier jn collegio, van op heden jn acht daghen ten thien vren voerder noenen, oft anders nyet tegenstaende syne absentie, salmen tegens hem procederen soo men tegens soedanighe behoirt ende schuldich js te doene.

Malgré les peines commuées dans les ordonnances que nous venons de citer, le mal ne fit qu'augmenter, à tel point que le magistrat se vit obligé, le 30 juillet de la même année, de les renouveler.

Geboden ende vuytgeroepen by jonckeren Diericke Vander Meeren Onderschoutet, Borgermeesteren, Schepenen ende Rade vander stadt van Antwerpen, opten xxx^en dach van julio int jaer xv^c ende negenentzestich.

Alsoe de Heere ende stadt geinformeert syn dat eenige Lazarussen hen veruoirderen binnen dezer stadt te commen ende aldaer te bedelen contrarie den ouden placcaten ende ordinantien dycn aengaende gemaect, daer deur nyet alleenlick de gemeynte alhier beswaert wordt maer oock soude gerake een infectie ouer de borgeren te commen. Soe eest dat men gebiet seer scherpelick dat een yeghelyck hem vuege te achteruolgene ende tonderhouden de ordonnantien ende statuten soo by der M[t] als by deser stadt tot diverse reysen dien aengaende gemaeckt ende gepubliceert, Op de penen ende correction daertoe staende. Ende oock dat nyemant van wat conditien oft qualiteyt hy sy hem en veruoirdere binnen deser stadt oft vryheyt der seluer eenige huysen oft cameren eenigen Lazarussen te verhueren oft de selve te logeren oft herbergen Op de pene van ses carolus gulden voer deerste reyse, ende thien gulden voor de tweede reyse ende voorts arbitralick gecorrigeert te worden naer gelegentheyt vander saken.

Les lépreux d'Anvers ne venaient pas seuls mendier en ville et exposer les bourgeois à la contagion. Au commencement du dix-septième siècle, plusieurs étrangers atteints du même mal s'y livraient au même abus. Comme le nombre de ces derniers augmentait de jour en jour, l'autorité communale prescrivit, par ordonnance du 11 septembre 1601, que tout lépreux étranger serait tenu de quitter immédiatement la ville, sous peine, pour la première fois, d'être privé de sa cliquette; pour la seconde fois, de sa tunique extérieure et, pour la troisième fois, d'être puni arbitrairement. Les malades appartenant à la ville, et qui ne pourront être admis aux léproseries de Tersieken et de Dambrugge, devront se retirer dans la *rue de la cuiller* ou près de la *tour des tanneurs*, sous les peines portées par les ordonnances faites à ce sujet. Il fut de même défendu aux bourgeois de la ville de loger les malheureux conformément à l'ordonnance du 5 janvier 1569.

Geboden ende vuytgeroepen by mynen heeren Onderschouteth Borgermeesteren Schepenen en de Raedt der stadt van Antwerpen opden xj[en] september 1601.

Alsoe de heeren ende de stadt te vollen geinformeert syn, hoe dat diuersche Leprosen ende geïnfecteerde metter Lazarye heur veruoorderen daghelycx binnen deser stadt te comen, ende *metter cleppen* achter straten te gaen bedelen, niet tegenstaende de selue in ander prouincien, steden oft plaetsen geboren syn, contrarie den plackaten van den houe ende diuersche statuten ende ordonnantien deser stadt, daer deur niet alleen de gemeynte alhier beswaert wordt, maer oock groote orsaecke gegeuen wordt van de selue siecte onder dese gemeynte te verspreyden ende van die te infecteren, ende om daer tegens te versien soo eest dat men gebiedt van wegen als bouen dat alle de Leprosen oft Lazarissen binnen deser stadt niet geboren, selen schuldich wesen terstondt (naer dyen dat sy daer aff selen wesen vermaent ende gewaerschout) heur te vertrecken wt deser stadt naer de plaetsen van heurder geborten, achteruolgende den placcaten statuten en ordonnantien voors., op peene van soo wat Leprosen off Lazarissen binnen deser stadt beuonden selen worden *metter cleppen te gaen* bedelen, dat men den seluen voor dierste reyse heur cleppe sal affnemen, ende voorde tweede reyse, dat sy selen verbueren heur opperste cleedt, ende voor de derde reyse op arbitrale correctie.

Ende der Lazarissen de welcke, naer ouder costuymen, alhier selen mogen blyuen woenen, ende de welcke niet en selen syn gelogeert inder Lazarye ten Damme, oft binnen der Siecklieder closter alhier, selen schuldich ende gehouden syn heure woonstadt te houden binnen der Lepelstraet ende aen den Huydevetters toren, opde pene als bouen.

Verbiedende insgelyckx allen borgeren ende jngesetenen deser stadt, eenige huysen packhuysen kelders oft camers te verhueren (buyten de de voorscreuen plaetsen) aen eenige Leprosen oft Lazarissen, oft de selue te logeren oft herbergen, opde pene van sesse carolus gulden voer dierste reyse, op thien gulden voer de tweede reyse, ende voorts arbritralyck gecorigeert te worden naer gelegentheyt vander saecken.

Il faut que les abus fussent de nouveau devenus intolérables puisque le magistrat se crut obligé de rappeler, dans une ordonnance, datée du 21 août 1614, tous les anciens règlements émanés sur la matière. On y ajouta même quelques nouvelles mesures que nous allons signaler. Il fut expressément défendu de mendier en ville en agitant la cliquette; on n'exceptait de cette défense que les bourgeois atteints du mal: mais ils étaient tenus de porter une bande blanche autour du chapeau et d'avoir la tunique extérieure de couleur grise et marquée de la lettre L. Il était sévèrement défendu aux lépreux d'entrer en ville le dimanche. Les jours fixés pour recueillir des aumônes en ville étaient les lundi, mercredi et samedi de chaque semaine à moins que ces jours ne fussent des jours fériés. Toute personne infectée du mal ne pouvait contracter mariage, sous peine de punition arbitraire.

Geboden ende vuytgeroepen by mynen heeren Onderschouteth Borgemeesteren, Schepenen ende Raedt vander stadt van Antwerpen op den xxj augusti 1614.

Alsoe tot verscheyden stonden van wegen den heere ende de stadt diuersche ordonnantien gemaeckt ende gepubliceert syn aengaende de Leprosen ende geinfecteerde mette Lazerye, om te remedieren diuersche abuisen ende ongeregeltheden onder hen gebeurende, ende dat dien niet tegenstaende men by experientie beuindt dat dongheregeltheyt noch daghelycx onder de selue Lazarussen &c. vermeerderen daer door de sieckte van melaetscheyt grootelycx wordt verspreyt, soo ist dat om daerinne promptelyck te voirsien by den heeren Schouteth, Borghermeesteren, Schepenen ende Raedt deser stadt geordineert ende gestatueert syn de nabeschreuen puncten, de welcke men ghebiedt eenen iegelycken seer scherpelyck ende onuerbrekelyck te onderhouden op de pene daertoe staende.

In den eersten, dat alle melaetsche persoonen sullen moeten vertrecken ter plaetsen daer sy geboren syn, ende dat binnen veerthien dagen naer de publicatie van desen op pene van gheschauotteert gegeesselt oft andersins arbitralyck gecorrigeert te worden.

Item dat de poorters deser stadt melaets wesende niet commende int Goidtshuys ter Siecken, de welcke genoemt worden veltsiecken, niet en sullen mogen woonen binnen deser stadt oft vryheyt dan alleenelyck by Dambrugge ter plaetsen ende inde huyskens die thunnen behoeue aldaer van stadts wegen gemaeckt syn, alwaer sy nochtans alleenelyck sullen moghen woonen op conditien ende onderhouden van den articlen naebeschreuen.

Te weten dat vuyt de voirs. Veltsiecken by de Aelmoesseniers deser stadt sullen worden gecoren een ofte twee persoonen, hun daertoe bequaem vindende, de welcke ouer dandere sullen wesen douerste ende dekens, ende sullen moeten behoirlyck eedt doen dat sy dese, ende de voirs. andere ordonnancien op de Lazarussen gemaeckt, soe verre sy dese niet en contrarieren, sullen helpen onderhouden ende de ouertreders dien achteruolgende corrigeren oft doen corrigeren en den Aelmoesseniers aenbrengen die daer tegens sullen misbruyckt hebben op de pene ende ter discretien van de heeren.

Item dat niemant binnen dese stadt en sal mogen mette cleppe omgaen ten sy hy alhier sal wesen gevisiteert ende vuyl gewesen ende sal alsdan gehouden wesen te dragen op synen hoet eenen witten bandt, ende sal syn opperste cleedt (twelck behoirt grauw te syn) mette letter L geteeckent wesen.

Item soe verre men beuonde eenige vanden voirseyde melaetschen buyten hunne voirs. plaetse te gaen drincken in herberghen oft elders, dat men die aen eenen block met ysers gevetert, telcker reyse dat dat ghebuert te water ende te broode sal setten twee maenden lanck.

Item dat geene herbergiers oft andere persoonen de voirseyde melaetsche en sullen te gelaege setten noch herbergen oft logeren op de pene van twelf guldens.

Item dat geene vreemde melaetsche alhier en sullen mogen omgaen metter cleppen op de verbeurte van hun opperste cleet, ende daerenbouen gecorrigeert te worden te water ende te broode.

Item geene vande voirs. Melaetsche en sullen mogen eenighe oneerlycke conuersatie tsy met besmette oft onbesmette vrouwen hebben binnen hunne plaetsen oft daer buyten op de pene van ses guldens ende twee maenden aen den voirs. block geset te worden te water ende te broode.

Item alle de gene van de voirs. Melaetsche des eenichssins machtich wesende, sullen schuldich ende gehouden wesen te wercken ende te maecken cleerbessemen, borstelen ende andere dingen die hen by hunne dekens oft de voirs. aelmoesseniers belast sullen worden, oft soe verre sy des in gebreke geuonden werden oft tselue weygeren sullen telcken (tselue gebeurde) te water ende te broode als vore veerthien dagen lanck gestelt worden.

Item dat niemandt vande voors. Melaetsche eenige vande voirs. Aelmoesseniers noch hunne dienaren oft voirgangers noch oick hunne dekens en sal mogen iniurieren met woorden oft met wercken voor oogen noch achter rugge op de pene van daer aff ten castyemente gestelt te worden met gelegentheyt vander saecken ende ter discretien vande Aelmoesseniers, ende ingeualle het exces soo groot oft enorme waere datter crime vuyt volghde sal tselue staen tot correctie vande heeren.

Item dat geen Melaetsche tsy man oft vrouwe en sullen mogen des sondaechs alhier inde stadt metter cleppen ommegaen maer sullen gehouden wesen des sondaechs ende heylichdaechs op eene gesette vre met hunne dekens te gaen misse hooren tot Ste-Willeboorts velt blyuende buyten der kercken, ende die gedaen synde tsaemen met hunne dekens allegader op hunne woonplaetse wederom keeren op pene van telcker reyse te verbeuren xx stuiuers.

Item sullen de Leprosen naer ouder costuyme maer alleenelyck ommegaen om hun aelmoessen dry dagen ter weken wesende maendach, woensdach ende saterdach, ende hun niet veruoideren aen de borgershuysen te genaecken naeders als dry voeten van de deure opde verbeurte van niet te mogen gaen metter cleppen ende arbitralyck gecorrigeert te worden.

Item men verbiet wel expresselyk dat geene Leprosen tsy man oft vrouwe alhier vuyl gewesen synde en sullen mogen trouwen eenen die suyuer is op de pene als bouen.

Item in alle andere puncten, dese niet contrarierende, sullen de voirs. Lazarussen hun schuldich syn te reguleren ende te voegen naeruolgende de voirgaende ordonnantien daerop gemaeckt op de pene daer toe staende ende voirts arbitralyck gecorrigeert te worden.

En 1633 l'expérience fit connaître de nouvaux abus. Les lépreux de Dambrugge, au lieu de s'adonner à la confection de balais ou de brosses dans l'intérieur du lazaret, se livraient au plaisir de la pêche et en vendaient le produit. Il paraît qu'ils vendaient aussi de la bierre et que les habitants allaient y boire. Ceci semble prouver que la maladie, à cette époque, avait perdu beaucoup de son intensité. En outre, les malades sortaient quelquefois en compagnie de cinq ou six pour se livrer à la mendicité. Le magistrat, instruit de tous ces faits, punit les délinquants soit par la confiscation de leur tunique grise, soit par la correction arbitraire :

Geboden ende vuytgeroepen by mynen heeren Onderschouteth, Borgemeesteren Schepenen ende Raed der stadt van Antwerpen opden xij december 1633.

Om te verhueden den voortganck van behaelycke ende besmettelycke sieckten, die dickwils veroorsaeckt worden, door de onderlinghe hanteringhe vande gesonde mette geinfecteerde: Soo gebiedt men van wegen myne heeren den Schouteth, Borgermeesteren ende Schepenen het naeruolgende.

Inden eersten dat geene geinfecteerde persoonen synde op Stuyuenberch, ofte andere plaetsen, hun sullen veruoorderen hunne handen in het watre te steken, oft eenighen visch te vercoop.n, ofte eenighe handelinghe daer van te doen op pene van arbitrale correctie.

Item dat de Lazarissen van gelycken hun nyet en sullen vervoorderen met hunne handen in eenighe tobben oft vaten in het water te steken, daer eenigen visch is inliggende, oft den seluen te handelen, oft eenighe coopmanschap daervan te doen, om die wederom door hun selven oft yemandt van hunnen twegen te doen vercoopen, op de verbeurte vanden seluen visch ende andere arbitrale correctie.

Insgelycx verbiedt men den seluen Lazarissen het bier met pinten, potten ofte meerdere quantiteyt aende buytenlieden ingesetene deser stadt oft yemandt anders vuyt te tappen oock op arbitrale correctie als voore, gelyck men oock verbiedt aen alle poorters ende ingesetene deser stadt, by de Lazarissen te gaen drincken, op de verbeurte van hun opperste cleedt.

Ende alsoo men beuindt dat de voorsegde Lasarissen met groot getal voor de deuren aelmoessen syn heyschende, jae dickwils vyf oft ses seffens voor een deure alles jegens het oudt gebruyck. Soo ist :

datmen gebiedt vanwegen als voore dat de Lazarissen gaende aelmoessen eyschen voor de deuren vande goede lieden binnen dese stadt, nyet en sullen moghen comen in meerder getal dan ten hoochsten twee seffens voor een deure, ende dat oock anders dan opde daghen daer toe van oudts gestatueert.

De 1633 à 1754 nous n'avons qu'une pièce à signaler. Il s'éleva alors un différent entre la direction de la léproserie de Tersieken et les aumôniers par rapport aux frais d'entretien d'un vieillard, Jean Vander Neusen, déclaré lépreux par les médecins experts. La direction de Tersieken produisit devant le collège des bourguemaîtres et échevins l'acte du 8 août 1553, par lequel les aumôniers étaient obligés d'entretenir les hommes à Dambrugge. Le magistrat ayant reconnu la validité de la convention entre les deux administrations, condamna les aumôniers à faire soigner provisoirement Jean Vander Neusen au lazaret de Dambrugge.

Dispositie collegiael over oneenigheyd tusschen de aelmoesseniers en die van ter Siekenen. — Jovis 30 may 1754.

Alsoo die Heeren Schepenen Momboiren vanden Godtshuyse genaemt ter Sieckenen binnen dese stadt gestaen hebbende als commissarissen over de visitatie der Leprosen aldaer geschiet op 27 deser, in collegio rapport hebben gedaen over de oneenigheyt de gene was voorvallende tusschen de aelmoesseniers deser stadt ende die van den voors. Godshuyse nopens den onderhout van sekeren beiaerden persoon genaemt Joannes vander Neusen gebortigh van Antwerpen ten daege voors. door de Experte als Lepros gedeclareert waer over de voors. partyen op den Raedthuyse alhier gecompareert synde door den Heere Pastor des voors. Godtshuyse aen de Heeren Commissarissen is behandight geworden copye van sekere overeencominghe tusschen de selve partyen op 8 augusty 1553 gesloten, welcke copye gecollationneert synde tegens de copye auctentieq der gemelde act, staende in den privilegie boeck der aelmoesseniers folio 507, daer mede d'accord is bevonden.

Soo ist dat myne Heeren ingevolge de selve acte mits desen ordonneren aen de Heeren Almoesseniers deser stadt, dat sy by provisie den selven Jan vander Neusen sullen doen transporteren in de Lazernye by de Dambrugge buyten dese stadt ende sorge draegen dat den selven aldaer behoorelyck van alle het noodigh worde voorsien, sonder eenige preiuditie nochtans van de gerechtigheden de gene partyen by naerdere bescheeden oft andersints deswegen soude connen formeren, ende totter tyt toe dat myne Heeren de selve gesien anders sullen hebben gedisponeert. Actum in Collegio dato ut supra, was geparapheert Knyff ende onderteeckent J. J. Vinck. — Onder staet Ita est, en is geteekend M. J. A. Knyff.

A cette époque les lépreux étaient devenus fort rares et la maladie était loin de présenter les caractères si éminemment contagieux des temps antérieurs. Le couvent de Tersieken, qui en 1526 avait neuf religieuses, en comptait treize en 1768 et continuait à jouir des biens affectés à cette fondation. Cet état de choses avait frappé le gouvernement du prince Charles-Alexandre. Celui-ci, par dépêche du 16 juin 1768, s'adressa au magistrat d'Anvers pour lui demander si les revenus de Tersieken ne seraient pas employés à un usage plus conforme à leur destination, s'ils étaient unis à ceux du grand hôpital ou à l'administration générale des pauvres de la ville qui manquait de moyens pour supporter le pesant fardeau dont elle était chargée. La réponse ne pouvait être envoyée avant d'avoir pris l'avis de l'évêque et de tout le magistrat. Voici cette pièce avec la lettre qui la précède [1].

By de keyserinne douariere ende coninginne.

Lieve ende wel beminde,

Wy senden U hier nevens eene copie van den brief van onsen seer

[1] Nous devons cette pièce ainsi que les deux suivantes à l'obligeance de M. l'avocat Th. Van Lerius.

lieven ende wel beminden schoon broeder ende neve Carel Alexander, bestierder van het hoog meesterschap in Pruyssen, grooten meester van het Duyts order in Duitslandt ende in Italien, hertog van Lorrynen ende van Baar, onsen stadhouder gouverneur ende capiteyn generael der Nederlanden aen onsen raede van Brabant toegesonden den 13 deser om over den inhoudt dier binnen 14 dagen schriftelyk te adviseren onse seer lieve ende getrouwe die Cancellier ende luyden van onsen voors. raede, sende U advies aen onsen grefier dese onderteekent hebbende hier mede, lieve en wel beminde Godt zy met U. Brussel 16 juny 1768. geparapht streith.t ondt E. De Robiano; leeger stont: aen wethouderen van Antwerpen.

Charles Alexandre &a.

Très-chers et bien aimés.

Il y a en la ville d'Anvers un hôpital dit Ter Sieken, érigé autre fois pour les lépreux, et qui fait aujourd'hui un couvent composé de treize religieuses, de leur directeur et de quelques domestiques. Comme la lèpre est pour ainsi dire inconnue depuis bien du temps et qu'on regarde généralement cette maladie pour autant qu'éteinte, en Europe, il nous a été représenté que les revenus de cet ancien établissement seroient employés à un usage plus conforme à leur destination, s'ils étoient unis au grand hôpital, ou à l'administration commune des pauvres de la même ville, qui manque des moyens pour supporter le pesant fardeau dont elle est chargée; avant que de nous déterminer sur cet objet, nous vous faisons la présente pour vous dire que c'est notre intention qu'après que vous aurez entendu l'évêque et le magistrat d'Anvers vous nous y rendiez votre avis en nous informant nommement, si et de quelle manière vous croyez que la réunion des revenus de l'hôpital dit Tersiekenen à ceux du grand hôpital pourroit être effectuée et si, pour diminuer le nombre de difficultés que l'exécution de ce projet pourroit rencontrer dans la suite, il ne conviendroit pas d'interdire dès aprésent la réception des nouvelles religieuses dans l'hôpital dit Tersiekenen. A tant très-chers et bien aimés Dieu vous ait en sa Ste-Garde. de Bruxelles le 13 juin 1768 paraphé Ne vt signé

Charles de Lorraine, plus bas étoit par ordonnance de S. A. R. contre signé de Reul, au pied étoit : au conseil de Brabant ; pour copie : signé E. De Robiano.

Nous ignorons l'issue de cette démarche. Faut-il y voir une mesure financière ou le premier pas vers le système introduit violemment sous Joseph II contre les prétendus couvents inutiles (onnoodige kloosters) système qui, en 1785, fit supprimer un si grand nombre de communautés religieuses.

A cette occasion, nous rappellerons qu'une pareille mesure avait été prise à Malines en 1640 par l'archevêque Jacques Boonen. Ce prélat, considérant que la lèpre avait entièrement disparu fit donner à l'administration du grand hôpital, 3500 florins des 5000 que la léproserie possédait, malgré la vive opposition des intéressés [1].

Malgré la missive du gouvernement, on continua encore a recevoir des malades à Tersieken, même jusqu'en 1783. Le lazaret de Dambrugge se trouvait dans le même cas. A l'appui nous faisons suivre ici deux pièces qui en font foi. La première datée du 12 mai 1777 constate que Michel Longerstaey, natif d'Anvers, fut déclaré atteint de lèpre en présence des deux échevins Meyers et Jacques Dellafaille. La seconde du 21 juin 1783 nous apprend qu'à cette époque Marie-Thérèse Van Beveren se trouvait à Tersieken, atteinte de lèpre, depuis quinze ans, et que Martin Beyser et son frère Paul étaient l'un lépreux depuis cinq et l'autre depuis quatre ans. Nous ferons remarquer que les médecins font l'éloge de la propreté et des soins nombreux que les malades trouvaient chez les religieuses de Tersieken. Cette déclaration faisait-elle partie de l'en-

[1] Voyez SEFFEN (Neeffs?) dans ses *Aenteekeningen over de melaetschen, Vlaemsche School*, vierde jaergang.

quête à laquelle les magistrats se livrèrent avant de répondre à la dépêche du 16 juin 1768? Nous ne possédons aucune donnée pour éclaircir cette question. Voici les deux pièces :

Op heden twelf mey 1777 is ter presentie van d'heeren commissarissen van het Godshuys vanter siekenen D. A. Meyers ende Jacobus Dellafaille dienende schepenen deser stadt, door de gezwoore medecyns ende chirurgyns deser stad voor Lepros sive melaets verklaert, ende dit op den eed in 't aenkomen hunder offitie gedaen, den persoon van Michael Longerstaey gebooren in 't jaer 1735 den 1 mey dus oud 42 jaeren woonende actuëlyk alnog in syne geboorte parochie vanden H. Apostel Andreas, in de Broekstraete ontrent de eysere Waege uytcomende in de Cammerstraet regt over het clooster van de witte susters alhier.

Nous sousignés medecins aux rapports de la ville d'Anvers certifions d'avoir examiné au couvent dit de Tersiekenen Marie Therese Van Beeveren agée de soixante et quatorze ans, comme aussi Martin Beyser agé de quatorze ans, et son frere Paul Beyser agé de douze ans, tous trois natifs de la ville d'Anvers; la premiere etant admise comme Lépreuse dans la Visitation annuelle depuis quinze, le second depuis cinq et le troisieme depuis quatre ans.

Or comme il est notoire d'apres toute expérience que la Lèpre de nos jours est une maladie qui tout auplus se mitige dans la fureur de ses symptomes par la bonne diéte, la propreté et autres soins toujours trés recommandables.

Nous declarons que la maladie lépreuse, dont ces trois sujets sont atteints, loin d'etre deracinée, se trouve actuellement tout auplus mitigée et dans un état plus ou moins favorable ; ce que nous croyons devoir etre attribué aux soins, à la propreté et autres circonstances heureuses que ces sujets recoivent et ont recu dans le dit couvent depuis qu'ils y ont été admis. —

Donne à Anvers
ce 21 juin 1783.

étoit signé
De Vadder
D'olislager
Matthey.

Ces pièces prouvent l'assertion de Diercxsens qui assure que vers le milieu du dix-huitième siècle, la léproserie d'Anvers renfermait encore des malades et doivent dissiper les doutes que M. Seffen (Neeffs?) soulève à cet égard dans son article du *Vlaemsche School.* [1]

Nous avons dit au commencement de ces miscellanées que notre premier essai sur l'histoire de la lèpre à Anvers nous avait procuré plusieurs pièces importantes qui jetaient un grand jour sur cette matière. Le présent écrit engagera peut-être les personnes, qui pourraient fournir de nouveaux matériaux, à nous les communiquer. Le travail de dépouillement, auquel nous nous livrons, est aride, mais nous l'exécutons cependant avec plaisir, parce que nous sommes convaincu que l'histoire de notre ville natale ne pourra être écrite complètement que lorsque toutes les obscurités dont cette histoire est couverte auront été élucidées; ceci demande nécessairement la publication de tous les documents de valeur que renferment nos archives.

[1] Page 68.

ENCORE UN MANUSCRIT

DU

PÈRE DE LA CHIRURGIE FLAMANDE

PAR

C. BROECKX,

Bibliothécaire-Archiviste de l'Académie, etc.

Myn Vaderland is my niet te klein.
WILLEMS.

Dans notre *Essai sur l'histoire de la médecine belge avant le XIXe siècle*, dans notre *Coup-d'œil sur les institutions médicales belges* et dans les divers opuscules bio-bibliographiques que nous avons publiés, nous avons prouvé incontestablement que, depuis le seizième siècle jusqu'à nos jours, la Belgique a figuré avec honneur parmi les nations qui ont le plus contribué à faire avancer la science d'Hippocrate. Nous étendrons un jour cette preuve aux siècles précédents. Déjà on a déterré dans le moyen âge quelques illustrations, qui nous permettent d'espérer que cette thèse ne sera pas difficile à soutenir.

La découverte d'un manuscrit nous engage à dire aujourd'hui un mot du médecin flamand dont la figure domine toute la médecine belge du moyen âge. Ai-je besoin de dire ici qu'il s'agit de Jean Yperman?

Ce médecin naquit à Ypres vers la fin du treizième siècle, étudia à Paris sous le célèbre Lanfranc et vint exercer la médecine dans sa ville natale. Après avoir prodigué à l'humanité les trésors de son art, il rendit des services signalés à la science par ses nombreux écrits. Croirait-on que ces productions aient pu échapper à tous les bibliographes et qu'aucun médecin belge ou étranger en ait soupçonné l'existence? Le fait n'est cependant que trop réel; les œuvres d'Yperman nous étaient restées inconnues. Est-ce à cause de l'idiome national dans lequel ces ouvrages ont été composés? Est-ce à cause des annexions étrangères que notre pays a dû déplorer si longtemps? Ou bien doit-on accuser l'insouciance de nos nationaux pour tout ce qui était production belge?.... Quoiqu'il en soit, ce ne fut qu'en 1818, cinq siècles après leur composition, que le célèbre bibliophile gantois, Charles Van Hulthem, acheta le premier un exemplaire des ouvrages d'Yperman à Londres, à la vente du collectionneur Richard Heber. A la mort de Van Hulthem cet exemplaire passa à la bibliothèque de Bourgogne.

Le savant littérateur Willems, ayant examiné le manuscrit, en fit la description en flamand et l'envoya à Van Hulthem. Voisin et Vander Meersch, rédacteurs du catalogue de la bibliothèque du bibliophile gantois, ayant trouvé cette description parmi ses notes, la publièrent dans le tome VI de ce catalogue.

C'est à la bibliothèque de Bourgogne que M. le docteur Carolus fit la connaissance des écrits d'Yperman. Épris d'admiration pour l'œuvre de son compatriote, et mû par ce sentiment de patriotisme et d'orgueil nationale, qui distingue tous les cœurs bien nés, il prit la résolution de faire connaître au monde médical les productions du père de la chirurgie flamande. Honneur à M. Carolus pour le zèle qu'il a porté à cette louable entreprise.

Le manuscrit de Van Hulthem renferme quatre ouvrages

d'Yperman : 1° deux traités de matière médicale, 2° un traité de médecine et 3° un traité de chirurgie. C'est de ce dernier ouvrage que M. Carolus s'occupe, se réservant de publier plus tard les autres.

M. Carolus eut d'abord l'idée de publier le texte accompagné de commentaires. Plus tard il changea d'avis et crut que le livre du chirurgien yprois recevrait une plus grande publicité, s'il était traduit en français. Il se mit donc à cette œuvre pleine de difficultés et il fit hommage de son travail à la Société de médecine de Gand. Cette compagnie savante méritait sans doute cette préférence, parce qu'elle est considérée à bon droit comme occupant le premier rang parmi les associations médicales du pays.

Ce fut à la séance du 28 juin 1853 que M. Carolus présenta son travail intitulé : *La chirurgie de maître Jean Ypermans, le père de la chirurgie flamande* (1295-1351). Le mémoire fut envoyé à une commission composée de MM. Kluyskens, Burggraeve et Meulewaeter. [1] Dans la séance du 27 juillet suivant, M. Snellaert donna lecture de son rapport sur le travail de M. Carolus. Conformément aux conclusions de la commission, la société décida que le mémoire et le rapport seraient imprimés dans les Annales. Le travail de M. Carolus, publié dans le courant de 1854, contient 195 pages, avec un facsimilé de l'écriture du manuscrit. Il se termine à la fin du troisième livre et ne présente ainsi que le tiers de la chirurgie d'Yperman. Nous ignorons quelles furent les causes qui interrompirent ensuite la publication d'une œuvre si éminemment nationale.

Dans son rapport, d'une étendue de 10 pages, M. Snellaert jette un coup-d'œil sur les médecins belges du moyen âge, fait une

[1] Nous croyons qu'il y a erreur dans le *Bulletin* et qu'il faut lire le nom de M. Snellaert au lieu de celui de M. Meulewaeter.

critique bienveillante du mémoire de M. Carolus et annonce qu'il a également acquis un manuscrit des œuvres d'Yperman. C'est le second qui existe en Belgique. Dans ce dernier manuscrit le nom d'Yperman est orthographié sans *s* et le docteur gantois croit que le nom de l'auteur doit s'écrire ainsi. Le travail si remarquable de M. Snellaert se termine en invitant M. Carolus de continuer la traduction du manuscrit.

A la séance du 6 février 1855, M. Guislain apporta un document tendant à dissiper les ténèbres qui environnent la question relative à la patrie, au lieu de résidence et à l'orthographe du nom d'Yperman.

« Il résulte, dit ce médecin, des recherches faites aux archives municipales de la ville d'Ypres par M. Gheldolf, juge au tribunal civil de Gand, qu'en 1297-1298, il se trouvait au nombre des habitants de la ville d'Ypres, un nommé maître *Jean Yperman* et non *Ypermans;* on l'y trouve entouré d'un haut degré de confiance; il y est chargé du service de deux hôpitaux; et cette même personne on la trouve encore dans ces mêmes lieux en 1304 et 1305. Dans le bordereau qui comprend les indemnités accordées aux employés de la ville d'Ypres pour l'année 1305 *(Brief dou salaire)* pour l'exercice de la Saint-Martin d'hiver, l'on trouve une inscription de 4 livres payées à *maître Jehan Yperman,* pour son *salaire* de l'hôpital de Belle à Ypres et plus loin on rencontre une rémunération de 6 livres, accordée pour le service de l'hôpital sur le marché de la même ville; pour cette dernière somme, la partie prenante est indiquée comme suit : *Kateline, fille Kateline Ypermans, salaire de l(ospital) sur le marchiet.* — Au compte de 1297-1298 sont portés quatre paiements, de 50 sous chacun, faits à *Jehan Yperman,* sans autres indications; ce qui forme un total de 10 livres. »

« Mon savant ami, continue M. Guislain, dont les recherches sur l'histoire de la Flandre font autorité, conclut des deux comptes qui précèdent, que Jean Yperman, qui déjà en 1297-1298 recevait 10 livres, était dès lors chargé du service de deux hôpitaux. On lui trouve encore cette charge en 1304-1305 ; mais à cette dernière époque, il avait délégué à une de ses parentes les honoraires dûs pour le service de l'hôpital situé sur le marché. [1] »

A la même séance M. Snellaert, qui avait émis dans son rapport l'opinion qu'on devait peut-être voir en Jean Yperman, le chef d'une famille d'Asclépiades flamands, s'appuye, pour corroborer sa manière de voir, sur la communication de M. Gheldolf, mentionnant une quatrième personne qui porte le nom d'Yperman : c'est *Catherine Yperman*, une femme remplaçant, à la tête d'un hôpital, notre médecin surchargé de besogne [2].

M. Diegerick, voulant s'assurer si les archives de la ville d'Ypres ne possédaient rien qui put jeter du jour sur le célèbre chirurgien, fut assez heureux de découvrir quelques documents qu'il publia, en 1859, dans les Annales de la société d'Émulation pour l'étude de l'histoire et des antiquités de la Flandre. Des recherches de M. Diegerick il résulte que le nom du père de la chirurgie flamande est Jehan Yperman ; qu'il est né à Ypres, ou au moins qu'il est fils d'un *Poorter* d'Ypres ; que le nom de sa mère est *Catherine*, qu'il avait une sœur du même nom et que ces deux femmes se vouaient, comme lui, à l'art de guérir ; qu'en 1297, il reçut des magistrats d'Ypres un subside, probablement pour continuer ses études, qu'en 1304, il portait le titre de *maître* et qu'on lui confia le service de l'hospice de Belle, où il

[1] *Bulletin de la Société de médecine de Gand*, tome XXII, page 51.
[2] Ibid. page 54.

resta jusqu'en 1329 ; que sa mère mourut en 1304 ou 1305, que lui-même mourut ou obtint sa retraite en 1330 ou 1331 ; que sa sœur lui survécut et enfin que notre chirurgien fit partie de la petite armée que les Yprois mirent en campagne en 1325, pendant les démêlés des Brugeois avec leur comte Louis de Crécy.

Comme ces recherches nous semblaient avoir une grande importance pour l'histoire de la médecine nationale, nous les avons analysées dans les Annales de la Société de médecine d'Anvers [1]. Nous terminions cette analyse en ces termes : En déposant la plume, nous formons un vœu, qui sera partagé par le corps médical du pays, c'est que la Société de médecine de Gand publie en 1860 le travail sur Jean Yperman que M. Carolus a présenté à cette compagnie dans le courant de l'année 1853 !!!

A propos de cette analyse, quelques membres de la Société de médecine de Gand revinrent sur Yperman dans la séance du 7 février 1860. M. Snellaert dit que notre médecin est à la hauteur que la science avait atteinte sur le sol classique d'alors et il fait remarquer comme une chose unique peut-être dans l'Europe du moyen âge que nous possédions déjà des traités dans toutes les branches de la médecine. Notre collègue gantois termine en disant qu'il a fait la promesse formelle à des hommes compétents de la Hollande et de l'Allemagne d'éditer le texte original de la chirurgie d'Yperman et qu'il a l'espoir de pouvoir en commencer la publication avant la fin de l'année. Puissent les occupations de ce savant médecin lui permettre de tenir sa parole ! En élevant ce monument à la gloire d'Yperman, il aura bien mérité de la médecine de son pays !

[1] Voyez la livraison de janvier 1860.

Le compte-rendu de cette séance nous fait connaître que la compagnie a dû interrompre la publication des œuvres de notre Jehan Yperman pour des motifs indépendants de sa volonté et que cette publication sera reprise aussitôt que les ressources de la société le permettront [1].

En présence des deux publications l'une par M. Carolus, l'autre par M. Snellaert, nous avons jugé à propos de faire connaître les notes que M. Daremberg a mises à notre disposition. Ce savant, que nous tenons au courant de tout ce qui se publie, dans notre pays, sur l'histoire de la médecine, a trouvé, lors de son voyage en Angleterre en 1847 [2], un manuscrit d'Yperman dans la bibliothèque du collège de St-Jean à Cambridge. Par cette trouvaille nos deux compatriotes pourront peut-être compléter les lacunes qui se trouvent dans le manuscrit de la bibliothèque de Bourgogne ou dans celui de M. Snellaert. Puissions-nous être assez heureux d'avoir contribué à faire mieux connaître le chirurgien d'Ypres!

Voici les notes que M. Daremberg, désireux de concourir à cette œuvre méritoire, nous a permis de publier.

COLLÈGE DE ST-JEAN (CAMBRIDGE).

Après l'index, on lit :

Dits beghin van cirurgien.

Hier begint die cirurgie des meesters Ioannes Ypermans denwelke dat hi van latine ende ute syn selves verstandenisse ende leringe ende

[1] *Bulletin de la Société de médecine de Gand*, 1860, tome XXVII, page 57.

[2] Résumé d'un voyage médico-littéraire en Angleterre, lu à l'Académie des inscriptions et belles lettres, dans la séance du 6 octobre 1848, publié dans la *Gazette médicale de Paris* du 4 novembre 1848.

ut sine goeders geloefder werken dit trocki ende maecte in dyetscher talen dewelke dat hi bestont te maken om zyns selves zone binnen zyns zelves live ende dat specion hadde hi binnen der stede van Yperen in welke dienst dat hi sterf int iaer ons heren m iij^{c} en x ende hi maecte dit werck in dietsche om die minne van zyn zoen die soe ionc was dat hi hem niet wel verstont in gramarien alzoe die boeke leerden die zyns vaders waren ende dairvan (?) dat hi wrochte ende die hi gehoirt hadde lesen ende dair hi ute zyn werck voldede ende die bouken en hadde sinen zoen niet te goede geworden ende dairom maecte hi dit in vlaemscher talen omdat hi begeerde dat syn soen profiteerde dairmede ende hem bleue van synre leringe die men zeer prisende is.

Il est cité :

Mester Huge de Legenbourch,
Lanfranc, dans le chap. *pour arrêter le sang des plaies de la tête.*

Des plaies de la têtes faites avec un bâton, on cite :

Roland.
Lanfranc.
Theodoricus.

Des plaies du crâne avec des armes coupantes.

Dits eene goede salve dese ordinerde mester Willem van 9genia [1] diwelke wide vermaert was.

Dit es leringe van den 4 mesters van Salernen. -

Nu soe hoort die leeringhe van Rolandine ende van vel mesters ende van de 4 mesters van Salernen diewelke der op gloeseren. Rolandus die beghint in latine medicus equivocatur advo. Ende Rogerus beghint in latine post mundi fabricam op dewelke Rolandus maecte sine adience. Ende gloese der 4 mesters die beghint dixit constancius.

Nochtan soe seggen die iiij meesters van Saleernen dat alle diegheene die op thooft wercken dat ghi hu suet wachten des nachts dat ghi met gheenen wiue sult syn noch ne sprecket jegen gheen wyf

[1] Guillaume de Congénie.

die hore stonden heeft en dat ghi gheen loecne hetet noch ne handeet gheen ongans dinc. Ende emmer soe siet dat uwe handen scoene sin ende suver ende siedi dat etter comen huklisc (?) dats een quaet teeken. Ende heft de siecke gheene cortsen hi saller onlange sonder sien & dat etter sal men suveren met eener gedweghener sponsen ende daerna so legt op de wonde pulvis capitalis.

Theodoricus Hughes van Luckes.

Die glosse der iiii mesters van Salernen (sur la gale).

Die glose van den iiij mesters van Salernen ons leert aldus ende si seggen dat de scorftheit comt menichwarf bi den koude van den meste dat si menichwarf plasteren der op legghen die te heed syn ende te droghe ende die vertheeren die natuerlike hitte ende verscheit van der huut ende si maken se drogher dan si sculdich is van sine (sich) en aldus so wert de huut bi horer rouchloesheden ende aldus doen die der luttel of weten ende daeromme vallet thaer of ende daerna ne wast nemmermeer gheen haer huute want die droghe plasteren ende die heete hebbent die wached vertheert ende de hitte sal de huut soe verharden datter gheen haer hute mach commen. Ende daer haer wassen sal daer moet syn wachede ende natuerlicke hitte ja wacht ghetempert ende hitte ghetempert want daert te wac is daer versmoret al. Noehtan soe wyst die glose der iiij meesters als men plasteren leght eist dat si te langhe ligghen soe comt der of ghelüc dat norseit es.

Mester Ghilebert.

Experimentator.

Willem van Mediche.

Hugones van Luche.

Rases.

Avicenne.

Hier beghint dat bouc van der quaden beenen etc.

Liste des chapitres :

Van malamortuume in der beenen.

Van apostemen in der beenen.

Van herdicheit crusteren in der beenen.

Van groete ader in der beenen.

Van wonden in der knie en de korsen.

Wat men doen sal eene te broken beene of een te broken leedt.
Hoe men kennen sal dese broke.
Ende hoe men ghebroken been vermaken sal.
Van te broken beene met open wonde.
Van quade ghesteken sceene ane de beene.
Van te broken vingeren ane den hant & van te broken ten ane de voeten.

Il n'existe que le premier chapitre et la première partie du second. Le reste est remplacé par des feuilles blanches.

Hier beghint den jon Lanfranc ende hy begint erst an dat hoeft.

De jonghe Lanfranc wille u leren hoe men wonde behandelen sal ende an dat hoeft willic eerst beghinnen.

Dernier chap.

Om vrouwen boursten te ghenesen hoe siek dasi syn. Neemt bismalve wortelen ende matelynen cruyt ende die wortel daerof van elck een hant vol ende dit siedt seer well ende dan stoetet wel deure ende dan doet daer in bladerkens van lehen alraen dat herteen dat erst hutspruict ende stoetet met dat vors dat gesoden is ende dan nemt den doder.

Le présent travail venait d'être imprimé lorsque nous reçûmes de M. W. C. Sharpe, bibliothécaire de la bibliothèque du collège de St-Jean à Cambridge, quelques nouveaux détails. Le manuscrit contient 81 feuillets, sur deux colonnes, et est d'une écriture très-nette. Nous faisons suivre la copie des première et dernière pages du traité. Nous saisissons cette occasion pour exprimer à M. le bibliothécaire notre profonde gratitude :

YPERMANNI MEDICINA.

Hier beghint die cirurgie van meester ian Yp̄man ende es getrocken wt alle dē auctores d̄ mescēn.

Hæc est practica et doctrina composita a magistro iohe Ypmanne q ipe tractauit in flamigo ad vtilitate filij sui in tempor vite sue sane et voluit q ipe haberet aliqd de ope suo doctrina sua a mults magris sr. de lanfranco &a qtuor mgris de saleno &a galieno &a rolado &a a rogero et a bruto &a a raso &a mgrs hugoe de luckos et a mgro albucaso.

Men sal eerst lere die nature van den hoefde ende die anathomie & die sappenisse daid of.

Hoe dat hoeft is gedeelt in dricen en eerst va den voersten dele.

Van den middelsten dele.

Van den achtersten dele.

Van den hoefde dat gewoe is en van der lise.

Van der leringe der nature des hoefts en sy werck.

Van cyrurgie en w he toe behoort.

Va wode ierts te u make en naye.

Van wode te stepe die zrei bloen.

Van den hoefde gewon en ierst.

Van den vier tiden.

Van buten en gate int hoest.

Hoe me proeve sal of dat hersenbecke oncwen is.

Van vacke of geslege tote dura mater.

Van den hersenbecke gescaeldel.

Van den hersebecke gewoc.

Van bulen die vele zuaerde syn.

Van dat den been schiet oder den andere.

Van de herse becke flicht te broke sond wode int vleysch.

Van der teyke der maney.

Van der leringe des meesters van salerne.

Hoe me wode naye sal it asichte.

Van geschoerde monde in kinderen.

Van bule te done gesittene.

Van wonde die valle bouen den oge duuers ofte lanxs.

Va dat de ore of gesaiert is.

Van wonde gescote int aensichte.

Van gescut wt te doen sonder sinden.
Hoe me den wonde es sculdich te handele va eten ende
Van druke en hem daid ofte verbindene.
Van der crampen ofte spasmeringhen.
Van Schorfde hoofde.
Van lusen opt hooft ofte te eldere.
Van de wane opt hoeft
Van der bulde ofte testude opt hoeft

&c.

Le traité se termine par :

Dit is ugm Venerie.

Een ander.

Plaster.

Explicit. « Salment mondificeren en iij carnere. »

« Constat ms. ex foliis 81, omnibus ὀπισθογράφοις præter ultimum. Singulæ paginæ binas habent columnas ; quæ supra transscripsimus duabus columnis et dimidia continentur.

Est autem codex nitide scriptus. » [1]

---

[1] Note de M. SHARPE.

LES
ÉGLISES PAROISSIALES
DE MONS,

PAR

Léopold DEVILLERS,
Conservateur-adjoint des archives du Hainaut,
Membre correspondent de l'Académie.

§ I.

Avant l'entrée des Français à Mons, en novembre 1792, cette ville, qui faisait partie de l'archevêché de Cambrai, avait six paroisses : celles de Sainte-Waudru, de Saint-Germain, de Saint-Nicolas-en-Havré, de Saint-Nicolas-en-Bertaimont, de Sainte-Elisabeth et de Sainte-Waudru-en-Cantimpret (Béguinage).

La première de ces paroisses était réservée, de toute ancienneté, à la noblesse, au clergé (sauf les curés des autres paroisses), à la magistrature, aux militaires, aux concierges et aux sujets des hôtels, dans toute l'étendue de la ville, ainsi qu'aux étrangers qui y séjournaient (excepté les étrangers malades admis à l'hôpital de Saint-Nicolas). Toutefois, il n'y existait pas de fonts baptismaux. On n'y célébrait que les mariages et les funérailles. Quant aux baptêmes, ils avaient lieu en l'église de Saint-Germain.

La paroisse de Saint-Germain comprit dans le principe toute la cité (sauf ce qui concernait la paroisse de Sainte-Waudru).

Au XIIe siècle, lorsque la partie rurale de Mons, — celle que notre comte Jean d'Avesnes incorpora dans sa nouvelle forteresse, en 1290, — eut acquis de l'importance, il fut nécessaire d'établir des cimetières dans les quartiers les plus populeux. La paroisse de Saint-Germain posséda hors des murs de l'ancien Mons quatre cimetières, au centre desquels s'élevèrent dans la suite des chapelles: celles de Saint-Nicolas-en-Bertaimont, qui est mentionnée dans la bulle que le pape Lucius III accorda, en 1181, à l'église de Saint-Germain; de Saint-Nicolas, au faubourg d'Havré; de Notre-Dame du Joncquoy, et de Sainte-Élisabeth. Cette dernière chapelle ne fut fondée qu'en 1345, par Élisabeth d'Antoing, veuve de Gérard de Verchin, sénéchal de Hainaut, mort en 1341 des suites des blessures graves qu'il reçut dans un fameux tournoi donné à Mons, en cette année.

Ces chapelles devinrent plus tard des églises paroissiales, à l'exception de celle du Joncquoy qui fut donnée avec le cimetière contigu, en 1238, aux Frères mineurs, par le comte Thomas de Savoie et la comtesse Jeanne de Hainaut, son épouse.

La paroisse de Saint-Nicolas-en-Havré fut instituée par le chapitre de Saint-Germain, avec l'autorisation de l'évêque de Cambrai, par acte du mois de juillet 1224. Sa première église fut remplacée, au commencement du XVe siècle, par une autre, plus considérable, dont on peut lire ailleurs la description [1]. C'était une belle église ogivale, possédant des boiseries et des marbres précieux, entre autres, des siéges, des stalles et un jubé qui avaient été donnés, en 1424, par Jacqueline de Bavière, comtesse de

[1] F. Hachez. *Mémoire sur la paroisse et l'église de Saint-Nicolas-en-Havré, à Mons*. In-4°, avec gravures, 1859.

Hainaut. Elle fut réduite en cendres, le 15 janvier 1664; la tour résista, mais la flèche dut être reconstruite. Cette tour, qui existe encore, se trouve à gauche du portail de l'église moderne. La première pierre en fut posée le 12 mai 1424. Elle est bâtie en briques et en pierres bleues. L'église actuelle fut construite de 1664 à 1702. La dédicace en eut lieu le 6 décembre de cette dernière année; elle était rappelée par un chronogramme qui a disparu et qui était composé de ces mots :

DeDIta Deo
obLata
nICoLao

La paroisse de Saint-Nicolas-en-Bertaimont fut établie par lettres du mois de mai 1227. Son église se trouvait à l'extérieur de la ville, avant 1668, époque où l'on en construisit une autre à front de la rue de Bertaimont [1].

Quant à la paroisse du Béguinage, son institution date de 1248. Elle était sous la juridiction du chapitre de Sainte-Waudru, et son église, placée sous le patronage de cette sainte, ne possédait pas de fonts baptismaux. Cela provient de ce que, primitivement, le Béguinage n'était habité que par des béguines. Lorsque, plus tard, de nombreuses familles de la classe ouvrière vinrent s'y loger, les baptêmes eurent lieu en l'église de Saint-Germain, de même que pour les paroissiens de Sainte-Waudru.

Ce ne fut qu'en 1515 que l'on érigea la paroisse de Sainte-Élisabeth. La chapelle fondée par Élisabeth de Verchin fut remplacée par une église ogivale que l'archevêque de Cambrai consacra le 23 octobre 1588. L'inscription suivante, qu'on lisait autrefois

[1] Nous y reviendrons dans une notice subséquente.

dans cette église, près de la chapelle de Saint-Éloi, rappelait cette solennité :

> **Lecteur, qui cest escrit contemple,**
> **Adore Dieu sans mener bruit.**
> **L'évesque a consacré ce temple**
> **L'an mil cinq cent octante-huit.**

Cette église, dont le chœur était entouré de collatéraux, se trouvait pourvue d'un beau mobilier ; des verrières peintes s'enchâssaient dans ses fenêtres. Mais un affreux incendie, qui y éclata le 10 avril 1714, vers midi, ne laissa debout que la grande nef et son bas-côté droit, vers la rue des Fossés.

La réparation de l'édifice fut poussée avec activité, quoique la reconstruction du chœur, qui n'eut plus de collatéraux, donnât lieu à un long procès entre le magistrat de Mons et les mambourgs de la paroisse, d'une part, et le chapitre de Saint-Germain, d'autre part ; ce chapitre devait, comme collateur, supporter les frais de cette reconstruction, aux termes de l'article premier du 7e chapitre des chartes du Hainaut.

Les travaux, conduits par l'architecte Claude-Joseph De Bettignies, furent terminés par la construction de la coupole, surmontant le portail, laquelle se fit pendant les années 1722 et 1723.

Au-dessus du portail, construit en 1686, sont sculptées deux Syrènes qui supportaient jadis les armoiries du sénéchal de Verchin et de son épouse. Plus haut, on lit :

Deo
aVgVstæqVe
eLIsabeth
eXtrVCtVM

L'église de Sainte-Élisabeth n'a de particulier à l'intérieur que la nef principale, présentant une file de piliers à bases gothiques, surmontés de chapiteaux corinthiens.

§ II.

Les églises de Sainte-Waudru et de Saint-Germain avaient des droits très-étendus sur les autres paroisses.

Au chapitre de Sainte-Waudru appartenait la suprématie sur toutes les églises et les chapelles de la ville ; elles ne pouvaient d'ailleurs être construites sans son consentement : on n'y élevait aucun clocher, on n'y posait aucune cloche sans une permission, que les chanoinesses accordaient sous certaines redevances, et après avoir reçu des lettres de reconnaissance ou des jetons portant cette formule : POUR LA GRACE ET CONGÉ DE .....

Nous ne déroulerons pas ici la longue série des différends qui s'élevèrent, à diverses époques, à propos des droits respectifs de nos anciennes paroisses.

Nous nous bornerons à rappeler qu'en 1433, une très-sérieuse contestation s'éleva entre le doyen Gonet, au nom de l'église de Sainte-Waudru, et Guillaume De Laire, doyen de l'église de Saint-Germain, touchant les paroissiens de Sainte-Waudru. Le Saint-Siége établit pour arbitre l'official de Tournay. Celui-ci mit fin à la difficulté, par un décret qu'il rendit le 12 décembre de cette année, et dont une copie, sur parchemin, était autrefois affichée dans l'église de Sainte-Waudru [1].

[1] Elle a été imprimée dans les *Documents officiels sur l'histoire monumentale et administrative des églises de Sainte-Waudru et de Saint-Germain, à Mons*, recueillis par A. LACROIX et AD. MATHIEU, pages 33-40.

De Boussu [1] rapporte que « le 18 septembre 1545, il se fit » encore un concordat entre le chapitre de Sainte-Waudru et » tous les curez de la ville, par lequel on régla les limites » et les droits des paroisses, et tous ceux qui seroient de » celles-ci. »

Voici quelle était, en 1786, d'après une déclaration fournie au gouvernement par les curés de Mons, la population de nos anciennes paroisses.

	En ville	Dans la banlieue	Total
Sainte-Waudru....................	3020	»	3020
Saint-Germain.....................	8958	12	8970
Saint-Nicolas-en-Havré..............	3182	424	3606
Sainte-Élisabeth..................	2700	295	2995
Saint-Nicolas-en-Bertaimont..........	930	200	1130
Sainte-Waudru en Cantimpré (Béguinage).	410	»	410
Ensemble de la population des paroisses.	19,200	931	20,131

Un plan, dressé par J.-F. Desaubleaux, et portant la date du 8 septembre de la même année, pour satisfaire à la dépêche du gouvernement, du 25 mai précédent, représente la délimitation des paroisses. Ce plan repose, ainsi que la déclaration des curés, aux archives générales du royaume, à Bruxelles.

Un arrêté de l'administration provisoire du département de Jemmapes, en date du 17 février 1793, supprima le chapitre et la paroisse de Sainte-Waudru, et transféra le siége de la paroisse de Saint-Germain dans l'église de Sainte-Waudru, eu égard à la démarche faite par quelques bons citoyens, afin d'empêcher la perte de ce

[1] *Histoire de Mons*, page 23.

bel édifice [1]. Toutefois, l'église de Saint-Germain ne fut pas démolie à cette époque. Elle servit à la tenue de diverses assemblées.

Avec le retour des Autrichiens, en 1793, reparut l'ancien ordre des choses. Mais ce ne devait pas être pour longtemps.

Les particularités sur l'état du culte catholique à Mons, de 1794 à 1802, ne peuvent guère trouver leur place ici. Nous nous occuperons, dans des articles spéciaux, des églises paroissiales qui furent démolies durant cette période.

Lors du rétablissement du culte, il ne restait plus que trois des anciennes églises paroissiales : celles de Sainte-Waudru, de Sainte-Élisabeth et de Saint-Nicolas-en-Havré. Elles furent rendues au culte en 1803, et l'on disposa de l'ancienne église des Récollets pour y rétablir la paroisse de Saint-Nicolas-en-Bertaimont, à laquelle fut annexée la paroisse du Béguinage [2].

Quant aux maisons de cure, celle de l'ancienne paroisse de Saint-Germain, rue des Sarts, nº 6, fut affectée au logement de deux vicaires de la paroisse de Sainte-Waudru, et un arrêté du préfet du département de Jemmapes, du 5 floréal an XII (25 avril 1804), mit à la disposition du curé de cette paroisse une ancienne maison de chanoinesse située *Place du Chapitre* (nº 8 actuel), en posant la condition que la ville serait chargée de l'entretien de cette habitation [3].

[1] Voir notre *Mémoire sur l'église de Sainte-Waudru*, in-4º, p. 28.

[2] La circonscription moderne des paroisses a été imprimée à la suite du *Décret sur la nouvelle organisation du diocèse de Tournay*, Mons, Monjot, an 12-1803, in-8º, pp. 97-100, 102-107. Quelques changements ont été apportés depuis la publication de ce décret; ils sont indiqués dans le *Mémoire sur l'église et la paroisse de Saint-Nicolas-en-Havré, à Mons*, par M. Hachez, p. 11 et note au bas de cette page.

[3] *Registre des arrêtés de la préfecture du département de Jemmapes*, aux Archives provinciales.

Les paroisses de Sainte-Élisabeth et de Saint-Nicolas-en-Havré conservèrent leurs anciennes maisons curiales, qui ont été reconstruites, et le presbytère de l'ancienne paroisse du Béguinage fut donné au desservant de la succursale de Saint-Nicolas-en-Bertaimont. Depuis lors, une maison de cure a été construite auprès de cette dernière église.

Ajoutons que l'évêque de Tournay, devenu notre chef diocésain, depuis la réorganisation du culte, avait aussi obtenu, par décret impérial du 16 décembre 1808, une ancienne habitation du chapitre de Sainte-Waudru, pour lui servir de logement lorsqu'il séjournait à Mons. Mais un arrêté royal, en date du 4 décembre 1850, considérant que cette demeure n'était plus nécessaire au prélat, l'a fait rentrer sous la main du domaine, et elle a été démolie, en 1854. Un partie de son emplacement a été emprise pour l'élargissement de la rampe de Sainte-Waudru, et sur l'autre s'élève une école communale.

L'ÉGLISE

ET

L'HOPITAL DU BÉGUINAGE A MONS,

PAR

Léopold DEVILLERS,
Conservateur-adjoint des archives du Hainaut,
Membre correspondant de l'Académie.

§ I.

Au XIIIe siècle, on désignait sous le nom de *Cantimpret* une prairie d'environ six bonniers qui s'étendait hors de l'enceinte primitive de Mons, d'une part, depuis la Trouille jusqu'au mont Eribus, et de l'autre, depuis le pré du Joncquoi, où s'établirent, en 1238, les Frères mineurs, jusqu'au pré de la Vierge, où s'éleva, en 1252, le Val-des-Écoliers.

Le Cantimpret appartenait au chapitre de Sainte-Waudru, par suite de la donation que lui avait faite cette patronne de la terre de Cuesmes, dont il faisait partie. Vers 1245, il était couvert de maisonnettes habitées par des béguines. Une charte de l'évêque de Cambrai, datée de la veille de la Pentecôte de la dite année, confirma la cession de ce pré aux béguines pour le prix de 120 livres parisis, et moyennant que le chapitre se réservait le droit de patronage et la haute justice [1].

[1] *Cartulaire du Béguinage*, appartenant à M. Hipp. Rousselle, à Mons, in-4° en vélin, de 28 feuillets, du commencement du XIVe siècle, intitulé : *Ce sunt les chartres*

L'établissement des béguines, approuvé par le chapitre, prit une telle extension qu'en 1248, Marguerite, comtesse de Flandre et de Hainaut, fit bâtir au centre de Cantimpret une église qui fut déclarée paroissiale par Guy, évêque de Cambray, au mois de juillet de la même année. Auparavant, le Béguinage dépendait de l'église de Cuesmes, pour le spirituel.

Les lettres d'institution [1] portent que l'église et le cimetière du Béguinage furent érigés du consentement du prévôt, de la doyenne et de tout le chapitre de Sainte-Waudru, à la prière de la comtesse Marguerite, et indique les droits que le chapitre se réservait sur la nouvelle paroisse. En outre, on y trouve que le chapitre de Sainte-Waudru et le curé du Béguinage s'engagèrent à payer au curé de Cuesmes, pour l'indemniser de ce qu'on lui enlevait, vingt sous blancs, dont moitié à la Noël et moitié à la St-Jean-Baptiste. L'entretien des bâtiments et des objets du culte fut mis à la charge du chapitre, qui conserva exclusivement la collation de la cure.

Après avoir fondé la paroisse du Béguinage, Marguerite porta ses soins à l'érection d'un hôpital pour les pauvres béguines vieilles et malades. Elle donna, en 1249, diverses rentes pour la dotation de cet hôpital qui fut dédié à Sainte Elisabeth. Plusieurs personnes charitables, entre autres Nicolas Le Retraict, prévôt des églises de Mons, suivirent cet exemple. Le pape Innocent IV avait autorisé cet établissement, par la bulle qu'il adressa, le 10 des calendes de juin 1246, à l'évêque de Cambray. [2]

et les cyrographes dou Beguinage de Mons, fol. 1. — Ce document provient des archives du chapitre de Sainte-Waudru : il est coté *Mons, trésorie, N° 55*.

[1] Elles ont été imprimées dans le 6e volume, pp. 30-31, des *Annales du Hainaut* par VINCHANT (Ed. des Bibliophiles Belges). — NICOLAS DE GUISE (*Mons*, p. 75) reporte à l'année 1345 l'époque où l'église du Béguinage fut séparée de Cuesmes.

[2] Cartulaire précité, fol. 2, *De fundatione Hospitalis*.

En 1253, la comtesse mit l'hôpital de Sainte-Elisabeth sous la direction du chapitre [1]; mais elle voulut donner elle-même un règlement à cette maison : c'est ce qu'elle fit le jour de Saint Jean décollé 1279.

Ce règlement [2] porte que « nulle personne ne soit mise ès l'hos- » pital pour maladie, pour foibleté, ni pour povreté, à prendre » et à recevoir les biens dou lieu, s'elle n'a demouré en le *court* » *de Cantimpret* en habit de Béguinaige un an entier ou plus » continuement. » Il statue que la maîtresse de l'hôpital devait être nommée par le chapitre de Sainte-Waudru, par la souveraine de ladite *court de Cantimpret* et par trois ou quatre prieures choisies et déléguées à cette fin par les autres prieures; que nulle béguine ne pouvait être reçue à l'hôpital, sinon en vertu d'une admission émanant de la maîtresse, de la souveraine et des prieures déléguées, et à la condition que les ressources de l'établissement fussent suffisantes; enfin, que la maîtresse devait présenter ses comptes, une ou deux fois par an, à un délégué du chapitre, à la souveraine et aux prieures susdites [3].

En 1270, Héluise de Landrecies, béguine, avait laissé une rente pour la fondation de l'office de chapelain de l'hôpital [4]; en 1285, Isabelle de Valenciennes fonda un cantuaire en la chapelle de cet hôpital [5].

Lorsque Jean d'Avesnes résolut de l'incorporer dans la nouvelle

[1] Par décret, en latin, daté du mois d'août de ladite année, et dont l'abbé Hossart a publié le texte dans son *Histoire du Hainaut*, t. II, pp. 366-367.

[2] Publié dans le t. VI, pp. 40-41, des *Annales du Hainaut* par VINCHANT.

[3] L'administration des hospices possède dans ses archives une série presque complète des comptes de l'hôpital de Cantimpret.

[4] VINCHANT, *Annales du Hainaut*, t. VI, p. 38.

[5] Idem, t. II, p. 365.

enceinte de Mons, le Béguinage de Cantimpret formait une localité particulière, possédant une église, un hôpital et un cimetière. Ce comte prit l'engagement d'en faire l'acquisition, ainsi que de tout ce que possédaient à Mons le châtelain de cette ville et le sire de Bailloeul, et de mettre ces territoires sous le jugement des échevins de Mons, par une charte, datée de 1295 [1]. — Le châtelain de Mons, qui était le seigneur d'Havré, avait le droit de morte-main sur la rive gauche de la Trouille, dans toute l'étendue de la ville. Une place, voisine du pont du Béguinage [2], a conservé le nom de *Place d'Havré*. — Le Béguinage fut enclos dans la ville, mais il demeura sous les mêmes juridictions que précédemment; toutefois, par suite d'un arrêt de la cour de morte-main, de l'an 1429, ce droit cessa d'y être levé, par le motif que ce territoire faisait partie de la ville de Mons, qui était affranchie de cette redevance depuis l'an 1295. Mais il fut exempt de la maîtrise, et les artisans qui s'y établirent dès la fin du XVe siècle, lorsqu'un grand

[1] En voici la teneur : « Nous Jehans d'Avesnes, cuens de Haynau, faisons savoir à » tous chils ky ches présentes lettres veiront u oront, ke nous sommes tenut d'acquerre » à no coust et à no frait, por mettre ens ou jugement des eskevins de no ville de Mons » en Haynau, le Cantimpret de Mons, sy come il s'estend, ki est de le tenanche de » Cuesmes, et tout chou ke li castelains de Mons et ly sires de Baillœl tiennent à Mons ù » ke che soit, ky dedens le frumeté est u sera, et chou promectons-nous à faire en » bonne foi, loyaullement, à plus tost que nous porons; et à faict que nous l'acquerrons, » nous le délivrerons et adjusterons al jugement de nos eskevins de Mons; en tesmoin- » gnage desquels choses, nous Jehans devant dit avons ces présentes lettres données à le » comunité et université de no ville de Mons sayellées de no propre seyal, quy furent » faictes l'an de grâce mil deux cent quatre-vingt-quinze, lendemain dou jour Saint- » Bietremy l'appostel, par un diœns el mois d'aoust. »

[2] Nous rapporterons ici pour mémoire qu'en 1438, il se fit un accord pour la reconstruction du pont du Béguinage, en vertu duquel le chapitre de Sainte-Waudru, l'hôpital de Cantimpret, le Béguinage et le Magistrat de Mons intervinrent chacun pour un quart dans les frais de cette reconstruction, sans cependant que cela pût porter préjudice, pour l'avenir, aux droits des parties. — Archives de l'église du Béguinage.

nombre d'habitations de béguines devinrent vacantes, y trouvèrent une grande sécurité.

A partir de cette époque, il ne resta plus à Mons qu'un simulacre de Béguinage. La souveraine habitait une maison avec quatre béguines et des aspirantes que l'on nommait jeunes béguines. Ces femmes suivaient le règlement primitif et portaient l'ancien costume. Elles entraient à l'hôpital de Sainte-Élisabeth au fur et à mesure que des couches y devenaient vacantes. Enfin, le Béguinage était enclos du côté des jardins et gardé par un sergent remplissant les fonctions de portier.

Jusqu'à la révolution française, le chapitre de Sainte-Waudru conféra tant les couches vacantes à l'hôpital que les places de souveraine, de jeunes béguines et de portier [1].

§ II.

Revenons à l'église du Béguinage.

Le premier acte qui suivit les lettres d'institution que nous avons fait connaître, fut celui par lequel Enguerrand, évêque de Cambray, approuva, en 1276, la fondation d'une chapellenie en cette église, faite par disposition testamentaire de Nicolas, prévôt des églises de Mons [2].

Demiselle Fressens de Dour, béguine, donna pour l'entretien du luminaire de l'église, une rente annuelle de 20 sols, par acte passé au moustier de Cantimpret, au mois de juin 1282 (le Dimanche devant Saint Barnabé, l'apôtre) [3].

[1] *Résolutions capitulaires de Sainte-Waudru*, aux Archives de l'État, à Mons.

[2] VINCHANT, *Annales du Hainaut*, t. II, p. 336, t. VI, p. 32.

[3] Cartulaire du Béguinage précité, fol. 12 v°. *Cest de le rente demiselle Fressent de Dour, à luminaire.*

Une requête adressée à la cour souveraine de Hainaut par le curé du Béguinage, Nicolas Preud'homme, à l'effet d'obtenir du chapitre de Sainte-Waudru la somme de 320 florins annuellement pour sa portion congrue, nous fait connaître les faibles revenus de cette cure avant le XVIIIe siècle [1].

Quatre bénéfices existaient dans l'église du Béguinage, savoir : 1o celui de Saint-Jean-Baptiste, uni à la cure, en 1721, et consistant en deux messes par semaine ; 2o celui de Notre-Dame, qui avait été fondé dans l'église de Cuesmes et qui fut uni à la cure du Béguinage, en la même année ; il consistait en une messe par mois ; 3o celui de Saint-Michel, fondé dans l'église du Béguinage, et uni à la même cure, aussi en 1721 ; il consistait aussi en une messe par mois ; enfin, 4o celui de Sainte-Élisabeth, consistant en deux messes par mois, qui était, comme la cure, à la collation du chapitre de Sainte-Waudru.

La déclaration des biens de la paroisse, faite en 1787 [2], porte que les revenus de la cure s'élevaient alors à 1759 florins 19 sols 6 deniers, provenant de diverses rentes seigneuriales et de certains immeubles, et les revenus de la fabrique de l'église à 857 florins 36 sols 1 1/2 denier. Ces derniers servaient à couvrir les charges suivantes : honoraires du personnel du clergé, réparations à l'église, entretien et frais d'administration. Voici quel était le personnel : un curé, un vicaire, un prêtre qui remplissait les fonctions de sous-diacre, un clerc marguillier, une béguine sacristaine, un bâtonnier, un organiste, un souffleur et des enfants de chœur.

Il y avait des aumônes fondées pour les indigents de la paroisse.

[1] Archives de l'église du Béguinage.

[2] Archives générales du Royaume à Bruxelles. — Etats des biens du clergé séculier, t. 99. Chambre des comptes, registre 710.

Cette dotation se nommait la *table des pauvres*. Elle était administrée par le curé. Son revenu était, en 1787, de 164 livres 19 sols 6 deniers.

Plusieurs confréries avaient leur chapelle dans l'église du Béguinage : celle de Sainte-Dorothée, qui était suivant De Boussu[1] « la plus florissante de cette ville ; » celle de Notre-Dame de Bon-Secours, érigée vers 1686, et qui a été transférée, en vertu de lettres de l'autorité diocésaine, du 2 septembre 1805, dans la chapelle de l'hospice des béguines ; celle de Saint-Arnould, ou des Brasseurs, et celle du Saint-Sacrement, qui fut établie par bulle du 15 février 1750.

La paroisse du Béguinage comprenait, suivant le plan des paroisses, en 1786, le territoire circonscrit par le boulevard, depuis la rive droite de la Trouille à sa sortie de Mons jusque derrière l'ancien couvent des Pauvres-Sœurs, les murs de ce couvent, les jardins du Béguinage, la place, la rue du Béguinage jusqu'au pont, et les impasses à droite de la place vis-à-vis l'hôpital (aujourd'hui hospice) des béguines, savoir : les ruelles de Sainte-Dorothée et des Écoliers, et la Cour Mouton.

Nous possédons peu de renseignements sur son église. Elle s'élevait à l'extrémité méridionale de la place. Celle-ci était autrefois plantée d'arbres.

On voit encore sur cette place un dernier vestige de la juridiction du chapitre de Sainte-Waudru : c'est le pilori, en pierre, qui sert de revêtement à une pompe, et dont les chaînes de fer ont disparu depuis longtemps[2].

[1] *Histoire de Mons*, p. 64.

[2] Les résolutions prises par le chapitre pour la construction de ce pilori, sont du 5 août et du 30 septembre 1778. Elles sont conçues de la manière suivante : La première,

Vinchant considérait l'église du Béguinage comme étant l'édifice primitif : c'est pourquoi il l'appelle *pièce ancienne* [1].

En 1548, cette église fut considérablement restaurée, à cause des dégâts affreux qu'y avait occasionnés une tempête [2], et l'on y construisit une nouvelle chapelle sous l'invocation du saint Nom de Jésus [3]. On y plaça de nouvelles cloches, en 1565 [4]. En 1607, on y éleva un *repositoire* pour le Saint-Sacrement [5], et en 1622, on fit la table du maître-autel en « matière d'albastre et pierre de Ranche [6]. » Enfin, de 1724 à 1730, on construisit un nouveau clocher [7].

Les chapelles qui se trouvaient dans cette église, étaient dédiées à saint Jèan-Baptiste, à saint Michel, à sainte Dorothée, au saint Nom de Jésus, à saint Arnould. L'image de Notre-Dame de

« Conclu qu'il sera fait un nouveau puits au Béghinage; qu'il sera couvert de pierres de » taille, qui servira de pompe et en même temps de pilori. » La seconde, « Conclu » d'autoriser le maître des ouvrages Blanquart de passer convention avec le tailleur de » pierres Leclercq, pour la livraison des pierres nécessaires, compris quatre bornes, » pour l'exécution de la pompe en pilori à placer sur la place du Béghinage, conformé» ment au plan visé cejourd'huy au bureau de ce chapitre, parmi la somme de deux » cens soixante-treize livres. »

Nous rappellerons pour mémoire que l'ancien pilori était un arbre auquel était attaché un collier de fer, et que le chapitre autorisa son bailli, le 2 mai 1714, à faire faire une prison au Béguinage.

[1] *Annales du Hainaut*, t. II, p. 336.

[2] » Aux mambours de l'église du Béghinaige de Cantimpret, pour le second et dernier payement du don faict par chappitre à ladite église, pour employer à la réparation d'icelle qui estoit tombée par les grands vents.......................... l ℔. »

(Comte général du chapitre de Sainte-Waudru, pour 1548-1549.)

[3] VINCHANT, *Annales*, t. II, p. 336.

[4] « A l'église du Béghinaige de Cantimpret de Mons, a esté donnet par mesdamoiselles, en advanchement du paiement des cloches d'icelle église, nouvellement fondues, le ij^e^ décembre soissante-chincq, jour de la bénédiction d'icelles........... xx ℔. »

(Compte général du chapitre de Sainte-Waudru, pour 1565-1566.)

[5] VINCHANT, *loc. cit.*

[6] Idem.

[7] Comptes de l'église.

Bon-Secours était placée dans la chapelle de saint Jean-Baptiste, dont l'autel avait été béni en 1284 [1].

Le maître-autel du chœur fut reconstruit en 1706; il était décoré d'un tableau, représentant le Christ mourant, par Jean-Baptiste Noël [2], de deux autres petits tableaux [3], et de l'image de sainte Waudru, patronne de la paroisse.

Quant au trésor de l'église, on y remarquait un magnifique encensoir d'argent « fait à la façon du clocher de ladite église », et donné en 1434 par le curé *messire André Jahon.* Un autre curé, *sire Guillaume de Cambron*, avait fait cadeau d'un grand crucifix.

C'était sans doute en face de ce crucifix que se trouvait l'épitaphe de cet ecclésiastique, qui était telle :

La mort ne pardonne au bon
Du monde osta de maladie
Sire Guillame de Cambron
Prestre en son temps de bonne vie
L'an mil cincq cens et dix fois huict
D'avril en la sixiesme nuict
Il rendit son ame, et encore
Cors qui le crucifix adore,
A Dieu, à la terre ses os
Cy devant mis en sepulture
Pries que Dieu donne un repos
A son esprit qui sans fin dure.

[1] *Cartulaire du Béguinage* appartenant à M. Hipp. Rousselle, fol. 2. *De Benedictione altaris sancti Johannis.*

[2] « A Jean-Baptiste Noël, maître pintre, pour avoir fait le tableau du grand autel représentant Dieu mourant, payé : C ℔. » — Compte de l'église, pour les années 1703 à 1706.

« A la femme Antoine Hocquart, pour la toille imprimée livrée pour le tableau du grand autel, payé : xviij ℔. » — Idem.

[3] « Au sieur Preud'homme, pasteur de l'église, pour deux petits tableaux du père Renez, servans au grand autel, payé : xvj ℔. xvj s. » — Idem.

L'épitaphe suivante se lisait aussi dans l'église du Béguinage, sur une pierre plate placée au-devant du chœur :

Ki chi passés, priés pour nous.
Tel que nous sommes sarés vous.
Ceste lame est icy mise pour monsieur Nicolon de Chierve con dist le grant et pour lame de Marie se mère liquelle trespassa en l'an de grace MCCC et XXI.

Le cimetière de la paroisse était contigu à l'église. Il avait une superficie de seize verges. Son entrée se trouvait près de la façade de l'église, qui faisait face à l'établissement actuel du gaz. Un chemin qui le traversait, menait des jardins voisins à l'église ; un autre, entourant celle-ci, servait aux processions. Dans le fond, se trouvait la chapelle des trépassés, qui avait été construite, avec la permission du chapitre, en 1654 ; on n'y célébrait pas la messe. Au-dessus de la porte d'entrée, était un médaillon en bois, représentant Sainte Waudru, et dans le cimetière, on voyait la figure de Jésus portant sa croix.

Ce cimetière fut supprimé, de même que tous ceux qui existaient en ville, en exécution de l'édit de Joseph II, sur les enterrements, du 26 juin 1784.

§ III.

La paroisse du Béguinage fut frappée de suppression en 1796. Son église fut rasée quelques années après. Sur son emplacement on voit aujourd'hui le bel établissement horticole de M. Debecker.

Quant à l'hôpital, il conserva ses anciennes pourvues. Cette institution, comme toutes nos autres fondations charitables, fut dès lors administrée par la commission des hospices, qui, par une résolution du 30 juillet 1808, confère les places vacantes à des femmes honnêtes, moyennant le versement d'une somme qui ne peut être inférieure à 1000 francs.

Les bâtiments de cet hôpital formaient deux ailes, au fond desquelles on voyait la chapelle. Leur état de vétusté et leur insuffisance les firent remplacer, de 1829 à 1831, par le bel hospice qui fait front à la place du Béguinage et dont le plan est de l'architecte Haberlé.

L'ancienne souveraine du Béguinage, qui avait continué à demeurer, avec les jeunes béguines, dans l'habitation primitive, qui existe encore, vint avec elles, en 1832, s'établir dans le nouvel hospice, dont elle est la directrice, et où toutes les pourvues se trouvent ainsi réunies, au nombre de vingt-neuf.

La chapelle de l'ancien hôpital de Sainte-Élisabeth a survécu. C'est un édifice de style ogival tertiaire, ayant 12 mètres de longueur, 6 de largeur et 8 de hauteur sous clef. Elle a été construite, sur l'emplacement de la précédente, de 1549 à 1551. En cette dernière année, le suffragant de l'évêque diocésain de Cambrai la bénit et dédia l'autel à Sainte Waudru et à Sainte Élisabeth [1].

[1] Lettres, en parchemin, portant sur le dos : *Benedictio capellæ Altaris S. Waldetrudis et S. Elisabethæ in hospitali de Cantimprato,* 1551. — Inventaire des titres et papiers du Béguinage, reposant aux archives de l'État, à Mons.

Voici quelques détails sur la construction de cette chapelle. Nous les extrayons des comptes rendus (à la St. Jean-Baptiste), par le receveur des biens de l'hôpital, « à nobles » et vénérables personnes du chapitre de madame Sainte-Waudru, au curé, à la sou- » veraine et aux aînées du Béguinage de Cantimpret de Mons. » (*Archives de l'Administration des Hospices de Mons.*) Mais le compte de 1548-1549 manquant, il ne nous a pas été possible de trouver l'indication des premiers travaux.

Compte de 1549-1550.

» A maistre Simon Ghossuin, carpentier, pour pluiseurs dosses employées à faire des

On remarque à cet autel un tableau, d'un coloris assez vif, représentant, au premier plan, d'une part, Sainte Élisabeth faisant l'aumône, et de l'autre, Sainte Waudru et ses deux filles, et au-

chintes pour volser la chappelle de l'hospital, treize pièces de trasne et huit lambourdelles, luy a esté payet... xx lb vj s.

» A Quintin Du Fief et ses ouvriers carpentiers, pour pluiseurs journées par eulx employes tant à faire le hourdement et chintes pour volser la chappelle, comme de déshourder... xx lb xv s. ix d.

» A Jehan Druart, pour dix muys de cauch par lui livrez, employes à volser la chappelle dudit hospital... vj lb.

» A Anthoine Cordier, a esté rembourset, qu'il avoit payet à ung caulfournier de Jemappes, pour ix rasières de cauch employez audit ouvraige... xvij s. iij d.

» A Jehan Caille, marchant demourant à Mons, pour treize milliers de bricques par luy livrées audit hospital, employes à volser ladite chappelle... xxxij lb x s.

» A Jehan de Feriemont, marchant de pierres d'Escaussines, pour les croix d'ogives, fourmeretz et clefs pour volser laditte chappelle, contenant le tout ensemble en mesure vj c. xlix pieds... cliv lb ij s. ix d.

» A Jehan Repu, père et filz, machons, Paul de le Thille, Hanin Piettre et Ansselot du Coron, manouvriers, pour pluiseurs journées par eulx employes taut à volser laditte chappelle comme à raparillier et aussi à assir les moyneaulx des vairières. lxxiv lb xij s. v d.

Compte de 1550-1551.

» A Jehan Wery, pour pluiseurs parties de bois par lui livrez audit hospital, emploiez à faire la porte de la chappelle, etc... VII lb XVII s. xj d.

» A Jehan Cavée, pour xxxvj beneaulx de sablon par lui livrez, employet tant à faire mortier comme à paver laditte chappelle... lij s.

» A Jehan de Feuriemont, marchant de pierres d'Escaussines, a esté délivret à pluiseurs fois sur la livrance des moyneaulx, fourmoyries de vairières et verghe-leines... clxiij lb xij s.

» A Monseigneur le souffragan, pour avoir begny laditte chappelle et autel... xij lb.

Compte de 1551-1552.

» A Jehan de Feuriemont, pour vj c. xviij pieds iij qrtz de pierres d'Escaussines par lui livrées pour les fourmoiries des quattre vairières et moyeneaux de la chapelle dudict hospital, aussy une pierre d'autel et les trois appas devant l'huys de laditte chappelle, etc... xlviij lb ix s. iv d.

» A Xpoffle de Bray, vairier, pour ij c. lxxxviij pieds de vairières, pour les quattre vairières de la chappelle, sicomme ij c. lxiiij pieds blanche à iiij s. le pied, lii lb xvj s., et xxiiij pieds painct à xix s. le pied, xvj lb, xvj s., etc... lxix lb xviij s.

Le chapitre de Sainte-Waudru contribua, pour une faible part, aux travaux de la dessus de ces personnages la Sainte Trinité couronnant la Sainte Vierge Marie.

La voûte de la chapelle, dont les compartiments sont en briques et les arêtes en pierre calcaire, ainsi que les meneaux des quatre fenêtres qui l'éclairent, ont conservé leur couleur primitive. La principale porte d'entrée, qui est peu élevée, se trouve à la façade. Une grande fenêtre la surmonte. Deux autres fenêtres se trouvent de chaque côté de l'autel, et la quatrième est sous le second compartiment de la voûte, à gauche (en entrant). A l'extérieur, on remarque que la chapelle, aujourd'hui isolée, n'était pas autrefois dégagée du côté droit, auquel se trouvait annexé un bâtiment de l'ancien hôpital : c'est ce qui explique l'absence d'une fenêtre de ce côté. On entrait directement de ce bâtiment dans la chapelle par une petite porte, qui a été conservée.

La façade de la chapelle des béguines se termine par un

chapelle de l'hôpital de Cantimpret. C'est ce que l'on remarque par les articles suivants des comptes rendus au chapitre par la fabrique de Sainte-Waudru(*Archives de l'État, à Mons*).

» A Jehan de Louwy, pour deux jours employez à remettre à point ung huisserie de pierre d'Escaussines, pour servir à la chapelle de l'hospital du Béghinaige...... xvj s.

(*Compte de la fabrique, pour 1545.*)

» A Jehan Repu, le fils, pour avoir remis à poinct l'huysserie de la chappelle de l'hospital du Béghinage, a esté payet.................................. xvj s.

» A Jehan Horion dict *Michon*, pour quattre voyetures de pierres d'Escaussines, pour l'huysserie de la chapelle de l'hospital du Béghinaige, a esté payet............ xx s.

(*Idem, pour 1547.*)

Dans un chapitre de recettes du compte de la fabrique pour l'année 1548, on lit :

» De l'hospital de Cantimpret, pour ung bourdon de xxvj pieds de loing employé à la chappelle dudict hospital, a esté receu, au pris de iij s. le pied ...... lxxviij s. »

Tels sont les souvenirs que nous avons pu réunir sur la construction de cette intéressante chapelle.

Nous ajouterons qu'il existe au-dessous de celle-ci une fontaine, où les habitants du voisinage venaient autrefois puiser de l'eau.

pignon, en briques, percé de deux fenêtres par lesquelles on introduisait les provisions de blé de l'ancien hôpital, et un petit clocher surmonte la toiture.

En terminant cet article, il est juste de payer notre tribut d'éloges à l'Administration des Hospices pour la restauration qu'elle vient de faire exécuter à la chapelle des béguines.

APPENDICE.

Nous insérerons ici divers souvenirs consignés dans les comptes de l'église du Béguinage, dont la série nous a été communiquée par M. Piret, curé de la paroisse de Saint-Nicolas-en-Bertaimont. Le plus ancien de ces documents est de l'année 1576-1577. Ils étaient rendus « à honorables, sages et discrets messieurs curé, bailly et » paroissiens de l'église de Sainte-Waudru en Cantimpret. »

Compte de 1584-1585.

« A la vesve Anthoine Eve, verrier, pour avoir racoustré la verrière deseure le grant portal de ladite église, que remis une autre verrière en plomb, luy a esté payet vij ℔. iij s. vij d.

Compte de 1586-1587.

» A Ghislain de Beauraing, escrignier, pour ung porge par luy faict, servant au petit portal de l'église, comprins bois et main-d'œuvre, payé.................. xxvij ℔.

Compte de 1709 à 1712.

» A J. P. Dumaisnil, receveur de la taxe pour le redimage des cloches de cette ville de Mons, à cause de la prise d'icelle ville en octobre 1709 par les hauts alliez, a été payé à bon compte de la taxe des cloches de l'église paroissiale du Béguinage iiij xx ij ℔. xvj s. viij d.

» A P. Delobel, le fils, receveur de ladite taxe des cloches, payé pour reste et parpaye de la taxe des cloches de ladite église........................ lxx ℔.

» A P. Cardon, facteur d'orgue, a été payé pour une orgue qu'il a livré à laditte église .... iij c. x ₶.

Compte de 1745 à 1748.

» A L. Auquier, receveur du rachat des cloches après le siége de la ville l'an 1746, payé pour les cloches de l'église du Béghinage.................. iiij c. iiij xx. ₶.

Compte de 1754 à 1757.

» A Amand-Joseph Lion, maître organiste, a été paié, à bon compte pour son entreprise qu'il a fait entre M. Fostier, pasteur de la paroisse, et mambours d'icelle, pour la construction d'un orgue nouveau.................................. iij c. ₶.

» Au même, pour la construction d'un orgue...................... iiiij c. ₶.

» A Jacques Dubois, maître menusier, a été paié, pour la menuserie d'un jubé nouveau pour la paroisse.. iiiij c. ₶.

Compte de 1757 à 1760.

» A A.-J. Lion, facteur d'orgue, a été paié, pour le jeu du claron qu'il a augmenté à son entreprise de l'orgue de la paroisse.............................. xxj ₶.

» Audit Lion, a été paié, à compte pour la livrance de l'orgue.... ij c. vij ₶. ix s.

» Audit Lion, a été paié, pour compléter la somme de mille et cinquante livres convenu par contract du 11 juillet 1756, pour l'entreprise de l'orgue d'icelle paroisse .... xlij ₶. x s. vj d.

Compte de 1760 à 1763.

» Audit Jacques Dubois, maître menusier, pour le prix d'une chaire de vérité, compris la sculture, placée dans la paroisse, après convention faite avec le sieur Vince, curé, et mambours d'icelle.. v c. iiij xx. j ₶.

Compte de 1784 à 1787.

» A N. Bouvenant, marbrié, a été paié pour le pavement du chœur, en marbre noir et blancq .... 1,012 ₶. 12 s.

Compte de 1790 à 1793.

« Compte et renseignement qu'à messieurs le curé, bailly et paroissiens du Béguinage » de Sainte-Waudru de Cantimpret, en la ville de Mons, fait et rend Jean-François- » Joseph Huon, receveur des biens de laditte église. »

Ce document renseigne, au chapitre des recettes :

1° Rentes dues par les états de Hainaut, la ville de Mons et quelques particuliers	1,384 ℔ 10 s.
2° Idem	3,179 ℔ » s. 8 d.
3° Loyers des jardins du Béguinage appartenant à l'église	241 ℔ 13 s.
4° Produit des pourchats et des processions	35 ℔ 14 s. 6 d.
5° Produit des messes célébrées dans les chapelles de St-Jean-Baptiste et de Saint-Arnould, et au grand autel	723 ℔ 9 s.
6° Legs et donations	172 ℔ 17 s. 9 d.
7° Vins stipulés au profit de la paroisse, lors des locations des jardins à lui appartenants	» » »
8° Draps de morts, enterrements	46 ℔ 14 s.
9° Recette extraordinaire	1,062 ℔ 15 s.
Total des recettes	6,846 ℔. 13 s. 11 d.

Au sixième chapitre de ces recettes, sont renseignées deux sommes, de 56 livres chacune, payées, selon l'usage, par deux béguines, sœur Marie-Joseph Mottequin, et sœur d'Élisabeth, pour leur prise de voile ou béguin.

L'ÉGLISE

DE

SAINT-NICOLAS-EN-BERTAIMONT

A MONS,

PAR

Léopold DEVILLERS,

Conservateur-adjoint des archives du Hainaut,
Membre correspondant de l'Académie.

Dès le XIIe siècle, le faubourg de Bertaimont posséda, au centre du cimetière qui s'y trouvait établi, une chapelle dédiée à Saint-Nicolas, dont fait mention la bulle que le pape Lucius III accorda, en 1181, au chapitre de Saint-Germain, pour reconnaître les droits de ce chapitre sur divers autels et chapelles de la ville de Mons [1].

Ce faubourg était borné par les territoires de Cuesmes et de Ciply, par le village d'Hyon, et par le pré du Joncquoit. L'accroissement de sa population fut tel, au commencement du XIIIe siècle, que par lettres, en date de mai 1227, le chapitre de Saint-Germain, avec le consentement de l'évêque de Cambrai, érigea la chapelle de Saint-Nicolas en paroisse, en lui donnant pour limites vers la ville, la rivière de Trouille, et en conservant sur cette paroisse le droit de patronat [2].

[1] De Boussu. *Histoire de Mons*, page 48.

[2] L'original de cet acte, en parchemin, avec sceaux, repose aux archives de l'État, à Mons.

Vers la même époque, un prêtre nommé Jean Canart, fonda près de la chapelle de Saint-Nicolas un hospice pour les pèlerins.

En 1397, un incendie fit de grands ravages dans le faubourg de Bertaimont : celui-ci ne se releva que péniblement de ses ruines. L'hôpital de Jean Canart, entièrement brûlé, ne fut pas reconstruit, et ses biens furent annexés à ceux de la Grande-Aumône des pauvres de Mons et de l'hôpital de Saint-Nicolas [1].

Jean d'Avesnes, en incorporant les faubourgs dans la nouvelle enceinte de cette ville, avait laissé à l'extérieur de sa forteresse la partie la plus considérable de la paroisse de Saint-Nicolas-en-Bertaimont ; la rue de Bertaimont, commençant au pont construit sur la Trouille, et qui s'appelle aujourd'hui le Pont des Récollets, avait seule été comprise dans cette enceinte, et à l'extrémité de cette rue, on avait élevé la porte dite de Bertaimont.

L'église de Saint-Nicolas se trouvait dans la partie rurale, entre la grand'route de Mons à Maubeuge, et le chemin dit de Cuesmes, à l'endroit où se trouve encore un Dieu de pitié [2], qui était celui du cimetière.

[1] F. Hachez. *Les fondations charitables de Mons*, p. 12. — Vinchant, t. III, p. 315, rapporte que de son temps on voyait sur l'emplacement de cet hôpital « une pierre eslevée avec un escriteau engravé. »

[2] On lit, 1° Dans la déclaration des biens de la paroisse de Saint-Nicolas-en-Bertaimont, faite en 1787 (Archives générales du Royaume, Chambre des comptes, registre 716 ; États de biens du Clergé, t. 99) :

« *Biens fonds :* 42 verges de terre, gisant au faubourg de Bertemont, fesant le
» *terrain du cimetière de l'ancienne église*, louées 10 livres. »

2° Dans la déclaration des biens du couvent des Filles de Notre-Dame, à Mons, faite en 1787 (Archives générales du Royaume, Chambre des comptes, registre 754 ; États de biens du Clergé, t. 13) :

« *Biens fonds :* .... Plusieurs parties de terre et prets gisant sur les territoires de
» Bertaimont, jugement de Mons, Cuesmes et Hion, savoir : un bonnier, deux journels,
» trente verges de terre labourable en une pièce, située hors la porte de Bertaimont *où*
» *fut autrefois l'église Notre-Dame de Messines*, tenant aux héritiers Pierre Lenoire,
» au chemin allant à Maubeuge, Hion et Cuesmes, aux représentants Louis Pouillez, à
» M. le comte de Vinchant de Morval par en haut ; — *Item*, 104 verges, etc. —
» Biens affermés à Pierre Petit, par bail du 5 février 1781. »

Cette église avait deux chapelles, dédiées à Notre-Dame et à Saint-Médard. Elle possédait des orgues et une horloge. A l'extérieur, dans une niche, au-dessus de la porte d'entrée, se trouvait l'image de Saint-Nicolas [1]. Nous avons aussi rencontré dans les comptes des mentions de l'autel de Saint-Jacques, de Saint-Sébastien, et de l'image de Sainte-Catherine.

La dévotion envers Notre-Dame de Messinne, dont nous parlerons plus loin, y prit naissance et y devint tellement populaire que le nom de cette madone devint celui de la paroisse. La table du maître-autel avait été donnée en son honneur par Anne de Croy, dame d'Enghien, et veuve du duc d'Arenberg.

La position de cette église près de la forteresse de Mons lui fut souvent fatale. En 1478, on dut y faire des réparations, occasionnées par les « romptures qui faictes y avoient esté ad cause de la guerre. » La muraille du cimetière, démolie pendant la guerre de 1481, dut aussi être reconstruite.

Dans la suite et surtout pendant le siége de Mons par le duc d'Albe, en 1572 [2], et lors des guerres de Louis XIV, l'église de Bertaimont eut beaucoup à souffrir.

C'est ce qui décida le curé et les mambours à solliciter du chapitre de Sainte-Waudru et du magistrat de Mons la permission de construire une église en ville. Les chanoinesses leur accordèrent d'abord, le 22 décembre 1667, l'autorisation « de faire en quelque » place dans les maisons voisines de celle où réside le pasteur, en » la rue de Bertaimont, dans les limites de leur paroisse, une

[1] « Pour deux aisselles dont l'on fist ung tabernacle à couvrir le ysmage de Saint Nicolay estant au dehors de ladite église, a esté paié.................. v ₶ vj s. »
(Compte de l'église, 1478-1479).

[2] En souvenir de la reprise de Mons par le duc d'Albe, le 21 septembre 1572, on sonnait toutes les cloches, chaque année, à l'ancienne église de Bertaimont.

» chapelle et clocher, à charge que la paix arrivant, ils désis» teront de se servir de cette chapelle et retourneront à leur église » paroissiale. » Toutefois, dans leur assemblée du 25 janvier 1668, elles approuvèrent une seconde requête des mêmes curé et mambours « de pouvoir faire une église avec clocher en ladite rue » et de démolir celle de Bertaimont, pour se servir des matériaux » à en provenir. »

Les travaux d'une église dans la rue de Bertaimont furent immédiatement commencés, et l'on se mit à démolir l'église du faubourg afin d'en remployer les matériaux à la construction de la nouvelle église [1]. Celle-ci fut terminée en 1674, à l'exception toutefois de

[1] Voici des extraits des comptes de l'église, relatifs à ces travaux.

Compte et renseignement qu'à messieurs le pasteur, intendants et mambourgs de la chapelle Nostre-Dame de Messines en la ville de Mons faict et rend le Sr Jacques de Wintre, commis à la maniance des biens et revenus d'icelle, et au restablissement de la nouvelle église, intitulée par adveu de sa Seigneurie Illustrissime et Révérendissime Archevesque de Cambray, de Nostre-Dame de Messines, de tout ce enthièrement qu'il at receu et manié et sur ce payé, depuis le vij[e] de septembre xvj[c] soixante-six jusques et compris le jour de la rendition du présent compte, xxj[e] julette 1670.

» Aux charpentier, masson et couvreur, pour avoir esté à Bertaymont estimer ce que pouvoit valloir l'église, at esté payé pour leurs sallaires, le 26[e] julette 1667..... lx s.

» A Michel Piermont et Louis de Rumme, pour avoir découvert l'église et cloché de St-Nicolas-en-Bertaymont, at esté payé le xxve mars 1668.................. xlj ₶.

» A Louis Taminiau, maistre charpentier, at esté payé pour avoir démonté le charpentage de l'église et clocher de St-Nicolas-en-Bertaimont, y comprise une tonne de bierre conditionnée par le contract faict à ce sujet...................... cxxj ₶.

» A Charles Fery, clercq, at esté payé, le 22[e] mars 1668, demy patacon que les ouvriers ont despensé après le démollissement de la vielle église, leur estant donné gratuittement.. xlviij s.

» A luy, at encor esté payé le xxviij[e] juin xvj[c] soixante-huict lxxvj s. qu'ont despensez quelques tailleurs de pierres estants venus de Vallenciennes pour marchander l'ouvrage de cette église, y compris demi patacon que le S[r] pasteur leur avoit ordonné pour leur voiage lorsqu'ils vouloient retourner sans faire accord............ lxxvj s.

» A Jacques Tondeur, George Advelle et Jaspard Tondeur, maîtres massons, at esté divers ouvrages accessoires qui restaient à faire, et pour lesquels le magistrat de Mons fit un don de cent florins à la fabrique, le 20 avril 1702. Les abbés de Cambron et de Saint-Foillan, l'avocat Flameng

payé, depuis le 29e julette 1668 iusques le 14e d'octobre ditto, à bon compte de leurs ouvrages .... ij^{c} iiijxx.xvj ₶.

» A eux at esté payé, depuis le 21e d'octobre 1668 iusques et compris le ij juin 1669, encor à bon compte .... iiij^{c} xxiiij ₶.

» A eux at encore esté payé à bon compte de leurs ouvrages, depuis le viij^{e} juin 1669 iusques et compris le xj^{e} d'aoust dudit an .... iij^{c} lx ₶.

» A Jean Advel, à bon compte de ses ouvrages de la cimetière, at esté payé, le xve d'apvril 1670 .... xviij ₶.

» A luy, à bon compte de ses ouvrages de la sacristie, at encor esté payé, le 30e de may 1670 .... xv ₶.

(Suivent divers articles renseignant les sommes payées aux ouvriers maçons, tailleurs de pierres, charpentiers, couvreurs, etc., travaillant à l'église, et aux marchands livranciers).

Compt et renseignement qu'à Messieurs le pasteur, intendants et mambourgs de la chapelle Notre-Dame de Messines en la ville de Mons, fait et rendent les héritiers de fu Jaeques De Wintre, comis à la maniance des biens, revenus et pourchas d'icelle, en qualité de mambourg, depuis le xxj^{e} jullet mil six cent septante jusques le premier jour d'avril xvj^{c} septante-sept.

» A Jean Moriau, pour avoir livrez cent-dix piedz de dosse pour mettre en la fondation de la tour, luy at esté payé le xj^{e} décembre 1670 .... xxiiij ₶.

» A Philippes Bridoux, pour avoir ammenez deux navées de pierres de nostre carrier à Siply, pour faire les fondations, luy at esté payé le xve décembre 1670 .... xx ₶.

» A Jean Flandron et à Souloye, pour par eulx avoir travaillez chascun huict jours à pillotter la tour, leur at esté payé le xxvij^{e} décembre 1670 .... xxij ₶ viij s.

» A maître Anthoine Gallemart, maître mesureur, pour avoir mesuré le charpentaige de l'église Nostre-Dame de Messinnes, quy at esté faict et travaillez par maître Louys Tamiseau, pour le charpentaige de l'église, de la sacristie, du chœur et de deux chappelles, luy at esté payé le xxvj^{e} febvrier 1671 .... xiiij ₶.

» A maître Louys Fonson, pour avoir livré et possé les armes de Monsieur de Maldonade, chanoisne de Cambray .... xij ₶.

» A Daniel Bellignyes et un sergeant des bois de Blaregnies, pour avoir amenné dix-huit boulliaux, pour mettre dans l'église le jour que Monseigneur de Cambray est venu célébrer la messe, et pour le jour de la dédicasse de ladite église ..... v ₶ j s.

» A mettre *(sic)* Anthoine Gallemart, mettre mesureur de la ville de Mons, pour avoir mesuré la devanture de pierre bleuse à l'église Nostre-Dame de Messines, livrées par Guillaume Bastien .... xlviij s.

et maître Etienne Beauvais, chapelain de la paroisse, firent présent chacun d'une verrière.

Cette église se trouvait à droite (en entrant en ville) et près de la

» A Jean Robillart, pour avoir livré une grosse corde pour servir à thirer les mattériaux de la thourre, luy at esté payé le xiiij^{e} septembre 1672.... xxiiij ₶ xv s.

» Aux massons, tailleurs de pierres, et Nicolas De Harpe, pour avoir mis la fiette (faîte?) sur la tour, leur at esté ordonné pour eux recréer, le xiiij^{e} novembre 1672.. ix ₶ xij s.

» A mettre Anthoine Gallemart, mettre mesureur, pour avoir mesuré le reste du charpentage de l'église de Nostre-Dame de Messines, pour la part de laditte église, at esté payé le xxij^{e} febvrier 1673.. xl s.

» A Liévin Castreanau, pour reste des pierres d'Escausinnes pour servir de cornis à la devanture, luy at esté payé, le premier septembre 1673............ xxj ₶ viij s.

» A Daniel Buignies, pour avoir amenné quattorze boulliaux pour orner l'église le jour de la consécration de Nostre-Dame de Messines, luy at esté payé le premier septembre 1673.. iiij ₶ xvj s.

» A Jean Fayt, charpentier, pour avoir fait deux portes au costé de la tourre, et deux bancqs d'église, et planches derrière l'imaige Nostre-Dame de Messines, etc., luy at esté payé le vij^{e} mars 1674.. xiij ₶ xij s.

» A mettre Anthoine Gallemart, mettre mesureur, pour avoir messuré les verrières, tant pour la partie de l'église que la partie de Louys Ravaliart, luy at esté payé le xxix octobre 1671.. lx s.

» Audit Louys Ravaillart, pour reste de touttes les verrières en nombre de nœf, luy at esté payé le xviij^{e} de l'an 1674.............................. lvij ₶ viij s.

» A Jean Fayt, pour avoir employet cincq jours et un assistant, à rependre quattre petittes cloches à la tourre, et autres menutez, luy at esté payé le xixe juin 1674. ix ₶ xij s.

(Le même document renseigne une foule d'autres dépenses pour journées d'ouvriers et livrances de matériaux).

Compt et renseignement que fait Jean-Baptiste Soupart, curé de Bertaymont, de ce entièrement qu'il at eu et manié tant du pourchat de la paroisse, mois de mars mil sept cent-un iusquez le premier décembre du même an, que des libéralités des bonnes gens, et généralement de tout ce qu'il a manié par voye de don fait à son église et rétablissement d'icelle.

» Payé seize livres sept sols pour un veau donné aux récolez, à raison des estansons qu'ils nous ont presté.. 16 ₶ 7 s.

» A Philippe-Joseph Quenon, menusier, pour avoir travaillé dix iours et demi au balustre du iubé.. 17 ₶ 17 s.

» A Dagobert Paillon, pour avoir tourné le balustre................ 0 ₶ 12 s.

porte de Bertaimont. Le clocher, qui surmontait le portail, avait neuf cloches et un carillon. Dans la nef, on voyait la chaire de vérité et les bancs des mambours. Une balustrade, en forme de fer à cheval, était placée à l'entrée du chœur. De chaque côté de celui-ci, étaient deux autels, dont l'un, du côté gauche (en entrant), était dédié à Sainte-Anne, et l'autre, du côté droit, à Saint-Médard.

Le maître-autel du chœur était dédié à Saint-Nicolas et à Notre-Dame de Messine.

L'invocation de cette madone dans l'église de Bertaimont est assez ancienne. Suivant la tradition, un pélerin, ayant visité l'église de Notre-Dame de Messine, en Sicile, rapporta de ce pélerinage une copie de l'image de Notre-Dame de Messine, qui fut, dit-on, d'abord posée dans le cimetière de Bertaimont, où elle servait de station. Vers l'an 1616, plusieurs guérisons miraculeuses ayant eu lieu en cet endroit, l'image de Notre-Dame devint l'objet d'une vénération particulière, et fut placée solennellement, en 1622, dans l'église, où elle occupa le maître-autel [1]. Le 12 mars 1624,

» *Pour mémoire et action de grâce :*

» Monsieur Libert, abbé de Cambron, donne un grand vitre à l'église de Nostre-Dame de Messinne, costé du Rempart.

» Monsieur de Reume, abbé de St-Foeillien, donne aussy un grand vitre, côté des Récolés.

» L'avocat Flameng a donné le vitre qui regard la rue côté du rampar sur le iubé.

» Mre Estienne Beauvais, chappellain de Messinne, a donné un autre grand vitre.

» Messrs eschevins de cette ville de Mons, ont ordonné à leur recepveur Ghislain de payer, au proffit de laditte église, cent florins, et ce, au vingt avril mil sept cent-deux. »

« A M. Poplimont, pour avoir peint les armes des abbés de St-Fœillien et Cambron, payé 12 ₶. »

[1] *Histoire de l'image miraculeuse de Notre-Dame de Messine.* Mons, J. B. Varret, 1772; et Ve A. J. Lelong (1823). Le R. P. Bauduin Willot, dans son *Martyrologe Belgeois*, (Mons, 1641, page 97,) dit que l'image de N.-D. de Messine fut peinte « sur le modèle de celle de Messine, bourg entre Ipre et Lille ; » mais l'ancienne tradition est plus admissible.

La fête principale de N.-D. de Messine, se célèbre à l'Annonciation (25 mars). Elle l'archevêque de Cambrai Vander Burch érigea une confrérie en son honneur.

La dévotion envers Notre-Dame de Messine s'accrut dès lors considérablement ; une académie de musique, composée des meilleurs musiciens de Mons, la choisit pour sa patronne, et s'obligea à chanter dans l'église de Bertaimont, appelée désormais l'église de Notre-Dame de Messine, la messe en musique, aux fêtes de la Vierge et tous les samedis de l'année.

Un conflit s'éleva, en 1719, entre cette confrérie et les mambours de l'église, à l'occasion d'un orgue que ceux-ci avaient fait placer sur le jubé, de manière à empêcher les *académistes* de s'y installer pour continuer à y chanter, comme précédemment. On alla même, paraît-il, jusqu'à leur refuser la clef du jubé. D'où il s'ensuivit un procès très-long et dont les débats sont curieux. L'académie fit valoir : « que l'orgue dont s'agit n'était pas posée par les mambours pour en faire l'usage de sa destination, mais uniquement pour empêcher qu'on ne fit musique sur le jubé, et dégoûter par ce moyen tant de *gens d'honneur et de caractère distingué*, qui, depuis grand nombre d'années y chantent les louanges de Dieu, par une musique si édifiante et si belle qu'elle attire le peuple de Mons et même de toute la province ; et ce dessein, ajoutent-ils, provient de ce que les mambours ayant confondu les biens, les pourchats et les offrandes de la Vierge avec ceux de la paroisse, ils furent obligés de leur faire procès, pour en avoir la séparation et régie. »

Ces raisons étaient vraies. En effet, les revenus considérables

a fait naître la kermesse ou ducasse de Messinne, dont M. HACHEZ a donné une charmante description, dans son opuscule : *Fêtes populaires à Mons*, p. 16. — *Messager des sciences historiques de Belgique*, année 1848, p. 179.

de la confrérie de Notre-Dame de Messinne avaient été employés aux besoins généraux de l'église. Les confrères académistes eurent le seul tort d'avoir réclamé contre cet abus.

L'avantage fut pour eux dans cette affaire. Ils continuèrent à chanter pieusement les offices de la Vierge jusqu'à la dissolution de leur corporation.

En août 1772, on célébra le cent-cinquantième anniversaire de la translation de l'image de Notre-Dame de Messinne. Ce jubilé se termina par une procession magnifique, dont nous aimons de donner ici la relation. Une cavalcade formée par la jeunesse de la ville, ouvrait la marche. Après elle, les confréries de la Sainte-Vierge, érigées à Mons sous l'invocation de N.-D. de Lorette, de N.-D. de Bon-Secours, de N.-D. de Hal, de N.-D. d'Alsemberg, de N.-D. du Mont-Serrat, assistaient au cortège avec des chars sur lesquels étaient représentés des mystères ou des sujets tirés de la vie de leur glorieuse patronne, savoir : l'Immaculée Conception, la Nativité, l'Annonciation, la Visitation, la Purification. Chacun de ces chars était précédé d'un héraut portant une devise. Ensuite, apparaissait le char de Sainte-Waudru *(le car d'or)* [1], sur lequel était figurée l'Assomption. Le héraut qui le précédait, portait cette devise :

La Vierge monte aux cieux
Sur les aîles des Anges,
Chrétiens, d'un chœur joyeux,
Publions ses louanges.

Les pères Récollets et le chapitre de Saint-Germain suivaient. Enfin, le Saint-Sacrement, accompagné par les confrères de Notre-

[1] Voir sur ce char : notre *Notice historique sur la procession de Mons* (Mons, 1858), page 10.

Dame de Messinne, et suivi d'une foule considérable, terminait cette belle procession [1].

Revenons à l'église de Saint-Nicolas-en-Bertaimont.

Son clergé se composait, au siècle dernier, d'un curé et d'un vicaire; celui-ci était chargé d'aller visiter les malades à l'extérieur de la ville [2].

Cette église ayant été supprimée, en 1797 ; par suite du refus du curé de prêter le serment républicain [3], elle fut vendue par la régie du domaine nationale, en 1799 : ce fut le sieur Gaston Defacq, de Tournay, qui l'acheta et la fit démolir aussitôt après [4]. Quant à son cimetière, il avait déjà été abandonné, depuis la mise en vigueur de l'édit de Joseph II sur les inhumations.

Près de l'église se trouvait une cour, dite la cour de Messinne, qui était habitée par des artisans. Il s'y trouvait un puits que la fabrique de l'église entretenait.

Lors de la restauration du culte, l'église de l'ancien couvent des Récollets, située non loin de là [5], fut, ainsi que nous l'avons déjà dit, mise à la disposition de la paroisse de Bertaimont.

[1] En 1822, Pie VII autorisa la célébration du jubilé de deux cents ans de la translation de l'image de Notre-Dame. L'ordinaire de Tournay le fixa du 6 au 13 avril 1823. La procession qui clôtura cette solennité, fut escortée par une garde d'honneur. Depuis longtemps, on n'avait vu à Mons un cortège aussi imposant.

[2] Lettre du 7 octobre 1634, par laquelle l'archevêque de Cambrai, François Vander Burch, autorise le curé de Saint-Nicolas-en-Bertaimont à s'adjoindre un vicaire qui serait chargé d'aller aux malades, à l'extérieur de la ville. — Archives de l'État, à Mons. — On peut inférer de cette lettre qu'à cette époque, le curé de Bertaimont demeurait déjà en ville, dans la rue de ce nom et dans la maison près de laquelle on construisit depuis l'église.

[3] Le compte rendu par la dame Marie-Anne-Françoise-Joseph Anthoine, de tout ce *qu'elle a pu recevoir* des biens de l'église, de 1794 jusqu'au 16 octobre 1797, indique qu'à cette dernière date, « le commissaire Demarez est venu poser le scellé sur le » chassereau. » Ce compte a été visité par la fabrique de l'église, le 7 septembre 1812.

[4] La flèche de la tour fut abattue le 11 juillet 1799.

[5] Voir plus loin, notre notice sur le couvent des Frères Mineurs.

On conserve dans cette église les objets suivants, qui proviennent de l'ancienne paroisse :

1° L'image de N.-D. de Messinne. — C'est une peinture sur bois qui représente la Sainte-Vierge tenant l'Enfant-Jésus sur les genoux, et aux pieds de laquelle une religieuse de l'ordre de Saint-Bazile est agenouillée.

2° Le buste de Saint-Médard.

3° Un magnifique ostensoir, qui fut fait, en 1664, par un orfèvre montois, François de l'Aoust [1].

Lors de la construction des fortifications actuelles de Mons, de 1818 à 1820, l'emplacement de l'ancienne église et la cour de Messinne furent occupés par les ouvrages de défenses de la porte de Bertaimont, et ainsi disparurent les derniers vestiges de l'église et de ses dépendances.

[1] *Compte des mambourgs de l'église St-Nicolas-en-Bertaimont pour la nouvelle remonstrance de ladite église.* In-4°. — Il existe aussi dans l'église actuelle de Saint-Nicolas-en-Bertaimont, un autre ostensoir, dont la dimension est considérable et le travail superbe : il provient de l'église du Béguinage.

LES ÉDIFICES

DU

CHAPITRE NOBLE DE SAINTE-WAUDRU

PAR

Léopold DEVILLERS,

Conservateur-adjoint des archives du Hainaut,
Membre correspondent de l'Académie.

L'établissement fondé, vers 650, par sainte Waudru, au pied de l'antique château de Mons [1], se composait, dans son principe, de deux cloîtres, l'un pour elle et ses compagnes, l'autre pour des religieux bénédictins que le roi d'Austrasie Sigebert III avait attachés au monastère pour y desservir l'office divin. Chaque cloître avait une petite église : celle des moines était sous l'invocation des SS. Pierre et Paul, et Waudru avait dédié la sienne à la Reine des Cieux. Cette dédicace s'était faite, avec une grande solennité,

[1] Suivant Jacques de Cuise, Éd. de Fortia, t. VII, pages 67-71, le seigneur Hydulphe, parent de Sainte Waudru, et qu'elle avait chargé de lui faire construire un ermitage en cet endroit, lui aurait fait bâtir une demeure opulente. Mais, ajoute le chroniqueur, ce n'était pas un palais que Waudru voulait : une habitation modeste suffisait à son humilité. Le ciel parut approuver ses désirs : l'édifice fut renversé, lorsqu'il venait à peine d'être terminé. Hydulphe éleva des débris du palais un monastère d'une construction simple, où notre patronne se retira, après avoir reçu le voile des mains de Saint Aubert, évêque de Cambray. Elle y fut suivie par des femmes nobles, qui avaient sollicité la grâce de vivre sous sa direction.

par les évêques saint Aubert et saint Amand, en présence de personnages considérables.

Primitivement, le monastère de Sainte-Waudru devait ressembler à une forteresse. Il fut incendié, en 1078, par les soldats de Thierri d'Avesnes, qui venaient de réduire en cendres le monastère de Sainte-Aldegonde, à Maubeuge. Le sire d'Avesnes se vengeait ainsi des ravages commis sur ses terres par les soldats de la comtesse Richilde [1].

Les bâtiments du chapitre de Sainte-Waudru furent reconstruits immédiatement après ce désastre, à l'exception de l'église, qui ne le fut que beaucoup plus tard : en 1096, on se pressait sur ses ruines, autour de prédicateurs ardents qui enrôlaient des combattants pour la première croisade. Elle était en reconstruction, lorsqu'un incendie, dont la cause est ignorée, la détruisit de nouveau en 1112. Dès l'année suivante, le comte de Hainaut, Baudouin III, la fit réédifier [2]. Après un nouvel incendie, Baudouin IV, dit le *Bâtisseur*, fut obligé de la faire reconstruire, vers 1169. Quoiqu'on n'ait pas de notions bien claires sur ce dernier édifice, il est permis de croire que c'était une église, de style roman, presque aussi vaste que celle que nous admirons aujourd'hui [3].

Ce fut sous le règne de Philippe-le-Bon et, selon toute apparence, d'après son inspiration, que la construction de l'église actuelle

[1] Il est à noter que les comtes de Hainaut étaient abbés séculiers du chapitre de Sainte-Waudru.

[2] C'est dans cette église que le célèbre abbé de Clairvaux, Saint Bernard, prêcha la deuxième croisade, en 1148.

[3] C'est dans cette église romane qu'en 1201, le comte Baudouin VI, et la comtesse Marie, son épouse, renouvelèrent le vœu de prendre la croix qu'ils avaient fait à Bruges, dans l'église de Saint-Donat, et que, le 2 mai 1451, Philippe-le-Bon tint le 8e chapitre de l'ordre de la Toison d'or. On voyait autrefois, au-dessus des stalles des chanoinesses, les armoiries des 25 chevaliers qui assistèrent à ce chapitre.

de Sainte-Waudru fut résolue. Abbé séculier du chapitre de dames nobles qui avait son siége dans cette église, le fastueux duc de Bourgogne aura voulu que cette corporation possédât une collégiale capable d'égaler en beauté les monuments les plus remarquables des autres villes des Pays-Bas. L'ancienne église semblait informe et grossière [1], à une époque où l'architecture romane était discréditée et livrée au même dédain que l'art ogival le fut dans la suite.

Il faut attribuer à cette circonstance, la construction de l'église moderne de Sainte-Waudru, qui, grâce à une heureuse mesure administrative, provoquée par une démarche d'hommes courageux et amis de l'art [2], a échappé au vandalisme révolutionnaire.

[1] Les lettres d'indulgences accordées le 22 novembre 1452 par le cardinal d'Estouteville, pour l'avancement des travaux de l'église moderne de Sainte-Waudru, se servent de ces expressions pour qualifier cet édifice *(rudi et grosso ædificio)*. — Nous avons publié ces lettres à la suite de notre *Mémoire historique et descriptif sur l'église de Sainte-Waudru, à Mons*, in-4°, (annexe IV).

[2] Lors de la première invasion française, en novembre 1792, l'église de Sainte-Waudru fut sur le point d'être rasée. Son chapitre et sa paroisse étant réservés à la noblesse, avaient été de ce chef supprimés, et l'église devenait dès lors inutile, aux yeux des membres de l'administration provisoire du Hainaut, qui trouvaient raisonnable de la faire abattre tôt ou tard. Ils la dépouillèrent donc de ses objets les plus précieux, tels que : la châsse du chef de notre patronne, un ostensoir d'or, tous les calices et argenteries, une infinité de diamants et d'autres joyaux. Dans la nuit du 16 au 17 février 1793, un commissaire, nommé Mascaray, lieutenant dans l'armée française, opéra cette spoliation, en se faisant guider par le grand clerc de l'église, par N. Mambour, maître maçon du chapitre, et par N. Delée, tandis que les avenues du chapitre étaient gardées par des soldats et des pièces de canon, pour empêcher que le peuple ne vînt s'opposer à la perte de tant de trésors, évalués à 300,000 florins. Mais quant à la démolition de l'église, des voix généreuses se firent entendre en faveur de ce chef-d'œuvre et c'est aux démarches de quelques bons citoyens, et particulièrement à celles de Germain Hallez, ancien directeur de l'Académie des Beaux-Arts de Mons, que l'on doit la conservation de l'église de Sainte-Waudru. Ce fut pour obliger ces dignes citoyens, parlant au nom de l'art, que l'administration provisoire résolut, le 17 février 1793, de transférer la paroisse de Saint-Germain dans l'église de Sainte-Waudru et de faire démolir l'église de Saint-Germain.

Nous avons donné ailleurs [1] les annales de la construction de cet édifice, sa description, l'exposé des vicissitudes qu'il a subies. Nous avons aussi rappelé ce qui est relatif à son ancienne décoration, laquelle offrait surtout de remarquable : 1° le jubé, chef-d'œuvre de Jacques Du Brœucq, construit de 1535 à 1548, d'après un plan que nous avons eu le bonheur de retrouver et qui a été reproduit par le savant burin de M. Charles Onghena [2]; 2° les clôtures du chœur et des chapelles, qui avaient été exécutées dans le même style que le jubé, dont elles semblaient être une dépendance; 3° les stalles du chœur datant de la même époque que le jubé, et qui avaient été sculptées, avec beaucoup d'art, par Jean Fourmanoir, *écrinier,* que Du Brœucq aida quelque peu; 4° les tombeaux des comtes Baudouin IV et Baudouin V [3], et

[1] *Mémoire historique et descriptif sur l'église de Sainte-Waudru, à Mons;* (Mons, 1857); in-4°, de 160 pages, orné de 8 gravures et de 5 vignettes. — *Annales de la construction de l'église de Sainte-Waudru, à Mons,* (Gand, de Busscher frères, extr. du compte-rendu des séances du Congrès Artistique et Archéologique tenu en cette ville, les 19 et 20 septembre 1858). In-8°, de 12 pages. — *Annales de la Société royale des Beaux-Arts et de Littérature, de Gand,* t. VII, (1857-1858), pages 263-272. — *Du grand escalier de l'église de Sainte-Waudru, à Mons,* (Mons, 1859); in-8°, 20 pages et un plan. — *Annales du cercle Archéologique de Mons,* t. II, pp. 105-120.

[2] Ce plan, sur vélin, bien conservé, porte le millésime 1535; il a 70 centimètres de hauteur sur 1 mètre de largeur. Nous en avons fait don aux archives de l'État, à Mons; il y a été déposé dans la section du chapitre de Sainte-Waudru. — Nous ferons observer que les bas-reliefs qui figurent sur ce plan, entre les niches contenant les vertus théologales, et représentant des sujets tirés de l'Ancien Testament, n'ont pas été exécutés. On leur a préféré des scènes du Nouveau Testament.

[3] A l'époque de la rentrée des Français à Mons, en 1794, l'église de Sainte-Waudru possédait encore, dans le pourtour du chœur, les trois tombeaux de Baudouin IV, le *Bâtisseur*, de la comtesse Alix de Namur, son épouse, de Baudouin V, le *Courageux*, leur fils, et une statue, vulgairement appelée l'*Homme aux moulons* (vers), qui faisait comme le frontispice de cette sombre galerie, et qui était, paraît-il, un chef-d'œuvre. Elle n'a récupéré de ces tombeaux que le sarcophage, en granit des Vosges, de la comtesse Alix. C'est le plus ancien et l'un des plus curieux de nos monuments. — Quatre autres personnages de la famille des comtes de Hainaut, furent inhumés dans

5° les portails en marbre, qui se trouvaient aux entrées des collatéraux du chœur [1].

Qu'il nous suffise de rapporter ici ce qui concerne les autres édifices de l'ancien chapitre noble.

Ces édifices étaient, outre l'église : le beffroi et le puits [2] du chapitre, et les habitations des chanoinesses. Ces dames occupèrent pendant longtemps le cloître, où elles prenaient ensemble leurs repas et où elles avaient un dortoir commun. Mais, dans la suite, chaque chanoinesse ayant atteint l'âge de trente-cinq ans, eut son habitation particulière et dut tenir son ménage, avec quelques domestiques. Celles au-dessous de cet âge, vivaient chez les quatre chanoinesses aînées, qui les dirigeaient dans leurs devoirs et les accompagnaient dans le monde; elles avaient le nom *d'écolières*, et les autres, celui de *ménagères*.

Toutes les habitations des chanoinesses étaient spacieuses, précédées d'une cour à porte cochère, et avaient pour la plupart un jardin. Il en subsiste encore un assez grand nombre dans *l'enclos du chapitre*, qui comprenait : la place du chapitre, la rue de la Réunion [3], la Rampe de Sainte-Waudru.

Le chapitre de Sainte-Waudru eut d'abord un beffroi en com-

l'église de Sainte-Waudru : Adèle, épouse de Regnier II, morte en 961 ; Baudouin III, mort en 1120; Godefroid, fils puîné de Baudouin IV et d'Alix de Namur, époux d'Eléonore de Vermandois, mort en 1161, et Gérard de Hainaut, fils naturel de Baudouin IV, mort en 1179. Mais aucune trace de leurs tombeaux n'existait dans l'église moderne, au XVIIIe siècle. — V. notre *Mémoire* précité, pp. 77 à 80.

[1] Nous n'avons pas voulu entrer dans de plus longs détails sur l'ancienne décoration de l'église de Sainte-Waudru, qui a été presque complètement détruite en 1797, ni parler des nombreuses verrières peintes qu'elle a perdues, parce que nous en avons traité suffisamment dans notre *Mémoire* susdit.

[2] Voir ce que nous avons dit de ce puits, p. 179 de ce volume.

[3] Cette rue doit ce nom au vote de la réunion de la Belgique à la France, qui eut lieu dans l'église de Sainte-Waudru, après un tumulte épouvantable, le 11 février 1793.

mun avec l'église de Saint-Germain, et un clocher où étaient les grosses cloches de l'église de Sainte-Waudru. La première de ces tours fut, en grande partie, reconstruite de 1535 à 1538. Elle subsistait seule, au siècle dernier. Cette tour, qui s'appelait la *Tour de briques*, s'élevait sur quatre piliers [1] et se trouvait derrière le chœur de l'église, au coin de la rue Samson. Elle renfermait neuf belles cloches; celles-ci en furent enlevées, avant la démolition de cette tour, qui se fit le 13 juin 1799, vers cinq heures et demie du soir.

Ajoutons pour mémoire que la *pierre Hourdresse*, sur laquelle on exposait les délinquants trouvés dans l'enclos et où le chapitre avait la haute, la moyenne et la basse justice, existe encore en fragments derrière l'église de Sainte-Waudru. La vente des objets mobiliers provenant de la succession des chanoinesses, se faisait aussi sur cette pierre, par le bâtonnier du chapitre.

[1] Vinchant rapporte que la Halle au Blé se tint primitivement sous les arcades du beffroi de Sainte-Waudru. Plus tard, on y fit le Marché au Lin. Enfin, on ferma les arcades par des portes, et l'on convertit le rez-de-chaussée de la tour de briques, en une demeure pour les sonneurs.

LA CHAPELLE

DE

SAINT-PIERRE[1]

A MONS;

PAR

Léopold DEVILLERS,
Conservateur-adjoint des archives du Hainaut,
Membre correspondant de l'Académie.

Les bénédictins qui desservaient primitivement le monastère de Sainte-Waudru, avaient, ainsi qu'on l'a vu, un cloître et une petite église ou chapelle placée sous le patronage des SS. Pierre et Paul. Ces moines s'enfuirent à l'approche des Normands, et leur cloître demeura désert jusqu'à ce que l'archevêque de Cologne Bruno fut envoyé dans le Hainaut, en 959, pour rétablir les églises dévastées. Ce prélat remplaça les moines de la chapelle des SS. Pierre et Paul par quatorze chanoines.

Ceux-ci, soumis à la règle de Saint-Augustin, furent assujettis aux mêmes obligations que les anciens bénédictins. En 1084, ce collége fut supprimé et le comte Baudouin II en appliqua les prébendes à la dotation de l'abbaye de Saint-Denis-en-Brocqueroye, à 1 1/2 l. N. E. de Mons. Cette abbaye conserva le patronat de

[1] Cette chapelle était ainsi désignée, quoique ayant été dédiée, dans son origine, à St. Pierre et à St. Paul.

la chapelle des SS. Pierre et Paul jusqu'en 1123; elle le céda alors, moyennant une redevance annuelle, aux chanoines de Saint-Germain, devenus chapelains des chanoinesses. L'abbé de Saint-Denis retint, néanmoins, comme représentant le chapitre des SS. Pierre et Paul, la qualité de premier chapelain de l'église de Sainte-Waudru; il y officiait pontificalement dans les grandes solennités [1].

La chapelle de Saint-Pierre possédait deux autels, l'un dédié à ce saint et l'autre à sainte Catherine. Elle était sous la dépendance du chapitre de Sainte-Waudru. « Ledit lieu de St-Pière, » porte un ancien document, est et a tousiours esté membre de » l'église madame Ste-Waudrud, tenu et réputé et à la retenue » d'icelle, en touttes parties, si comme : de couvertures, de ver- » rières et de aournemens, de pain, de vin pour y célébrer, » touttefoiz qu'il a esté besoing, sans ce que nulz aultres y mesist » oncquez riens [2]. » Cependant, le droit de patronat des autels appartenait au chapitre de Saint-Germain.

Les chanoinesses firent placer, en 1433, une grande verrière peinte à la fenêtre principale de la chapelle [3].

[1] GISLEBERT. *Chronica Hannoniæ*, Ed. Du Chasteler, p. 14. — N. DE GUISE. *Mons Hannoniæ metropolis*, p. 29. — VINCHANT, éd. des Bibliophiles, t. II, pp. 94, 121, 176. — Ed. Ruteau, p. 104. — DE BOUSSU, *Histoire de Mons*, pp. 18 et 28.

[2] Documents sur l'histoire monumentale et administrative des églises de Sainte-Waudru et de Saint-Germain, à Mons (publication de la société des Bibliophiles Belges, séant en cette ville), p. 23.

[3] « A Henry le verier, pour lxiiij piés iij quars de verière dont on a faitte le grande verière dou moustier Sainct-Pierre.. xv ℔.

» A lui, pour lxij piés j quart de fil d'arcault par lui livret et mis à ladite verière, à ij s. le piet.. vj ℔ v s.

» Et quant est des ymages qui sont à ledite grande verière, elles ont estet données, et pour ce non comptet. »

(*Compte des travaux de l'église de Sainte-Waudru, pour 1432-1433.*)

En 1435, une confrérie s'y établit sous l'invocation du Prince des Apôtres. Les funérailles des membres de cette association avaient lieu dans cette chapelle, et plusieurs d'entre eux y furent inhumés. Les offices y étaient célébrés par le clergé de Sainte-Waudru, et l'on y portait de cette dernière église les livres et les ornements nécessaires au service divin.

Les confrères de Saint-Pierre firent restaurer leur chapelle en 1445.

La chapelle de Saint-Pierre fut démolie lors de la reconstruction du chœur de l'église de Sainte-Waudru. Elle nuisait, paraît-il, au développement des bas-côtés de cette partie de la collégiale. Un passage d'un *mémorial* du chapitre noble nous apprend qu'elle se trouvait en face de la *pierre Hourdresse*, que nous avons mentionnée précédemment, c'est-à-dire vers l'endroit occupé aujourd'hui par l'école normale de demoiselles, annexée au pensionnat de Sainte-Waudru [1].

Un écrit de l'an 1451, contient l'accord qui se fit entre le chapitre de Sainte-Waudru et celui de Saint-Germain, au sujet de la démolition de la chapelle de Saint-Pierre, à laquelle ce dernier chapitre avait voulu s'opposer, comme collateur des deux autels de cette chapelle; mais les chanoinesses ayant permis de transférer ces autels ou plutôt ces bénéfices, *avec leurs fruits et charges*, dans l'église de Saint-Germain, la démolition put avoir lieu, avec l'autorisation de l'évêque de Cambray, et la confrérie de Saint-Pierre transféra son siége dans une chapelle que le chapitre de Saint-Germain mit à sa disposition dans sa collégiale [2]. En 1783, cette

[1] *Documents* précités, page 32.

[2] Des résolutions du chapitre de Sainte-Waudru, du 30 janvier, du 27 février, du 27 novembre et du 22 décembre 1451, et du 29 janvier 1452, sont relatives à la démolition de la chapelle et au transport des *fiertes, ymaiges, jeuwiaux et relicques* de la confrérie.

confrérie célébra un jubilé de trois siècles [1]. Elle ne se reconstitua plus lors du rétablissement du culte. Son autel a été transféré dans l'église de Sainte-Waudru (6e chapelle à droite des nefs). On y voit un grand bas-relief, de bois, représentant : *Jésus donnant les clefs à Saint Pierre,* et les bustes du Prince des Apôtres et du Docteur des nations.

[1] *Description de l'indulgence accordée par N. S. P. le Pape, à la confrérie de S. Pierre, érigée canoniquement dans l'église collégiale et paroissiale de Saint Germain à Mons, depuis trois cens quarante-quatre ans.* — Mons, Ve Bottin, 1783. In-12°.

HISTOIRE ET GÉNÉALOGIE

DES

PRINCIPALES FAMILLES DE ROME

PAR

M. Xavier VEREECKEN.

L'histoire d'une république avec des magistrats qui se renouvellent tous les ans est difficile à connaître à fond, à raison des faits nombreux dont elle se compose; cette remarque trouve surtout son application quand cette république, comme celle de Rome, a eu pour mission providentielle de faire la conquête du monde. Un consul, un préteur n'avait devant lui qu'une année pour immortaliser son nom par quelque fait éclatant qui le tirât de l'obscurité. On comprend avec quel soin il devait faire naître une occasion d'illustrer le temps de sa charge et quand il avait trouvé cette occasion avec quelle énergie il poursuivait son entreprise. De là ces guerres incessantes qui permirent de fermer si rarement le temple de Janus pendant toute la durée de la puissance romaine. On conçoit encore que les entreprises devaient être d'autant plus nombreuses que chaque année il y avait un plus grand nombre de magistrats en charge. C'est ainsi que nous voyons la république de Rome mener souvent plusieurs guerres de front. La multitude des personnages qui paraissent et disparaissent sans cesse n'est pas faite évidemment pour faciliter une étude déjà si compliquée. Avouons-le donc l'histoire de Rome est une histoire très-difficile ; je soutiens en outre qu'elle est obscure au plus haut degré. Je m'explique : généralement parlant les personnages illustres de Rome avaient outre un prénom qui variait d'individu à individu un nom et un surnom qui étaient communs à tous les membres de la même famille ; excepté un second surnom donné quelquefois pour éterniser le souvenir d'une grande action ou pour caractériser les branches d'une famille, on n'avait donc d'autre moyen de distinguer les divers membres d'une même maison que les prénoms ; or ces prénoms étaient si peu nombreux qu'ils devaient nécessairement revenir sans cesse ; d'autant plus que l'aîné des enfants portait communément le même que son père et que quelques familles avaient une prédilection pour certains prénoms et n'employaient les autres que très-rarement. Qu'on juge quelle obscurité cette confusion d'individus doit répandre dans l'histoire de Rome !

Il me semble que le meilleur fil pour ne pas s'égarer dans ce dédale, c'est l'histoire des principales familles avec leur descendance. Outre la clarté que cette revue chronologique répand autour de nous, nous pouvons y trouver aussi des choses qui expliquent la raison de beaucoup d'événements. Quand on s'est un peu occupé des généalogies romaines on est frappé de voir avec quel soin certaines familles transmettaient leurs traditions à leurs descendants et comment souvent dans le cours de plusieurs siècles une même maison conservait le même caractère qui dominait dans presque tous ses membres. Ainsi les Decius nous apparaissent avec leur patriotisme, les Catons avec la rigidité de leurs mœurs, les Claudius avec leur caractère hautain.

Malgré le mépris où les études classiques sont tombées aujourd'hui, l'histoire de Rome conservera toujours son importance ; elle résume en elle pendant plusieurs siècles l'histoire du monde. L'éclat de sa majesté se reflète sur ces personnages fameux qui l'ont faite la maîtresse de la terre. Un consul, un préteur voyait souvent à ses pieds les plus grands potentats; un dictateur était comme un monarque temporaire du monde; un tribun appelait à son tribunal les plus fiers conquérants. Un triomphateur, mené au capitole, avec une pompe et une magnificence extraordinaires, revêtait en quelque sorte aux yeux du peuple la nature de la divinité. On conçoit dès lors que les généalogies romaines ont une toute autre importance que celles même de nos plus nobles familles.

Toutes ces considérations m'ont porté à donner l'histoire et la descendance des principales maisons de Rome. Ce genre de travail n'est guère facile. Excepté pour les Catons et les Domitii dont Aulu-Gelle et Suétone nous ont laissé les généalogies, il n'existe aucune descendance suivie dans les auteurs anciens. Pour composer notre travail, nous avons donc dû compulser tous les ouvrages que l'antiquité nous a laissés sur l'histoire romaine. Le raisonnement a souvent été nécessaire pour établir des points douteux. Quelquefois quand toute base pour y asseoir un jugement solide nous fait défaut, nous avons présenté les conjectures qui nous paraissaient les plus vraisemblables; on pourra les admettre ou les rejeter comme on voudra; on nous tiendra compte cependant de l'immensité du travail que nous avons dû entreprendre pour obtenir les résultats dont nous offrons ici les prémices.

FAMILLE DES DOMITII AHENOBARBI.

Le caractère dominant de cette famille fut la fierté et l'âpreté; pour arriver à ses fins elle affecta souvent un profond respect pour la religion et frappa l'imagination du peuple par toutes sortes d'idées superstitieuses. Elle jeta longtemps un vif éclat malgré le peu de descendants qu'elle fournit. Elle compta deux censures, sept consulats, un triomphe suivant Suétone et plusieurs selon Paterculus, un souverain pontificat et plusieurs pontifes [1]. Il y a ceci de curieux dans cette famille, c'est que ses membres ne prirent jamais d'autres prénoms que ceux de Cnaeus et de Lucius [2].

Déjà dès l'origine nous voyons cette famille appeler la superstition à son aide pour se donner du prestige. Une fable donna naissance au surnom d'Ahenobarbus. On raconte qu'après une victoire remportée par le peuple romain, deux jeunes gens, Castor et Pollux dit-on, se montrèrent à un Domitius, qui revenait de la campagne et lui ordonnèrent d'annoncer au sénat le succès des armes romaines. Pour attester la vérité de leur récit ils lui caressèrent la barbe qui devint rousse de noir qu'elle était auparavant. Plutarque et Suétone sont assez d'accord sur le fond de cette anecdote; mais ils varient beaucoup sur le temps où elle serait arrivée. Le premier la rapporte aux premières années qui suivirent l'expulsion des rois; le second au contraire la fait bien moins ancienne[3].

Les trois premiers membres de cette famille s'appelèrent Lucius; c'est tout ce que nous savons d'eux.

I. II. III. L'aïeul a du vivre vers l'an de Rome 470; le père, en 500 et le fils vers 530.

Il est certain qu'en transportant l'auteur de la famille plus haut ou plus bas, on serait continuellement en désaccord avec Suétone [4].

[1] Suet. *In Nerone*, cap. 1. Paterc. l. 2. cap. 9.
[2] Suet. *Ubi sup.*
[3] Suet. *in Ner.* Plut. *in Aemilio.*
[4] Ne praenomina quidem ulla praeter Cnaei et Lucii usurparunt; eaque ipsa notabili varietate, modo continuantes unumquodque per ternas personas, modo alternantes per

IV. Suétone nous dit ensuite que ces trois Lucii furent suivis successivement de trois Cnaei; nous ferons voir que ce biographe s'est trompé et qu'il en faut compter quatre de ce dernier prénom. Si nous devons en croire Pighius, qui malheureusement ne cite presque jamais ses autorités, le premier de ces quatre Cnaei fut tribun du peuple en l'an de Rome 555 [1]. Deux ans plus tard il fut nommé édile du peuple avec Curion. Dans l'exercice de cette charge nous lui voyons afficher de grands airs de religion. Il traîna plusieurs individus devant le tribunal du peuple et en fit condamner trois. Avec le produit des amendes il bâtit un temple au dieu Faune dans l'île du Tibre. Il renouvela pendant deux jours les jeux plébéiens et donna un repas au peuple. Élu préteur en 559, la préture de la ville lui échut en partage; il n'eut rien de plus pressé que de faire la dédicace du temple qu'il avait bâti durant son édilité; ensuite sur un plébiscite obtenu par le tribun Tubéron, il rassembla les comices au capitole pour faire élire les triumvirs qui devaient conduire des colonies dans le pays des Bruttii et dans l'ager Thurinus. Enfin en 561 Domitius devint consul. Il fallait bien que la superstition vint le mettre en relief. Un de ses bœufs eut un jour l'idée fantasque de dire très-distinctement *Roma cave tibi*. Chargé d'attaquer les Boiens, le consul mit le pays de ce peuple à feu et à sang, et força 1500 hommes des meilleures familles de s'expatrier ou de se rendre à composition. L'année suivante nous retrouvons Domitius comme proconsul dans la Gaule Cisalpine qu'il devait administrer jusqu'à l'arrivée du consul P. Cornelius. Il disparaît ensuite de la scène. Nous ignorons complétement l'année de sa mort [2].

V. L'illustration de la famille a commencé; nous allons voir les Domitii jeter un éclat de plus en plus vif. Le second Cnaeus fut suivant Pighius questeur de province en 577 [3]. Quatre ans plus tard il fut élu pontife

singulas. Nam primum, secundumque ac tertium Ahenobarborum Lucios : rursus tres sequentes ex ordine Cnaeos accepimus : reliquos non nisi vicissim tum Lucios, tum Cnaeos. SUET. *Ubi sup.*

[1] *Annales Romanorum*, t. II, p. 251.

[2] Il est décrit comme suit dans les fastes capitolins sous l'année 561. Cn. Domitius, L. f. L. n. Ahenobarbus. On voit que les fastes sont d'accord pour la filiation avec SUÉTONE.

[3] *Ubi supra*, p. 350. Les fastes capitolins, encore en parfait accord avec SUÉTONE, décrivent ce Cnaeus comme suit à l'année 591. Cn. Domitius Cn. f. L. n. Ahenobarbus.

à la place de Fulvius Flaccus; l'année suivante il devint tribun du peuple toujours selon Pighius [1]. En 586 il fut un des douze commissaires, nommés pour constituer la Macédoine qu'on avait réduite en province romaine à la suite du triomphe de Paul Emile sur Persée. Il est probable qu'il se hâta de revenir à Rome pour y briguer la préture et qu'il obtint cette charge, puisque nous le trouvons comme consul à l'année 591 et qu'on ne parvenait pas à cette dignité avant d'avoir été préteur. Du reste nous ignorons complètement ce qu'il fit sous son consulat.

Il remplaça dans cette charge avec Lentulus les deux consuls qui avaient d'abord été nommés et qu'on força d'abdiquer parce qu'un malheur avait invalidé les élections. Domitius, conformément aux traditions de sa famille ne profita-t-il pas de la superstition qui fascinait alors le peuple pour se faire élire? c'est ce que nous ignorons. On ne connaît pas l'année de sa mort.

Pighius et plusieurs autres annalistes donnent deux fils à Cnaeus un Lucius, consul en 659 avec Coelius et le Cnaeus dont nous allons parler. Sans doute plusieurs fastes donnent à Lucius le nom d'Ahenobarbus même les fastes capitolins lui donnent pour père un individu dont le prénom commençait par un *C* dans lequel, comme les marbres sont brisés juste à cet endroit, on peut découvrir un Cnaeus; mais à défaut d'autres preuves, des liens si fragiles suffisent-ils pour nouer ainsi les filiations? Nous prouverons péremptoirement en son lieu par un passage de Paterculus que le Cnaeus, dont nous allons nous occuper, était fils unique et par conséquent n'a pas pu avoir un Lucius pour frère.

VI. Le troisième Cnaeus fut suivant Pighius proquesteur en 620 et en 621 [2]. Les deux années suivantes il fut élu successivement tribun et édile du peuple. On trouve de belles médailles qu'il fit frapper dans l'exercice de cette dernière charge; elles portent la tête de Jupiter couronnée de laurier avec sa mense sacrée sur laquelle est couchée la

[1] *Ubi supra*, p. 368.

[2] *Ubi supra*, t. III, p. 8. Ce Cnaeus est renseigné comme suit dans les fastes des triomphes : *Cn. Domitius Cn. f. Cn. n. Ahenobarbus pro cos. de Galleis Arverneis;* il y a de nouveau accord entre les fastes et SUÉTONE; toutefois ce dernier se trompe en faisant du Cnaeus dont nous parlons l'atavus de Néron.

foudre à trois dards. On y lit : *Cn. Domitius Cn. f. Ahenobarb. S. C.* quatre ans plus tard il fut élu préteur suivant Pighius et enfin en 631 il devint consul. Nous devons nous attendre à voir des prodiges signaler cette année. En effet pour n'en citer qu'un il y eut trois soleils qui daignèrent se montrer en même temps au-dessus de l'horizon. Domitius remporta d'éclatants succès sur les Allobroges et les Arvernes. L'année suivante, laissé avec le titre de proconsul pour continuer la guerre, il vainquit les deux peuples après un combat terrible. Il dut en grande partie sa victoire à ses éléphants de guerre dont la masse et l'aspect inconnu répandirent la terreur dans les rangs ennemis. 20,000 cadavres des Allobroges et des Arvernes, et 3,000 prisonniers nous font connaître l'importance de cette victoire. Bituitus roi des Arvernes, fut totalement défait par Fabius qni avait succédé à Domitius dans le consulat et qui en conséquence prit le nom d'Allobrogiqne. Bituitus se rendit à Fabius. Domitius, outré de dépit à cette nouvelle, résolut de s'en venger. Sous prétexte de parler d'affaires importantes il sut attirer Bituitus dans son camp, où il le reçut avec beaucoup de courtoisie. Le roi vaincu qui croyait n'avoir plus rien à craindre, puisqu'il s'était soumis, fut singulièrement surpris lorsque Domitius le pressa d'aller à Rome pour s'y mettre à la discrétion du sénat. Bituitus se sent blessé dans sa dignité de roi, il refuse; aussitôt Domitius le fait arrêter et mener de force à Rome. Il éleva un trophée en pierre, orné des dépouilles de l'ennemi au lieu même prétend-on où il remporta la victoire. Il traversa ensuite la province monté sur un éléphant et au milieu des acclamations de ses soldats. Il obtint les honneurs du triomphe, les fastes triomphaux en font foi. Il fit aussi construire dans les Gaules une voie qui porta son nom. Enfin en 638 il fut élu censeur avec L. Metellus; ces censeurs furent d'une sévérité extraordinaire; ils rayérent trente-deux noms de la liste des sénateurs; même un ancien consul, Licinius Geta, ne put échapper à leur vindicte. Ils élurent prince du sénat M. Scaurus. On ignore ce que fit ensuite Domitius aussi bien que l'année de sa mort.

VII. Cnaeus le quatrième de ce prénom [1] fut questeur urbain en 644 avec

[1] Tont prouve qne SUÉTONE a confondu le père avec le fils; en effet CICÉRON *(pro Dejotaro)* dit : *Cn. Domitius ille quem nos pueri consulem, censorem, pontificem maximum vidimus cum tribunus plebis M. Scaurum principem civitatis*... Or CICÉRON,

Marcius Philippus comme on peut le conjecturer par les médailles qu'ils firent frapper en commun. A considérer attentivement ces monuments on serait porté à croire que ces questeurs firent de grands frais pour réorganiser les sacrifices de Vesta ou pour réparer son temple [1]. En 649 Domitius fut élu tribun du peuple et se signala par toutes sortes de violences. Il accusa d'abord du crime de haute trahison M. Silanus qui avait été consul cinq ans auparavant; il lui reprochait d'avoir livré bataille aux Cimbres, sans un ordre du peuple et d'avoir essuyé une défaite. Silanus fut néanmoins absous. Le tribun attaqua ensuite Scaurus, le prince du sénat, qui avait refusé de l'admettre au nombre des augures. Il l'accusait d'avoir par sa faute fait languir beaucoup de sacrifices et nommément d'être cause que les sacrifices publics des dieux Pénates du peuple romain ne se faisaient plus avec la même dignité qu'auparavant. Cependant, généreux jusque dans ses plus funestes écarts, il renvoya les mains liés à Scaurus un des esclaves de celui-ci qui offrait de déposer contre son maître. Domitius perdit encore ses peines. Il fut plus heureux dans une troisième entreprise. Il fit passer un plébiscite qui ôtait au collège des prêtres le droit de compléter eux-mêmes leur nombre et donnait ce droit au peuple assemblé dans ses comices. C'est à la faveur de ce cette loi qu'il parvint bientôt lui-même à la dignité de Pontifex Maximus. Un passage de l'*épitome* nous apprend que cette élection eut lieu sous le quatrième consulat de Marius l'an de Rome 651 [2]. Deux ans plus tard nous le trouvons comme préteur, et l'année suivante il fut continué dans sa charge. Enfin en 657 il parvint au consulat. Beaucoup de prodiges signalèrent encore une fois cette année ; on peut les lire dans Julius Obsequens. C'est tout ce qu'on sait de ce consulat. En 661 Domitius fut élu censeur avec Crassus ; il y trouva une nouvelle occasion de se livrer à

né en 647, ne peut pas avoir vu consul en 631 et censeur en 638 le Cnaeus de la sixième génération. D'ailleurs entre le consulat de celui-ci et de celui de Lucius que SUÉTONE donne pour fils à ce Cnaeus, on trouve un espace de 70 ans ce qui est inadmissible si l'on établit ainsi la filiation. Il y a donc nécessairement une génération entre deux et elle doit être occupée par le Cnaeus qui est décrit comme suit dans les fastes capitolins à l'année 657. *Cn. Domitius Cn. f. Cn. n. Ahenobarbus.*

[1] On trouvera cette médaille dans les fastes de Golzius à l'année 657.

[2] Lib. 67.

toute la violence de son caractère ; il accusa son collègue d'avoir pris le deuil à la mort d'une murène que celui-ci nourrissait avec soin dans ses viviers ; il lui reprocha aussi le luxe de sa maison qu'il évalua 1,000 sesterces. Crassus de son côté épuisa contre son ennemi toutes les ressources de son éloquence ; il lui dit entre autres un jour qu'il était peu étonné de voir à Domitius une barbe d'airain, puisqu'il lui trouvait une bouche de fer et un cœur de plomb. Les deux censeurs bannirent de Rome les philosophes et les rhéteurs qui commençaient à y ouvrir des écoles. On peut lire le décret dans Aulu-Gelle [1].

VII. Lucius le premier des Domitii qui alternèrent ces prénoms avec celui de Cnaeus [2].

Nous le trouvons édile curule en 692 avec Lentulus Crus. Il donna alors une chasse où suivant le témoignage de Pline l'ancien, cent ours de Numidie combattirent contre cent chasseurs éthiopiens [3]. Il nous reste quelques médailles d'argent qui attestent le même fait [4]. Il donna probablement ces jeux à ses propres dépens, car les sigles *S. C.* ne se trouvent pas sur les médailles. Trois ans plus tard il fut préteur urbain. Il voulut contraindre César qui sortait du consulat à venir se justifier dans la curie du reproche d'avoir agi contre les lois et contre les auspices. En haine du dictateur, il favorisa Cicéron que la faction de Clodius, instrument de César, avait fait condamner à l'exil. Il s'opposa avec la plus grande énergie au tribun du peuple Manlius qui voulait faire passer une loi de son collègue Clodius par laquelle les affranchis devaient avoir droit de vote dans toutes les tribus. Il se distingua ensuite entre tous ceux qui agirent pour obtenir le rappel du grand orateur romain. En 698, il se mit sur les rangs pour le consulat ; il avait déclaré hautement que s'il était élu il ferait abroger par le sénat le proconsulat de César. Caton soutenait Domitius et tout faisait croire que le crédit de cet homme vertueux ferait réussir la candidature. Mais César sut tout déjouer ; il engagea Crassus et Pompée à se porter comme compétiteurs de Domitius. Celui-ci dès

[1] Lib. 15, cap. 11.

[2] SUÉTONE, *in Nerone*. On doit consulter ce biographe pour la filiation. CAELIUS dans sa lettre à Cicéron *Ad famil.*, lib. 8, appelle aussi notre Lucius, fils de Cnaeus.

[3] Lib. 8, cap. 36.

[4] On en trouve l'empreinte dans les *Annales de Golzius* à l'année 591.

le matin, alla, en compagnie de Caton demander les voix, comme c'était l'usage. Un esclave, portant un flambeau, les précédait. A peine furent-ils sortis, que de vils assassins, postés pour les attendre, se précipitèrent sur l'esclave et le tuèrent. Domitius et Caton prirent aussitôt la fuite. Caton reçut même une blessure. Il résulta de tout cela qu'il n'y eut pas de consuls nommés cette année. Domitius fut plus heureux l'année suivante. Il eut pour préteur Caton; cependant ils ne purent pas exécuter les projets qu'ils avaient formés auparavant, parce qu'ils furent arrêtés à la vue des puissantes armées que les triumvirs avaient levées. En 704 Domitius fut nommé proconsul de la Gaule Transalpine à la place de César; on lui permit de lever quelques troupes pour se mettre en état de prendre possession de son gouvernement; mais avant de quitter l'Italie il eut l'imprudence de se renfermer dans Corfinium. Bientôt, César franchit le Rubicon et vint assiéger son ennemi. Domitius craignant le ressentiment du vainqueur, avait ordonné à un esclave, qui lui servait de médecin, de lui administrer une dose de poison. Mais à peine l'eut-il avalée, qu'apprenant la clémence avec laquelle César traitait les prisonniers, il fut au désespoir d'avoir attenté à ses jours. L'esclave qui ne lui avait donné qu'un soporifique le détrompa et obtint la liberté en récompense de son dévouement. Domitius alla trouver César, lui toucha la main et obtint la liberté et la vie. Il ne tarda pas cependant d'aller rejoindre Pompée. Bientôt après il partit avec sept galères pour Marseille et força les habitants de se déclarer pour les ennemis de César. Il ne put cependant empêcher que cette ville ne tombât entre les mains du dictateur. Sa haine contre César était si grande qu'il en vint même jusqu'à se mettre sur les rangs pour obtenir le souverain pontificat, qui n'était pas vacant alors, puisque César en était revêtu. Il était alors à Pharsale. Il avait rejoint Pompée en Thessalie avec trois légions. Au rapport de Plutarque, contredit en ce point par César dont l'autorité ici est imposante, Domitius commandait l'aîle droite à la journée qui décida du sort de Pompée. Il abandonna le camp lorsque César l'attaqua; mais comme il était excédé de fatigues, il tomba entre les mains de quelques cavaliers qui le tuèrent. Suétone lui reproche son inconstance et l'âpreté de son caractère et Cicéron le traite de sot [1]. Du reste il paraît toujours avoir aimé sincère-

[1] *Ad Atticum*, lib. 8.

ment la république. Quand Pompée prit les avis sur ceux qui voguaient entre tous les partis ou qui n'en embrassaient aucun, Domitius opina seul pour les traiter en ennemis publics.

De sa femme Porcia [1], sœur de Caton d'Utique, il laissa

VIII. Cnaeus, le meilleur de toute sa race, au témoignage de Suétone [2]. Suivant Pighius il fut élu tribun du peuple en 695 et préteur en 699. Ce fut devant lui que Cicéron plaida pour M. Caelius l'orateur, attaqué par Clodia, veuve de Q. Celer. L'année suivante nous le trouvons encore revêtu de la dignité de préteur. Il fut enveloppé dans la proscription qui frappa les meurtiers de César et s'enfuit auprès de Cassius et de Brutus ses parents [3]. Fut-il réellement coupable? Antoine dans Appien et Suétone assurent que non. Peut-être se joignit-il par vanité immédiatement après la mort de César à Brutus et à Cassius dans le Capitole pour partager la gloire d'une action dont il n'avait pas couru les risques. En ce cas on sera peu étonné que Cicéron, parlant avec éloge de la conspiration, ait cru devoir en faire honneur à Domitius [4]. Quoiqu'il en soit, il obtint le commandement d'une flotte de cinquante voiles et reçut ordre de Cassius, quelques jours avant la bataille de Philippes, de rallier Murcus qui croisait pour surprendre les convois qu'Octavien et Antoine entreprendraient d'envoyer d'Italie en Macédoine. Les deux amiraux remportèrent un

[1] *Erant tum praeclari viri, qui petere consulatum intendissent; sed eos Pompeius ac Crassus inter competitores conspecti deterruerunt. Soli L. Domitio sororis suae Porciae marito persuasit Catone cederet. Domitio tamen periculum subterfugiente, Pompeius et Crassus consules sunt creati. Plutarchus in Catone minore.* Comme nous n'avons pas de caractères grecs sous la main, nous donnerons toujours une traduction latine des auteurs qui ont écrit en grec.

[2] *In Nerone*, cap. 3. PATERCULUS dit de lui : *Cnaeus Domitius pater L. Domitii nuper a nobis visi... avus hujus Cnaei Domitii... occupatis navibus fugae fortunaeque se commisit*, lib. 2, cap. 40.

[3] Cette parenté lui venait du côté de son oncle maternel Caton, dont une sœur utérine épousa le père de Brutus; Brutus eut une sœur mariée à Cassius. Ainsi Domitius était cousin germain de Brutus et de Cassius. Voici encore un passage qui prouve la parenté de notre Domitius avec Caton : *Cn. Domitium non patris interitus, clarissimi viri, non avunculi mors.. ad recuperandam libertatem.. excitavit. Cic. phil. 2.* L'auteur parle des meurtriers de César.

[4] PHILIPPICA II, n. 27. ROLLIN, *Histoire rom.*, t. XV, p. 82.

succès brillant sur les troupes triumvirales. Ils battirent complètement un renfort composé de deux légions dont l'une était la légion martiale si renommée par sa bravoure; de plus la cohorte prétorienne de l'un des triumvirs, forte de 2,000 hommes; enfin mille à douze cents chevaux et quelques nouvelles levées dont le nombre n'est pas marqué. Tout périt par le fer ou le feu; on dut se rendre aux vainqueurs et prendre parti avec eux [1]. Cependant la victoire de Philippes avait décidé du sort de Brutus et de Cassius. Murcus et Domitius n'ayant pas réussi à s'entendre sur ce qui leur restait à faire, Murcus alla réjoindre Sex. Pompée; Domitius, plus fier, d'un courage altier, jaloux des droits de la liberté et peut-être de la qualité de chef de parti, s'opiniâtra à tenir la mer sous sa propre bannière [2]; cependant il s'aperçut enfin qu'il courait à une perte certaine, s'il ne se soumettait pas à l'un des triumvirs. Après la prise de Pérouse par Octavien, Asinius Pollion s'était retiré sur la flotte de Domitius; ce fut lui qui engagea l'amiral à se rendre à Antoine. Domitius se laissa persuader et se joignit dans la mer Ionienne au triumvir qui retournait alors en Italie. Mais au lieu de vider leur querelle, les armes à la main, Octavien et Antoine en vinrent à un accommodement qui obligea ce dernier à renvoyer Domitius. Antoine envoya donc cet ami en Bithynie dont il le constitua gouverneur. Nous le perdons ensuite entièrement de vue jusqu'en 716, époque où le traité de Tarente entre Octavien et Antoine fit décider le mariage du fils de Domitius avec Antonia, fille du triumvir. Ce mariage ne tarda pas à être contracté. En 721 Cnaeus fut consul avec Sosius [3]. Il était dévoué à Antoine, mais secrètement; et même avant que l'année de son consulat fut

[1] Ibid., p. 195.

[2] Ibid., p. 215.

[3] Pighius et Sigonius font le Domitius, consul en 721, fils de Cnaeus; ils s'appuient uniquement sur la liste des consuls qu'on trouve dans Dion à la tête de chaque livre. Ils ont considéré ces listes comme données par Dion lui-même, tandis qu'il a été prouvé péremptoirement que ce ne sont que des extraits des fastes colligés par Panvinius; donc toute cette filiation s'écroule. Un passage de PATERCULUS, (lib. 2, cap. 9), nous assure que notre Cnaeus a été consul; du moment qu'on admet qu'il a été consul ordinaire il doit l'avoir été en 721; or toute la conduite tenue par le consul de 721 prouve qu'il n'est autre que notre Cnaeus. Les fastes de Panvinius devraient donc avoir L. F. au lieu de Cn. f.

expiré il alla rejoindre ce triumvir à Athènes avec Sosius ; ils surent si bien indisposer Antoine, que celui-ci se décida à renvoyer sa femme Octavie. Cependant Domitius ne cessait d'exhorter son ami à rompre les liens qui l'attachaient à Cléopâtre ; mais comme Antoine ne prêtait l'oreille à aucune considération, Domitius prit enfin le parti, malgré son attachement, d'abandonner ce voluptueux. Cette défection d'un homme qu'il regardait comme le plus fidèle de ses amis affecta sensiblement Antoine. Cependant il en agit généreusement à son égard ; car malgré les rémontrances de Cléopâtre il lui envoya tout son équipage avec ses amis et ses serviteurs. Ce procédé généreux fit une si vive impression sur Domitius, dont la santé était déjà dérangée quand il quitta Antoine, qu'il en mourut peu après. Sa fuite nuisit beaucoup aux affaires d'Antoine ; d'abord sa retraite auprès d'Octavien fut pour un grand nombre d'autres citoyens un motif d'en faire autant ; ensuite on pensa généralement qu'un homme si habile et si intelligent n'aurait pas abandonné ce parti, s'il n'avait pas jugé sa ruine inévitable.

IX. Lucius qui remplit dans le testament d'Auguste la fonction que les Romains appelaient *emptor pecuniæ*. Dans sa jeunesse, dit Suétone, il conduisait très-bien un char. Il épousa Antonia comme nous l'avons déjà dit plus haut. Mais Suétone et Tacite ne s'accordent pas sur la fille d'Antoine, qu'il prit pour épouse ; le premier dit que ce fut l'aînée ; l'autre prétend que ce fut la cadette [1]. Lucius était un homme arrogant, prodigue et cruel. En 731 il parvint à l'édilité curule, suivant Pighius et força le censeur Plancus de lui céder le passage. On ne sait pas au juste quand il remplit la fonction de préteur dont parle Suétone, mais il parvint au consulat en 737. Ce fut dans l'exercice de ces deux dernières charges qu'il produisit sur la scène des dames et des chevaliers romains pour remplir les rôles de mimes. Il donna des chasses au cirque dans tous les quartiers de la ville de Rome. Il paya aussi les frais d'un combat de gladiateurs ; mais il se conduisit en cette circonstance avec tant de cruauté, qu'après l'avoir inutilement averti en secret, Auguste dut le forcer à la modération par un décret. Enfin suivant Pighius, Lucius fut envoyé en Germanie

[1] SUÉTONE, *in Nerone*, cap. 15, TAC. *Ann.*, lib. 4, cap. 44.

en 741. Il passa l'Elbe et poussa plus avant qu'aucun de ses prédécesseurs. Wagener prétend qu'il traversa successivement Regensburg, Amberg (Cantioebis) Neumarck (Divona) et que sur la rive droite de l'Elbe il éleva un autel ou tropæa à Auguste. Il croit même qu'il a dû pénétrer jusqu'à l'île de Potsdam [1]. Il fit construire au milieu des marais un chemin étroit appelé Longue-Digue [2]. Ces exploits lui firent obtenir les honneurs du triomphe [3]. Il mourut l'an de Rome 777.

XI. a. Cnaeus, l'homme le plus détestable de toute sa race, dit Suétone [4]. Il était encore très-jeune, lorsque envoyé avec Caligula en Orient, il tua un de ses affranchis, parce qu'il refusait de boire autant qu'il en avait reçu l'ordre ; ses amis le bannirent pour ce fait de leur société, mais il n'en devint pas plus raisonnable pour cela. Dans un bourg auprès de la voie appienne il écrasa volontairement un enfant qui se trouvait sur le passage de sa voiture lancée à toute vitesse. A Rome, en pleine place publique il arracha un œil à un chevalier romain qui se disputait trop vivement avec lui. Dans sa préture vers l'an 771 il priva les vainqueurs à la course du prix qui leur était dû. Mais sur les plaintes des chefs des factions de jeu, il fut forcé de promettre qu'à l'avenir il remettrait de nouveau les prix. Ce fut vers la même époque qu'il obtint le gouvernement de la Bétique avec le titre de propréteur. Il fit rentrer dans le devoir la florissante ville de Cordoue qui s'était soulevée. Ce fut lui qui attira la famille des Sénèques à Rome [5]. Il devint consul en 784. Tacite nous a conservé le souvenir de son adultère avec Albucilla l'épouse de Satrius Secundus. Impliqué dans le procès de haute trahison intenté à cette femme impudique, il échappa à la

[1] WAGENER, *Handbuch des vorzüchligsten, in Deutschland entdeckten Alterthümer aus heidnischer Zeit. art. Domitius.* Il parait que Domitsch près de Torgau a tiré son nom de notre Domitius.

[2] TAC. *Ann.* l. 1, c. 63.

[3] TAC. *Ann.* l. 4, c. 44. SUÉTONE, *in Nerone* c. 4. Du reste outre le récit de SUÉTONE, voici un passage de Tacite qui prouve indubitablement cette descendance. Obiere eo anno viri nobiles Cn. Lentulus et L. Domitius... Domitium decoravit *pater civili bello maris potens donec Antonii partibus mox Caesaris misceretur. Avus Pharsalica acie* pro optimatibus *ceciderat. Ann.* l. 4, c. 44.

[4] *In Ner.*, c. 5.

[5] *Senecae vita incerti auctoris.*

condamnation par la mort de Tibère et le changement des circonstances [1]. Suétone l'accuse en outre d'inceste avec sa sœur utérine Lepida [2]. Il mourut à Pyrgae d'hydropisie en 792 ou 793 [3]. Il se connaissait si bien lui et sa femme que lorsque ses amis vinrent le féliciter de la naissance de Néron, il leur répondit que d'Agrippine et de lui il ne pouvait naître que quelque chose de détestable et de funeste à l'état [4].

Il épousa Agrippine fille de Germanicus. Nous donnerons la vie de cette femme abominable dans l'histoire de la maison Claudia. Domitius eut d'elle l'empereur Néron qui suit à l'article XII.

XI. b. Cnaeus eut une sœur Domitia [5] avec laquelle il eut un procès pour une affaire d'argent [6]. Elle épousa Passienus Crispus [7]. Un passage

[1] *Ann.* l. 6, c. 47.

[2] Tous les auteurs qui ont travaillé sur l'histoire romaine jusqu'à l'auteur de l'article Domitius de la Biographie universelle y compris la nomment Domitia Lepida et la considèrent comme la propre sœur de Cnaeus; mais ils se trompent tous comme nous le prouverons par un passage de Dion dans l'histoire de la famille Antonia. La fille d'Antoine avait eu deux maris Lépide, le fils du triumvir, et Domitius; Lepida était évidemment issue du premier mariage, et s'appelait par conséquent Aemilia et non pas Domitia. — Je ne conçois pas pourquoi dans la Biographie universelle on ait consacré un article à un homme aussi peu connu que Cnaeus, tandis que de tant de personnages célèbres dont se compose la famille Domitia on n'en cite pas d'autre que celui qui triompha des Allobroges.

[3] (Nero Cæsar) *trimulus patrem amisit.* Suet. *in Ner.* c. 6.

[4] Ibid. — Voici une note qui répand le plus grand jour sur toute cette descendance : *Notetur Domitiae familiae peculiaris quaedam et ut clarissima ita arctata numero felicitas. Quatuor ante hunc nobilissimae simplicitatis juvenem, Cnaeum Domitium, fuere singuli omnino parentibus geniti sed omnes ad consulatum, sacerdotiaque, ad triumphi autem poene omnes pervenerunt insignia. Vell. Pat.* l. 2, cap. 9. Les deux mots *hunc juvenem* indiquent suffisamment que l'auteur entend parler du Cnaeus de son temps. Ce Cnaeus ne peut être que celui de l'article XI a, puisque Paterculus écrivait sous Tibère. Donc Lucius de l'art. X Cnaeus, de l'art. IX, Lucius de l'art. VIII et Cnaeus de l'art. VII, furent fils uniques; ce dernier ne peut donc pas avoir eu un frère Lucius comme le prétendent tous les généalogistes. Pour accuser Paterculus d'erreur, comme Antonius Augustinus, ils devraient apporter des preuves péremptoires; or comme nous l'avons fait voir ils ne peuvent produire que des conjectures qu'on peut renverser aussi facilement qu'elles ont été élevées.

[5] *Haec Iturius et Calvisius Atimeto Domitiae, Neronis amitae, liberto aperiunt.* Tac. *Ann.* l. 13, c. 19.

[6] *Quod est genus egregie tractatum a Passieno cum Domitiae uxoris suae pecuniarum litem adversus fratrem ejus Aenobarbum ageret etc.* Quintilianus l. 6, c. 1.

[7] Outre le passage qui précède, en voici deux autres : *Junius Bassus querente*

de Xiphilin nous apprend que Néron la fit empoisonner quelque temps après le meurtre de sa mère Agrippine.

XII. Lucius. C'est le monstre qui est devenu si tristement fameux sous le nom de Néron. Comme on peut lire sa vie partout nous ne ferons que l'esquisser à grands traits. Né à Antium, le 13 décembre l'an de Rome 789, neuf mois après la mort de Tibère, il perdit son père à l'âge de trois ans. Sa tante Lepida, le recueillit. Sa mère Agrippine, lui fit épouser à l'âge de seize ans Octavie, qu'il renvoya en 814 sous prétexte de stérilité. Après ce mariage il fut adopté par l'empereur Claude et prit le nom de Néron. Son gouverneur Burrhus et son précepteur Sénèque, ne purent adoucir son caractère cruel. Il prétendit bientôt au titre d'orateur. A la mort de Claude, il fut proclamé empereur. Le commencement de son règne fit naître les plus brillantes espérances qui ne tardèrent pas à s'évanouir. Bientôt il découvrit son naturel par le meurtre de son frère Britannicus. Il se réconcilia peu après avec sa mère qu'il fit ensuite assassiner à l'instigation de Poppée Sabine, qui devint son épouse après le renvoi d'Octavie ; il eut une fille de ce second mariage. Ses folles prodigalités eurent bientôt dissipé toutes les richesses de l'État. Il ne rougit pas de paraître en acteur sur le théâtre et contempla l'incendie, qui dévorait Rome, du haut d'une tour où il jouait de la lyre. C'est alors qu'il fit bâtir la fameuse maison d'or. Peu après éclata la conjuration dont Pison était le chef. Néron noya ses craintes dans des flots de sang ; il fit entre autres périr le consul Vestinus et son ancien précepteur Sénèque. Nous lui voyons ensuite instituer les jeux néroniens, tuer Poppée enceinte, d'un coup de pied dans le ventre, massacrer sa belle sœur Claudia et épouser Statilie Messaline. Il fit mettre à mort le vertueux Thraseas et partit pour l'Orient où il ne se fit remarquer que comme musicien. Bientôt Vindex, gouverneur de la Gaule celtique et Galba, gouverneur de l'Espagne, levèrent l'étendard de la révolte. Nymphidius Sabinus, préfet du prétoire, persuada aux prétoriens de proclamer Galba empereur.

Domitia Passieni etc. Idem. *Crispus... consulatus duos gessit. Uxores habuit duas : primam Domitiam, deinde Agrippinam; illam amitam, hanc matrem Neronis. Vetus schol. Juvenalis in* v. 81. sat. IV. Seulement il se trompe en prenant Vibius Crispus pour Passienus Crispus.

Aussitôt Néron s'enfuit et apprenant que le Sénat l'avait déclaré ennemi public, il s'enfonça un poignard dans la gorge le 9 ou le 11 juin de l'an de Jésus-Christ 89. Il avait 31 ans dont il en avait régné quatorze.

XIII. Claudia Augusta née en l'an de Rome 815. Sa naissance remplit Néron d'une joie extraordinaire qui toutefois ne dura pas longtemps, car l'enfant n'atteignit pas son quatrième mois. Claudia naquit dans la même ville que son père. Le sénat avait recommandé aux dieux le sein de Poppée, et fait des vœux au nom de l'état. A la naissance de l'enfant il ordonna des supplications aux dieux, la bâtise d'un temple à la Fécondité et un jeu dans le goût de la religion de l'Attique. Il décréta en outre que des statues d'or de la fortune seraient placées au seuil du temple de Jupiter Capitolin et qu'on célébrerait les jeux du cirque près de Bovilles en l'honneur de la famille Julia et à Antium pour les familles Claudia et Domitia; la mort de l'enfant fournit au sénat une nouvelle occasion de s'avilir, on parla d'accorder les honneurs divins à l'enfant, de lui bâtir un temple et de lui donner un prêtre [1].

Ainsi après trois siècles s'éteignit une des plus célèbres familles de Rome. Elle s'éteignit en un monstre et en un enfant de quatre mois. Triste fin, après tant d'illustration. Du reste elle ne fut pas la seule famille célèbre qui disparut ainsi. La domination des premiers empereurs fut fatale aux grandes maisons de Rome. C'est à peine si après Néron nous voyons encore apparaître de loin en loin l'un ou l'autre de ces noms, qui brillèrent avec tant d'éclat sous la république. Comme toujours sous les despotes, une nouvelle noblesse s'éleva sur les débris de l'ancienne; mais condamnée dès son origine aux plus basses adulations, elle ne put pas se soutenir par la grandeur de caractère; aussi ne prit-elle jamais racine; et souvent une famille voyait s'évanouir son prestige avec l'homme qui s'en était le premier entouré.

[1] Suét. in *Nerone*, c. 35. Tac. Ann. l. 15, cap. 23.

EXTRAIT DES PROCÈS-VERBAUX

ET

DE LA CORRESPONDANCE DE L'ACADÉMIE.

— L'Académie a décerné par acclamation le titre de Président d'honneur à son Altesse Royale l'Infant d'Espagne don Sébastien-Gabriël-Marie de Bourbon et de Bragance, Grand-prieur de l'ordre de Saint-Jean de Jérusalem, etc., etc., etc., en remplacement de son Altesse Impériale et Royale l'Archiduc *Jean* d'Autriche, qui est décédé, et auquel l'Académie a consacré une notice nécrologique dans ses Annales.

— La Société provinciale des Arts et des Sciences de Bois-le-Duc adresse à l'Académie son programme du congrès pour la langue et la littérature Néerlandaises qui s'ouvrira dans cette ville le 11 septembre 1860. Un grand nombre de savants ont pris l'engagement d'y apporter des travaux importants qui promettent à cette réunion un excellent résultat.

— M. le Marquis de Corvera, ministre des travaux publics d'Espagne, remercie l'Académie pour son admission comme membre hononaire.

— M. Vivès, membre de plusieurs compagnies savantes,

remercie l'Académie pour son admission de membre correspondant.

— M. Méplain, président de la Société d'émulation pour les sciences, lettres et arts du département de l'Allier, adresse ses remercîments à l'Académie pour son admission comme membre correspondant.

— La Direction de la Revue mensuelle intitulée : *La Belgique* — excellent recueil qui se distingue par de bons principes et une rédaction soignée — demande à l'échanger contre nos Annales. Adopté.

— Plusieurs compagnies savantes remercient l'Académie de l'envoi de ses derniers travaux.

— L'Académie a reçu, depuis la dernière livraison de ses Annales, les envois suivants :

1. De l'Académie Impériale des sciences de Vienne, ses *Publications de la classe historique et philologique* de l'année 1859 jusqu'au mois de janvier 1860 inclusivement.

2. De la Société Savoisienne d'Histoire et d'Archéologie, les *Bulletins* de ses séances du 13 mai et du 25 août 1860 et le tome IV de ses *Mémoires*.

3. De la Société paléontologique de Belgique, les n°s 4 et 5 de son tome premier.

4. De la Société Impériale Archéologique du Midi de la France, la 6e livraison du tome VII de ses *Mémoires*.

5. De la Société Archéologique, Scientifique et Littéraire de Béziers, la 3e livraison du tome I^{r} de son *Bulletin*.

6. De l'Institut Archéologique Liégeois, la 1re livraison du tome IV de son *Bulletin*.

7. De la Société pour la conservation des Monuments histo-

riques, etc. d'Arlon, le 3e cahier de ses *Annales*, 1854, 1855 et 1856.

8. De l'Académie Royale des Sciences, Lettres et Beaux-Arts de Belgique, les nos 5, 6, 7 et 8 de son *Bulletin* de 1860.

9. De la Société de Médecine d'Anvers, les livraisons de juillet août et septembre 1860 de ses *Annales*.

10. Du *Journal de l'Imprimerie et de la Librairie en Belgique*, les nos 6 et 7 de l'année 1860.

11. De la Société des Antiquaires de Picardie, le no 2 de son *Bulletin* de l'année 1860.

12. De la Société des Sciences médicales et naturelles de Bruxelles, les cahiers d'août et de septembre 1860 de son *Journal*.

13. De l'Académie royale de Médecine de Belgique, le no 6 du tome III de son *Bulletin*.

14. De la Société d'Horticulture de Liége, son *Règlement*.

15. De M. le professeur Namur, membre correspondant à Luxembourg, son *Rapport sur les travaux de la Société Archéologique du Grand-Duché de Luxembourg*, pendant l'année 1859.

16. Du même, sa publication des *Nouvelles découvertes archéologiques des époques Gallo-Romaine et Gallo-Franque*.

17. De M. le Ministre de la Justice, un exemplaire de la *Liste chronologique des Édits et Ordonnances de la principauté de Liége de 1507 à 1604*.

18. Du même, un exemplaire de la *Médaille frappée à l'occasion de la construction d'une maison pénitentiaire à Louvain*.

19. De M. l'abbé Corblet, membre correspondant à Amiens, sa brochure sur *l'Arbre de Jessé*.

20. Du même, les nos 7 et 8 — Juillet 1860 — de sa *Revue chrétienne*.

21. Du R. P. Terwecoren, les nos 14, 15, 16, 17, 18 et 19 de sa *Collection de précis historiques.*

22. De la Société de médecine de Gand, les livraisons de juillet et d'août 1860.

23. Journal de Pharmacie d'Anvers, sa livraison d'août 1860.

24. De M. Dejardin, capitaine du génie à Anvers, un exemplaire de ses *Recherches* sur les cartes de la principauté de Liége et sur les plans de la ville. Liége, in-8o, 1860, de 87 pages.

L'auteur a fait la même chose pour la ville de Tournay et son travail a été favorablement accueilli par la *Société historique et littéraire* de cette ville. Le travail actuel est divisé en deux parties, les cartes et les plans. Dans les cartes, il a admis, outre celles qui représentent le pays de Liége en entier, les cartes partielles, telles que celles de l'ancien duché du Limbourg, du marquisat de Franchimont etc.; les plans de batailles, les cartes donnant les environs des villes, enfin toutes les cartes dont l'échelle est plus petite que celle de 1 à 20,000. — Dans les plans, il a compris tout ce qui était à l'échelle de 1 à 20,000 ou à une plus grande échelle. Il donne également les vues de la ville entière ou d'une grande portion de la ville : il décrit même les plans de quartiers séparés. Puisse M. le capitaine du génie, pendant son séjour à Anvers, s'occuper du même travail pour l'ancien marquisat du St. Empire Romain.

25. De M. Vivès, homme de lettres à Toulouse, sa brochure sous le titre de *Voyage à la Grande Chartreuse du Dauphiné.*

26. De M. le baron Michiels de Kessenich, de Ruremonde, une brochure intitulée : *de l'Administration des Biens des époux, pendant le mariage.*

27. De la direction de la Revue mensuelle intitulée : *La Belgique*, la livraison de juillet 1860.

28. De M. Van de Walle, membre correspondant à Bruges, la 1e livraison de ses *Annales de la noblesse et du patriciat de Bruges.*

29. De M. A. Mathieu, membre correspondant à Bruxelles, un poëme intitulé : *La France.*

30. De M. l'abbé Carnel, secrétaire de comité flamand de France, Membre correspondant, sa brochure intitulée : *Les Sociétés de Rhétorique et leurs Réprésentations Dramatiques chez les flamands de France.*

31. De M. le comte F. Vander Straten-Ponthoz, Membre honoraire, sa brochure intitulée : *La maison de Heu* — Manuscrit de la Bibliothèque de l'arsenal, à Paris — et *Le Miroir des nobles de Hesbaie de Jacques d'Hemricourt.*

Les observations critiques de notre honorable confrère, M. le comte Vander Straten, paraissent justes et d'un grand intérêt. Elles prouvent une fois de plus qu'il faut se méfier des anciennes généalogies, dont la plupart sont plutôt des romans que des œuvres historiques.

M. Vander Straten aura sans doute beaucoup de contradicteurs et d'adversaires intéressés ; mais il n'est pas moins vrai et tous les hommes de lettres de bonne foi, qui liront sa publication, conviendront avec nous qu'il a rendu un véritable service à l'histoire.

32. Du *Messager des sciences historiques de Gand, ou Archives des Arts et de la Bibliographie de Belgique*, les 2 premières livraisons de l'année 1860.

33. De M. Joachim Ménant, membre correspondant à Lisieux, son intéressant ouvrage : *Les écritures cunéïformes*, exposé des travaux qui ont préparé la lecture et l'interprétation des inscriptions de la Perse et de l'Assyrie, Paris, 1860.

34. De la Société Royale des Antiquaires du Nord : *The Northman in Iceland.* Extrait de la séance annuelle tenuele 14 mai 1859.

35. De la même : *Antiquarisk Tidsskrift,* 1852-1854, et 1855-1859 (deux volumes) Kjöbenhavn, 1855 et 1859.

36. De M. Johann Georg Hamel, bibliothécaire de la ville à Hambourg : *Hessen-Homburgische Reim-Chronic.* Homburg, 1860.

37. De l'Association historique de la Haute Bavière : *Zwanzigster Jaresbericht des Historischen Vereines von und für Oberbayern fur das Jahr 1857.* Munchen 1858.

38. De la même : *Einundzwanzigster Jaresbericht für das Jahr 1858.* Munchen 1859.

39. De la même : *Oberbayersches Archiv für vaterlandische Geschichte,* la 1e et 2e livraison du tome XIX. Munich, 1858-59.

40. De la même, le même ouvrage 1e et 2e livraison du tome XX. Munich, 1858.

41. De la même, le même ouvrage 1e et 2e livraison du tome XXI. Munich, 1858.

42. De la même : *Uebesichtstafel zur Begründung einer geschikte der christlichen Kunst in Oberbayern bei gelegenheit der siebenhunderjahrigen Jubelfeier der stad Munchen.*

43. De la Société Archéologique de l'Orléanais, le n° 36 de son *Bulletin,* deuxième trimestre, de 1860. Orléans. 1860.

44. De M. Devillers, Conservateur-adjoint des Archives du Hainaut, à Mons, membre correspondant, une brochure portant pour titre : *Qu'allons-nous devenir? ou avis essentiel d'un Belge à ses concitoyens.* 1789. Gr. in-8°.

45. De M. de Caumont, membre honoraire à Caen, le *Compte-rendu du congrès archéologique de France* de 1859, tenu à Strasbourg, à Rouen, à St-Lo et à Vire, 1 gr. vol. in-8°.

SUITE AU TABLEAU GÉNÉRAL

DES

MEMBRES DE L'ACADÉMIE.

Membres correspondants :

MM.

LE CARDOMEL (l'Abbé P. A.), vicaire de St-Jores (Manche), membre de plusieurs compagnies savantes, etc.

VIVÈS (JOSEPH-BENJAMIN), hommes de lettres, membre de plusieurs sociétés savantes, etc., à Toulouse.

Membre honoraire :

CORVERA (le marquis de), Ministre des travaux publics, commerce, sciences et arts, etc., etc., à Madrid.

SIMON (VICTOR), Président de la Société archéologique de la Moselle, Conseiller à la Cour impériale de Metz, etc., etc.

TABLE GÉNÉRALE DES MATIÈRES

contenues dans le 17e volume des Annales de l'Académie d'Archéologie de Belgique.

— Nous lisons dans l'*Indépendant du Luxembourg* : « A Hatrival, village à une demi-lieue de St-Hubert, M. le curé vient de pratiquer des fouilles, et une villa, un cimetière gallo-romain lui ont déjà fourni de précieux matériaux d'anciennes constructions, ainsi que des urnes cinéraires, quelques monnaies des empereurs et un cachet en argent avec une pierre gravée représentant une Victoire. »

— On vient de mettre au jour d'anciennes peintures murales au chœur de l'église de Saint-Servais à Maestricht. Cette décoration consiste en plusieurs figures de dimention colossale qui ornent la voûte. Au centre est l'Agneau-Pascal, autour des figures d'évêque, de la Sainte-Vierge et d'autres. M. Schaepkens a examiné et pris des croquis de cette importante découverte d'ancienne peinture murale, dont les spécimens sont si rares dans notre pays et qu'on conservera pour l'histoire de l'art chrétien.

— Le Congrès archéologique de France a décidé que la seconde de ses réunions de la session prochaine, en 1861, aura lieu à Liége, ce qui donnera à cette assemblée un caractère international.

— La *Société Dunkerquoise* pour l'encouragement des sciences, des lettres et des arts, propose pour le concours de 1861, les sujets suivants :

Dans la séance publique de juin 1861, la *Société Dunkerquoise* décernera, s'il y a lieu, une médaille d'or au meilleur travail sur chacun des cinq sujets suivants :

SCIENCES.

I.

A quelles causes faut-il attribuer la décroissance du produit de la pêche d'Islande? Le déplacement des courants polaires ne serait-il pas une des principales?

Comment constater les migrations des poissons?

LETTRES.

II.

Poésie. — Une pièce de 100 vers au moins sur un sujet laissé au choix des auteurs.

Nota. — A mérite égal, la Société donnerait la préférence à un sujet relatif à Dunkerque ou à la Flandre maritime.

III.

Histoire. — Biographie d'un homme remarquable né dans la Flandre maritime et mort avant 1850.

IV.

Monographie d'une commune de la Flandre maritime.

ARTS.

V.

Musique. — Un morceau de musique chorale pour voix d'hommes, sans accompagnement d'instruments.

L'œuvre devra se composer d'au moins trois parties, parmi lesquelles un *solo* ou un *duo*, accompagné, soit par le chœur entier, soit par un certain nombre de voix avec ou sans paroles.

La pièce couronnée étant destinée à être exécutée à la séance publique de 1861, chaque partition devra être accompagnée des parties séparées en nombre suffisant pour un chœur de 40 chanteurs.

L'auteur doit faire choix d'une poésie de quelque valeur et exprimant de nobles sentiments.

Les mémoires ou travaux devront être adressés *franco* au Secrétaire-perpétuel de la Société; les partitions, avant le 1[r] avril 1861 ; les autres œuvres, avant le 1[r] mai.

Sous peine d'être écartées du concours, les pièces envoyées ne seront pas signées. Elles porteront une épigraphe ou divise répétée dans un billet cacheté indiquant le nom, la qualité et la résidence de l'auteur, lequel certifiera que son œuvre est inédite et n'a figuré à aucun concours.

Ce billet ne sera ouvert que dans le cas où le travail aurait été jugé digne d'un prix ou d'une mention honorable. Hors ce cas, il sera brûlé en séance.

Les auteurs qui se feraient connaître à l'avance seraient exclus du concours.

Le lauréat qui, couronné à l'un des trois concours précédents, obtiendrait le premier rang au présent concours, n'aurait droit qu'à un rappel de médaille. Le prix reviendrait au travail qui suit dans l'ordre de mérite.

Les manuscrits des mémoires ou travaux envoyés au concours, deviennent la propriété de la Société. Les auteurs peuvent en faire prendre copie à leurs frais.

Pour de plus amples renseignements, s'adresser au Secrétaire-perpétuel de la Société.

Dunkerque, 14 juillet 1860.

Le Secrétaire, perpétuel, V. DEROUE. — *Le Président*, I. COUSIN

Sommaire de la quatrième Livraison.

Tout ce qui est destiné à l'Académie doit être adressé franco à M. VAN DER EYDEN, *Secrétaire perpétuel de l'Académie d'Archéologie de Belgique, rue de* *ésus à Anvers.*

— M. le comte DE KERCKHOVE-VARENT, *Président de l'Académie, habite* *alines, Long fossé au Poil, N° 2.*

CPSIA information can be obtained
at www.ICGtesting.com
Printed in the USA
LVHW040100230323
742312LV00002B/51

9 783382 700270